Roland Gramling

Frankfurt 30 Grad

Roman

Alle Charaktere, Schauplätze und Handlungen in diesem Roman sind frei erfunden. Ähnlichkeiten mit lebenden und toten Personen sind unbeabsichtigt.

Umschlag und grafische Realisierung von Sergio Vitale unter Verwendung einer Fotografie von getty images.

Druck und Weiterverarbeitung: Fuldaer Verlagsanstalt GmbH & Co. KG
ISBN 978-3-89656-157-2
Printed in Germany

Bitte fordern Sie unser Gesamtverzeichnis an:
Querverlag GmbH, Akazienstraße 25, D-10823 Berlin
http://www.querverlag.de

Für Ursula.
Ohne Dich, den Rotwein und die Zigaretten
hätte es dieses Buch womöglich nie gegeben.

PROLOG

„... Das Wetter. Die hochsommerliche Witterung der vergangenen Tage setzt sich auch heute fort. Verbreitet werden am Nachmittag bis zu 28 Grad erreicht. Der Wind ist kaum ein Thema und weht schwach aus südwestlicher Richtung. Vereinzelt sind gegen Abend Wärmegewitter zu erwarten. In der Frankfurter Innenstadt könnte heute Nachmittag sogar an der 30-Grad-Marke gekratzt werden. Sollte sich das Quecksilber tatsächlich auf diesen Wert erwärmen, wäre der heutige 5. April offiziell ein Tropentag. Ähnlich hohe Temperaturwerte gab es zu dieser Jahreszeit bereits 2007, 1988 und 1968. – Die weiteren Aussichten ...“

Und so geschah es, dass ich an einem Tropentag in Frankfurt am Main ankam. Bei meiner Ankunft wollte ich nicht viel. Zum einen wollte ich frei sein. Und gleich danach wollte ich reich, berühmt und glücklich werden. In meiner jugendlichen Naivität erschien es mir mehr als einfach, diese Ziele zu erreichen. Inzwischen – etwa fünf Monate später – bin ich nicht nur älter geworden, sondern auch um einiges realistischer, wobei diese beiden Attribute den gleichen Prozess beschreiben: das schlagartige Erwachen aus einer jugendlich-naiven Traumwelt. Das mag sich nun für manch einen furchtbar deprimierend anhören. Doch das ist es nicht. Vielmehr betrachte ich diesen Prozess als Reifeprüfung und das Schöne daran ist, besteht der Prüfling sie, ist er endlich bereit, mit dem Leben zu beginnen.

Aber ich greife vor.

Damals, Anfang April und vor diesem Sommer, der alles verändern sollte, befand ich mich auf der Flucht. Auf der Flucht vor mir selbst, vor meinen Eltern, vor meiner Ex-Freundin, vor meinem Leben.

Mein Leben ... Es war mir urplötzlich um die Ohren geflogen. Hoffnungen, Pläne und Träume hatten sich mit einem Schlag atomisiert. Warum? Weil ein Gedanke ganz klar in meinem Kopf war: Ich bin schwul. Ich hatte es insgeheim immer gewusst. Doch es dauerte eben eine Zeit, bis ich bereit war, es mir selbst gegenüber einzugestehen. Wenn ich nachts den Himmel beobachte, muss ich an jenen schicksalhaften Augenblick zurückdenken, als die Erkenntnis, schwul zu sein, auf einmal ganz klar und greifbar in meinem Kopf erschien.

Es war eine Nacht im Herbst, einige Wochen nach den bestandenen Abiturprüfungen. Ich lag alleine in der Heide, die direkt hinter dem Haus meiner Eltern beginnt, und plante meine Zukunft. Ich hatte einen Joint geraucht und verzweifelt versucht, meine Gedanken in geordnete Bahnen zu lenken. Doch immer wieder waren die Sorgen und Ängste, die ich all die Jahre mehr oder weniger erfolgreich tief in meinem Innern verschlossen hatte, an die Oberfläche gedriftet. Ich fühlte mich einsam. Alleine. Verlassen. Ich hatte Sehnsucht. Sehnsucht nach der Freiheit und wohl auch nach einem ganz bestimmten Jungen. Ich sehnte mich nach Samuel.

In jener Nacht war mir klar geworden, dass ich schwul sein musste. Es war erstaunlicherweise nicht die körperliche Nähe zu einem anderen Mann, die mich zu dieser Erkenntnis brachte, sondern die Abwesenheit eines ganz bestimmten. Stundenlang lag ich einfach auf dem Boden und beobachtete die Sterne. Ich hatte mich selbst in einen scheinbar ewigen Kreislauf aus Selbstzweifeln, Angst und Hoffnung begeben. Fragen prasselten in jener Nacht auf mich hernieder, doch Antworten konnte ich nicht finden. Ich hörte nur immer wieder ein kleines Stimmchen in mir sagen: „Du bist schwul, Lukas Benzer! Du bist ein Homo!“

Ich liebte und ich hasste dieses Stimmchen. Denn ein Selbsteingeständnis genügt leider noch lange nicht, um es wirklich und wahrhaftig zu sein. Ich war unsicher und ich hatte Angst. Eine verdammte Scheiß-Angst. Also tat ich, was wohl viele Menschen tun, die in ihrem Leben nicht mehr weiterwissen und Angst vor Konsequenzen haben: Ich flüchtete aus meinem alten Leben in ein neues. Ich flüchtete nach Frankfurt und meiner großen Liebe Samuel, meinem Schwarm, hinterher. Und damit sich diese Flucht auch wirklich rentierte, sagte ich meinen Eltern auch noch schnell, zwischen unserem letzten gemeinsamen Frühstück und meiner Abreise am Hauptbahnhof, dass ich schwul war. Sicherlich nicht die beste Art und Weise, doch die einzige, die mir damals möglich erschien.

Heute, gerade einmal einen Sommer später, würde ich mein Outing vielleicht anders durchziehen. Doch was soll ich sagen: *Shit happens!* Und meine Eltern haben es ja ganz gut verkraftet. Sie reden eben nicht darüber. Aber wie sagt mein Vater immer: Was uns nicht umbringt, härtet uns ab!

Ein schwuler Sohn ist für ihn sicher die größte Abhärtung seines Lebens. Immerhin haben sie ja noch meine Schwester und die wird schon für Enkelkinder sorgen.

So endete mein letzter Morgen in Reinherzhausen damit, dass ich meiner Mutter aus einem Zugfenster Luftküsse zuwarf und sie, ganz tapfer, am Gleis stand, winkte und ihren Sohn verabschiedete, von dem sie gerade eben erfahren hatte, dass er schwul war. Keine Träne sah ich in ihren Augen. Nur tiefe Trauer. Plötzlich hatte ich Mitleid mit ihr. Ich wusste, sie würde mich vermissen. Und wir beide wussten, dass sie mir zwar fehlen, dass ich sie jedoch nicht vermissen würde. Ich war ihr entwachsen, vielleicht ohne dass sie es bemerkt hatte. Spätestens, als sie nur noch ein kleiner schwarzer Punkt am Bahnsteig war, ließ ich auch gedanklich meine Familie und meine alte Heimat hinter mir zurück und begann, mich um die Zukunft zu sorgen.

Ich befand mich auf einer Reise ins Ungewisse, in mein neues Leben. Und vor allem war es eine Reise, an deren Ende Samuel wartete. Doch ohne es zu wissen, warteten bereits *sie* dort draußen im Großstadtdschungel auf mich. Als ich an diesem Tropentag zum ersten Mal in meinem Leben Frankfurter Boden unter den Füßen hatte, da waren auch Tina, Meiko, Tom und Sarah irgendwo in der Stadt unterwegs. Und ohne dass wir auch nur den Hauch einer Ahnung von dem jeweils anderen gehabt hätten, waren unsere Wege bereits an diesem Tag dazu bestimmt, sich zu kreuzen. Ja, an diesem Tropentag begann unser gemeinsamer Sommer.

Aber der Reihe nach: Zunächst einmal gab es nur einen Menschen, der mich in Frankfurt erwartete, und das war Samuel Zimmermann – mein Schwarm, meine große Liebe.

Und dann kam Luke

Der ICE spuckte Luke und seine schwere Reisetasche unsanft aus. Nach der mehrstündigen Fahrt in ruhigen, voll klimatisierten Zugabteilen waren die belebten, riesigen Hallen des Frankfurter Hauptbahnhofs ein Schock für die Sinne. So schnell es ihm möglich war, drängte er sich durch die Menschenmassen und folgte der verwirrenden Beschilderung in Richtung Ausgang.

Es war Feierabendzeit und die Sonne stand als glühend roter Feuerball am Horizont, bereit, jeden Augenblick im Westen zu versinken. Sie tauchte die Szenerie in ein diffuses und unwirkliches Licht. Ein paar Penner hatten sich nahe dem Bahnhofsportal versammelt und beobachteten eingeschüchtert einen Trupp Fußballfans, der sich laut grölend und stark alkoholisiert näherte. Luke wich der Meute hastig aus und kramte aufgeregt einen Zettel aus seiner Hosentasche. Er wagte es nicht, die schwere Tasche, obwohl sie schmerzend auf seinen Schultern lag, abzustellen. Zu viel Schlechtes hatte er über das Frankfurter Bahnhofsviertel in seinem Reiseführer gelesen und er wollte sein Glück nicht schon am ersten Abend herausfordern.

Nachdem er den unübersichtlichen Bahnhofsvorplatz endlich überquert hatte, musste er sich eingestehen, dass er keine Ahnung hatte, in welche Richtung er gehen sollte. Zu seiner Erleichterung hielt plötzlich direkt neben ihm eine Polizeistreife und eine freundliche Beamtin erklärte dankenswerterweise den Weg zur Werftstraße, nahe dem Westhafen.

Samuels Wohnung befand sich, wie Luke wenige Minuten später feststellte, direkt über einem kleinen persischen Lokal und auf der Straße schrien sich arabisch aussehende Ghetto-Kids Schimpfwörter zu. „Zum Glück leben wir in einer multikulturellen Gesellschaft!“, flüsterte Luke sarkastisch zu sich selbst und betätigte die Türklingel mit dem Namen S. Zimmermann.

„Ja?“, erklang es kurz darauf aus der Gegensprechanlage.

„Ich bin es, Luke!“

„Jetzt schon? Moment! Ich mach dir gleich auf!“

Jetzt schon? Ich kann auch wieder gehen, dachte Luke missmutig. Er war gestresst, müde und fühlte sich total verschwitzt.

Kurzum, seine Laune war auf einem Tiefpunkt angelangt. Plötzlich wurde die Haustür aufgerissen und er konnte einen kurzen Blick in den tristen Flur erhaschen, bevor ein nach Alkohol und Schweiß riechender Alter an ihm vorbeihetzte.

„Komm rauf!“, ertönte im selben Augenblick Samuels Stimme erneut aus der Gegensprechanlage. Entschlossenen Schrittes betrat Luke das Gebäude, hinter ihm die sich inzwischen prügelnden, laut schreienden Ghetto-Kids und vor ihm ein Hausflur mit Urinspuren an den Wänden.

Luke hatte Samuel vor einigen Jahren in Reinherzhausen kennengelernt, als dessen Familie in der Lüneburger Heide Urlaub machte. Er war von Samuel sofort beeindruckt, der damals fünfzehn Jahre alt war und ihm damit gerade einmal zehn Monate voraus. Doch in diesem Alter sind zehn Monate, gepaart mit coolem Auftreten und eigener Zigarettenschachtel, eine Menge. Die zwei Jungen verbrachten die gesamten zwei Wochen miteinander und Luke sehnte nach seiner Abreise bereits den Herbst herbei, denn dann wollte Samuel ihn alleine besuchen. Während dieses Besuchs geschah es dann auch. Am 11. September 2001 lagen sie nebeneinander im Bett und holten sich gegenseitig einen runter. Für Luke war es der geilste Tag seines Lebens, auch wenn das in seinen Augen ungerecht oder zumindest politisch unkorrekt war. Mit 9/11 würde er immer dieses erste Mal in Verbindung bringen und nicht etwa die einstürzenden Twin-Towers.

Für Samuel war es damals nur ein Experiment gewesen, für Luke die Erfüllung seiner Träume. Doch wie es nun einmal bei uns Menschen ist, kommt, sobald ein Traum in Erfüllung geht, gleich ein neuer. Eine neue Sehnsucht, ein neues Hoffen. Luke wollte mehr. Er wollte Samuel küssen. Er wollte seine Hand halten. Er wollte mit ihm zusammensein. Bevor es aber so weit kam und vor allem noch bevor sich Luke weiter in diese Sehnsucht hineinsteigern konnte, waren die Herbstferien vorüber und Samuel reiste ab.

Sie hielten den Kontakt, doch zu einem dieser erotischen Momente, geprägt von jugendlicher Neugier und pubertierender Lust, sollte es nie wieder kommen. Samuel erzählte von Freundinnen und auch Luke ließ sich auf Abenteuer mit Mädchen ein. Es war für ihn allerdings niemals etwas Ernsthaftes. In all den Jahren verging kein Tag, an dem er nicht an Samuel dachte. In seinem Kopf schrieb Luke Hunderte von flammenden Liebesbriefen. In Gedanken malte er sich ein leidenschaftliches Wiedersehen in allen Details aus. Und als schließlich die Wahl eines Studienortes anstand, sah Luke seine Chance endlich gekommen.

Samuel war dann auch sofort bereit gewesen, ihn bei sich aufzunehmen, bis er eine Wohnung gefunden haben würde. Mehr noch, er schien sich aufrichtig darüber zu freuen, dass Luke wegen seines Germanistikstudiums nach Frankfurt kommen wollte. Und so trafen sich die beiden in einem versifften Treppenhaus der Werftstraße nach über eineinhalb Jahren wieder. Es war das von Luke lange herbeigesehnte Wiedersehen.

Zu seiner großen Erleichterung stellte er fest, dass sich Samuel kaum verändert hatte. Sein Kleidungsstil war etwas erwachsener; er hatte die Baggyhose gegen eine gut sitzende Jeans eingetauscht, seine gelockten, strohblonden Haare waren etwas länger geworden, der Körper drahtiger. Mit seiner sonnengebräunten Haut und dem weißen T-Shirt sah er beinahe aus wie ein Rettungsschwimmer aus *Baywatch* oder ein Surfer.

Samuel war sichtlich im Stress, hatte länger arbeiten müssen, eine Hausarbeit für die Uni schwebte drohend über ihm und er war auf eine Geburtstagsparty eingeladen. Trotzdem gab er sich alle Mühe, Luke einen herzlichen Empfang zu bereiten. Hastig führte er ihn durch die Wohnung und ließ ihn schließlich in seinem neuen Zimmer, zugleich Samuels Wohnzimmer, mit einem Willkommens-Bier alleine, um noch schnell zu duschen.

Skeptisch schaute Luke sich in seinem neuen Zuhause um. Die schlichte weiße Tapete des kleinen Zimmers war leicht angegraut und der blau-schwarze Teppichboden an einigen Stellen mit hässlichen Flecken überzogen. In der Ecke, direkt neben dem Fenster, stand ein klappriges Ikea-Sofa, daneben Samuels Schreibtisch. Einzig der antike Eichenholzschrank war ein kleiner Hoffnungsschimmer in der grauen Tristesse.

„Ich weiß, es ist nicht gerade eine Suite im Hilton und mit Parkett und Stuckdecke kann ich dir auch nicht dienen, aber mit etwas Sinn für Ästhetik kann man bestimmt was draus machen“, holte ihn Samuel aus seinen Gedanken, während er, nur mit einem Handtuch um die Hüften, aus dem Badezimmer hastete.

Luke lächelte verlegen und versuchte krampfhaft, nicht auf die Beule, die sich in Samuels Schritt andeutete, zu starren.

„He! Alles in Ordnung?“, fragte Samuel und legte freundschaftlich seinen Arm um Luke. Eine schlichte Geste, die dessen Unsicherheit allerdings nur verschlimmerte.

„Klar! Es ist alles nur so schrecklich viel für einen Tag“, entgegnete Luke so souverän wie möglich und streifte mit einem Blick kurz den muskulösen Oberkörper.

Samuel grinste frech. „Wie ist so dein erster Eindruck von Frankfurt?“

„Groß, laut und dreckig. Aber trotzdem beeindruckend.“

Samuel lachte schallend und ging in sein Zimmer zurück.

„Es ist eben nicht die Lüneburger Heide! Aber glaub mir, wenn du dich erst einmal eingelebt hast, wird es dir hier gut gefallen.“

„Hoffentlich“, antwortete Luke und widerstand der Versuchung, durch den Türspalt hindurch Samuel beim Umziehen zu beobachten. Stattdessen ging er in die kleine Küche, setzte einen Kaffee auf und versuchte, den Ständer in seiner Hose zu ignorieren.

„Stört es dich, wenn ich in der Küche rauche?“

„Nein. Ist mir egal“, antwortete Luke und fragte sich, wie Samuel auf die Idee kommen konnte, er würde ihm in der eigenen Wohnung das Rauchen verbieten.

„Gut! – Ich werde heute Abend lange unterwegs sein. Eine Freundin feiert Geburtstag. Lust, mitzukommen?“

„Nein, eigentlich freu ich mich jetzt nur auf mein Bett.“

„Versteh ich, aber die Weiber würden dir gefallen! Alles BWL-Tussis!“, meinte Samuel und huschte an Luke vorbei, streifte ihn kurz und verschwand wieder im Badezimmer.

„Hast du gerade eine Freundin?“

„Was hast du gesagt?“, fragte Samuel und trat, mit einem babyblauen Shirt und einer Schlaghose bekleidet, in die Küche.

„Ach, vergiss es“, zog Luke die Frage zurück, ohne zu wissen, warum sie ihm eigentlich peinlich war.

„Okay. Du findest dich zurecht?“

„Denke schon.“

„Gut, ich geh jetzt! Ach ja, schön, dass du hier bist und sorry wegen der Hektik!"

Lukes Herz machte einen kleinen Sprung, und bevor er sich versah, umarmte ihn Samuel hastig-männlich, schnappte sich vom Tisch Zigarettenpackung und Schlüssel und verschwand.

Luke war alleine.

Nur das leise Röcheln der Kaffeemaschine leistete ihm Gesellschaft. Er war der einengenden Weite der Lüneburger Heide entflohen und endlich in der Welt angekommen. Es war eine seltsame Situation, begleitet von einer irritierenden Mischung aus Angst und Vorfreude. Er fühlte sich frei und doch war das Sehnen in ihm geblieben. Die Sehnsucht nach Samuel, der mal wieder unerreichbar weit weg war. Irgendwo unterwegs in Frankfurt. Bei irgendwelchen BWL-Tussis. Jenseits von Lukes Möglichkeiten. Und so begann er, wegen der Geburtstagsparty einer ihm unbekannten Person sein neues Leben, wenige Stunden, nachdem es gestartet hatte, zu verfluchen.

An jenem Abend rauchte er, entgegen seinem Vorhaben, in Frankfurt aufzuhören, eine Zigarette und versuchte dabei – erfolglos –, nicht an die Urinflecken im Hausflur zu denken.

Zwei verliebte Banker

„Es ist einfach so ein komisches Gefühl", sagte Tom, während er die Freisprechanlage des Telefons einschaltete und seine Krawatte lockerte.

„Was sollte mit Sven nicht in Ordnung sein? Vielleicht hat er nur eine Krise, weil irgendein fucking Investmentfonds sich nicht so entwickelt, wie er erwartet. Oder er hat erfahren, dass die neue *Superman*-Serie abgesetzt wird."

Meikos Stimme drang hart aus den Lautsprechern des Telefons und hallte in Toms Büro wider. Ein Effekt, der den abfälligen Tonfall seines besten Freundes überdeutlich hervorhob. Meiko mochte Sven nicht. Mehr noch, er hielt ihn für einen Langweiler, der höchstens auf dem Börsenparkett so etwas wie animalische Leidenschaft entwickeln konnte. Insgeheim hatte Meiko sogar den Verdacht, dass Sven zu kontrolliert und langweilig für einen Schwulen war und in Wirklichkeit eine verkappte Hete in ihm schlummerte. Und diese Vermutung war für Meiko bemerkenswert, denn schließlich lebte er nach dem Motto, dass in jedem Heteromann ein Homo steckte, den es nur wachzuküssen galt.

„Ich weiß nicht recht", mischte sich nun Tina ein, die per Konferenzschaltung am Krisengespräch teilnahm. „Es ist wirklich seltsam. Aber schließlich habt ihr bald euren Jahrestag. Vielleicht will er dich mit etwas Besonderem überraschen."

Tom hatte sich angewöhnt, seine beiden Ratgeber in Beziehungsangelegenheiten stets gleichzeitig zu informieren. So sparte er es sich, denselben Sachverhalt zweimal darzulegen, und vermied es vor allem, dass einer den anderen vorab informierte und durch eine eigene, subjektive Darstellung beeinflusste. Letztendlich änderte sich jedoch nichts daran, dass Meiko ihm stets riet, endlich Schluss zu machen, während Tina, wesentlich diplomatischer veranlagt als ihr Bruder, Tom oftmals auf subtile Art und Weise in seiner eigenen Skepsis bestärkte. Beide mochten sie Sven nicht. Meikos Antipathie war jedoch um einiges ausgeprägter. Vielleicht nahm er jedoch auch einfach kein Blatt vor den Mund und sprach das aus, was seine Schwester insgeheim dachte.

„Hat er dir jemals etwas zu eurem Jahrestag geschenkt?", fragte Meiko spitz, die Antwort bereits kennend.

„Wir hatten auch nur drei Jahrestage. Bisher zumindest", entgegnete Tom und nahm die traditionelle Rolle des Verteidigers ein.

„Drei zu viel, wenn du mich fragst!"

„Meiko!", mahnte Tina aus der anderen Leitung und in ihrer Stimme schwang eine bedrohliche Dominanz mit, die nur eine große Schwester gegenüber ihrem jüngeren Bruder an den Tag legen konnte.

„Schon gut! Zurück zu den Fakten: Was hat er denn genau zu dir gesagt?", lenkte Meiko ein.

Tom überlegte kurz und versuchte, sich die exakten Worte ins Gedächtnis zu rufen. Er kannte Sven inzwischen ziemlich gut und wusste, dass er sich vor dem Telefonat wahrscheinlich Notizen gemacht hatte. Auf jeden Fall hatte seine Stimme den für ihn typischen, gewichtigen und spannungsgeladenen Ton angenommen. Meistens erzählte er dann von bedeutenden Transaktionen oder erfolgreichen Vertragsabschlüssen. Selten sprach er in dieser dramatischen Stimmlage über Privates. Alleine deswegen schon schrillten bei Tom die Alarmsirenen.

„Er fragte mich, ob ich heute Abend Zeit hätte. Er müsse mit mir reden."

„Mehr nicht? Keine Andeutung, um was es geht?", fragte Tina ungläubig.

„Nein."

„Und wo trefft ihr euch?"

„In Svens Büro. Er will mit mir nach der Arbeit einen Spaziergang machen."

„Das klingt nicht gut", gab Tina zu.

„Warum?"

„Ganz einfach: Wann seid ihr das letzte Mal gemeinsam spazieren gegangen? Noch dazu mit vorheriger Terminabsprache!"

Tom konnte sich nicht erinnern.

Aus dem Frankfurter Hof strömten leise Klavierklänge auf die Straße und auf der Terrasse des Hotels hatte sich eine vornehm gekleidete Geburtstagsgesellschaft versammelt. Passanten spähten neugierig auf die kleine, exklusive Feier und plötzlich stieg ein Schwarm weißer Tauben aus dem Innenhof in den strahlend blauen Himmel empor. Eine märchenhafte, beinahe unwirkliche Stimmung legte sich über die Szenerie und Tom kam sich reichlich deplatziert vor, während er den Kaiserplatz langsam überquerte und sich wenige Schritte später im Herzen des Bankenviertels befand. Die ganze Stadt schien zu feiern.

Überall auf der Zeil hatten Straßenmusiker gestanden; die Passanten schlenderten entspannt an den Schaufenstern vorbei. Kinder schleckten Eis und die Skater an der Hauptwache trugen zu ihren Baggyhosen erstmals in diesem Jahr luftige T-Shirts. Alle schienen gut gelaunt und gelöst. Tom kam sich wie eine einsame Gewitterwolke vor, die an einem rosaroten Abendhimmel driftet und nicht so recht ins Panorama passen wollte.

Je länger er in seinem Büro über den Akten gebrütet hatte, desto öfter waren seine Gedanken zu Sven abgeschweift. In seinem Innern hatte sich Tom in den vergangenen Stunden längst darauf eingestellt, dass Sven noch heute mit ihm Schluss machen würde. Sein Bauchgefühl ließ ihn einfach nichts Gutes ahnen. War er nur hysterisch oder gab es tatsächlich einen Grund für seine Ängste? In der Vergangenheit hatte er bereits Tage vor Trennungen oder Krisen ein mulmiges Gefühl verspürt. Obwohl es oberflächlich betrachtet niemals fassbare Hinweise gegeben hatte, war auf sein Unterbewusstsein bisher immer Verlass gewesen. Auch wenn er diese Warnsignale meistens bis zum bitteren Ende ignoriert hatte.

Diesmal jedoch nicht. Diesmal wollte er gewappnet sein und in Gedanken hatte Tom bereits seinen Auszug aus der gemeinsamen Wohnung geplant, in die er erst Anfang des Jahres gezogen war. Er würde einfach wieder bei Tina einziehen, beinahe so, als wäre er niemals weg gewesen. Anderseits … Vielleicht wollte Sven gar nicht Schluss machen. Vielleicht hatte er nur festgestellt, dass er mit Tom nicht zusammenleben konnte. Eine räumliche Trennung musste ja nicht das Ende einer Beziehung bedeuten, oder?

Tom spürte, wie wieder Panik in ihm emporstieg. Er wollte Sven nicht verlieren. Er wollte weiterhin gezwungen sein, sich schon am Frühstückstisch über Börsenkurse zu unterhalten oder sich einen Abend lang alte Superman-Filme anzuschauen. Bei allen Macken, die sein Freund hatte, fühlte sich Tom trotzdem sehr wohl bei ihm. Oder war es nur Gewohnheit? Zu Beginn ihrer Beziehung hatte Tom oft die fehlende Leidenschaft, mangelnde Spontaneität, Romantik oder schlichtweg animalische Geilheit vermisst. Er hatte sich jedoch im Laufe der Zeit damit abgefunden, dass er eben nicht alles haben konnte. Sven gab ihm Sicherheit und Halt. Er war zu einer Konstante in seinem Leben geworden, zu einem Menschen, der ihm das Gefühl gab, nicht alleine zu sein. Es war Svens Beständigkeit, die ihn faszinierte und anzog. Eine Beständigkeit, die alles andere aufzuwiegen schien. Tom war zufrieden. Meistens jedenfalls. Dafür sprach auch, dass er in den drei Jahren ihrer Beziehung Sven nur ein einziges Mal betrogen hatte. Auf einer Geschäftsreise, ganz klassisch.

Der Schritt, sich eine gemeinsame Wohnung zu nehmen, war vollkommen unspektakulär gewesen. Svens Mitbewohner ging aus beruflichen Gründen nach London. Eines Abends, nach einem schicken Abendessen bei ihrem Lieblingsitaliener, hatte Sven ihn gefragt, ob er einziehen wolle. Tom hatte keinen Moment gezögert und ja gesagt, keine zwei Monate später packten sie Umzugskartons. Es passte zu Sven, dass er den doch sehr bedeutenden Schritt des Zusammenziehens ohne große Gesten und Worte eingeleitet hatte. Für ihn war es wohl nur die logische Folge einer dreijährigen, beständigen Beziehung. Mit ihnen sei es, hatte Sven damals erklärt, wie bei einer Aktie, die nach einer stetigen Wertsteigerung schließlich in den Dax aufgenommen wurde. Zu Meikos Entrüstung hatte er diesen Vergleich ohne jede Selbstironie gezogen.

Als Tom schließlich vor dem mächtigen Banktower stand, in dem sich Svens Büro befand, und die Glasfassade emporstarrte, war er sicher, dass ihr Beziehungskurs an diesem Tag ins Bodenlose fallen würde.

„Klopf, Klopf!", kündigte sich Tom an, bevor er die angelehnte Tür zu Svens Büro aufstieß. Er bemerkte sofort die seltsame, undefinierbare Anspannung, die in der Luft lag. Außerdem nahm er im Augenwinkel noch flüchtig wahr, wie Sven hastig etwas vom Schreibtisch in seiner Hosentasche verschwinden ließ. Tom spürte, wie Hysterie in ihm aufstieg. Während der Aufzugsfahrt hatte er sich innerlich gesammelt und seine Nervosität zu bekämpfen versucht. Doch sobald er nun Sven gegenübertrat, war seine Selbstbeherrschung dahin. Sein rechtes Augenlid begann zu zucken, sein Herz pochte heftig und seine Hände, tief in den Hosentaschen vergraben, wurden feucht.

„He!", begrüßte ihn Sven, erhob sich hastig und drückte ihm einen keuschen Kuss auf die Wange. Seine Gesichtszüge waren gewohnt ausdruckslos. Nur die in Falten gelegte Stirn verriet, dass auch er nervös war. Im Laufe ihrer Beziehung hatte Tom gelernt, auch die kleinsten Regungen in Svens makelloser Fassade zu deuten.

„Bist du fertig?", fragte Tom, seine leicht zittrige Stimme verfluchend.

„Klar!" Ein kurzes Lächeln huschte über Svens Gesicht, beinahe so, als wäre er erleichtert, dass es endlich so weit war. „Ich muss schnell oben in der Personalabteilung etwas abgeben. Komm doch mit."

Schweigend nickte Tom und trottete seinem Freund hinterher. Seine Gedanken kreisten um das Warum. Warum war Sven nervös? Warum dieses ominöse Treffen? Warum diese undefinierbare Anspannung?

In den Fluren herrschte eine seltsame Stille, die bereits bei seiner Ankunft so unnatürlich erschienen war. Er besuchte Sven selten auf der Arbeit und eigentlich nie nach Geschäftsschluss. Wenn überhaupt, war er bisher immer am Nachmittag hier gewesen. Dann hetzten Angestellte durch die Korridore. Wahlweise würgten sie dabei hastig ihren Lunch hinunter, telefonierten per Handy mit New York und Tokio oder studierten im Gehen irgendwelche Akten. Tom verglich den Tower mit einem riesigen Ameisenhaufen. Ein Gewusel aus Lebewesen, das absolut chaotisch erschien und doch einer Ordnung unterlag, die Außenstehenden allerdings verschlossen blieb. Nicht für alles Geld der Welt hätte Tom diese unpersönliche Hektik gegen seinen Job bei einer kleinen, familiären Privatbank eingetauscht.

Die beiden Männer schwiegen noch immer, als sie in den Aufzug stiegen und die Kabine nach oben schoss. Die Fahrt kam Tom wie eine Ewigkeit vor. Schließlich stockte die Kabine mit einem sanften Ruck und die Tür öffnete sich. Dankbar, der beengenden Zweisamkeit entkommen zu sein, trat Tom hinaus. Erst als Sven die Stufen einer kleinen Treppe emporstieg und eine quietschende Metalltür öffnete, bemerkte Tom, dass sie sich nicht in einem der stets gleich aussehenden Retortenkorridore befanden, sondern auf dem Dach des Towers.

„Wo sind wir hier?“

„Dem Himmel ganz nahe!“, antwortete Sven ungewohnt theatralisch, nahm ihn an die Hand und führte ihn hinaus auf eine große Terrasse, die sich auf dem Dach des Hochhauses befand. Um sie herum ragten Commerzbank- und Maintower wie futuristische Riesen aus Glas und Stahl in den Abendhimmel. In der Ferne waren Messeturm, Flughafen und – weit am Horizont – die bewaldeten Hügel des Taunus zu sehen. Nur wenige Schritte von ihnen entfernt stand ein schlichter, kleiner Holztisch, auf dem eine Vase mit Rosen, eine Flasche Champagner und zwei langstielige Gläser arrangiert worden waren. Tom stockte. Plötzlich kniete Sven vor ihm und strich sich aufgeregt eine Strähne seines rotblonden Haares aus dem Gesicht.

Die Frage nach dem Warum war beantwortet.

„Ich liebe dich, Tom. Du bist das Beste, was mir in meinem Leben widerfahren ist, und so bitte ich dich nun hochoffiziell darum, den Rest deines Lebens mit mir zu verbringen. Tom, willst du mich heiraten?"

Tom blickte auf seinen Freund herab, auf den schlichten Ring in dessen Händen, den er wohl noch eben vom Schreibtisch hatte verschwinden lassen. Er schaute in die sanften, rehbraunen Augen, wanderte den Sommersprossen auf der Wange folgend hinab zu den vollen Lippen. Er wollte Sven küssen, ihn in den Arm nehmen, vor Glück weinen. Er wollte Ja sagen. Doch etwas ließ ihn plötzlich innerlich zusammenzucken. Ein sanftes, dünnes Stimmchen erklang in seinem Innern und warnte ihn: „Tu es nicht!"

Plötzlich spürte Tom sie, die dämonischen Zweifel. Jene Zweifel, die ihn auch dazu veranlasst hatten zu glauben, Sven würde Schluss machen. Jene Zweifel, die er sonst ignorierte, weil sie ihm unwichtig erschienen. Doch ausgerechnet in diesem Augenblick brachen die Dämme und Tom war über die eigene Frage in seinem Kopf schockiert: War Sven der Richtige?

Noch vor wenigen Minuten hatte ihn die Angst vor einem Ende der Beziehung schier verrückt gemacht und jetzt, im Angesicht dieser zutiefst romantischen Geste, war es die Angst, das Falsche zu tun, die ihn zaudern ließ.

„Ich weiß gar nicht, was ich sagen soll!", stammelte Tom, um Zeit zu gewinnen. Er kam sich wie ein emotionaler Flachwichser vor. Warum hatte er nicht den Mut, die Wahrheit auszusprechen? Jetzt war noch die Gelegenheit.

„Sag einfach Ja!"

Svens Stimme war sanft, beinahe schüchtern, aber auch drängend. Er hatte nicht damit gerechnet, dass Tom zögern würde. Das war in seinem Plan nicht vorgesehen und plötzlich bekam er es mit der Angst zu tun. Angst davor, dass Tom Nein sagen konnte. Außerdem spürte er, wie sein Knie langsam zu schmerzen begann. Er konnte also nicht mehr lange auf dem harten Beton des Hochhausdaches knien, wollte er nicht einen dauerhaften Gelenkschaden riskieren. Er hatte nicht bedacht, dass diese Position so schmerzhaft werden konnte. In den kitschigen Hollywoodromanzen sah es immer so einfach und mühelos aus, wenn der Held um die Hand seiner Angebeteten anhielt. Ob Dean Cain als Superman wohl mit Knieschonern um die Hand von Lois Lane angehalten hatte?

Tom verfluchte unterdessen seine Zweifel, seine Dummheit. War er zu einem typisch schwulen Beziehungsneurotiker geworden? Vor ihm kniete der Mann, den er liebte. Er musste nur zugreifen. Sven war bereit, ihn und seine Macken zu ertragen, er war bereit, mit ihm zu leben. Geborgenheit, Sicherheit, Liebe, Zweisamkeit … und Zweifel.

Tom schloss kurz die Augen, spürte, wie die letzten Sonnenstrahlen seine Haut kitzelten und ein Windhauch durch seine Haare fuhr. Er war seinen Träumen und Lebenszielen näher als jemals zuvor. Und so öffnete Tom die Augen, nahm Svens Hand, drückte sie sanft und flüsterte leise: „Ja, ich will!"

Etappensiege

„Und wie ist es gelaufen?", fragte Samuel.

Luke ließ die Wohnungstür resigniert mit einem Knall ins Schloss fallen.

„Oh, so gut!", beantwortete Samuel seine Frage selbst.

„Ja, war super! Eine verdreckte Kiffer-WG im Gallus. Genau das, was ich mir vorgestellt habe!", erklärte Luke und verfluchte sich insgeheim für seinen scharfen Unterton. Er wollte Samuel nicht anraunzen. Nichts lag ihm ferner. Im Gegenteil. Doch Lukes Nervenkostüm war in den vergangenen Tagen arg strapaziert worden. Seit seiner Ankunft in Frankfurt war er gefangen in einem Zustand zwischen tiefer Melancholie, Heimweh und Zukunftsangst einerseits und zerreißender Spannung und Vorfreude andererseits. Er hatte sich fest vorgenommen, noch vor Beginn des Sommersemesters eine eigene Wohnung zu finden. Zugleich missfiel ihm die Vorstellung, wieder bei Samuel auszuziehen, war doch die räumliche und mitunter auch körperliche

Nähe zu ihm ungeheuer prickelnd und aufregend. Und so hatte Luke widerstrebend die Anzeigenteile der Tageszeitungen und die WG-Börsen im Internet durchforstet.

Schnell begriff er, wie hart umkämpft der Wohnungsmarkt in Frankfurt war. Er lernte vor allem die Makler hassen, die unbezahlbare Courtagen verlangten, und wünschte ihnen die Pest – oder zumindest einen hässlichen, hartnäckigen Ausschlag – an den Hals. Einfach loszuziehen und eine neue Wohnung zu finden, das war eine Illusion, von der sich Luke schnell verabschiedete. Stattdessen tingelte er tagelang von Besichtigungstermin zu Besichtigungstermin. Vorläufiger Höhepunkt war die Punker-WG gewesen, die ihn mehr an eine lebende Müllhalde mit S-Bahnanschluss – der Zug fuhr direkt am Küchenfenster vorbei – erinnert hatte.

Samuel strich Luke aufmunternd durch die Haare. „Kann ich dir irgendwie helfen?"

„Ein Bier und eine Fußmassage wären nicht schlecht!"

„Bier ist kein Problem … für Letzteres stehe ich allerdings nicht zur Verfügung!", antwortete Samuel lächelnd und ging in die Küche.

„Genau das hatte ich befürchtet", murmelte Luke sarkastisch.

„Was hast du gesagt?", rief Samuel, während sein Kopf im Kühlschrank verschwand und er kurz darauf triumphierend lächelnd zwei Bierflaschen hervorzog.

„Ach, nichts. Ich befürchte, ich lande noch in diesem Wohnwagencamp im Riedwald."

Die beiden stießen an und Luke erzählte in allen schmutzigen Einzelheiten von der vermüllten Kiffer-WG. Doch Samuel schien nicht bei der Sache zu sein.

„Ist alles in Ordnung?", fragte Luke schließlich, als er am Ende seines Berichtes angelangt war.

„Ich überlege mir gerade, warum du nicht einfach hier bleiben solltest."

Luke verschlug es die Sprache und er starrte Samuel mit offenem Mund an.

„Du meinst …"

„Ich meine, ich hätte Bock drauf, mit dir in einer WG zu wohnen. Ich glaube, wir hätten viel Spaß zusammen."

Nicht so viel, wie ich gerne hätte, fügte Luke in Gedanken hinzu. Gleichzeitig spürte er, wie sich vor Aufregung seine Nackenhaare aufstellten.

„Hast du Lust?“, fragte Samuel, nachdem beide einige Minuten gedankenverloren auf ihre Bierflaschen gestarrt hatten.

„Klar, hab ich das!“, rief Luke überschwänglich.

„Gut, dann trinken wir jetzt auf die coolste WG in ganz Frankfurt!“

Klirrend ließen sie die Flaschen aneinanderstoßen und leerten sie zügig. Doch obwohl Luke innerlich triumphierte und sein Glück kaum fassen konnte, blieb ein fahler Beigeschmack. Er fragte sich – so viel Realist war er trotz seiner Schwärmerei für Samuel geblieben –, ob es auf Dauer gut gehen konnte, wenn er mit ihm in einer WG zusammenlebte. Eine Frage, die sich jedoch nach dem zweiten Bier dankenswerterweise im Dunst des Alkohols verflüchtigte.

Nachdem Luke offiziell und auf unbestimmte Zeit zu Samuels Mitbewohner geworden war, verspürter er das erste Mal seit seiner Ankunft in Frankfurt eine sorglose Leichtigkeit. Er begann, sich in die beeindruckende Skyline zu verlieben, gewöhnte sich an Apfelwein und Sauerkraut und arrangierte sich mit dem Bahnhofsviertel und dessen mitunter kriminellen Auswüchsen. Es war ein warmer, sommerlich anmutender April. Der blaue Himmel, die strahlende Sonne und der einziehende Frühling taten ihr Übriges, um Frankfurt von seiner charmantesten und schönsten Seite zu zeigen. Die Straßencafés der Berger Straße waren stets gut besucht. Osterglocken und Tulpen zierten als bunte Farbtupfer die saftig grünen Wiesen. Die Magnolien sprangen auf und versprühten ihren Duft und in den Parkanlagen hoppelten wieder Horden von Kaninchen umher.

Besonders beeindruckte Luke die blaue Lebensader der Stadt: der Main mit seinen belebten Uferpromenaden. Hier tummelte er sich besonders gerne zwischen Spaziergängern, Skatern und Sonnenanbetern, die die ersten Frühlingstage schonungslos ausnutzten. Doch Frankfurt ist eben keine Stadt, in die man sich auf den ersten Blick verliebt. Vielmehr ist es eine Liebe, die wachsen muss. Luke erkannte schnell, dass die Hochhausschluchten kühle Arbeitswelten waren. Genauso schnell musste er sich klar machen, dass Multikulti-Ideologien auch in Frankfurt versagt hatten. Trotzdem genoss er es, beim Türken um die Ecke einzukaufen oder durch die Asia-Shops im Bahnhofsviertel zu stöbern.

Einmal, an einem Samstagnachmittag, nach der Rushhour auf der Zeil, war er sogar kurz davor, ein schwules Café zu betreten. Eine halbe Stunde lang drückte sich Luke vor dem Pet Shop herum und beobachtete die ein- und ausgehenden Männer. Letzten Endes brachte er jedoch nicht den Mut auf und so blieb das Highlight dieser Tage das Zusammenleben mit Samuel.

Auch wenn das Sehnen nach seiner Nähe immer mehr zunahm und die unerwiderten Gefühle Luke manchmal beinahe körperliche Schmerzen bereiteten, genoss er jede Minute, die er mit ihm verbrachte. Luke kochte sogar gelegentlich für sie beide und mit der Pasta all'arrabbiata brachte er ihn nicht nur zum Schwitzen, sondern schindete auch mächtig Eindruck.

„Wir sind beinahe wie ein Ehepaar", hatte Samuel an einem dieser Abend gescherzt, wohl ohne zu wissen, wie sehr diese Vorstellung Lukes Wünschen entsprach. Manchmal, wenn sie gemeinsam auf dem Sofa chillten und einen Joint rauchten, glaubte Luke sogar eine gewisse Spannung zwischen ihnen zu spüren. Er fragte sich, ob auch Samuel dieses Knistern wahrnahm. Wenn ja, so ließ er sich nichts anmerken.

Auch an einem Freitagabend, nicht ganz drei Wochen nach Lukes Einzug, kam es, kurz bevor Samuel die Wohnung verlassen hatte, wieder zu einem dieser Momente. Sie hatten sich dabei sogar kurz und tief in die Augen geschaut. Noch niemals zuvor war sich Luke sicherer gewesen, dass er sich diese Spannung nicht einbildete. Doch Samuel hatte nur gelächelt und war dann auf die Party einer Freundin verschwunden. Dieser magische Moment ließ Luke nicht mehr los und er hatte den ganzen Abend lang gegrübelt.

Er sehnte sich nach der Klarheit, die er zu Hause, am Ende jener schicksalhaften Nacht in der Heide, empfunden hatte. Er hatte auch damals keine befriedigenden Antworten erhalten, doch wenigstens hatte er einen Plan gehabt. Er hatte sich eingebildet zu wissen, was zu tun war. Jetzt waren seine Gedanken hingegen von Selbstzweifeln und Unsicherheiten geplagt.

Müde wandte Luke seinen Blick vom hellen Nachthimmel ab. Es war kurz vor ein Uhr. Zeit, ins Bett zu gehen. Im selben Augenblick wurde die Wohnungstür geöffnet und Samuel stolperte angetrunken herein. Luke, aus den Gedanken gerissen, schob hastig einige Bücher, die sich auf dem Boden stapelten, aus dem Weg.

„Habe ich dich geweckt?"

„Nein. Ich habe nur nachgedacht. Warum bist du so früh zurück?"

Schweigend ließ sich Samuel auf Lukes Bett fallen.

„Die Party war nicht so besonders. Nur seltsame Leute und das Essen war auch nicht gut. Immerhin gab es genügend Bier!"

„Wer hat eigentlich gefeiert?"

Samuel blickte ihn kurz und durchdringend an und schüttelte schließlich den Kopf.

„Kennst du nicht."

„Du bist betrunken."

„Etwas", entgegnete Samuel und lächelte verschmitzt, beinahe schmutzig.

Luke nickte schweigend und musterte das Gesicht seines Mitbewohners eingehend. Er hatte sich – mal wieder – nicht rasiert. Doch die braunen Bartstoppeln standen ihm gut und verliehen ihm markante Züge. Er verströmte einen leicht säuerlichen Duft aus Alkohol und Schweiß, was ihn seltsamerweise noch anziehender machte.

„Mir ist schwindelig", stöhnte Samuel und schloss die Augen. Lukes Blicke wanderten sehnsüchtig über den Körper seines Freundes. Nur wenige Zentimeter trennten sie voneinander und doch schien Samuel unerreichbar weit weg. Gleichmäßig, im Rhythmus des Atems, senkte sich der Oberkörper auf und ab und unter dem eng anliegenden Shirt zeichneten sich harte Brustwarzen ab. War Samuel etwa erregt? Lukes Blick wanderte weiter nach unten. Er wusste nicht, ob seine Fantasie ihm einen hinterhältigen Streich spielte, doch er glaubte, dass sich eine eindeutige Beule in der Jeans abzeichnete. Plötzlich öffnete Samuel die Augen und grinste verschmitzt. Luke fühlte sich ertappt, doch noch bevor er, peinlich berührt, rot anlaufen konnte, beugte sich Samuel zu ihm herüber und küsste ihn.

„Die Zigarette danach“, stellte Luke unsicher fest, nur um dem Schweigen ein Ende zu bereiten. Er fühlte sich, Samuels gleichmäßigen Pulsschlag und die Hitze seines Körpers spürend, seltsam leer und zugleich unendlich geborgen. Es war nicht unbedingt jenes romantische erste Mal gewesen, wie er es aus kitschigen Liebesromanen und naiven Bravo-Geschichten kannte. Überraschend, kurz, heftig und geil waren vielmehr die Worte, die er wählen würde, um es zu beschreiben.

„Ist alles okay?“

„Klar“, antwortet Luke wesentlich selbstsicherer, als er sich tatsächlich fühlte, und versuchte ohne Erfolg, seine noch immer vor Aufregung zitternden Glieder unter Kontrolle zu bringen.

„Gut. Ich möchte nicht, dass du dich komisch fühlst.“

Samuels sanfte Stimme beruhigte ihn, während er noch immer damit beschäftigt war zu begreifen, was gerade geschehen war. Er hatte ... Samuel hatte ihn .... Wieder erschütterte eine Schockwelle seinen Körper und Luke zuckte erneut. Samuel lächelte.

„Vielleicht sollten wir beim nächsten Mal mehr Gleitgel verwenden“, brachte Luke schließlich hervor, nur um überhaupt etwas zu sagen.

Samuel lächelte und seine strahlend weißen Zähne blitzten kurz in der Dunkelheit auf.

„Beim nächsten Mal?“, entgegnete er, mit einem anzüglichen Unterton in der Stimme, und begann, Lukes Körper mit Küssen zu bedecken. Luke fühlte sich, als wäre er im Himmel angekommen, als wären all seine Träume in Erfüllung gegangen.

Die alte Brücke

Schwere, dunkle Wolken verdeckten die Sterne und ließen den fahlen Schein des Mondes nur gelegentlich durchschimmern. Ein kühler Wind war gemeinsam mit den bedrohlich wirkenden Wolkentürmen aufgezogen und kündete vom ersten schweren

Gewitter der Saison. Eine seltsame Ruhe lag über der Stadt, als würde sie voller Spannung und Erhabenheit verharren und Regen, Donner und Blitz herbeisehnen. Der April war ungewöhnlich trocken und mild und selbst die Nächte erinnerten bereits an den Sommer. Zumindest solange man keinen Blick auf den Kalender riskierte. Die Meteorologen sprachen bereits jetzt von dem wärmsten April der vergangenen fünf Jahrzehnte.

Tom genoss die meditative und beruhigende Stille um sich herum und beobachtete von der Alten Brücke aus die Skyline. Seit seinem Ja-Wort waren nur wenige Stunden vergangen. Sie hatten den Champagner getrunken, gemeinsam bei ihrem Lieblingsitaliener gegessen und danach bei Kerzenschein und Rotwein miteinander geschlafen. Es war wie in einem kitschigen Pilcher-Roman gewesen und vielleicht war es genau das, was Tom derart verstörte. Der Eindruck, alles wäre inszeniert, unecht, bemüht. Es wirkte so künstlich und so vorhersehbar. Zunächst die gemeinsame Wohnung, dann ein unglaublich romantischer Heiratsantrag und schließlich die Hochzeit. Und was würde folgen? Ehejahre voller Tristesse? Einsame Nächte, wenn Sven mal wieder Überstunden machte? Der Rest seines Lebens war bereits jetzt ordentlich arrangiert und festgelegt.

Dieser Gedanke war es gewesen, der ihn nicht hatte einschlafen lassen. Schließlich hatte Tom die Flucht ergriffen, sich aus der Wohnung geschlichen und war spazieren gegangen. Er streifte ziellos durch die Straßen Frankfurts und schließlich war er vor der Ackerpflaumenallee 33 gelandet, seinem alten Zuhause. Aus der prächtigen Gründerzeitvilla war er vor gut vier Monaten ausgezogen und er vermisste seine alte Wohnung. Sie war klein, eng und im Sommer unerträglich heiß, doch sie war über fünf Jahre lang sein Zuhause gewesen, sein Reich. Und er vermisste das Zusammenleben mit Sarah, seiner Lieblings-Lesbe, die ein Stockwerk unter ihm gewohnt und mit der er sich ein Badezimmer geteilt hatte. Und er vermisste seine Vermieterin und zugleich beste Freundin Tina, die mit ihren drei Kindern im Erdgeschoss lebte. Sie waren in den vergangenen Jahren wie eine Familie gewesen.

Einige Minuten stand er regungslos unter der Straßenlaterne, beobachtete nachdenklich das Haus mit den zahllosen Giebeln und Erkern und lauschte dem Knacken, das entstand, wenn die

Fliegen gegen die heißen Laternen über ihm knallten. Was die kleinen Viecher wohl mit den Nachkommen von Edison gemacht hätten, wenn sie verstehen würden, dass der Glühbirnen-Erfinder ein Fliegen-Massenmörder war?

Angesichts seiner eigenen, absolut wirren Gedanken über Edison und das Mückensterben schüttelte Tom irritiert lächelnd den Kopf. Immer wenn er solche verrückten Eingebungen laut aussprach, schaute ihn Sven an, als wäre er komplett verrückt geworden. Ob sein Freund wohl nie über solche Unsinnigkeiten nachdachte?

Nachdem er noch einige Minuten auf sein altes Zuhause gestarrt hatte, beschloss er schließlich, seinen Weg fortzusetzen. Er widerstand der Versuchung, zu klingeln und Tina bei einer nächtlichen Tasse Tee von Svens Antrag zu berichten. Dafür blieb noch genügend Zeit. Außerdem wollte er in diesem besonderen Fall erst zu einer endgültigen Entscheidung gekommen sein, bevor er seine Freunde einweihte. Vor allem an das schockierte Gezeter von Meiko mochte er gar nicht erst denken. Er musste also absolut sicher sein, dass er diese Hochzeit wirklich wollte.

Es war nicht richtig gewesen, den Antrag anzunehmen, ohne hundertprozentig hinter der Entscheidung zu stehen. Andererseits wollte er Sven. Er wollte ihn auch eines Tages heiraten. Doch warum ausgerechnet jetzt?

Nach einer weiteren Stunde Spaziergang entlang des Mainufers erreicht er schließlich die Alte Brücke, die Sachsenhausen mit der Innenstadt verbindet. Er verspürte noch immer keinen Hauch von Müdigkeit und blickte starr in die Fluten unter sich, wohl auch in der Hoffnung auf Antworten. Doch das Wasser schwieg. Toms Fragen verhallten in der Leere seines Inneren. Sollte er Sven wirklich heiraten? War es zu früh? Warum ausgerechnet jetzt und nicht in einigen Jahren? Doch vielleicht, überlegte er, war es der falsche Ansatzpunkt. Sollte er sich nicht vielmehr fragen, warum nicht ausgerechnet jetzt? Was sprach dagegen? Er liebte Sven, er wollte mit ihm zusammen sein. Sicher, er vermisste manchmal das aufregende Prickeln, das Feuer der Leidenschaft, die Geilheit des Augenblicks. Doch waren das die Dinge, die zählten? Sollten diese flüchtigen Emotionen tatsächlich mehr wiegen als Vertrauen, Geborgenheit und Sicherheit? Tom hatte sich ausgelebt und ausgetobt. Er würde noch in diesem Jahr dreißig werden und damit seinen beiden Freunden Tina und Meiko mit leichter Verspätung ins nächste Lebensjahrzehnt folgen. Er war erwachsen und er … Ja, er liebte Sven und er wollte ihn heiraten. Plötzlich ergriff Tom ein seltsames Gefühl der Euphorie. Er hatte sich entschieden und er war sich sicher, diese Entscheidung nicht zu bereuen.

„Ja, ich will!", hauchte Tom der Skyline entgegen und lächelte zufrieden.

Zur selben Zeit, nur ein paar Schritte weiter, stand eine andere Gestalt auf der Alten Brücke und horchte in die Nacht hinein, hoffend auf Antworten. Der Name des Mannes war Marco. Er war nur zwei Jahre jünger als Tom und auch für ihn war diese Nacht eine sehr einschneidende und alles verändernde.

Marco blickte, ohne ihn wirklich wahrzunehmen, auf den schnell fließenden Main. Immer wieder rasten Autos über die Brücke und tauchten die Szenerie für wenige Augenblicke ins grelle, unnatürliche Licht ihrer Scheinwerfer. Doch niemand nahm Marco wirklich wahr. Weder die Autofahrer noch Tom, der nur wenige Schritte entfernt stand und der viel zu beschäftigt mit sich selbst war, um etwas außerhalb seiner eigenen Gedankenwelt zu registrieren. In seinen Händen hielt Marco einen graubraunen, schlichten Briefumschlag und nur schwer konnte er der Versuchung widerstehen, ihn in die Fluten zu werfen. Er spürte das Papier zwischen seinen Fingern und dessen leichtes Gewicht kam ihm seltsam unwirklich vor, waren doch die Worte darauf von schrecklicher Schwere. Sollte er sie lesen? Oder war es vielleicht besser, bestimmte Dinge einfach nicht zu wissen? Doch würden ihn Unwissenheit und Unsicherheit wirklich befriedigen und zur Ruhe kommen lassen? Er bezweifelte es und wie schon so oft in den letzten Stunden war er kurz davor, den Umschlag zu öffnen und den Tatsachen ins Auge zu blicken.

Doch etwas hielt ihn zurück. Die Angst vor der Gewissheit. Die Furcht vor dem Tod. Schließlich gab sich Marco einen Ruck und riss in gespielter Entschlossenheit den Umschlag auf, nahm das Papier heraus und begann zu lesen.

Dort stand es geschrieben. Dieses in seiner Schlichtheit so grausame Wort: POSITIV.

Marco brauchte einen kurzen Moment, um es tatsächlich zu fassen. Es. Dieses Wort. Diesen Zustand. Dieses Gefühl. Doch welches Gefühl? Er verspürte nämlich absolut nichts.

„Positiv", wiederholte er leise. Plötzlich, von einer Sekunde auf die andere, waren sie da, die Fragen. Wie geht es weiter? Was sollte er Jörg sagen? Musste er es ihm sagen? War er es ihm schuldig, schließlich war er nicht einfach nur sein Mitbewohner, sondern auch sein bester Freund? Und konnte er weiter als Altenpfleger arbeiten? Und wie funktionierte eine Kombi-Therapie? Nebenwirkungen? Krebs? Tod? Sollte auf seiner Beerdigung wirklich *I Will Survive* gespielt werden? Oder wäre das dann doch zu makaber? Aber wie lange hatte er überhaupt noch? Jahre? Jahrzehnte? Was war mit seiner Rente? Seiner Lebensversicherung? Was war mit Sex?

Er bereute es, den Umschlag nicht sofort geöffnet zu haben. Er wollte nicht alleine sein. Selbst die mies gelaunte Empfangsdame des Gesundheitsamtes wäre ihm jetzt lieber gewesen als die Einsamkeit der Nacht.

Plötzlich nahm er wieder wahr, wo er sich befand. Unter ihm die reißende Strömung des Flusses. Sollte er springen? Einfach in den Main hinein. Würde es überhaupt jemandem auffallen? Marco hatte Angst. Angst vor dem Sprung. Angst vor dem Tod. Er konnte unmöglich sein Leben hier und jetzt beenden. Seine Furcht vor dem Tod war einfach zu groß. Zu unüberwindbar. Niemals hätte er mit dem Testergebnis gerechnet. Er, der immer Kondome benutzt. Niemals Sperma schluckte. Niemals? Ein- oder zweimal vielleicht. Im Poppers- und Alkoholrausch. Aber er hatte sich nie ficken lassen. Weder mit noch ohne Gummi. Trotzdem hatte er es. Das Virus. Das Stigma. Wann? Wo? Wer? Doch wollte er es überhaupt wissen? Selbst wenn, was sollte er dem Mann sagen, der ihn infiziert hatte? War er nicht selbst schuld? War es nur ein schrecklicher Zufall?

Marco wollte weinen, um sein Leben, um jene Momente, die ihm nun verwehrt bleiben würden, um sein Alter. Doch er konnte nicht. Er hielt sich nur an dem Geländer fest und starrte in die Fluten. Er überlegte kurz, ob er doch noch springen sollte. Es war aber mehr ein Gedankenspiel als eine ernsthafte Überlegung.

Plötzlich fiel ihm seine Mutter ein. Bereits bei seinem Coming-out hatte sie seine Lebenserwartung drastisch nach unten korrigiert. Immer wieder hatte sie ihn mit ihrer übertriebenen Angst vor Aids genervt. Immer wieder hatte er sie beruhigt. Und nun? Wie sollte er ihr gegenübertreten können mit dieser Nachricht? Sie würde ihn verdammen, Gott verdammen, die Schwulen verdammen. Und sie würde noch mehr rauchen. Wenn auch nur, um vor ihrem eigenen Sohn dahingerafft zu werden.

Plötzlich verspürte Marco, der mit achtzehn seine letzte Zigarette geraucht hatte, eine unstillbare Lust nach Nikotin. Marlboro. Die Starken. Am besten ohne Filter und drei direkt hintereinander weg. In der Art, wie seine Mutter rauchte, ohne Pause und ohne Rücksichtnahme auf die Gesundheit. Er vermutete, dass es der denkbar schlechteste Zeitpunkt war, um wieder mit dem Rauchen anzufangen. Doch wann war dafür schon der richtige? Entschlossen ließ Marco das Geländer los. Er warf einen letzten Blick hinunter auf den Main und sprang. Er sprang in ein neues Leben. In ein Leben voller Ungewissheit, voller Angst und voller Krankheit. Ein neues Leben als Positiver. Ein neues Leben als Raucher.

Im selben Augenblick, als ein weiterer Pulk heranrasender Autos die Stille durchbrach und sich die Scheinwerfer der Wagen in die Dunkelheit bohrten, machten sich beide Männer gleichzeitig auf den Weg. Beinahe wären sie ineinander gerannt. Im letzten Moment jedoch bemerkten sie den jeweils Entgegenkommenden und wichen aus, streiften einander und blickten sich kurz in die Augen. Wären nicht beide derart mit sich selbst beschäftigt gewesen und hätten die letzten Minuten nicht ihr zukünftiges Leben einschneidend verändert, wer weiß, womöglich wäre es nicht bei diesem flüchtigen Blick geblieben. Doch so drehte sich keiner von ihnen um. Sie liefen einfach weiter und begaben sich auf den Weg in eine ungewisse Zukunft. Der eine voller Glücksgefühle und einem Hauch von Zweifel, der andere voller Angst und einem Hauch von Hoffnung.

Es begann endlich zu regnen.

Die rosarote Brille

Luke schwebte zwei Wochen lang wie auf Wolken durch die Stadt und hatte die sprichwörtliche rosarote Brille auf, denn farbige Sonnenbrillen waren in diesem Jahr unheimlich angesagt. Doch sein Blick auf die Welt wäre wohl auch ohne gefärbte Gläser rosarot gewesen. Seit ihrer ersten gemeinsamen Nacht war kein Tag vergangen, an dem Samuel und er nicht miteinander geschlafen hatten. Für Luke war es, als öffnete sich das Tor zu einer neuen Welt, und Samuel war – wie sich schnell herausstellte – ein guter Fremdenführer.

Noch nie hatte Luke seinen Nacken, Hals oder Bauch derart bewusst wahrgenommen wie in jenen Momenten, in denen Samuel sie mit der Zunge liebkoste oder sanft streichelte. Der Sex war geil und schön und immer wieder ein unglaubliches Erlebnis. Dabei war die Rollenverteilung klar: Samuel fickte Luke. Niemals hätte er sich vorstellen können, dass es so angenehm war, wenn jemand in ihn eindrang. Gleichzeitig kam er sich jedoch mit diesen aufregenden Erlebnissen ziemlich alleine vor. Er hatte niemanden, mit dem er darüber sprechen konnte, und wünschte sich nichts sehnlicher als eine beste Freundin, wie man sie aus den Coming-out-Dramen kennt. Nur seiner Schwester konnte er am Telefon von diesen neuen Welten, die sich plötzlich aufgetan hatten, berichten. Allerdings längst nicht so offen, wie er es gerne getan hätte.

Der Beziehungsalltag mit Samuel beschränkte sich, streng abgeschirmt von der Welt, auf die gemeinsame Wohnung. Sie sprachen selten über das, was sie taten. Sie taten es einfach. Genossen. Liebten. Lebten. Samuel ließ jedoch keine Gelegenheit aus zu erwähnen, dass er auf Frauen stand, und war stets aufs Neue peinlich berührt, wenn sich Luke als schwul bezeichnete. Luke spürte instinktiv, dass Samuel nicht über das, was sie taten, sprechen wollte, und hielt sich zurück. Es gelang ihm sogar für zwei Wochen, über dieses dünne Eis zu schlittern, immer in der Hoffnung, eines Tages festen Boden unter den Füßen zu bekommen.

Es war ein verregneter Abend im Mai, als das Eis schließlich nachgab, und wie so oft kündigte sich das drohende Unheil durch eine trügerische Stille an. Wie so häufig in den vergangenen Wochen hatten die beiden wieder gemeinsam gekocht, und während die Pasta unberührt auf den Tellern lag und kalt wurde, knutschten sie schweigend und zugleich leidenschaftlich und lagen eng ineinander verschlungen, halb nackt, auf dem Küchentisch. Samuel folgte gerade mit seiner Zunge langsam der kleinen Ameisenstraße aus schwarzen Haaren abwärts in Richtung der halb geöffneten Hose, als Luke sanft seinen Kopf hochzog, ihn küsste und leise hauchte: „Du bist das Beste, was mir jemals passieren konnte."

Sofort versteifte sich Samuels Körper. Er lehnte seinen Kopf zurück und musterte Luke angestrengt.

„Was meinst du damit?"

„Na ja … dass ich dich einfach unglaublich …"

„Hör auf!", unterbrach ihn Samuel und wich einen Schritt zurück. „Hör auf, solche Dinge zu sagen. Ich bin keine Schwuchtel, und nur weil ich dich ficke, heißt es noch lange nicht, dass ich zu einer werde."

„Aber das habe ich doch gar nicht gesagt!"

Luke spürte, wie Panik in ihm aufstieg. Er spürte, dass ihm die Situation entglitt, und er wusste nicht, warum.

„Ich würde niemals solche Dinge zu dir sagen!" Samuels Stimme war hart und fest. Sein Tonfall verletzend. Und in seinen blauen Augen glaubte Luke sogar einen Hauch von Verachtung und Ekel zu sehen. Er bekam noch mehr Angst. Er wurde nervös. Sie schwiegen einige Minuten, dann griff Samuel zu der Zigarettenpackung auf dem Küchentisch und steckte sich eine an.

„Ich wollte doch nur etwas Nettes sagen", rechtfertigte sich Luke und fuhr ihm durch seine blonden, verzausten Locken.

„Fass mich nicht an!", keifte Samuel und entfernte sich einen Schritt weiter. „Wir sind kein Paar oder so ein Mist, auch wenn du das vielleicht denkst. Ich liebe dich nicht. Wir sind Freunde und haben Sex miteinander, weil eben keine Tussi in Aussicht ist."

„Heißt das, wenn du eine Tussi kennenlernst, die mit dir schlafen will, dann machst du es, obwohl wir beide …", Luke brach ab, zu schockiert über seine eigenen Worte.

„Was dachtest du denn? Natürlich würde ich das machen! Ich ficke doch lieber eine Fotze als ein Arschloch!"

Luke hatte das Gefühl, sich übergeben zu müssen. Er konnte einfach nicht glauben, was er hörte. Tränen schossen ihm in die Augen. Doch Weinen war das Letzte, was er jetzt wollte. Nicht noch mehr Gefühle offenbaren! Er wollte Samuel nicht noch mehr verdeutlichen, wie viel der ihm bedeutete. Denn sonst, das spürte er, würde er ihn verlieren. Trotzdem kullerten ihm Tränen über die Wangen. Doch er schluchzte nicht, weinte stattdessen stumm, während Samuel weiter hart mit Worten auf ihn einschlug.

„Fang nicht an zu flennen! Du bist ja schlimmer als eine Tussi! Scheißschwuchtel!"

Hastig zog er sich das nur wenige Minuten zuvor abgelegte Shirt wieder über und schnappte sich seine Kippenpackung.

„Ich hau ab und such mir eine richtige Frau. Da brauch ich wenigstens kein Flutschi."

Luke wagte es nicht, ihn anzuschauen. Er spürte nur Samuels kalten, verachtenden Blick auf sich ruhen und senkte den Kopf, um die Tränen zu verbergen. Doch es war sinnlos. Samuel offenbarte eine Kaltherzigkeit, die er bisher nicht gekannt hatte, und Luke spürte einen Schmerz in seinem Herzen, der unerträglich schien.

Die Sekunden, die Samuel brauchte, um aus der Wohnung zu hetzen, kamen Luke wie eine Ewigkeit vor. Erst als die Tür mit einem harten Knallen ins Schloss fiel, brach er zusammen. Er kauerte auf dem Küchenboden, weinend, schreiend, wimmernd, zerbrochen. Ein Häufchen Elend. Von einem Moment auf den anderen war die rosarote Welt um ihn herum plötzlich wie eine Seifenblase geplatzt. Was nach Samuels verbalem Bombardement blieb, war ein Trümmerfeld aus eingestürzten Träumen. Für Luke war dieser Moment unfassbar. Ungreifbar, die Worte. Unglaublich, die Schmerzen und die Verzweiflung. Er hatte sich zum ersten Mal in seinem Leben einem anderen Menschen geöffnet und hingegeben. Er hatte sich fallen lassen und sich in Sicherheit gewiegt. Doch es war eine trügerische Sicherheit gewesen, denn Samuel war nicht bereit, ihn aufzufangen. Vielmehr hatte er ihn abstürzen lassen, tiefer und schneller, als Luke es jemals für möglich gehalten hätte.

Es war Samstagabend. Luke war alleine.

Vier Freunde

Das Haus von Tina Sternheim in der Ackerpflaumenallee 33 bildete den räumlichen Dreh- und Angelpunkt einer ganz besonderen Clique. Tom, Sarah, Meiko und Tina waren seit vielen Jahren füreinander Ersatzfamilie, Freunde und Lebensberater in einem. Wenn Tom in die Ackerpflaumenallee 33 zurückkehrte, war es für ihn beinahe so, als käme er nach vielen Jahren nach Hause. Auch wenn sein Umzug zu Sven noch nicht besonders lange zurücklag. Unendlich viele Erinnerungen verbanden ihn mit dem Haus, in dem er so glücklich gewesen war. Er genoss es zwar, sich mit Sven eine Wohnung zu teilen, doch er dachte oft voller Wehmut an seine Zeit in der Ackerpflaumenallee zurück.

Seine ehemalige Nachbarin und gute Freundin Sarah hatte es ihm bis heute nicht verzeihen können, dass er ausgezogen war. Jeden Samstag, wenn Tina zu ihrem traditionellen Dinner lud, spürte er Sarahs strafende Blicke. Er wusste, seit der Trennung von Melanie ging es ihr schlecht, und er hatte versucht, für sie da zu sein, so wie sie es immer für ihn war. Doch mit seinem Auszug hatte sich etwas verändert. Er hatte den Eindruck, dass Sarah sich im Stich gelassen fühlte, auch wenn sie das immer bestritt. Und so kam zu der räumlichen auch eine emotionale Trennung.

Der Letzte im samstäglichen Viererbund war Tinas Bruder Meiko. Tom und Meiko hatten sich als Studenten auf einer schwulen Uni-Party kennengelernt und waren seitdem etwas zwischen Intimfeinden und besten Freunden. Nachdem Tinas Mann von einem auf den anderen Tag nach Indien abgehauen war und sie mit ihren beiden Söhnen Sören und Daniel hatten sitzen lassen, waren Tom und Meiko eingezogen, um ihre Freundin und Schwester zu unterstützen. Doch es war ihnen recht schnell klar geworden, dass sich Tina und ihr Bruder zwar innig liebten, aber niemals gemeinsam unter einem Dach leben konnten. Und so bezog Meiko nach kurzer Zeit seine eigene, schicke Penthousewohnung und Sarah zog statt seiner in die Ackerpflaumenallee ein. Wenige Monate später brachte Tina, von einem One-Night-Stand geschwängert, ihre Tochter Helga zur Welt und gebar sozusagen das letzte Mitglied ihrer kleinen Familie – zum Schrecken ihrer Eltern, Teil einer alteingesessenen, jüdischen Bankiersdynastie.

Die liberale Familie konnte sich zwar mit einem schwulen Sohn oder einer Tochter mit drei Kindern, aber ohne Ehemann abfinden, doch beides auf einmal war eine echte Herausforderung für die Sternheims. Die Monate nach Helgas Geburt waren geprägt von Familienkrisen und dementsprechend nahm gerade für Tina die Bedeutung ihrer neuen Wahlfamilie immer mehr zu. Das traditionelle Samstagsdinner wurde in diesen Krisenmonaten geboren und hatte weit über jene Zeit hinaus Bestand. Inzwischen war Helga zwei Jahre alt.

Manchmal brachte Meiko seinen aktuellen Lover mit, doch in den vergangenen Jahren war es kein einziges Mal vorgekommen, dass einer der Typen lange genug an seiner Seite verweilen durfte, um in der darauf folgenden Woche wieder zum Dinner zu erscheinen. Sven war ebenfalls einige Male mitgekommen. Doch er hatte sich in der Runde nie wohl gefühlt – auch wenn er sich Mühe gab.

Ebenso traditionell wie ein Martini zur Einstimmung auf den Abend waren die exotischen Outfits, die Meiko seinen Freunden vorführte – und zugleich testete. Je nachdem, wie vernichtend das Urteil ausfiel, wagte sich Meiko später in seinem neusten Look auch in die Öffentlichkeit. Begeisterungsstürme erntete er meistens jedoch keine. Tom fand, dass Meiko in Jeans und schlichtem Shirt einfach am besten und vor allem am maskulinsten wirkte. Doch diese Meinung wurde von Meiko grundsätzlich ignoriert. Am heutigen Abend hatte er sich, passend zu Tinas asiatischem Mango-Curry-Hühnchen, in ein Tigerfell-Imitat-Jackett gezwängt. Abgerundet wurde das Outfit durch eine schwarze Stoffhose, die am Hintern mit bunten Strasssteinchen besetzt war.

„Als Meiko so die Treppe runtergekommen ist, habe ich mir wirklich überlegt, ob ich einfach weiter- oder ihn gleich vor seiner Haustür überfahren soll“, frotzelte Tom, während er in vier Gläser großzügig Martini einschenkte.

„Aber ernsthaft, Meiko, diesmal hast du es etwas übertrieben“, befand auch Tina und Sarah konnte sich nur zu einem spöttischen „Etwas?“ hinreißen lassen.

„An mir perlt diese unbedachte Kritik ab wie Wasser an einer imprägnierten Regenjacke. Ich dachte, man wüsste es hier zu schätzen, wenn ich mich entsprechend dem asiatischen Motto des Abends kleide."

„Asiatisches Motto? Ich koche Hühnchen!"

„Wenn du schon keinen Sex hast, findest du hoffentlich beim Kochen noch etwas Befriedigung!", biss Meiko zurück.

„Das ist jetzt unter der Gürtellinie! Ich trockne innerlich aus und du hast noch nicht einmal Mitleid!"

„Du könntest deiner Schwester mal einen netten Callboy spendieren!", sprang Tom seiner Freundin zur Hilfe.

„Einen Callboy find ich dann doch zu billig ...", wehrte Tina ab.

„Billig? Dann wären wir wieder bei Meikos heutigem Outfit angekommen!", mischte sich nun Sarah ein, während sie den Weißwein entkorkte. Sie lächelte Meiko herausfordernd an.

„Von einem afrikanischen Negermädchen lass ich mir so etwas doch nicht sagen!"

„Pass auf, was du sagst! In Kürze könnte dich Sarah wegen Beamtenbeleidigung anzeigen!", entgegnete Tom.

„Eine schwarze Kriminalkommissarin! Das hat uns in diesem Haus gerade noch gefehlt!"

„Keine Sorge, noch habe ich die Prüfung nicht bestanden", entgegnete Sarah düster. Sie hatte nichts dagegen, wenn Meiko ihre Hautfarbe schonungslos in seine derben Witze einbaute, schließlich wusste sie, wie er es meinte. Außerdem, konnte man einem jüdischen Homosexuellen ernsthaft unterstellen, er sei intolerant und rassistisch? Sie wollte allerdings nicht, zumindest bevor sie ihre Ausbildung erfolgreich beendet hatte, mit ihrem zukünftigen Beruf aufgezogen werden. Vor allem deswegen, da die Abschlussprüfungen kurz bevorstanden und sie langsam nervös wurde.

Meiko spürte instinktiv, dass er eine Grenze überschritten hatte, und ruderte zurück: „Ihr seid doch nur neidisch! Das wird der neueste Schrei. Madonna hat es vorgemacht: Military ist out, Tierfell ist in!"

„Du hast doch nicht wirklich vor, dich mit diesem Fummel öffentlich zu zeigen?"

Meiko schmunzelte. „Nein, eigentlich nicht. Ich habe mir das Outfit extra für diesen besonderen Anlass zugelegt, um euch zu schocken und so wenigstens etwas Aufmerksamkeit zu bekommen. Ansonsten würde ich heute neben Tom nur …"

Meiko brach ab und Tom streifte ihn mit einem vernichtenden Blick.

„Tom? Aber der sieht doch aus wie immer!", befand Tina, während sie ihre Sauce ein letztes Mal kostete und nachwürzte.

„Danke, Meiko, du vertratschtes Stück!", giftete Tom.

„Ich hab nichts gesagt."

Nun war endgültig die Neugier der beiden Frauen geweckt.

„Hast du uns etwas zu sagen, mein Lieber?" Tina stemmte demonstrativ die Hände in die Hüfte, hob die rechte Augenbraue fragend an und fuchtelte mit ihrem Kochlöffel vor Toms Gesicht herum.

„Ja, das hat er!"

Wieder wurde Meiko von Tom mit einem strafenden Blick belegt.

„Eigentlich wollte ich damit bis nach dem Essen warten."

„Du willst uns also ganz klassisch zwischen Hauptgang und Dessert abservieren?", fragte Sarah.

„Also gut! Achtung, Achtung! Hiermit gebe ich bekannt, dass Sven – hochoffiziell und sehr romantisch – um meine Hand angehalten hat."

Mit einem lauten Platschen fiel der Kochlöffel in die Sauce und mehrere Shrimps flogen durch die Luft.

„Und ich habe Ja gesagt!", ergänzte Tom überflüssigerweise.

Nachdem Tina ihren Schock überwunden hatte, war es doch noch ein lockerer und schöner Abend geworden. Meiko hatte einen edlen Champagner mitgebracht, den sie gemeinsam köpften, und die Runde stieß auf Toms Verlobung an. Tina war, wie immer, die perfekte Gastgeberin und gestattete sich keinen weiteren Ausrutscher. Tom wusste jedoch, dass ihm in den kommenden Tagen ein tiefer gehendes Gespräch mit seiner alten Freundin bevorstand. Doch sie hatte scheinbar beschlossen, es für den heutigen Abend gut sein zu lassen und sich einfach für ihn zu freuen.

Später schälte sich Meiko endlich aus seinem Tigerfell und tauschte es gegen G-Star-Jeans, weißes Shirt und Lederarmband ein. Er wollte anschließend die neue Men-Only-Party austesten.

Tom bewunderte ihn für seine erstaunliche Wandlungsfähigkeit. Meiko war eine Art Universal-Schwuchtel, die sich in jeden Bereich der Subkultur integrieren konnte. Egal, ob bei den Skins und Ledertunten, bei den Gerupften und Gezupften in den stylishen In-Locations oder auf einer Studentenparty. Er hatte immer das richtige Outfit, die angemessene Gestik und die passende Wortwahl. Oberflächlich betrachtet kam es sicher einigen Männern so vor, als schlüpfte er jeden Abend in eine neue Rolle. Doch in Wirklichkeit, das hatte Tom inzwischen herausgefunden, erfand sich Meiko nicht jeden Tag neu, sondern gestattete es nur jeder einzelnen Facette seines Charakters, sich zu entfalten. Denn eines war er immer: authentisch. Und dafür bewunderte und liebte ihn Tom – auch wenn er das in dieser Form niemals zugegeben hätte. Doch das war auch nicht notwendig, denn viele Dinge zwischen ihnen mussten nicht ausgesprochen werden, sie waren ihnen einfach bewusst.

Während Meiko und Tina noch einmal nach den schlafenden Kindern schauten, half Tom Sarah beim Abwasch.

„Ich hoffe, du freust dich für mich."

„Ja, natürlich!"

„Warum habe ich dann den Eindruck, dass ich etwas falsch gemacht habe?", fragte Tom und begann, die sauberen Teller abzutrocknen und zurück in den Küchenschrank zu stellen. Sarah schwieg und starrte ins Spülwasser.

„Sarah, bist du wütend auf mich?"

„Ich bin nicht wütend. Nur etwas enttäuscht."

„Enttäuscht? Von mir?"

„Ja. Ich verstehe, dass du ausziehen wolltest, Tom. Ich freue mich, dass du heiraten wirst. Aber ich bin enttäuscht, weil ich den Eindruck habe, du hast mich vergessen."

„Vergessen?"

„Ja. Es gab Zeiten, da haben wir uns beinahe jeden Abend genau hier mit Rotwein die Kante gegeben. Wir haben geredet, diskutiert, gelacht. Wir waren uns einfach nahe."

„Aber damals habe ich auch hier gewohnt. Wir waren Nachbarn und wir haben uns niemals anders gekannt. Natürlich verändert …"

„Das meine ich auch nicht, Tom! Aber ich hatte gehofft, du würdest anrufen. Du hast gewusst, dass sich Melanie von mir getrennt hat. Doch wir haben erst nach über einer Woche das erste Mal darüber gesprochen. Dabei wäre es mir wichtig gewesen, mit dir zu reden. Natürlich waren Meiko und Tina für mich da, aber du bist es nicht gewesen."

Sarahs Stimme war immer leiser geworden und Tom spürte, dass sie kurz davor war, in Tränen auszubrechen. Schweigend nahm er sie in den Arm und plötzlich lastete das schlechte Gewissen schwer auf ihm.

„Es tut mir leid. Du hast recht, ich ..."

„Ich will nicht recht haben. Ich will recht bekommen", schluchzte Sarah.

„Du wirst recht bekommen. Ich verspreche es dir! Ich werde dich niemals vergessen. Keinen von euch. Und du wirst immer meine kleine Lesbe sein. Das junge Ding, das eines Tages in die Wohnung unter mir eingezogen ist und von nichts eine Ahnung hatte. Am allerwenigsten von den bösen Frauen dort draußen."

Sarah lachte glucksend zwischen zwei Schluchzern und sagte dann: „Von denen habe ich die Schnauze gestrichen voll! – Ich wünsche dir nichts mehr, als dass es mit Sven funktionieren wird. Doch vergiss uns nicht. Wir sind deine Freunde und wir brauchen dich. Und wenn es, Gott bewahre, mit Sven in die Hosen gehen sollte, wirst auch du uns wieder brauchen."

„Ich brauche euch auf jeden Fall. Außerdem möchte ich doch, dass du Blumenmädchen wirst, und Meiko wird Brautjungfer!"

„He, neben einer Brautjungfer im Tigerfell sehe ich selbst schulterfrei ziemlich armselig aus."

Bei dem Gedanken daran, was Sven von einer Tunte im Tigerfellfummel auf seiner Hochzeit halten würde, mussten sie schallend lachen.

Während sich die beiden auf den Küchenboden setzten, den restlichen Rotwein vernichteten und Meiko seine kleine Nichte, von einem Albtraum aufgeschreckt, wieder in den Schlaf sang, durchstreifte die Hausherrin im Dachgeschoss gedankenverloren Toms alte Wohnung. Sanft strich Tina über die kahlen, weißen Wände und sie beschloss, dass es endlich an der Zeit war, einen Nachmieter zu finden. Und möglicherweise, so ihre vage Hoffnung, würde der Neue nicht nur ein neuer Mieter, sondern auch ein neues Mitglied dieser ganz besonderen Familie werden.

Der einsame Jüngling

Dunkelheit umhüllte Luke. Nur das Glühen der Zigarette war zu sehen. Im Hintergrund lief Madonna. Voll aufgedreht, alles andere um ihn herum übertönend. *Die Another Day*, forderte sie. Samuel war gegangen. Verschwunden. Einfach weg. In der vergangenen Nacht und auch am darauf folgenden Tag war er nicht heimgekehrt. Luke konnte nur vermuten, wie er die Nacht verbracht hatte. Bei dem Gedanken, er könnte die gleiche Intimität, die er nur kurz zuvor mit ihm geteilt hatte, plötzlich mit jemand anderem erleben, wurde ihm schlecht. Luke wollte weg. Weg aus dieser Wohnung, weg aus Frankfurt. Er hatte die Stadt zwar in sein Herz geschlossen, doch es war noch eine sehr zarte Zuneigung, die einer emotionalen Erschütterung dieser Stärke nicht standhalten konnte. Aber warum nur aus Frankfurt weggehen? Am liebsten wollte er gleich sterben. Heute noch und nicht etwa an einem anderen Tag, wie Madonna empfahl.

„*Fuck you,* Madonna*!*“, schrie Luke sich selbst an. Was hatte er hier noch verloren? Er war gescheitert. Samuel hatte sein Herz erobert, es genommen, herausgerissen und zerquetscht. Luke hatte nicht geglaubt, solch alles verschlingendes Leid ertragen zu können. Die Vorstellung, Samuel zu verlieren, war irreal, abstrus und doch so wirklich. Er hatte die halbe Nacht geweint, und umso bereitwilliger er sich dem Schmerz hingegeben hatte, umso stärker und schlimmer war er geworden.

Doch irgendwann im Laufe eines endlos erscheinenden Tages wich der Schmerz einer erschreckenden Leere. Luke fühlte sich plötzlich ausgelaugt. Er hatte nichts gegessen und zu wenig getrunken und nach ein paar Stunden Schlaf, der immer wieder von Albträumen unterbrochen worden war, hatte er den Morgen in einem seltsamen Dämmerzustand zwischen Wut und Trauer, Tränen und hysterischem Lachen verbracht. Er hatte seine Schwester anrufen wollen, doch er war zu kraftlos, um zu sprechen. Er war zu müde, um zu erklären.

„*It's not my time to go!*“, sang Madonna.

„*To go …*“, wiederholte Luke. Schlagartig wurde ihm bewusst, dass es allerdings genau dafür an der Zeit war. Entschlossen drückte er die Zigarette in dem übervollen Aschenbecher aus, erhob sich und beobachtete sein Spiegelbild im Fenster. Draußen war es inzwischen dunkel geworden. Luke sah seine Augenringe, sein verquollenes Gesicht, die dunklen Bartstoppeln und seine zerzausten, schwarzen Haare. Er musste duschen, denn so konnte er unmöglich in den Zug steigen und seiner Mutter unter die Augen treten.

Das heiße Wasser spülte zwar den Schmutz und Schweiß der letzten Stunden von seinem Körper, doch der Schmerz in seinem Herzen blieb. Nachdem er über eine halbe Stunde unter der Dusche gestanden hatte und das Wasser auf ihn niedergeprasselt war, trocknete er sich hastig ab, streifte sich eine Shorts über, suchte eilig seine Habseligkeiten zusammen und packte sie in die große, schwarze Reisetasche und in zwei Plastiktüten. Dabei fiel sein Blick auf Samuels rotes Shirt, das er sich vor ihrem letzten Sex noch hastig ausgezogen und achtlos auf den Boden hatte fallen lassen. Nach dem Sex hatten sie gemeinsam gekocht. Und dann … Luke brach den Gedanken ab.

Etwa siebenundzwanzig Stunden waren seither vergangen. Siebenundzwanzig Stunden konnten eine halbe Ewigkeit sein. Für eine Eintagsfliege war es ein ganzes Leben, für ihn bedeuteten die vergangenen siebenundzwanzig Stunden ein neues Leben … ohne Samuel. Er hob das Shirt auf und roch daran, saugte noch einmal Samuels Duft in sich auf und stopfte es schließlich in seine Tasche. Er streifte ein letztes Mal durch die Wohnung, rauchte eine Zigarette in der Küche, strich über Samuels Kopfkissen und legte seinen Haustürschlüssel auf die Kommode in der kleinen Diele. Erst als die Tür mit einem lauten Krachen hinter ihm ins Schloss fiel, dachte Luke daran, dass er seine Zahnbürste im Badezimmer vergessen hatte.

„Schieb sie dir am besten in deinen verdammten Arsch“, murmelte er zu sich selbst und beeilte sich dann, das Haus so schnell wie möglich zu verlassen. Er wollte Samuel auf keinen Fall begegnen. Er wollte fliehen. Unbemerkt und heimlich. Sollte sich Samuel ruhig Sorgen machen, wenn er die leere Wohnung vorfand. Vielleicht merkte er dann, wie viel Luke ihm bedeutete. Vielleicht …

Es war eine kleine Hoffnung. Eine Hoffnung, welcher er sich eigentlich nicht hingeben wollte und es doch tat. Luke wurde bewusst, dass er noch nie verlassen worden war. Und im Augenblick konnte er sich nicht vorstellen, jemals einen anderen Menschen zu lieben als Samuel.

Luke ging den Weg zum Bahnhof trotz des schweren Gepäcks zu Fuß. Sein Rücken schmerzte bald von der Reisetasche auf seinen Schultern, doch er ignorierte das unangenehme Stechen, hoffte beinahe, dass es stärker werden würde und so den Schmerz überlagern konnte.

Warum er? Während er durch die Straßen zog, nur das Ziel Hauptbahnhof vor Augen, stellte er sich immer wieder diese Frage. Warum konnte Samuel es nicht zulassen? Es nicht einfach geschehen lassen? Liebte er ihn nicht?

Als er bereits kurz davor stand, am Schalter ein Ticket für den letzten Zug in Richtung Hannover zu lösen, wurde ihm bewusst, dass die Antworten auf all diese Fragen unwichtig waren. Samuel war nicht bereit. Würde es möglicherweise niemals sein. Luke hingegen war bereit. Er wollte einen Mann finden, der mit ihm, wenn nicht schon das ganze Leben, doch zumindest einen Teil des Weges gemeinsam gehen wollte. Er war bereit zu lieben. Allerdings war zweifelhaft, ob er diese Liebe ausgerechnet in der Lüneburger Heide finden konnte. Die Wahrscheinlichkeit war eher niedrig. Sicher nicht unmöglich, doch zumindest unwahrscheinlicher als hier in Frankfurt. Plötzlich spürte Luke, wie Optimismus in ihm aufstieg. Er konnte nicht zurück. Er war nach Frankfurt gekommen, um ein neues Leben zu beginnen. Und noch war es zu früh, um aufzugeben. Noch war es zu früh zu flüchten.

Samuel mochte ihm das Herz gebrochen haben. Diese Stadt mochte ihn nicht gerade herzlich willkommen geheißen haben. Doch er spürte plötzlich eine ungeheure Energie in sich. Eine Kraft, die nur ein Mensch verspüren konnte, der ganz unten angekommen war und erkannte, dass er trotz all seiner Verletzungen noch laufen konnte. Und so erhob sich Luke, schulterte seine Reisetasche und verließ den Hauptbahnhof. Als Erstes musste er eine Bleibe für die Nacht finden. Möglichst günstig. Und gleich morgen musste er sich um eine Wohnung kümmern. Es war endlich an der Zeit, andere zu finden, die genauso waren wie er. Andere Schwule. Vor allem diese Herausforderung hatte er viel zu lange vor sich her geschoben.

„It's not my time to go!", sprach sich Luke selbst Mut zu und verließ mit dem selbstzufriedenen Lächeln eines Gewinners die Bahnhofshallen. Es war an der Zeit gewesen, bei Samuel auszuziehen. Doch es war noch längst nicht an der Zeit, aus Frankfurt zu verschwinden.

Die Träumerin

Es war der dreiunddreißigste Tag nach der Trennung. Sarah hatte jeden Tag gezählt, hatte jeden Tag gelitten, jeden Tag unendlich oft an Melanie gedacht. Eine Woche nach der Trennung hatte Sarah damit begonnen, ihre Ex-Freundin aus der Wohnung zu verbannen. Sie hatte alle Bilder weggeräumt, alle ihre Geschenke ins unterste Fach des Kleiderschrankes verbannt und die Telefonnummer aus dem Handy gelöscht. Sie war sogar so weit gegangen, die Kiste französischen Rotwein, den sie auf ihrem gemeinsamen Kurztrip an die Côte d'Azur gekauft hatten, zu verschenken. Doch das nützte wenig, waren es doch letztlich die alltäglichen Kleinigkeiten, die Sarah besonders zu schaffen machten.

Wenn im Verkehrsservice die Autobahnausfahrt Darmstadt erwähnt wurde, dachte sie sofort an Melanie, die dort lebte. Wenn sie eine Packung der Schoko-Zitronen-Kekse von Aldi kaufte, dachte sie sofort an Melanie, mit der sie immer im Bett gesündigt und gegen den Diätplan verstoßen hatte. Wenn *Wetten, dass?* ausgestrahlt wurde, dachte sie an Melanie, denn die Show hatte sie damals nebenbei geschaut, als sie sich voller Aufregung für das erste Date zurechtgemacht hatte. Besonders brutal an solchen Kleinigkeiten war, dass sie unvorbereitet damit konfrontiert wurde. Sarah konnte sich nicht im Vorfeld damit auseinandersetzen, sich wappnen. Die Geister der Vergangenheit ließen sie einfach nicht los und suchten sie immer wieder heim. Es waren die Geister einer nicht einmal fünfmonatigen Beziehung.

Fünf Monate hörten sich so wenig an. So kurz und bedeutungslos. Und doch waren es die intensivsten fünf Monate ihres Lebens gewesen. Die Trennung kam plötzlich und für Sarah absolut unerwartet. Von einem auf den anderen Tag war Melanie wie ausgewechselt. Ihre Zärtlichkeit und ihre Liebe waren verschwunden und an dem Tag ihres letzten Gesprächs sah Sarah nur noch Kälte und Distanziertheit in Melanies Gesicht. Sie müsse sich selbst finden. Das Alleinsein genießen. Das alles hatte sie Sarah ohne einen Ausdruck des Mitgefühls ins Gesicht geschleudert. Warum musste eine vierzigjährige Sportreporterin sich noch selbst finden?

„Es ist nicht so, dass ich nichts für dich empfinde. Wir haben uns einfach zum falschen Zeitpunkt kennengelernt!" Dieser letzte Satz, gesprochen zwischen zwei Schlucken lauwarmen Kaffees, geisterte seit dreiunddreißig Tagen durch Sarahs Kopf und sie fragte sich, ob es den falschen Zeitpunkt für Liebe tatsächlich gab oder ob es nur die beliebteste Ausrede für emotionale Flachwichserei war.

Alles in ihr sehnte sich danach, Melanies Stimme zu hören, ihren Körper zu spüren. Es waren die Umarmungen, die ihr besonders fehlten, dieses feste Aneinanderdrücken, das für eine Intimität stand, die es nur zwischen Liebespaaren gab. Doch waren sie jemals ein Liebespaar gewesen? Waren die Gefühle von Melanie jemals echt gewesen?

Sarah zog langsam alles in Zweifel und das war das wirklich Schlimme daran. Ihr Herz schmerzte unerträglich. Auch wenn sie krampfhaft bemüht war, nicht in Selbstmitleid zu versinken und sich abzulenken, ließen sie Trauer und Schmerz nicht los.

Es war nicht das erste Mal, dass sich eine Beziehung ohne Vorwarnung nach der euphorischen Anfangsphase in Leid auflöste. Sarah hatte immer gekämpft. Sie hatte um die Beziehungen gekämpft und immer verloren. Jetzt, nach drei gescheiterten Versuchen innerhalb von nicht ganz zwei Jahren, hatte sie einfach keine Kraft mehr. Sie war am Ende. Sie wollte nicht mehr kämpfen. Sie wollte einfach nur leben. Und lieben. Doch gibt es die Liebe überhaupt ohne Kampf, fragte sie sich deprimiert, während sie müde die Bettdecke zurückschlug. Die Sonnenstrahlen, die durch das Fenster fielen, streichelten über ihren Körper.

Die schönsten Wunder werden meistens zu den schlimmsten Wunden, dachte sie traurig. Bisher waren alle Wunden auf Sarahs Seele verheilt. Sie hatten zwar Narben hinterlassen, doch sie waren verschwunden. Und so war es dieser dreiunddreißigste Morgen, der ihr erneut Grund zur Hoffnung gab. Dieser Morgen folgte der ersten Nacht, in der sie in ihren Träumen nicht von Melanie heimgesucht worden war.

Es war Sarahs erster Urlaubstag, es war Frühling und sie hatte sich fest vorgenommen, die folgende Woche in vollen Zügen zu genießen. Mehr noch, sie hatte sich ein Programm zusammengestellt, das ihr kaum eine freie Minute ließ und somit auch keine Zeit, um über Melanie nachzudenken. Außerdem musste sie sich intensiv auf ihre Abschlussprüfungen vorbereiten. Als Einstimmung auf ihren Urlaub hatte sie sich mit Tina zu einem ausgedehnten Frühstück verabredet und danach zu einer exzessiven Shopping-Tour durch Frankfurts schickste und edelste Einkaufsmeile, die Goethestraße.

Sarah streckte sich, vertrieb die Müdigkeit aus ihrem Körper, gönnte sich noch einmal fünf Minuten Ruhe und rettete sich dann vor ihrer eigenen Morgenmuffeligkeit unter die Dusche.

Anschließend richtete sie sich schnell ihre Haare, legte Make-up auf, schlüpfte in ihre Lieblingsjeans und entschied sich – nach einem kurzen Blick in den Kleiderschrank – für ein schwarzes, bauchfreies Top.

Eine halbe Stunde später saß sie bereits, ein Stockwerk tiefer, an einem festlich gedeckten Küchentisch. Die Kinder spielten im Garten hinter dem Haus und abgesehen von einem gelegentlichen „Vor mir, hinter mir, gilt es nicht, ich komme!“ ließen sie den beiden Frauen ihre morgendliche Ruhe. Allerdings fehlte ihr Tom nach wie vor. Obwohl er regelmäßig vorbeischaute und das Haus mit seinem wunderschönen Garten noch immer der räumliche Mittelpunkt ihrer Freundschaft war, hatte sich seit Toms Auszug alles verändert. Es war so, als fehlte ein Teil der Familie. Sarah war immer in seiner Wohnung ein- und ausgegangen. Die Türen innerhalb des Hauses waren nicht verschlossen und die beiden hatte sich sogar das große, feudal wirkende Badezimmer im zweiten Stock geteilt. Das musste sich zwangsläufig ändern, sobald ein neuer Mieter einziehen würde. So war es ihr also nicht unrecht, dass Tina bisher noch keinen Nachfolger gesucht hatte. Vielleicht, so vermutete sie, war Tina noch nicht bereit, an den glücklichen Ausgang der Beziehung zwischen Sven und Tom zu glauben.

„Als uns Tom gesagt hat, dass er heiraten wird, habe ich mir überlegt, eine Annonce aufzugeben. Es deprimiert mich auf Dauer, die Wohnung leer zu sehen", erklärte Tina plötzlich, während sie sich Kaffee nachschenkte. Beinahe so, als hätte sie Sarahs Gedanken erraten,

Sarah erstarrte kurz und nickte dann knapp.

„Die Frage ist nur, ob wir wirklich jemanden finden, der zu uns passt. Ich meine, eine solche Wohnung kann sich in Frankfurt eigentlich nur ein Banker leisten. Oder jemand, der einen vergleichbar langweiligen Beruf hat", führte Tina den Gedanken weiter.

„Tom ist auch Banker."

„Ja, aber kein gewöhnlicher."

„Das stimmt, aber ich glaube, ein Student würde mir gefallen. Ich finde, ein Student würde zu diesem Haus und zu uns passen."

„Welcher Studiengang? BWL?"

Tina lächelte.

„Wichtig ist einfach, dass ich mich in meinem eigenen Haus wohlfühle. Der Rest ergibt sich von selbst."

„Ich fühle mich auch etwas unwohl bei dem Gedanken, dass jemand Neues …"

Die hereinstürmenden Kinder unterbrachen das Gespräch.

„Mami, wann gehen wir endlich einkaufen? Ich will ein Eis!", schrie Sören, der Älteste lauthals.

„Okay, jetzt noch schnell Zähne putzen und dann geht es los. Aber Sarah und Mami wollen erst ein paar Klamotten anprobieren. Danach gibt es das Eis", erklärte Tina streng die Abfolge ihrer Shopping-Tour.

Einkaufen auf der Goethestraße war mit Tina und ihren Kindern immer ein ganz besonderes Vergnügen und Sarah war sich sicher, dass viele Verkäuferinnen in den edlen Boutiquen erzitterten, sobald sie die drei Kinder mit ihrer Mutter erblickten. Tina und Meiko waren die Sprösslinge einer wohlhabenden Frankfurter Familie, deren Wirken in der Stadt bis ins späte Mittelalter zurückverfolgt werden konnte. Der Name Sternheim war scheinbar auf ewig mit Geld, Macht und Frankfurt verbunden. Alleine ihr Familienname öffnete Tina die Türen zu den edlen Geschäften und spätestens ihre erschreckende Beliebigkeit beim Einkauf von schönen und vor allem teuren Dingen erzwang die Freundlichkeit des Personals. Kinder waren in der Goethestraße allerhöchstens als Dekoration erwünscht. Drei durchaus lebhafte und laute Nervensägen, wie Sören, Daniel und Helga es sein konnten, passten nicht in diese Welt.

„Wenn die mein Geld wollen, müssen sie meine Kinder ertragen“, sagte Tina stets selbstgefällig und Sarah lächelte dann immer milde, denn sie hasste nichts mehr als hochnäsige Verkäuferinnen, die sich wie kleine Prinzessinnen feiern ließen und auf Kunden, die nicht ihrer Klientel-Vorstellung entsprachen, herabschauten. Oftmals konnte man an den Blicken der Frauen in ihren teuren Kostümchen sehen, dass sie die Kinder am liebsten wie Maden zerquetschen würden und sich nur dank des Familiennamens und Tinas Kreditkarte davon abhalten ließen.

Besonders lustig wurde es, wenn Helga ihre Schokoladeneiskugel zwischen italienischer Designermode schleckte, Sören und Daniel durch die Schmuckboutique jagten oder Verstecken in der Weinhandlung spielten. Höhepunkt eines ihrer gemeinsamen Shopping-Abenteuer war, als sich Helga aus dem Kinderwagen heraus direkt auf die Wildleder-Stiefelchen eines ungemein tuntigen Verkäufers übergab. Der Mann – dank Solarium hatte sein Gesicht die Farbe eines verbrannten Toastbrotes – war in hysterische Schreie verfallen und fuchtelte wie wild mit den Armen, während eine junge Kollegin ihm mit Gummihandschuhen und Handtuch die Schuhe reinigen musste. Tina mimte die gelassene Mutter und ließ sich bei ihren Einkaufsexzessen durch nichts aus der Ruhe bringen und Sarah musste immer wieder ein sadistisches Lächeln unterdrücken. Geld war in diesem Falle nicht schmutzig, sondern extrem kinderfreundlich.

„Manchmal frage ich mich, ob es nicht doch etwas Asoziales hat, wenn wir mit den drei Kids hier einkaufen gehen und uns am Leid anderer Menschen laben“, stellte Sarah an diesem Morgen während ihres obligatorischen Espressos bei Starbucks fest.

„Ich habe heute drei paar Schuhe, ein komplettes Gabbana-Outfit und Wein im Wert von knapp 2500 Euro gekauft. Dafür muss die Goethestraße meine asozialen Kinder ertragen!"

Plötzlich hörten sie Daniels aufgeregte Stimme: „Schau mal, Mama, wen ich gefunden habe!"

Noch bevor die beiden Frauen reagieren konnten, stand ein glücklich strahlender Daniel vor ihnen und mit seiner rechten Hand umklammerte er Melanies Arm. Für Sarah kam das erste Wiedersehen nach ihrer Trennung zu plötzlich und unvorbereitet. Sie spürte förmlich das Blut in ihrem Körper zirkulieren und überlegte, ob sie aufstehen und Melanie umarmen sollte, entschied sich jedoch dagegen. Sie hatte Angst, dass ihre Beine nachgeben würden. Stattdessen ergriff sie unter dem Tisch Tinas Hand.

„Hallo, ihr zwei."

Melanies Stimme war sanft, weich und melodisch, genau wie Sarah sie in Erinnerung hatte. Wenn man sie sprechen hörte, hatte man immer den Eindruck, sie würde singen.

„Hallo, Melanie", entgegnete Tina nach einem – etwas zu langen – Augenblick des Schweigens.

„Ich war gerade auf dem Weg zur Arbeit, als ich über den Kleinen gestolpert bin", sagte sie, beinahe so, als müsste sie ihr plötzliches Auftauchen rechtfertigen.

„Du hast schon lange nicht mehr mit mir gespielt! Kommst du mal wieder?", fragte Daniel, dessen Unschuld und Übermut die Situation für Sarah noch surrealer erscheinen ließen. Er stellte jene Fragen, die sie gerne gestellt hätte. Er sagte einfach, dass er sie vermisste. Sie hingegen konnte und durfte nicht.

„Mal schauen. Vielleicht."

„Ich habe auch einen neuen Bagger! Mit Schaufel!"

„Toll! – Ich muss jetzt aber wirklich weiter. War schön, euch wiederzusehen."

„Hat mich auch gefreut", antwortete Tina. Sarah schwieg.

Melanie streichelte noch einmal über Daniels Kopf und sagte leise: „Mach's gut."

„Du auch", hauchte Sarah leise und wusste nicht, ob ihre Worte durch den Lärmpegel des Coffeeshops überhaupt bis zu Melanie durchgedrungen waren.

Sie spürte, dass Daniel sie musterte. Doch erst als Melanie verschwunden war, kam der Junge zu ihr herüber, lehnte sich an den Stuhl und streichelte Sarah über die Wange. Dann wurde er von Sören gerufen, der inzwischen den Bullen auf dem Börsenplatz einritt. Sarah achtete darauf, dass die Kinder wieder mit sich selbst beschäftigt waren, und begann zu weinen. Tina nahm ihre Freundin schweigend in den Arm und wiegte sie wie ein Baby hin und her. Sie hätte ihr gerne gesagt, dass alles gut werden würde. Doch sie wusste aus eigener Erfahrung, dass man solche Kommentare in dieser Situation am allerwenigsten gebrauchen konnte. Und so beschränkte sich Tina darauf, sie mit ihren Armen schützend zu umschließen und vor den neugierigen Blicken der Gäste abzuschirmen.

Es dauerte ein paar Minuten, bis sich Sarah beruhigt hatte, und es gelang ihr tatsächlich noch, den Rest des Tages zu genießen. Allerdings wusste sie, dass Melanie zurückkehren würde, sobald sie sich schlafen legte. Ihre Ex-Freundin hatte sie vielleicht verlassen, doch ihr Schatten war noch lange nicht gewichen. Wieder würde Sarah von ihr träumen. Die folgenden Nächte würden wieder Melanie gehören. Und erst, wenn es ihr gelänge, Melanies Schatten aus ihren Träumen zu verbannen, erst dann würde auch ihr Herz endlich wieder frei sein. Erst dann würde sie wieder frei sein.

Ackerpflaumenallee 33

MieterIn gesucht

Suche Mieter für eine Dachgeschosswohnung in altem Stadthaus (Bornheim), freundliches, helles Ambiente, Küche und Bad möbliert. Bitte keinen Schwulen mit Hündchen oder Lesben mit Katzen. Sympathie entscheidet. Studenten bevorzugt. Ackerpflaumenallee 33, Bornheim. Bei Sternheim klingeln.

Es war eine seltsame Wohnungsanzeige. Keine Quadratmeterangabe, kein Mietpreis, keine Telefonnummer. Stattdessen eine Adresse und ein Name. Luke zögerte. Einerseits hörte sich die Anzeige zu schwammig und beinahe dubios an. Auf der anderen Seite wollte er sich noch nicht damit abfinden, in einen Wohnwagen zu ziehen. Hinzu kam, dass er verdammt stolz war, dass er den Mut besessen hatte, die kostenlose Schwulenzeitschrift in einem Kinofoyer vom Stapel zu nehmen und in seine Tasche zu stecken. Er fand den Gedanken beinahe romantisch, dass sein Mut nun durch eine Wohnung belohnt werden würde.

Ganz allgemein war Luke auf sich selbst verdammt stolz. Nach seinem Entschluss, Frankfurt nicht zu verlassen, war er noch am selben Abend in eine kleine Jugendherberge am Mainufer eingezogen und hatte direkt am darauf folgenden Tag mit der Wohnungssuche begonnen. Gleichzeitig starteten seine Vorlesungen an der Uni und er wurde, ganz offiziell, zu einem Studenten. Ein Status, der ihn mächtig stolz machte und ihm zusätzlichen Auftrieb verlieh.

Mit jedem Tag, der verging, dachte er seltener an Samuel. Wohl auch, weil ihm zwischen Semesterstart und Wohnungssuche wenig Zeit blieb zu trauern. Und wenn er es tat, war es meistens am Abend, wenn er alleine in seinem zu kurzen Bett lag und an die mit Edding vollgekritzelte Holzdecke starrte. Zahlreiche Gäste vor ihm hatten sich mit mehr oder weniger sinnvollen Äußerungen an dieser Stelle verewigt und jedes Herz mit zwei Namen darin, jede Liebesbekundung und jedes geheime Sex-Geständnis traf Luke mitten ins Herz. Doch die Verzweiflung über den Verlust war nicht mehr allgegenwärtig. Ihre Affäre war kurz und heftig und überraschend gewesen. Genauso wie das Ende. Auch der heftige Schmerz in Lukes Herzen war schneller abgeklungen als vermutet. Der Schmerz ging, das Sehnen und die Hoffnung blieben.

Voller Hoffnung war Luke auch, als er sich schließlich dazu durchringen konnte, der seltsam anmutenden Wohnungsanzeige eine Chance zu geben. Und so landete er schließlich in der Ackerpflaumenallee 33. Hinter der Adresse verbarg sich eine Stadtvilla aus der Gründerzeit, die von mächtigen Kastanienbäumen gesäumt wurde. Das Gebäude machte einen freundlichen und vor allem gepflegten Eindruck. Am Briefkasten hing ein offensichtlich von Kindern gebasteltes Windlicht und in den Fenstern im Erdgeschoss klebten bunte Bilder. In der Hofeinfahrt stand ein alter VW mit einer Regenbogenflagge unter dem Nummernschild.

Luke holte tief Luft, öffnete das quietschende Gartentor und stieg die Steinstufen zur Eingangstür empor. Aus dem Haus ertönte Kindergeschrei und eine Frauenstimme ermahnte streng zur Ruhe. Auf den drei Klingelschildern standen die Namen Sarah Tetzer, Tom Markward und Tina Sternheim. Luke wischte hastig seine schwitzigen Hände am Hosenbein ab und klingelte. Mit allem hätte er gerechnet, nur nicht, dass eine dunkelhäutige Frau in Polizeiuniform die Tür öffnete. Das schwarze, krause Haar war zu einem strengen Zopf zusammengebunden, die Stirn in skeptische Falten gelegt und ihre Augen musterten ihn durchdringend.

„Ja?“, fragte sie kühl.

„Guten Tag, mein Name ist Luke Benzer. Ich habe Ihre Wohnungsanzeige gelesen und …“

„Einen Moment!“, unterbrach ihn die Frau, seine ausgestreckte Hand ignorierend, und verschwand wieder im Haus.

Durch den Türspalt konnte Luke einen geräumigen Hausflur ausmachen, an dessen Ende eine beeindruckend breite und ausladende Treppe in den ersten Stock zu führen schien. Luke reckte neugierig seinen Kopf, um den Eindruck vom Hausflur zu vervollständigen, als plötzlich die Polizistin wieder vor ihm stand. Er zuckte erschrocken zusammen. Sie war wie aus dem Nichts aufgetaucht.

„Komm rein!“

Luke folgte ihr in den Flur und durch zwei Flügeltüren in die Erdgeschosswohnung. In der Mitte der lichtduchfluteten Diele saß ein kleines Mädchen auf dem Holzparkett und spielte mit bunten Bausteinen. Aus der Küche drang Radiomusik und es roch nach angebranntem oder vielmehr verbranntem Fleisch.

„Tina, ich muss jetzt wirklich los. Sonst komme ich zu spät!“, rief die Polizistin in die angrenzenden Räume hinein.

„Ist gut, Sarah!“, antwortete eine Frauenstimme. Eine Sekunde später erschien eine gestresst wirkende Mittdreißigerin in der Küchentür. Die schwarzen, kurzen Haare waren leicht verstrubbelt und Schweißperlen standen der vermutlichen Köchin auf der Stirn.

„Noch mal danke, dass du heute Vormittag auf die Jungs aufgepasst hast."

„Keine Ursache! Ciao!"

„Ciao!"

Die Polizistin strich dem Mädchen auf dem Boden hastig durchs Haar und verschwand wieder durch die Flügeltüren.

„Und du willst dir die Wohnung anschauen?", fragte die Frau nun an Luke gewandt.

„Ja, aber wenn es jetzt ungünstig ist, kann ich ein anderes Mal wiederkommen. Es stand leider keine Telefonnummer in der Anzeige, sonst …", entschuldigte sich Luke, der sich immer unwohler in seiner Haut fühlte.

„Nein, ist schon okay", unterbrach ihn die Frau. „Das Mittagessen ist sowieso gerade ausgefallen! Ich bin übrigens Tina. Tina Sternheim."

„Luke Benzer. Sehr erfreut, Frau …"

„Einfach nur Tina. Du musst wissen, ich habe extra keine Nummer angegeben. Die Leute, denen es wirklich wichtig ist und die in dieses Haus passen, kommen auch ohne Telefonnummer auf gut Glück vorbei."

Luke verstand diese Logik zwar nicht, aber er beschloss, nicht nachzuhaken. Es hörte sich so verdammt alternativ an und damit konnte er nichts anfangen.

Die Wohnung hingegen war, fand Luke, sehr geschmackvoll eingerichtet und wurde dominiert von antiken Möbelstücken, die sich mit praktischen Massivholzregalen abwechselten. Der große Esstisch war von Papieren und Zeitschriften belagert und am Kopfende stand ein leise surrender Laptop. Auf dem Holzdielenboden flogen, zwischen chinesischen Vasen, Palmen in Terrakottatöpfen und einer riesigen Stehlampe aus Papyrus, Spielzeugautos und Legosteine herum. Es herrschte ein gemütliches Chaos.

Plötzlich wurde die Flügeltür aufgerissen und zwei Jungs stürmten herein.

„Wir haben Hunger!"

„Ich weiß, Sören. Aber unser Essen ist eben verbrannt. Das sind übrigens meine beiden Jungs. Sören und Daniel. Und das stille Mäuslein ist meine Tochter Helga."

„Und das ist Luke. Er zieht vielleicht bei uns ein."

Die beiden Jungs musterten ihn eingehend.
„Spielst du auch Fußball?“, fragte Daniel.
„Ähm … ja. Manchmal.“
„Ich spiele in einer richtigen Mannschaft und ich bin der Beste. Nur der Tim hat mehr Tore geschossen!“, erklärte ihm der Junge stolz.
„Ich würde sagen, zum Mittagessen gibt es heute Döner.“
Sofort strahlten die beiden Jungs glücklich und beeilten sich, ihre Schuhe anzuziehen.
„Ich komme dann am besten später noch mal.“
„Nein, du kommst einfach mit. Ich verspreche dir, das wird der leckerste Döner, den du je gegessen hast.“
„Ich möchte nicht stören“, versuchte Luke abzuwiegeln. Die Situation wurde immer seltsamer. Er hatte sich nur die Wohnung anschauen wollen und jetzt wurde er zum Döneressen genötigt. Eine derart seltsame Besichtigung hatte er noch nicht erlebt.
„Der Laden von Achmed ist um die Ecke. Seine Frau trägt zwar ein Kopftuch, aber der Döner ist einfach zu gut, als dass ich in diesem Fall emanzipatorisch und politisch korrekt handeln könnte“, erklärte Tina mit einem ironischen Unterton in der Stimme.
„Ich …“
„Keine Widerrede, Luke! Es dauert nicht lange und danach zeige ich dir die Wohnung. Das ist doch eine hervorragende Gelegenheit, um uns kennenzulernen. Oder denkst du, ich möchte, dass ein Fremder hier einzieht?“

Und so geschah es, dass Luke gemeinsam mit Tina, Sören, Daniel und Helga zu Ahmeds Döner Express marschierte und tatsächlich den besten Döner Kebab seines Lebens aß. Die beiden Jungs schienen sofort von ihm begeistert zu sein. Daniel versuchte, mit seinen Fußballkünsten zu beeindrucken, während Sören davon erzählte, wie gut er rechnen konnte. Luke gab sich Mühe, auf die beiden Kinder einzugehen und zugleich auf Tina einen erwachsenen und vertrauenswürdigen Eindruck zu machen. Er hatte, je länger der Ausflug zum Döner Express dauerte, mehr und mehr den Eindruck, dass das gemeinsame Mittagsessen eine Art Testlauf war. Eine Prüfung, ob er Tina als zukünftiger Mieter gefallen würde. Sie erzählte von ihrem guten Freund Tom, der in dem Haus gewohnt hatte und bald heiraten würde, und von Sarah, der Polizistin, die gerade eine hessische Polizeischule besuchte und in wenigen Wochen, sobald sie ihre Abschlussprüfungen hinter sich hatte, Kriminalkommissarin sein würde. Sie wohnte ebenfalls seit einigen Jahren in dem Haus. Sie erwähnte kurz ihren Ehemann, der sie verlassen hatte und nun irgendwo in Indien verschollen war, und offenbarte ihm, dass sie zwar aus „gutem Hause“ komme, aber einen Hang zu asozialen Männern habe. Oder zumindest wohl gehabt habe. Und sie erzählte von ihrem Bruder Meiko, dem „Berufsschwulen“.

„Und du, Luke, bist du schwul?“

Luke hätte sich beinahe an einem Stück Dönerfleisch verschluckt.

„Ähm …“

„Oh, du musst nicht auf die Frage antworten. Geht mich eigentlich auch nichts an.“

„Nein, das ist es nicht. Ich bin nur … Ja, ich bin schwul.“

Tina lächelte, beinahe so, als wäre sie über seine Antwort erleichtert.

„Kommst du aus Frankfurt oder bist du, wie beinahe jeder hier, zugezogen?“

„Ich lebe erst seit einem Monat hier. Ich komme aus der Lüneburger Heide.“

„Aha. Ein Nordlicht also.“

„Ja, sozusagen.“

„Und was studierst du?“

„Germanistik. Und was arbeitest du, wenn ich fragen darf?“

„Ich bin Kinderbuchautorin.“

„Wie süß“, entfuhr es Luke.

Tina lächelte keck. „Gut, dann sollten wir langsam mal zurücklaufen und dir die Wohnung zeigen, in der du zukünftig leben wirst. Natürlich nur, wenn sie dir gefällt.“

Und wie sie Luke gefiel! Das Dachgeschossapartment bestand aus einem kleinen Schlafzimmer, einem Wohnraum mit Küchenzeile und einer kleinen Toilette, die im charmanten Stil der fünfziger Jahre gehalten war. Einziges Manko war, dass er sich Badewanne und Dusche mit der seltsamen Polizistin teilen musste. Durch die breite Fensterfront hatte man einen Blick auf den leicht verwilderten Garten hinter dem Haus und vom Schlafzimmer aus gelangte man auf einen kleinen, etwa zwei Quadratmeter großen Balkon. Luke versuchte, sich seine Begeisterung nicht anmerken zu lassen, doch seine aufgeregt umherhuschenden Blicke verrieten ihn.

Tina hingegen hielt mit ihrer Sympathie für den jungen Studenten nicht hinterm Berg. Sie wollte ihn als neuen Mieter. Er war jung, schwul und – das hatte sie schnell festgestellt – in Frankfurt hoffnungslos verloren. Er war sicher noch etwas prüde, beinahe spießig, aber das würde sie ihm schon noch austreiben. Sie wusste, Meiko würde ihn lieben, und sie ahnte, dass Sarah ihn bereits jetzt nicht mochte. Doch auch das konnte sich ändern. Sarah musste sich eben mit dem Gedanken anfreunden, dass Tom nicht mehr zurückkehren würde. Luke konnte Tom sicher nicht ersetzen, aber das sollte er auch nicht. Er sollte einfach einziehen und wieder ein Stück mehr Leben in das Haus bringen. Manch einer belächelte Tina für ihren romantischen Blick auf die Realität, für ihren Helferkomplex und das Image der Immer-Barmherzigen, die sich ihre Mieter nach persönlicher Sympathie aussuchte und stets darauf hoffte, dass sie sich in ihre eigene, kleine Familie integrierten. Doch Tina ignorierte diese Spötter und überließ Luke die Wohnung für lachhafte dreihundertdreißig Euro Monatsmiete.

Eine Woche später zog der Junge aus der Lüneburger Heide in der Ackerpflaumenallee 33 ein.

Die Schwulenmutti

Erschöpft ließ sich Tina auf ihren gelben Liegestuhl fallen und streckte sich der Nachmittagssonne entgegen. Die warmen Strahlen tanzten unsichtbar über ihren Körper, kitzelten auf ihrer Haut. Sie spürte, wie schlagartig eine angenehme Hitze in ihr aufstieg.

Die Zeit am frühen Nachmittag war ihr heilig, denn es waren die einzigen Stunden am Tag, die sie für sich hatte. Die beiden Jungs waren in der Schule oder im Hort und die kleine Helga schlummerte friedlich in ihrem Bettchen. So sehr es Tina genoss, ihre Kinder und Freunde um sich zu haben, so sehr liebte sie es, wenn sie einmal Zeit für sich hatte, es nichts zu tun gab, keine Arbeit auf sie wartete und sie einfach nur ihren Gedanken nachhängen konnte. Am Abend wollte sie gemeinsam mit Luke und den Kindern essen und somit den neuen Mieter ein Stück mehr in ihre Familie integrieren. Außerdem musste sie noch dringend ein erstes „zufälliges" Aufeinandertreffen zwischen Meiko und Luke arrangieren. Sie hoffte, ihr Bruder konnte dem unbedarften Jungen helfen, sich in der Schwulenszene zurechtzufinden.

Tina ging in ihrer Rolle als Matriarchin dieser zusammengewürfelten Familie voll auf. Und gab es gerade einmal nichts zu tun, schrieb sie ein paar Seiten für ihr neues Buch. Es sollte diesmal ausnahmsweise kein Kinderbuch, sondern ein Frauenratgeber werden. Thema diesmal: *Drei Kinder und trotzdem Workaholic.*

Tina fragte sich manchmal, wie ihr Leben wohl verlaufen wäre, hätte sie nicht ein gut situiertes Elternhaus im Rücken gehabt. Ihr Bruder Meiko, da war sie sich sicher, hätte sich auch ohne das väterliche Geld als schwuler Dandy, Steward oder Barkeeper durchgeschlagen. Doch bei ihr sah die Sache etwas anders aus. Ein abgebrochenes Germanistikstudium, alleinerziehende Mutter von drei Kindern und ein durchaus beängstigender Hang zu französischer Designermode, italienischen Schuhen und asozialen Männern wären wohl die besten Voraussetzungen gewesen, um als überschuldete Hartz-IV-Kandidatin zu enden.

Doch das Schicksal hatte es gut mit ihr gemeint. Sie hatte von Haus aus Geld, dank den Verbindungen ihres Vaters einen Verleger und dank ihrer Freunde wuchsen die drei Kinder auch ohne Papa in einem intakten, wenn auch unkonventionellen, familiären Umfeld auf. Es ging ihr sogar so gut, dass sie sich ein bis zwei Stunden am Tag ausschließlich mit sich selbst beschäftigen konnte. Ein Luxus für Alleinerziehende!

Sicherlich hießen ihre Eltern weder Meikos noch ihren Lebenswandel gut und es gab innerhalb der Familie immer wieder kleinere und größere Generationskonflikte. Doch die Sternheims hatten schon immer dem liberalen jüdischen Flügel angehört. Vor allem nach dem Ende der Nazi-Herrschaft war die Gemeinde in Frankfurt wesentlich konservativer geworden und die Familie Sternheim versuchte daher schon aus Protest, einen progressiven Gegenpol zu bilden. Daher kam es natürlich nicht in Frage, dass ihre Eltern sich öffentlich von ihrer alleinerziehenden Tochter oder ihrem schwulen Sohn distanzierten. Im Gegenteil: Inzwischen zelebrierte man die Andersartigkeit richtiggehend und nutzte Tina und Meiko als schillernde, gesellschaftliche Aushängeschilder, die dem Unternehmen Sternheim einen Hauch Exotik verliehen.

Tina verscheuchte die lästigen Gedanken an ihre Familie mit einem entschiedenen Seufzer und übergab Körper und Geist der Sonne. Gelobt sei die Lethargie, dachte sie sich und schloss die Augen. Langsam drifteten ihre Gedanken ab. Sie überlegte, was sie am Abend kochen würde, und dachte daran, dass noch ein Kapitel für ihr aktuelles Buch geschrieben werden musste. Kurz tauchte das Gesicht ihres Ex-Mannes vor ihrem geistigen Auge auf. Ob er wohl noch am Leben war? Seit über einem Jahr hatte sie nichts mehr von ihm gehört. Letztes Lebenszeichen war eine Postkarte aus Sri Lanka gewesen. Sogar die Geburtstage der Jungs hatte er vergessen. Vielleicht war er tatsächlich, wie Meiko vermutete, bei der Tsunami-Katastrophe ums Leben gekommen. Sie stellte sich vor, wie sein Körper reglos auf dem Wasser trieb und wie sie ihn finden würde … Langsam vermischten sich Realität und Träume. Tina spürte, wie sie auf einer sanften Woge in den Schlaf glitt. Kurz schwebte die Frage durch ihren Kopf, ob sie Sonnencreme aufgetragen hatte, doch die müde Trägheit ihres Körpers lähmte sie und ließ keine Antwort mehr zu.

„Na, du faules Stück!"

Meikos Stimme riss Tina jäh aus dem Halbschlaf. Ihr Bruder hatte sich unbemerkt, die Beine elegant-schwul übereinandergeschlagen, auf der zweiten Sonnenliege niedergelassen und mimte die perfekte Tunte. Ein fleischgewordenes Klischee. Neben ihm stand, sich sichtlich unwohl fühlend, das genaue Gegenteil. Ein braun gebrannter, hünenhafter, junger Südländer mit breiten Schultern und tiefschwarzen Augen, in denen man zu versinken drohte. Kurzum, ein Latinlover und auf seine Art auch ein fleischgewordenes Klischee. Vor allem die schwarzen Locken, die ihm bis zu den Schultern reichten, hatten es Tina angetan. Langhaarige Männer waren schon immer eine Schwäche von ihr gewesen. Ihr war es mehr als unangenehm, dass Meiko sie ohne Vorwarnung mit einem Fremden überfiel. Noch immer etwas schläfrig, richtete sie sich auf und zupfte zugleich ihre Frisur – nur so aufs Geratewohl – zurecht.

„Was machst du hier?", begrüßte sie ihren Bruder mürrisch.

„Brauche ich denn jetzt eine Begründung, wenn ich dich besuche?"

„Ja! Zumindest, wenn du mich in meiner Mittagsruhe störst!"

Meiko ignorierte die Spitze und strich sich gedankenverloren über seine frisch rasierten Beine, die er jeden Sommer aufs Neue voller Stolz präsentierte. Ich muss noch etwas Farbe bekommen, schoss es ihm durch den Kopf.

„Möchtest du uns nicht vorstellen?", fragte Tina neugierig.

„Ach ja! Verzeihung! Das ist Juan. Juan, das ist meine liebreizende Schwester Tina."

Artig reichte ihr das Klischee die Hand und murmelte ein schüchternes „Hallo."

Tina glaubte, einen spanischen Akzent zu erkennen und befand, dass dieser Mann mit Sicherheit einem schwulen Porno entsprungen war, raus aus dem Fernseher und auf Meikos Bett gelandet.

„Juan kommt aus Barcelona. Er war jetzt ein Jahr hier in Deutschland und hat an der Uni studiert. Aber ...", Meiko legte eine dramatische Pause ein, „... er ist ausgebildeter Gärtner."

Jetzt endlich begann Tina zu durchschauen, was es mit dem Überraschungsbesuch auf sich hatte. Meiko wollte seiner aktuellen Flamme einen Job verschaffen und sich selbst vor der Arbeit drücken. Tina lag ihm nämlich schon seit dem Frühjahr damit in den Ohren, dass die Dornenhecke am Ende des Gartens geschnitten werden musste. Das Gestrüpp breitete sich immer mehr über den Zaun zum Nachbargrundstück und dem liebevoll angelegten Kräutergarten aus.

„Er könnte endlich einmal fachmännisch diese verdammte, dornige Hecke schneiden! Sonst wird sie eines Tages das Haus überwuchern und du fällst in einen Dornröschenschlaf", bestätigte Meiko ihre Vermutung.

„Aus dem Schlaf wird mich bestimmt eines Tages ein schwuler Prinz mit Küsschen links, Küsschen rechts erwecken."

„Genau!"

Tina war leicht angesäuert und eigentlich nicht zum Scherzen aufgelegt. Sie hatte keine Lust darauf, sich ausgerechnet heute mit einem spanischen Gärtner herumschlagen zu müssen. Dafür war sie viel zu träge. Außerdem war sie leicht verstimmt über den Umstand, dass Meiko auf ihre Kosten sein aktuelles Projekt vorantreiben wollte. Auf der anderen Seite sah Juan wirklich gut aus und attraktiven Menschen tut man schließlich gerne einen Gefallen. Und sei es nur, damit sie einem ein Lächeln schenken. Viel mehr durfte Tina bei einem schwulen Gärtner auch nicht erwarten.

„Und was sagst du zu meinem Angebot?"

In diesem Augenblick ertönte Kindergeschrei durch die geöffneten Fenster aus Helgas Zimmer und bewahrte Tina davor, sofort eine Entscheidung fällen zu müssen.

„Ich sollte mal nach der Kleinen schauen."

Sie erhob sich schnell und verschwand im Haus.

„Ich helfe dir!", rief Meiko und ergriff die Chance, Tina unter vier Augen doch noch zu überreden.

„Ich habe ihn gestern Abend kennengelernt. Aber wir hatten nichts miteinander. Noch nicht", erklärte er, während Tina liebevoll ihre Tochter auf den Arm nahm und ihr beruhigend den Kopf tätschelte. Inzwischen war das Weinen zu einem leisen Schluchzen geworden.

„Er braucht das Geld für den Rückflug. Oder soll er etwa halb Europa mit einer Bummelbahn durchqueren? Oder auf den Strich gehen, um an Geld zu kommen?"

„Seit wann bist du in dieser Hinsicht so moralisch?"

„Ich möchte ihn davor bewahren, seinen Körper verkaufen zu müssen."

„Jetzt werd mal nicht albern! Du willst mit ihm ins Bett und hoffst, dass der Weg zu seinem kleinen Hintern durch meinen Garten führt", entgegnete Tina genervt.

„Na gut. Vielleicht hast du recht. Aber bitte hilf mir. Es ist schließlich der Garten unseres Elternhauses. Abgesehen davon … Ich hatte schon ewig keinen Sex mehr."

Tina hob skeptisch und ungläubig die rechte Augenbraue an.

„Okay, aber ich hatte schon ewig keinen *guten* Sex mehr", gab Meiko zu, als er ihren Blick bemerkte.

„Warum sollte es dir besser gehen als mir?"

„Du bist Mama und Schwulenmuttchen in einer Person. Nach dem Weihnachtsmann bist du somit das asexuellste Wesen auf diesem Planeten. Selbst der Papst …"

„Meiko!"

Mit einem strengen Blick wies die große Schwester ihren kleinen Bruder in seine Schranken.

„Tina, sei nicht so hart zu mir! Bitte!"

Sie schien ihn zu ignorieren und begann damit, Helga anzuziehen.

„Bitte! Bitte! Bitte!"

„Mami, schaukeln will!", unterbrach Helga die beiden.

„Schatz, wir können morgen auf den Spielplatz gehen."

„Ich gehe mit dir auf den Spielplatz, während Mami von ihrem Liegestuhl aus den Gärtner bei seiner Arbeit beaufsichtigt."

„Ja!" Helga klatschte begeistert in die Hände und Tina musste sich geschlagen geben. Meiko hatte es mal wieder geschafft, seinen Willen durchzusetzen, und gab ihr zugleich das Gefühl, dass alle Beteiligten das bekommen hatten, was sie sich wünschten.

Als Tina wenig später mit einem frisch gepressten Orangensaft zurück auf die Terrasse kam, waren Meiko und Helga längst verschwunden und Juan bereits mit der Hecke beschäftigt. Sie ließ sich auf der Sonnenliege nieder und machte es sich bequem. Doch an eine Fortsetzung ihres Nachmittagsschlafes war nicht zu denken, denn immer wieder zog Juan ihre Aufmerksamkeit auf sich. Er hatte sein Shirt abgelegt und der inzwischen leicht verschwitzte Oberkörper glänzte verführerisch in der Sonne. Nur mit einer Gartenschere bewaffnet, kämpfte er gegen die Dornen. Das biestige Gestrüpp wehrte sich natürlich gegen die Beschneidung, doch Juan ließ sich nicht aus der Ruhe bringen.

Souverän und ohne Hektik setzte er seinen Kampf fort. Die Hecke musste ihm Stück für Stück weichen.

„Wie in einem Pornofilm", murmelte Tina leise. Sie konnte verstehen, warum Meiko so scharf auf ihn war. Zu dumm nur, dass er schwul ist, überlegte sie sich. Schwuler Gärtner, schwuler Bruder, schwule Freunde, schwuler Mieter … Kein Wunder, dass ich keinen Sex habe, stellte sie deprimiert fest. Tatsächlich langweilten sie die Heteromänner und sie vermisste auch keinen Partner an ihrer Seite, meistens zumindest. Doch musste sie, nur weil sie zu einem Schwulenmuttchen mutiert war, gleichzeitig ein asexuelles Dasein fristen?

Tina hatte sich Stück für Stück von der schwulen Subkultur assimilieren lassen, war ein Teil der Szene geworden, ohne jedoch wirklich formal dazuzugehören. Sie versuchte sich zu erinnern, wann sie das letzte Mal in einer normalen Bar oder einem normalen Club gewesen war. Es wollte ihr nicht einfallen. Und eigentlich vermisste sie es auch nicht. Sie hatte auf den Gay-Partys schon immer mehr Spaß gehabt. Nur den Sex, den vermisste sie, und das wurde ihr aufs Schmerzlichste bewusst, während sie Juan bei der Arbeit beobachtete.

Plötzlich schaute er in ihre Richtung und lächelte. Tina fühlte sich ertappt, lächelte jedoch tapfer zurück und schloss dann die Augen. Es fiel ihr allerdings schwer, sie nicht wieder zu öffnen, denn die Versuchung, Juan weiter bei der Arbeit zu beobachten, war groß. Unendlich groß. Auf einmal hörte sie sich nähernde Schritte.

„Könnte ich vielleicht einen Schluck Wasser haben?"

Tina öffnete die Augen und wäre beinahe zusammengezuckt, denn Juan stand direkt neben ihr, seinen Oberkörper leicht nach vorne gebeugt.

„Ähm … Tut es auch frisch gepresster Orangensaft?"

„Gerne!"

Er lächelte verschmitzt und Tina entdeckte voller Entzücken seine Grübchen. Schweigend reichte sie ihm das Glas mit Saft. Er leerte es mit einem Schluck, und als er es ihr zurückgab, berührte er, für einen kurzen Augenblick länger als nötig, ihre Hand.

„Ich bin übrigens nicht schwul", stellte er klar, als hätte er in ihren Kopf geschaut.

„Nicht? Ich dachte, Meiko und …"
„Nein, ich bin durch und durch hetero."
Tina räusperte sich verlegen und rang um Selbstbeherrschung. Sie wollte ihn. Jetzt sofort, hier auf der Terrasse. Das ist besser als jeder Porno, überlegte sie. Auch wenn sie schon lange nicht mehr mit einem Mann geflirtet hatte, so glaubte sie, deutlich in seinen Augen lesen zu können, dass er auch nicht abgeneigt war. Aber was ist mit Meiko, schoss es ihr durch den Kopf. Egal, sie wollte ihn. Jetzt sofort. Animalisch sollte es sein und wild und unkompliziert. Einfach mal wieder Sex. Ohne Verpflichtungen, ohne nerviges Telefonnummern-Tauschen. Sex, wie ihn die Schwulen jeden Tag haben können.
Die beiden starrten sich einige Sekunden an. Er machte keine Anstalten, zurück zu seiner Arbeit zu gehen. Schließlich nahm Tina ihren Mut zusammen, vergaß ihre Zweifel, zog Juan zu sich herunter und küsste ihn. Zu ihrer Erleichterung erwiderte er ihren Kuss und erweckte sie auf äußerst geile Weise aus ihrem Dornröschenschlaf. Bevor Tina langsam und genussvoll seine Hose aufknöpfte, schoss ihr nur ein letzter Gedanken durch den Kopf: Wie soll ich das Meiko erklären?

Während ihre Mutter gerade ihren persönlichen Porno genoss, war Helga auf dem Spielplatz um die Ecke damit beschäftigt, Sandkuchen zu backen. Meiko saß unweit von ihr auf einer Bank und beobachtete die friedlich spielenden Kinder.
„Welches ist denn Ihres?", fragte die junge Frau neben ihm.
„Die Kleine mit den blonden Haaren", antwortete Meiko und befreite in Gedanken die Frau aus ihrem hässlichen Outfit und kleidete sie komplett neu ein.
„Oh, die ist ja schon groß! Meiner ist erst fünf Monate alt", erklärte sie und präsentierte Meiko voller Stolz das hässlichste Baby, das er je gesehen hatte.
„Er heißt Jan-Hendrik."
„Hallo, Jan-Hendrik", grüßte er und versuchte, sich seinen Schock nicht anmerken zu lassen.
Der Junge lächelte ihn glücklich an. Lach nur, solange du noch nicht weißt, wie scheißoberflächlich diese Welt ist, dachte Meiko und überlegte, ob Gott die Frau für ihren schlechten Modegeschmack mit einem hässlichen Baby bestraft hatte.

„Hunger!“, verkündete Helga plötzlich.

Meiko schaute überrascht auf seine Uhr. Sie waren noch keine Stunde von zu Hause weg. Doch er hatte Juan für zwei Stunden gebucht und er wollte auf keinen Fall früher zurück sein. Tina sollte sein Geschenk in vollen Zügen genießen können. Natürlich durfte sie niemals erfahren, dass er es war, der Juan engagiert hatte.

Selbstverständlich bezahlte ihn Meiko nicht dafür, dass er die Hecke schnitt. Er hatte sich die Notlüge ausgedacht, da seine Schwester sich niemals wissentlich von einem Callboy verführen lassen würde. Dafür war sie dann doch zu prüde und zu moralisch. Er würde dieses Geheimnis mit ins Grab nehmen und hoffte, dass Juan seine Schwester aus ihrer asexuellen Lethargie reißen würde. Sie musste – seiner Meinung nach – endlich wieder das Leben an den sprichwörtlichen Eiern packen.

„Sollen wir dir ein Eis kaufen gehen?“, fragte er Helga. Ein begeistertes Lächeln machte sich auf ihrem Gesicht breit.

Meiko nickte. Drei Eiskugeln für seine Nichte und einen schicken Callboy für seine Schwester. Es blieb ja schließlich in der Familie.

Der kleine Bruder

Das Klingeln des Weckers bereitete Marcos Nacht ein jähes Ende. Schlaftrunken stolperte er aus dem Bett und vermied es krampfhaft, in den großen Wandspiegel zu blicken. Marco verabscheute es, zu dieser unchristlichen Zeit aufstehen zu müssen. Ungekämmt, verschwitzt und mit harten Bartstoppeln im Gesicht – diesen Anblick wollte er am frühen Morgen wirklich vermeiden.

Mit halb geschlossenen Augen tastete er sich bis zu der kleinen Küche durch und stieß dabei mit dem Kopf gegen einen Holzbalken. Es waren Momente wie diese, in denen er seine Dachwohnung verfluchte. Um das Warten auf den Kaffee zu verkürzen, hatte er es sich angewöhnt, noch hastig eine kalte und erfrischende Dusche zu nehmen. Doch heute schien sich die gesamte Welt gegen ihn verschworen zu haben, denn als er in freudiger Erwartung auf das kühle Nass den Hahn aufdrehte, schoss ihm eine Fontäne heißen Wassers entgegen. Marco ließ einen Schrei fahren.

„So viel zu meiner kalten Dusche am Morgen!", stöhnte er resigniert. Kurz darauf betrat er wieder, mit einem Handtuch um die Hüften und noch feuchten Haaren, die Küche, nur um feststellen zu müssen, dass die Kaffeemaschine den Geist aufgegeben hatte, seine letzte Zigarettenpackung leer war und ihn die alte Schwuchtel aus dem gegenüberliegenden Wohnkomplex, die ihn bereits mehrere Male auf der Straße äußerst plump angemacht hatte, durch das Fenster beobachtete. Die bescheuerte Redensart „Morgenstund hat Gold im Mund" im Speziellen und die Welt im Allgemeinen verfluchend, beschloss er, im McDonald's ein schnelles Frühstück zu verschlingen.

Als er auf die Straße hinaus in die frische Morgenluft trat, begann die Stadt, langsam zu erwachen. Es würde wieder ein unerträglich heißer Tag werden. Bis zu 32 Grad prognostizierte der Deutsche Wetterdienst für die Nachmittagsstunden. Doch jetzt, am frühen Morgen, herrschte noch eine angenehme Frische auf den Straßen und Plätzen Frankfurts.

Das Gewitter der vergangenen Nacht hatte wie ein reinigender Schauer gewirkt und selbst das Grün der Bäume auf dem Börsenplatz sah frisch und erholt aus. Die Spitzen der Hochhäuser waren noch in Nebelschwaden gehüllt, doch dahinter schimmerte sanftes, helles Blau hindurch. Marco atmete tief ein und schwang sich auf sein Fahrrad. Eine Stunde später betrat er das Rainbow Garden, Frankfurts erstes und bis dato einziges schwul-lesbisches Altersheim. Die Korridore waren noch still und dunkel. Doch vereinzelt erklangen bereits leise Geräusche aus den Zimmern und erinnerten Marco daran, dass es tatsächlich Leute gab, die freiwillig um diese Uhrzeit aufstanden.

Plötzlich öffnete sich die zweite Fahrstuhltür und ein lächelnder Dave, auch Miss D-Day genannt, trat an seine Seite, wobei es Marco beinahe vorkam, als würde die Drag Queen voller Elan aus dem Aufzug hinaus auf den Korridor hüpfen.

„Guten Morgen, Schätzchen!“, begrüßte sie ihn überschwänglich und ein breites Lächeln zierte das perfekt geschminkte Gesicht, während sie, scheinbar in freudiger Erwartung auf den Arbeitstag, fröhlich summend den Korridor entlangtänzelte und ihre Hüfte, in einen engen, weißen Schwesternrock gezwängt, kreisen ließ.

„Guten Morgen“, entgegnete Marco schlicht und versuchte dabei den mürrischen Unterton aus seiner Stimme zu verbannen. Erstens war er zu dieser frühen Stunde kein besonders dankbarer Gesprächspartner, zweitens waren ihm Leute wie Dave, die bereits um sechs Uhr morgens derart gute Laune verbreiteten, suspekt. Und drittens konnte er die aufgedonnerte Drag-Nurse mit den quietsch-rosa Haaren nicht ausstehen.

„Ist das nicht ein ganz besonders schöner Sommermorgen?“, fragte D-Day und holte Marco aus seinen Gedanken.

„Oh, ganz wunderbar!“, entgegnete er und überlegte sich, dass er nicht weiter auf seinen Tod warten, sondern seinem jämmerlichen Dasein am besten augenblicklich ein Ende setzen sollte. Dadurch konnte er sich unzählige Frühdienste ersparen! Marco schüttelte, verärgert über sich selbst, den Kopf. Schließlich sollte man über den Tod, besonders wenn es der eigene war, keine makabren Scherze machen. Auch nicht gedanklich und erst recht nicht frühmorgens um sechs Uhr, umgeben von noch lebenden, homosexuellen Fossilien.

In den Korridoren herrschte noch immer nächtliche Stille und der neue Zivi, ein Deutsch-Italiener mit dem klischeehaften Namen Claudio, machte einen letzten Kontrollgang. Die Nachtschwester, eine junge Lesbe, kontrollierte noch einmal die Morgenmedikation. Während D-Day damit beschäftigt war, einen Kaffee aufzusetzen, ging Marco die anstehenden Termine durch: eine Neuaufnahme, ein Transport zur Dialyse, ein Zahnarztbesuch …

Plötzlich durchbrach ein lauter Schrei die Stille. Marco stürmte auf den Flur hinaus.

Marco schnappte sich den Notfallkoffer und lief durch den dunklen Korridor. Als er am Zimmer 338 vorbeirannte, sah er durch die geöffnete Tür Claudio wie angewurzelt neben dem Bett der liebenswürdigen Frau Elster stehen. Die Gesichtszüge der alten Dame waren unnatürlich starr und das selige Lächeln, welches ihre Lippen umspielte, wirkte unheimlich. Marco konnte den Tod förmlich riechen und er hatte den Eindruck, als würde sich eine kräftige Hand um seine Kehle legen und beginnen, langsam, aber unaufhörlich zuzudrücken.

„Sie ist …“ Claudio verstummte. Der Junge war im Angesicht seiner ersten Begegnung mit dem Tod sichtlich schockiert. Marco hatte den Tod als Teil seiner Arbeit längst akzeptiert, doch diesmal war alles anders. Widerstrebend beugte er sich über die Frau. Kein Puls. Keine Atmung. Die Totenstarre am Kiefergelenk hatte bereits eingesetzt und ihre Glieder waren kühl. Marco berührte vorsichtig ihre Augen und öffnete sie. Die Trübung gab ihm die letzte Gewissheit. Dann stürmte er an Claudio vorbei und übergab sich.

Von dem Balkon im dritten Stockwerk des Rainbow Garden hatte man einen hervorragenden Blick über die umliegenden Gebäude von Bornheim. Außerdem gewährte er dem Beobachter einen uneingeschränkten Blick in die Hinterzimmer zahlreicher Gaststätten, Büros und, was Marco am interessantesten fand, in einige Schlafzimmer der umliegenden Wohnblocks. Bei seinen täglichen Studien, welche ihm, wie er sich freimütig eingestand, durchaus die Charakterzüge eines Voyeurs verliehen, war er schon Zeuge einiger Ehedramen oder Sex-auf-dem-Schreibtisch-Szenen in den teilweise geschmacklos eingerichteten Büros geworden.

Marcos Frühdienst neigte sich endlich dem Ende zu. Nach dem überraschenden Tod von Frau Elster hatte sich der Tag in einer schreckliche Stille und Leere ergossen. Es war die unerträgliche Gewissheit des Sterbens, die sich wie ein Schleier aus Zweifel und Trauer über das Altenheim gelegt hatte. So war es immer, wenn ein Bewohner verstarb. Schon unter normalen Umständen war es schwer, diesen Gemütszustand zu ertragen, doch angesichts der eigenen HIV-Diagnose sah sich Marco mehr denn je mit seiner eigenen Sterblichkeit konfrontiert.

„Ein perfekter Spannerplatz, nicht wahr?“

Jörgs Stimme holte ihn aus seinen Gedanken und Marco fühlte sich ertappt. Jörg war sein Mitbewohner und Arbeitskollege. Als einziger Hetero in dem Altenheim war er ein richtiger Exot. Er hatte zeitgleich mit Marco seine Arbeit im Rainbow Garden begonnen und war mit gerade einmal dreiundzwanzig Jahren auch die jüngste Vollkraft im Team. Sie hatten schnell festgestellt, dass sie auf der gleichen Wellenlänge lagen, und sich nach etwa einem halben Jahre zu einer gemeinsamen WG entschlossen.

„Hallo, Jörg! Ich hatte ganz vergessen, dass du heute Spätdienst hast“, sagte Marco.

„Ich bin hier, um euch zu erlösen.“

„Das ist gut. Ich kann auch nicht mehr …“

Jörg nickte stumm. Manchmal bedurfte es zwischen ihnen keiner Worte. Doch heute hatte das Schweigen etwas Unangenehmes. Marco spürte, dass Jörg etwas sagen wollte und nicht wusste, wie er es anstellen sollte.

„Ich …“ Jörg brach ab.

„Ja?“

„Ich habe deinen HIV-Test gefunden.“

Marco schien es, als würden die Worte die Stille nicht nur durchbrechen, sondern mit einem gewaltigen Donnern durchschlagen. Er verfluchte sich, dass er das Schreiben nicht längst verbrannt hatte. Seit jenem Abend auf der Alten Brücke versuchte Marco, jeden Moment seines Lebens noch mehr, noch intensiver zu genießen. Er dachte seltener an das Morgen und erst recht nicht an die Probleme, die noch auf ihn zukommen würden. Er war seine Krankheit stattdessen so pragmatisch wie möglich angegangen. Im Moment verspürte er keinerlei körperliche Beeinträchtigung. Marco war fit und agil. Doch er wusste, das konnte sich vom einen auf den anderen Tag ändern. Irgendwann, da war er sich sicher, würde plötzlich und unvorbereitet das Virus seinen ersten, mächtigen Schlag gegen Marcos Körper ausführen. Doch bis dahin wollte er sich nicht weiter damit auseinandersetzen und so hatte er es bisher nicht geschafft: mit jemandem darüber zu sprechen, nicht einmal mit seinem Mitbewohner, und das, obwohl Jörg sein bester Freund war.

„Er lag auf dem Boden im Wohnzimmer und ich dachte, es sei die Diagnose eines Heimbewohners. Ich wusste nicht … Verdammt, Marco! Es tut mir wirklich schrecklich leid!“

„Ist schon in Ordnung“, antwortete Marco stockend und plötzlich standen ihm Tränen in den Augen.

„Seit wann weißt du, dass …“ Jörg unterbrach sich unsicher.
„Seit ein paar Wochen.“

Inzwischen hatte Marco angefangen zu weinen und Jörg griff ohne zu zögern nach seiner Hand, umschloss ihn sanft in seinem Arm.

„Es ist seltsam. Ich habe lange geweint und geflucht. Meine Freunde verdammt und all jene, die das Glück haben, gesund zu sein. Doch erst heute Morgen, als Frau Elster tot vor mir lag …“

Marco stockte, rang nach den richtigen Worten.

„Mir sind Tausende von Fragen durch den Kopf gegangen, doch im Laufe der letzten Wochen haben sich alle Fragen langsam aufgelöst, sind unwichtig und trivial geworden. Am Ende ist nur eine wirklich wichtige und existenzielle Frage geblieben: Was werde ich mit der verbleibenden Zeit anfangen? Und ich hatte Angst, es dir zu sagen“, gestand Marco.

Jörg runzelte irritiert die Stirn und Marco sah, wie die charakteristische Ader an seiner Schläfe aufgeregt und nervös pulsierte. Sanft strich er über Jörgs braune Haare, die ihm beinahe bis zum Po reichten. Ihre Freundschaft hatte von Beginn an eine körperliche Komponente besessen, die für eine Männerfreundschaft durchaus ungewöhnlich war.

„Es tut mir leid, dass ich es dir nicht gesagt habe, aber ich fühle mich so schuldig. Ich habe immer Safer-Sex propagiert und mich gegen diese ganze Bareback-Scheiße eingesetzt. Und jetzt das! Es war doch alles umsonst!“

„Es ist nicht umsonst! Es war ein Unfall. Ein verdammter, bescheuerter Unfall! Selbst wenn man sich immer an die Straßenverkehrsordnung hält, kann es zu einem Totalschaden kommen! Du hast keine Schuld und du musst keine Angst haben – zumindest nicht vor mir.“

„Ich hatte Angst. Angst, dass du anders mit mir umgehen wirst.“

„Marco, du bist und bleibst mein Marco. Nichts und niemand darf dir wehtun.“

„He, wenn einer die Rolle des großen Bruders haben sollte, dann doch wohl ich, oder?“

„Ach bitte, Rollenklischees haben uns doch nie gestört!“

Sie lachten verschmitzt, wohl wissend, dass viele Schwule Jörg für eine Klemmschwester hielten und sich über die enge Freundschaft der beiden das Maul zerrissen.

„Versprich mir, dass sich nichts verändert zwischen uns."

„Es wird sich nichts verändern, das verspreche ich dir, Marco! Ich werde immer für dich da sein. Ich brauche nur ein paar Tage, um mich damit auseinanderzusetzen. Du bist nicht der Einzige, der Angst hat."

„Gut", antwortete Marco und lehnte sich erschöpft an die Schulter seines Mitbewohners.

„Mein kleiner Bruder", murmelte Jörg leise.

Die blaue Bar

Die Wochen zogen ins Land, und während es sich Luke mit Ikea-Möbeln und Flohmarkt-Sammlerstücken in seiner Wohnung gemütlich machte, war es Frühsommer geworden. Er hatte einen Nebenjob in einem Callcenter gefunden und betrachtete die stupide Arbeit als Ausgleich zum anstrengenden und zugleich aufregenden Uni-Alltag.

Tina war eine sehr fürsorgliche Vermieterin, immer um sein Wohlergehen besorgt und stets darauf bedacht, ihm das Gefühl zu vermitteln, ein neues Zuhause gefunden zu haben. Manchmal fiel es ihm schwer, sich mit ihrer Mütterlichkeit zu arrangieren, doch zugleich war Luke froh, dass es jemanden gab, zu dem er gehen konnte, wenn er ein Problem hatte.

Aber eigentlich verlief alles erstaunlich glatt. Nur von Samuel hörte Luke nichts. Kein Lebenszeichen. Kein Anruf. Keine SMS. Er erwog oft, ihn zu besuchen oder sich bei ihm zu melden, seine Selbstachtung war allerdings zu groß und zugleich hatte er Angst. Angst davor, wieder abgewiesen zu werden. Angst davor, ihm wieder zu verfallen. Stattdessen konzentrierte sich Luke darauf, eigene Kontakte zu knüpfen.

Er fing damit bei seiner neuen Nachbarin an. Allerdings machte es ihm Sarah nicht einfach. Im Gegensatz zu Tina und den Kindern blieb sie stets auf Distanz. Sie war nicht unfreundlich, eher kühl-distanziert. Schließlich gab Luke auf. Er wusste von Tina, dass Sarah gerade mitten im Prüfungsstress steckte und zugleich noch damit beschäftigt war, ihre letzte Beziehung zu verarbeiten.

Beeindruckt in einem ganz besonderen Sinne war er hingegen von Tinas Bruder Meiko, den er an einem Sonntag kennengelernt hatte. Luke spielte gerade mit den beiden Jungs im Garten Fußball, als plötzlich, die Augen hinter einer riesigen Frühstück-bei-Tiffany-Sonnenbrille versteckt, Meiko hereinwehte. Und mit ihm ein Schwall Gaultier-Parfüm. Luke hatte bis zu diesem Zeitpunkt noch keinen Mann gesehen, der derart schwul war. Eigentlich war Meiko sogar ausschließlich schwul. Ein anderes Attribut fiel Luke an diesem Nachmittag nicht ein, wobei er durchaus bemerkte, wie Meiko ihn neugierig musterte. Leider bot sich ihm nicht die Gelegenheit, sich näher mit ihm zu unterhalten, doch bereits eine Woche später sollte es überraschenderweise zu einem Wiedersehen kommen. Diesmal stand es allerdings unter ganz anderen Vorzeichen.

Luke hatte sich dazu entschlossen, die schwul-lesbische Jugendclique, die sich jede Woche im Café der Aids-Hilfe traf, zu besuchen. Er wollte endlich erste Schritte in der Szene wagen, auch wenn es ihn letzten Endes mehr Überwindung kostete als erwartet, das Café zu betreten.

Luke hatte sich auf der gegenüberliegenden Straßenseite betont locker an einen Laternenpfahl gelehnt und rauchte eine Zigarette, während er mit seinem inneren Schweinehund rang. Natürlich wusste er, woher seine Angst kam. Es war die Angst, sich zu blamieren, festzustellen, dass man nicht dazugehört, dass sich niemand für einen interessiert.

Luke kannte die Schwulenszene noch nicht und so konnte er auch nicht wissen, dass er als attraktives Frischfleisch sofort im Mittelpunkt stehen und sich auf jeden Fall jemand für ihn interessieren würde. Luke ließ achtlos die Kippe auf den Boden fallen und seufzte schwer. Er hatte sich nämlich ein Zeitlimit gesetzt. Diese eine Zigarette noch und dann würde er hineingehen. So hatte zumindest vor einigen Minuten sein Entschluss gelautet. Doch da war die Zigarette in der Packung verstaut gewesen. Jetzt lag sie abgeraucht als Filterstummel auf dem Boden und fristete ein Dasein als Straßenmüll. Das tragische Ende einer Zigarette, überlegte Luke, um sich abzulenken, und verfluchte sich dafür, so schnell geraucht zu haben. Hätte er das nicht getan, könnte er sich jetzt noch etwas Zeit lassen.

Hätte, hätte, hätte … Luke hasste dieses Wort. Es stand für nicht genutzte Chancen und falsch getroffene Entscheidungen. Hätte er sein Heimatdorf nicht verlassen … Hätte er Samuel nie kennengelernt … Hätte er ihn nie geküsst … Hätte er sich nie verliebt … Hätte er nicht nicht schwul sein können?

Luke überprüfte ein letztes Mal sein Outfit. Die dunkle Röhrenjeans saß, wie er befand, perfekt. Sein T-Shirt war eng anliegend und kurz. Aber nicht zu kurz. Tina hatte ihm bei der Auswahl der passenden Kleidung geholfen und ihn vor allzu großen Fehlentscheidungen bewahrt. „Du sollst gut aussehen. Und nicht wie eine kleine, feminine Husche!“, hatte sie gesagt. Luke verstand nicht genau, was oder wen sie damit meinte, wagte es aber nicht nachzufragen, aus Angst, sich eine Blöße zu geben.

Er war kurz versucht gewesen, Tina vorzuschlagen, ihn zu begleiten, hatte es dann jedoch sein lassen. Der Gedanke, er könnte sich vor den anderen Jungs blamieren, war furchtbar, es wäre jedoch unerträglich für ihn gewesen, wenn dann auch noch Tina dabei wäre. Außerdem hatte er die Befürchtung, sie würde es dann Meiko oder Sarah erzählen.

Für Luke waren sie so etwas wie Vorbilder, denn sie bewegten sich scheinbar ganz selbstverständlich in einer ihm gänzlich unbekannten Welt. Er war überzeugt, dass sie über ihn lachen würden, wenn auch nur hinter seinem Rücken, das wollte er unbedingt vermeiden. Der Gedanke, sie könnten es süß oder anrührend finden, wie Luke seine ersten Schritte in dieser Welt machte, kam ihm nicht.

Stattdessen zog er es in Erwägung, eine zweite Zigarette zu vernichten, entschied sich jedoch dagegen und beschloss, endlich die Straße zu überqueren. Langsam, bedächtig und verkrampft locker machte er sich auf den Weg zur anderen Seite. Auf dem Mittelstreifen überlegte er, wie es wohl wäre, wenn er kurz vor dem Ziel von einem Auto überfahren werden würde. Am besten von einem der ständig vorbeirasenden Taxis. Er stellte sich vor, wie die Polizei seine Überreste von dem Asphalt kratzte und die schwulen Jungs das Schauspiel neugierig beobachteten. Die Zeitungen könnten am nächsten Morgen titeln: „Junger Homo von Taxifahrer überrollt. Nase bleibt heil!"

In dem Augenblick, als er sich vorstellte, wie seine Mutter am Grab stand und weinte, wurde ihm bewusst, dass er, von seinem eigenen Ende in hysterischer Trance gefangen, Fahrbahn und Gehweg überquert hatte und nun direkt vor dem Eingang des Cafés stand.

Er bemerkte, dass sich bereits einige Jungs auf der anderen Seite der Glastür nach ihm umdrehten. Es gab kein Zurück mehr. Er musste hineingehen. Auf den ersten Blick sahen die Leute auch ganz normal aus, fand Luke, während er sich vom Eingangsbereich aus einen schnellen Überblick verschaffte. Auch die wenigen Lesben sahen nicht wie Männer fressende Emanzen aus. Luke beruhigte sich langsam, sein Puls jedoch raste weiterhin. Er war unsicher. Wohin sollte er sich setzen? An den Tischen hatten sich kleine Grüppchen gebildet und scheinbar kannte hier jeder jeden. Er entschied sich für einen Barhocker. Die beiden Jungs hinter der Theke schienen nicht allzu beschäftigt zu sein und seine Hoffnung war, dass er mit ihnen ein Gespräch beginnen konnte.

„He!", begrüßte ihn der Schwarzhaarige, der gerade ein Bier zapfte.

„He!", antwortete Luke.

„Willst du was trinken?"

„Habt ihr Cola?"

„Klar haben wir. Aber nur Afri-Cola. Wir boykottieren Coca-Cola wegen der aktuellen US-Politik."

„Okay", antwortete Luke leicht verwirrt.

„Du bist neu hier?"

„Ja. Ich heiße Luke."

„Jan. Und meine entzückende Kollegin heißt Antonia."

Der Blonde, der gerade mit der Espressomaschine kämpfte, drehte sich kurz um und motzte: „Anthony!"

„Er bildet sich ein, ein Mann zu sein. In Wirklichkeit ist er eine kleine, verzickte Tunte", frotzelte Jan und gab Luke seine politisch korrekte Cola.

„Jan ist böse. Aber deswegen mögen wir ihn ja“, sagte Anthony, ohne auf die Sticheleien einzugehen.

Luke fiel auf, dass der Blonde tatsächlich sehr weiblich wirkte. Nicht unbedingt wegen seines Klamottenstils, sondern eher wegen seiner Stimme, der Art und Weise, wie er redete und gestikulierte. Aber seine Frisur gefiel Luke. Ein angedeuteter Irokese. Ein Haarschnitt, wie ihn Beckham einmal getragen hatte und wie er – aber das konnte Luke noch nicht wissen – derzeit unheimlich angesagt war in der schwulen Szene.

„Ich bin nicht böse, nur ehrlich“, flüsterte Jan verschwörerisch und beugte sich dabei leicht zu Luke herüber. Dann kam plötzlich eine Großbestellung Milchkaffee und Jan hatte wieder zu arbeiten. Luke schaute sich schüchtern und so unauffällig wie möglich im Raum um. Er hatte den Eindruck, dass die Typen an den Tischen ihn immer wieder musterten. Sie fragten sich wahrscheinlich, was er hier zu suchen hatte, überlegte Luke. Er konnte nicht wissen, dass die meisten nur neidisch auf Jan waren, da er sich in ihren Augen sofort auf das Frischfleisch gestürzt hatte.

„Und kommst du aus Frankfurt?“

Jans Stimme holte Luke aus seinen von Selbstzweifeln heimgesuchten Gedanken.

„Ähm … ja und nein. Wohne erst seit ein paar Wochen hier.“

„Lass mal sehen … Für einen Banker zu jung. Für eine Saftschubse zu unschwul. Dann bleibt nur die Möglichkeit, dass du wegen dem Studium hierher gekommen bist.“

Luke nickte leicht irritiert.

„Und wo wohnst du?“

„In Bornheim.“

„Gefällt es dir?“

Luke überlegte kurz.

„Ich denke schon. Aber ich glaube, Frankfurt ist keine Stadt, in die man sich auf den ersten Blick verlieben kann.“

Jan lächelte zufrieden.

„Das stimmt, dafür ist Frankfurt zu ehrlich und zu realistisch. Aber wenn man sich die Zeit nimmt, zeigt sie einem auch die wirklich schönen Seiten. Und verliebt man sich dann in sie, kann es eine sehr lange Liebe werden.“

„Du bist wohl ein Frankfurt-Fan.“

„Ja, Lokalpatriot durch und durch“, erklärte Jan verschmitzt lächelnd und beeilte sich, seine Großbestellung Milchkaffee zu servieren.

„Und was sagst du zu den Frankfurter Männern?“, fragte er, als er zurückkam.

„Ganz okay.“

„Ja, aber für meinen Geschmack etwas zu aufgesetzt und stylish. Ich hoffe mal, du lässt dich dadurch nicht beeindrucken oder gar umformen.“

War das etwa ein Kompliment, fragte sich Luke und wurde schlagartig nervös. Wie sollte er reagieren? Was sollte er darauf sagen? Er fand auch, dass Jan gut aussah. Sollte er das jetzt sagen? Luke überlegte fieberhaft und ließ dadurch den Moment für eine passende Erwiderung verstreichen. Stumm in sich hineinlächelnd, verschwand Jan in der kleinen Küche. Er hatte Lukes Unsicherheit bemerkt und fand es durchaus süß, wie er sich so schüchtern auf seinem Barhocker herumdrückte.

„Schau mal einer an!“

Luke konnte die Stimme nicht sofort zuordnen, wusste aber, dass er sie kannte. Als er sich schließlich umdrehte, blickte er in das neugierig lächelnde Gesicht von Meiko Sternheim.

„Hallo!“, entfuhr es ihm überrascht und er überlegte, ob Tina ihn wohl verraten und ihren Bruder als Aufpasser geschickt hatte.

„Hallo! Hier treiben sich also die neuen Untermieter meiner Schwester rum. Wenn ich das mal gewusst hätte!“

„Ähm … ja, ich wollte …“

„Ach, Kleiner! Wie süß! Du musst dich doch nicht rechtfertigen. Außerdem weiß ich doch schon längst, dass du auch eine Schwuppe bist. Tina hätte sich doch keinen Heteromann ins Nest geholt.“

Meiko ließ sich neben Luke auf einem Barhocker nieder.

„Ich war gerade oben im Büro. Arbeite nebenbei ehrenamtlich für die Aids-Hilfe. Ist gut für meinen Ruf, der ist nämlich ganz schön schlecht. Ich sag dir das nur, bevor uns jemand zusammen sieht und du in ein entsprechendes Licht gerückt wirst. Das geht hier verdammt schnell.“

„Okay“, antwortete Luke nur.

Er war mit Meikos Ironie und Offenheit absolut überfordert und wusste nicht, was er ernst nehmen sollte und was nicht. Und vor allem suchte er wieder nach passenden Antworten, ohne sie zu finden. Zu allem Überfluss kehrte in diesem Augenblick auch noch Jan aus der Küche zurück.

„Hallo, Meiko.“

„Hallo, Schätzchen! Wie geht es dir?“

„Gut so weit.“

„Wusste gar nicht, dass du hier deine Finger im Spiel hast.“

„Mach nur ab und zu die Thekenschlampe, um mein soziales Gewissen zu beruhigen. Möchtest du was trinken?“

„Wir haben heute U27-Tag“, mischte sich plötzlich ein übergewichtiger Typ ein, der die Szene die ganze Zeit über vom anderen Ende der Theke beobachtet hatte und nun Meiko herausfordernd musterte.

„Und das heißt?“, fragte Meiko nur gelangweilt zurück.

„Heute nur Leute unter 27!“

„Da hast du ja noch mal Glück gehabt. Stell dir mal vor, es würde bedeuten, nur unter 27 Kilo! Da müsstest du ja fünfmal draußen bleiben.“

Jan lachte glucksend und auch Luke musste, obwohl er von der Situation zunehmend verwirrt war, ein Lachen unterdrücken.

„Raus!“, befahl der Dicke und sein Kopf lief hochrot an.

„Ach, jetzt sei doch kein eingeschnappter Prinzipienreiter!“, mischte sich nun Anthony ein.

„Ich trage hier die Verantwortung und damit erledigt sich die Diskussion!“, erklärte der Dicke.

„Kein Problem! Ich gehe gerne!“, erklärte Meiko und erhob sich. „Kommst du mit?“, fragte er an Luke gewandt und stellte damit jene Frage, deren Antwort Luke Angst machte. Sollte er sich mit Meiko, dem schwulen Bruder seiner Vermieterin, solidarisch zeigen? Oder hier bleiben, bei Jan und den anderen? Wenn er jetzt ginge, würde er vielleicht nie wieder hierher kommen dürfen. Auf der anderen Seite fand er das Verhalten des Dicken nicht nachvollziehbar. Und Jan? Der hatte mit ihm geflirtet, bildete sich Luke zumindest ein. Was würde der davon halten, wenn er jetzt einfach verschwand?

„Wohin gehst du jetzt?“, fragte er an Meiko gewandt und hoffte, Zeit zu gewinnen.

„Um die Ecke ist eine kleine Bar, das Blue. Dort arbeite ich manchmal als Barkeeper. Ist nett. Und vor allem gilt dort keine U27-Regel. Lust, mitzukommen?“

Luke schaute kurz zu Jan und der zuckte kurz und kaum wahrnehmbar mit den Schultern.

„Ja, klar!“, antwortete Luke schließlich, verabschiedete sich hastig und folgte Meiko nach draußen. Er glaubte noch zu hören, dass Jan etwas sagte wie „echt süß, der Kleine“. Aber er war sich nicht sicher und wagte es auch nicht, einen Blick zurückzuwerfen.

Das Blue entpuppte sich zu Lukes Überraschung als eine ganz normale, kleine Bar, die in dunklem Blau und sanftem Violett gehalten war. Er fühlte sich sofort wohl, auch wenn ihm die Männer nicht besonders zusagten. Sie waren alle älter und Luke schätzte, dass er, abgesehen von einem knutschenden Pärchen in der Ecke, der einzige U27er in der Bar war.

„Hierher gehen viele Künstler, Pseudointellektuelle, Semidekadente und Alternative“, erklärte Meiko. „Aber ich finde die Stimmung trotzdem sehr nett. Ich bin sogar in dem Laden, wenn ich nicht hinter der Theke stehe.“

Luke nickte stumm und ließ die angenehme Atmosphäre auf sich wirken. Alle schienen Meiko zu kennen und Luke hatte den Eindruck, als wäre die Szene Frankfurts eine große Familie: Man kannte sich, man mochte und liebte sich, man hasste und verachtete sich, aber man konnte eben nicht ohne einander, da man nun einmal in diese Familie geboren worden war.

„Ich stell dir ein paar Leute vor“, verkündete Meiko und machte mit ihm eine schnelle Vorstellungsrunde. Die meisten Namen und Gesichter vergaß Luke schnell wieder, aber Urs, den Rotschopf, prägte er sich ein. Urs war eigentlich Tänzer und verdiente sich nebenbei als Barkeeper im Blue etwas dazu. Auch die zweite Barkeeperin, eine dunkelhaarige Lesbe namens Basimah, zog Luke sofort in ihren Bann. Sie verströmte eine anziehende Exotik, die durch ihre raue und doch unglaubliche erotische Stimme nur noch verstärkt wurde. Den letzten Schliff erhielt sie durch eine Tätowierung auf ihrem rechten Schulterblatt in

Form einer aufspringenden Rosenknospe, die nur durch zarte, schwarze Linien angedeutet war. Ergänzt wurde das Trio, das an diesem Abend hinter der Bar stand, durch eine vollbusige Frau mit grau melierten Haaren und einem tiefen, kehligen Lachen. Ihr Name war Ingrid und sie war so etwas wie die heterosexuelle Seele der Bar.

Die letzte Person an diesem Abend, die Luke derart beeindruckte, dass er beinahe nach Luft schnappen musste, war Deanna Westen. Die hochgewachsene, schlanke Frau hatte es sich auf einem Hocker bequem gemacht und schien wie eine erhabene Königin über der Szenerie zu schweben. Meiko nannte sie „Miss Westen" und Luke wurde schnell klar, dass diese Frau etwas Besonderes war, ein geheimnisvolles Wesen aus einer anderen Welt, jenseits von Zeit und Alter. Und tatsächlich wusste niemand genau, in welchem Jahr sie geboren oder wann sie nach Frankfurt gekommen war.

Immer wieder musste Luke an diesem Abend Deanna Westen mustern, während sie auf ihrem Barhocker thronte und an ihrem Martini nippte. Sie trug ein cremefarbenes Abendkleid und das dunkelblonde, sanft gewellte Haar ruhte auf ihren Schultern wie ein Schleier. Die Augenbrauen waren zu einem akkuraten, leicht geschwungenen Strich gezupft und dezent aufgetragenes Rouge suggerierte Schamesröte. Plötzlich drehte sie ihren Kopf in Lukes Richtung und lächelte wohlwollend. Er fühlte sich ertappt, lächelte jedoch tapfer zurück. Als sie ihn schließlich zu sich winkte, blieb sein Herz kurz stehen. Doch er kam ihrer Aufforderung nach.

„Du bist also Luke, der neue Mieter in der Ackerpflaumenallee."

„Ja. Woher wissen Sie das?"

„Meiko hat mir von dir erzählt. Und Tina."

„Sie kennen sich?"

„In dieser Stadt kennt jeder jeden."

Luke nickte und sog jedes ihrer Worte in sich auf. Er hatte noch nie einen Menschen getroffen, der solch eine anziehende, beinahe magische Autorität ausstrahlte.

„Ich bin Deanna Westen. Aber das weißt du sicher schon."

„Ja."

„Wie heißt er?"

„Wer?"

„Der Mann, der dir dein junges Herz gebrochen hat."

„Samuel", antwortete Luke ganz automatisch und es erschien ihm nur natürlich, dass sie davon wusste oder es ihm angemerkt hatte. Er schilderte kurz, was zwischen ihm und Samuel vorgefallen war, und sie lauschte andächtig.

„Vergiss ihn!", riet sie schließlich. „Er hat dich nach Frankfurt gebracht. Dafür solltest du dankbar sein, denn diese Stadt wirst du noch lieben lernen. Aber für mehr ist er nicht zu gebrauchen. Er wird dich nur wieder verletzen. Glaub mir."

„Es fällt mir schwer …"

„Es werden neue Männer kommen. Neue Lieben. Neue Schmerzen. Eine alte Freundin hat einmal zu mir gesagt: Es wird nicht alles besser, aber es wird alles anders", unterbrach sie seinen Einwand streng. Sie war eine Frau, die es nicht gewohnt war, dass ihr widersprochen wurde. Und die es auch nicht zu dulden schien.

Luke nickte schweigend. Dann wurde er von Meiko gerufen.

„Geh nur zurück zu den Jungs. Genieße es!", sagte sie.

Er war entlassen und so gesellte er sich wieder zu Meiko und den anderen.

Er ließ sich von Ingrid belehren, dass sie die einzige Hetera war, die jemals in dieser Bar hinter dem Tresen gestanden hatte, und verfolgte gespannt, wie die Runde über das Szenewohnzimmer – die Push Lounge – herzog, da dort nur die Gerupften und Gezupften flanieren würden. Es wurde über das neue Forsythe-Stück am Ballett diskutiert, über Musiktrends aus London philosophiert und über Berlin gelästert. Luke war in seiner jugendlichen Naivität beeindruckt von dem Gerede und es sollte noch eine Zeit dauern, bis er sich eine eigene Meinung zu den Themen bildete. Er sollte noch merken, dass es im Push nicht nur Gerupfte und Gezupfte gab und die Lounge durchaus eine willkommene Abwechslung sein konnte. Er sollte lernen, dass Berlin zwar keine Konkurrenz zu Frankfurt war, doch zugleich auch Frankfurt keine Konkurrenz zu Berlin. Und er sollte feststellen, dass Musiktrends aus London und neue Ballettstücke nicht unbedingt das Wichtigste in seiner Welt sein würden. Nichtsdestotrotz würde er dem Blue von diesem Abend an treu bleiben. Er fühlte sich wohl.

Es herrschte eine ganz besondere Stimmung, und wenn man die richtigen Leute kannte, dann konnte man Abende jenseits von Oberflächlichkeit, übertriebener Selbstinszenierung und Huschen-Geschwätz verleben. Außerdem fand er es anrührend, wie sich Ingrid darum bemühte zu kuppeln. Sie hatte sich scheinbar in den Kopf gesetzt, ihn und Urs zusammenzubringen. Auch wenn weder Luke noch der Rotschopf daran ein Interesse hatten. Sie fanden sich nett, aber das war auch schon alles.

Der Einzige, der ihm an jenem Abend unsympathisch und vor allem aufdringlich erschien, war Karl, der Besitzer des Blue, der zugleich ein alter Freund von Meiko war. Luke hatte bereits zu Beginn des Abends bemerkt, dass Karl hauptsächlich damit beschäftigt war, sich mit Wodka volllaufen zu lassen. Nachdem er einen entsprechenden Level erreicht hatte, begann er, wahllos Männer anzumachen. Niemanden in der Gruppe schienen seine aufdringlichen Fummeleien und plumpen Flirtversuche zu stören. Auch Meiko nicht. Erst als es Karl bei Luke versuchte, der sich erschrocken einen Schritt von dem älteren Mann entfernte, wurden Meikos mütterliche Instinkte geweckt. In einem barschen Tonfall wies er seinen Chef zurecht. Das wiederum beeindruckte Luke ernorm. Alle anderen schenkten Meikos Verhalten hingegen keine besondere Beachtung. Nur Deanna Westen, die beste Freundin von Karl, reagierte auf den Vorfall, musterte den betrunkenen Barbesitzer mit einem strafenden Blick und schwebte dann, leicht angesäuert, aus der Bar hinaus in die Nacht.

Als Luke sich schließlich, Stunden später, auf den Heimweg machte, ging bereits die Sonne auf. Die Vögel fingen an zu zwitschern und langsam, ganz langsam erwachte Frankfurt. Luke hätte schreien können vor Freude. Er rannte und hüpfte übermütig den Weg nach Hause. Er war unendlich froh, in Frankfurt geblieben zu sein. Die Welt, diese Stadt, einfach alles war so wunderbar und er, er war schwul. Dafür dankte er in diesem Moment Gott, denn es war ein tolles Gefühl, schwul zu sein. Der Schmerz und das Leid und Samuel schienen so unendlich weit entfernt.

Stattdessen dachte Luke an diese Nacht, an das, was er erlebt hatte. An all die neuen Sachen, an diese exotische, anregende und spannende Welt, die darauf wartete, entdeckt zu werden.

Luke ließ einen Schrei fahren und drehte sich mitten auf der Straße wild im Kreis, um die innere Spannung loszuwerden. Von dem nächtlichen Gewitter standen noch Pfützen in den Straßen und übermütig sprang er hinein und freute sich wie ein kleines Kind, wenn das Wasser zu allen Seiten spritzte. Er dachte nicht an das Gestern oder das Morgen, sondern genoss diesen magischen Moment zwischen Dunkelheit und Licht, zwischen seinem alten und seinem neuen Leben.

Das Kreuz der Erlösung

Deanna Westen betrat das Foyer des Rainbow Garden pünktlich um fünfzehn Uhr und ließ ihren Blick langsam über die Szenerie gleiten. In den Bastsesseln, zwischen den zwei Aquarien, hatten sich einige Heimbewohner mit ihrem Besuch zurückgezogen. Das kleine Radiogerät beschallte den Raum mit dezenter, klassischer Musik und im hellen Sonnenlicht, welches durch die schmalen, hohen Fenster fiel, tanzten Abertausende winzige Staubpartikel. Trotz des herrlichen Wetters herrschte eine gedämpfte Atmosphäre.

Deanna schloss kurz die Augen, um sich zu sammeln. Die Besuche im Rainbow Garden hielten der alten Frau immer wieder die eigene Vergänglichkeit vor Augen, ein Umstand, der ihr inzwischen zwar vertraut war, aber trotzdem noch immer Unbehagen bereitete.

Als Grande Dame der Szene kannten viele der Heimbewohner sie natürlich. Als beste Freundin von Szene-Urgestein und Blue-Besitzer Karl, als legendenumwittertes Geheimnis, das bisher keiner knacken konnte. Nicht einmal Karl. Der hätte es nämlich, da waren sich alle sicher, sofort weitererzählt. Vielleicht, so vermuteten manche, hatte sie sich Sergej offenbart. Doch Sergej war seit vielen Jahren tot und hatte ihre Geheimnisse, wenn er sie tatsächlich gewusst hatte, mit ins Grab genommen. Die meisten schlossen es aus, dass er vor seinem

Tod mit Karl über Deanna gesprochen hatte. Sergej hatte Karl geliebt, hatte aber zugleich auch um das lose Mundwerk seines Partners gewusst.

Blieb noch Naomi, Deannas Geliebte. Die beiden hatten sich, soweit bekannt, noch vor Deannas Ankunft in Frankfurt kennengelernt. Doch leider war Naomi inzwischen eine verwirrte alte Dame. Und so blieb Deanna ein Geheimnis, auch für die Alten im Rainbow Garden.

Plötzlich lief Deanna ein kurzer Schauer über den Rücken, ohne dass sie gewusst hätte, warum. Etwas war anders als sonst. Deanna konnte es im ersten Moment nicht benennen, doch schließlich fiel es ihr auf. Die Karten spielenden Lesben waren nicht zu sehen, der alte Gärtner genauso wenig und auch die drei lästernden Drag Queens, die sich täglich, am Aquarium sitzend, über Mitbewohner, Pflegekräfte und Besucher ausließen, waren unauffindbar. Die meisten Zimmertüren waren verschlossen und die wenigen Alten, die sich auf die Korridore wagten, machten einen geknickten, beinahe verstörten Eindruck. Im ganzen Haus herrschte eine gespenstige Stille. Eine Stille, die zwar für die meisten Altenheime oder Seniorenresidenzen, wie es neudeutsch hieß, durchaus alltäglich gewesen wäre. Doch nicht im Rainbow Garden! Selbst im Alter schienen die meisten Homos nicht gewillt zu sein, ihre schrille Stimme zu senken, sich das laute Lachen abzugewöhnen oder ihre, teilweise aufgesetzte und tragische, Fröhlichkeit abzulegen. Normalerweise herrschte immer eine recht ausgelassene Stimmung.

Als Deanna schließlich an Zimmer 338 vorbeischritt, bemerkte sie den Grund. Heni Elster, eine lebensfrohe Lesbe, musste verstorben sein.

Deanna senkte, in Respekt vor der Toten, kurz den Kopf und überlegte sich, ob sie ein stummes Gebet für Heni sprechen sollte. Sie verwarf den Gedanken jedoch augenblicklich wieder, da die Lesbe und Emanze der ersten Stunde, wenn überhaupt, nur an eine Göttin geglaubt hätte. Soweit sich Deanna jedoch erinnern konnte, hatte sie keiner Religion angehört und in einem Gespräch mit ihr einmal erklärt, dass sie den Tod als endgültiges, unwiderrufliches Ende betrachtete. Deanna fand diesen Gedanken zwar nicht besonders tröstend, gleichzeitig bewunderte sie jene Menschen, die diese sehr rationale Einstellung selbst dann noch beibehielten, wenn ihre Jugend bereits seit Langem vergangen und der Tod in greifbare Nähe gerückt war.

Schweigend und in Gedanken versunken, öffnete Deanna die Tür, auf deren Front in großen Ziffern die Zahl 339 prangte. Hier war, bereits seit einigen Jahren, Naomi Merkles Zuhause.

Begonnen hatte alles damit, dass Naomi manchmal Arzttermine oder Verabredungen versäumte, die Namen von Nachbarn und Freunden verwechselte oder versuchte, ihre Kleidung im Geschirrspüler zu waschen. Als sie jedoch eines Morgens aufwachte und im ersten Moment nicht einmal mehr wusste, wer sie war, begann sie sich Sorgen zu machen und zog einen befreundeten Arzt zu Rate. Die schockierende, für sie allerdings längst nicht mehr überraschende Diagnose lautete Alzheimer.

Nur drei Tage, nachdem Naomi endlich traurige Gewissheit erhalten hatte, begann sie damit, Vorbereitungen für die Zeit zu treffen, wenn ihre klaren Momente immer seltener werden würden. Sie beschloss, in den Rainbow Garden zu ziehen, und hatte sich vorgenommen, dort in Ruhe und Frieden ihre letzten Lebensjahre zu verbringen. Naomi sah das Heim noch als beste Möglichkeit an, nicht von Freunden abhängig zu werden oder gar in den Schoß ihrer Familie zurückkehren zu müssen.

Sie hatte selbst Deannas Angebot, zusammenzuziehen und aufeinander zu achten, abgelehnt. Obwohl es ihr damals sehr schwergefallen war, der Versuchung zu widerstehen, gemeinsam mit ihrer Geliebten einen Haushalt zu gründen. Doch ihr war die Vorstellung zuwider gewesen, jetzt, am Ende ihres sehr unkonventionellen Lebens, bürgerlich zu werden. Außerdem genügte es ihrer Meinung nach völlig, wenn die Krankheit ihre eigene Existenz ruinierte.

Vor allem der letzte Punkt hatte sie schließlich dazu veranlasst, sich um einen Platz im Rainbow Garden zu bemühen. Inzwischen waren zu ihrer Hauptdiagnose zahlreiche weitere Gebrechen hinzugekommen und die meiste Zeit über lag die alte Dame in ihrem Bett und starrte aus dem Fenster. Manchmal wurde sie unruhig, dann verlangte sie nach ihrer Tochter, mit der sie sich vor vielen Jahren im Streit getrennt hatte. Oder sie behauptete, gefangengehalten zu werden, und rief nach der Polizei.

Doch in unregelmäßigen Abständen hatte sie auch klare Momente, in denen sie das ganze schreckliche Ausmaß ihrer Krankheit erkannte und bitterlich weinte. Oder sie freute sich, Deanna zu sehen, erkundigte sich nach alten, gemeinsamen Bekannten und wollte wissen, wie es um das kulturelle Leben Frankfurts stand. Diese Augenblicke waren es, die Deanna hoffen ließen. Solche Momente gaben ihr die nötige Kraft, sich beinahe täglich an Naomis Bettrand zu setzen, sich ihr immer wieder aufs Neue vorzustellen und von alten Zeiten zu erzählen, während sie ihr die Augenbrauen zupfte oder ihr die Fingernägel lackierte. Naomi hatte zwar irgendwann die nötige Kraft und Geschicklichkeit verloren, ihre Schönheitspflege selber zu übernehmen, doch Deanna wusste, wie wichtig der alten Dame ihr Aussehen gewesen war, und so nahm sie diese Aufgabe, dankbar, überhaupt etwas für sie tun zu können, gerne wahr.

Als Deanna an jenem Tag die Tür zu Naomis Raum öffnete, wusste sie, dass es ein harter Besuch werden würde und sie wahrscheinlich in wenigen Stunden, mit Tränen in den Augen und den Nerven am Ende, das Heim verlassen würde. Es schien heute wieder einer der Tage zu werden, der ihr besonders schwerfallen würde. Naomi war nicht guter Laune und dementsprechend verwirrt.

„Hast du das Kreuz mitgebracht?", raunzte Naomi unvermittelt.

„Welches Kreuz?"

„Die Lösung! Es ist die Lösung! Warum verstehst du das nicht?", motzte sie vorwurfsvoll. In diesem Augenblick ging die Tür auf und ein Pfleger betrat den Raum.

„Hallo, Frau Westen", begrüßte er sie in alltäglicher Routine.

„Hallo, Jörg."

„Frau Merkle, ich muss Blutdruck messen."

„Nein! Gehen Sie bitte weg oder ich rufe die Polizei!", entgegnete Naomi aufgebracht und fuhr sich mit der Hand nervös durch ihr noch immer erstaunlich volles Haar. In ihrem eingefallenen, faltigen Gesicht sah Deanna Angst und Misstrauen und sie konnte nur erahnen, welche Qualen Naomi in ihrem Innern durchleiden musste, war sie doch immer eine Frau gewesen, die darum bemüht war, sich keine Blöße zu geben, und es ihren Gefühlen nur äußerst selten gestattete, an die Oberfläche zu dringen. Ein Charakterzug, welcher erstaunlicherweise trotz ihrer Erkrankung nicht verlorengegangen war.

„Aber ich möchte doch nur Ihren Blutdruck messen“, versuchte Jörg sie mit sanfter Stimme zu beruhigen.

Naomi schüttelte entschlossen den Kopf und presste ihre Lippen fest aufeinander, als könnte sie dadurch verhindern, dass man ihr etwas antun würde.

„Lass den armen Mann doch seine Arbeit machen!“, mischte sich Deanna sanft ein und näherte sich zaghaft dem Bett. Es war der entscheidende Augenblick und zu ihrer Erleichterung lächelte Naomi freundlich, als sie sie erkannte.

„Deanna! Zum Glück bist du hier! Sie halten mich gefangen und dieser Mann …“

„Dieser Mann ist ein Pfleger und er möchte dir nur den Blutdruck messen. Er wird dir nichts tun“, erklärte Deanna, während sie liebevoll über den Arm ihrer Freundin streichelte.

Naomi musterte Jörg noch einmal eindringlich und gab schließlich mit einem knappen, beinahe erhaben wirkenden Nicken ihre Zustimmung. Ein kurzes Lächeln umspielte Deannas Lippen, als sie für einen Moment wieder jene stolze, unabhängige und starke Frau erkannte, in die sie sich vor vielen Jahren verliebt hatte. Doch sie wusste zugleich auch, dass dies nur ein Schatten ihrer Freundin war, ein Bild, das immer mehr verblasste. Kaum hatte Jörg den Raum verlassen, wurde sich Deanna dieser Tatsache erneut schmerzlich bewusst, denn die Fragen begannen von Neuem.

„Warum hast du mich hier eingesperrt? Was habe ich falsch gemacht, Deanna? Warum liebst du mich nicht mehr?“

Naomis Stimme war innerhalb von Sekunden zu einem schrillen Piepsen geworden und sie ließ Deanna überhaupt keine Möglichkeit, ihr zu antworten.

„Wo bin ich hier? Ist das ein Gefängnis? Bitte hilf mir! Nimm mich mit! Lass mich nicht alleine hier zurück! Bitte!“

Zögernd trat Deanna, Naomi in ihrem Rollstuhl schiebend, durch das monumentale Portal des Hauptfriedhofes. Zur Zeit seiner Entstehung war der Friedhof noch außerhalb der Stadt gelegen. Inzwischen war Frankfurt jedoch längst über ihn hinausgewachsen.

Friedhöfe besuchte Deanna ebenso ungern wie Altenheime, doch glücklicherweise nahmen die prächtigen Alleen und Gartenanlagen dem Hauptfriedhof seinen morbiden Beigeschmack und verliehen ihm einen parkähnlichen Charakter. Das machte ihr den Besuch erträglicher.

Zielstrebig näherten sie sich der kleinen Friedhofskapelle. Mit einem leisen Ächzen öffnete sich die schwere Eichenholztür und Deanna betrat, Naomi in ihrem Rollstuhl wie eine Art Schutzschild vor sich, etwas zögerlich den kühlen, dunklen Vorraum des Gotteshauses. Sobald die Tür wieder sanft ins Schloss gefallen war und auch den letzten Strahl der morgendlichen Sonne aus dem Innern der Kapelle verbannt hatte, schien es ihr, als hätte sie für einen Moment die wirkliche Welt verlassen und befände sich nun in einem vollkommen eigenständigen und für sie sehr unbekannten Kosmos.

Sie hatte noch nie eine starke Verbundenheit zu einer bestimmten Religion verspürt und erst recht nicht zur christlichen Kirche. Bereits während ihrer Kindheit in London hatte es ihr immer widerstrebt, ihre Mutter Sonntag für Sonntag in den Gottesdienst zu begleiten. Je älter sie wurde, umso mehr begann sie, die christlichen Werte zu hinterfragen und zu kritisieren und eines Sonntags erklärte ihre Mutter, dass sie zu Hause bleiben könne, da sie die ständige Kritik nicht mehr ertrage. Von diesem Zeitpunkt an suchte Deanna nur noch zu Taufen, Hochzeiten und Beerdigungen die Kirche auf.

Im Gegensatz zu dem prunkvollen Äußeren der barocken Kapelle war sie in ihrem Innern erstaunlich schlicht und spartanisch gehalten. Über dem modern geformten, steinernen Altar, der sie an einen Opfertisch der alten Inkas erinnerte, der ihr noch aus ihrer Zeit an der britischen Botschaft in Argentinien in Erinnerung geblieben war, hing ein riesiges, hölzernes Kreuz. Von dem einst prächtigen, ursprünglichen Altar, der infolge von mehreren Kriegen vernichtet oder geplündert worden war, waren nur noch einige vergoldete Statuen übrig geblieben, die nun im hinteren Bereich halbkreisförmig um das Altarblatt thronten. Deanna hatte das beängstigende Gefühl, die Figuren würden alle ihre Bewegungen mit den Augen verfolgen. Kurz übermannte Deanna eine irrationale Angst und sie musste innehalten, um sich zu sammeln.

„Es ist kalt hier drin!" Naomis Stimme hallte an den hohen Wänden der Kapelle wider.

„Ja, ich weiß."

„Warum bin ich hier?"

Ein kurzes, unschlüssiges Lächeln umspielte Deannas Lippen, Sie konnte ihrer Freundin auf diese Frage keine Antwort geben. Im Gegenteil: Sie hoffte, dass Naomi ihre Frage selber beantworten konnte.

Seit einer Woche spukten Naomis Äußerungen über das Kreuz als Lösung ihrer Probleme in Deannas Kopf herum und ließen sie nicht zur Ruhe kommen. Doch so sehr sie sich darum bemühte, eine Erklärung für diesen rätselhaften Satz zu erhalten, bisher war alles ohne Erfolg. Aus diesem Grund hatte sie beschlossen, Naomi hierher zu bringen, und nun hoffte sie, dass sich Naomi im Angesicht eines Kreuzes möglicherweise endlich erklären würde.

Langsam schob sie den Rollstuhl an den zahlreichen Kirchenbänken vorbei. Das laute Klacken ihrer Schuhe auf dem Marmor gefliesten Boden war das einzige Geräusch, das die unheimliche, von manch einem Gläubigen sicherlich als heilig empfundene Stille durchschlug. Vor einem kleinen, goldenen Kessel mit Weihwasser verharrte Deanna schließlich. Sie zog es kurz in Erwägung, sich mit dem Wasser zu bekreuzigen, verwarf den Gedanken jedoch augenblicklich wieder. Es kam ihr zu heuchlerisch vor.

Ehe sie den Rollstuhl mühsam die Stufe zum hinteren Bereich der Kapelle, der eigentlich dem Priester vorbehalten sein sollte, hinaufhievte, warf Deanna einen aufmerksamen Blick durch die Kapelle, um sicherzugehen, dass sie tatsächlich niemand beobachtete. Beinahe ehrfürchtig schob sie sodann Naomi zu dem drei Meter hohen Holzkreuz, vor welchem auf einem kleinen Steintisch die vergoldeten Altargeräte aufbewahrt wurden. Deanna schüttelte ungläubig den Kopf über den Leichtsinn des zuständigen Priesters, in der heutigen Zeit solch wertvolle Gegenstände nicht wegzusperren.

Genau in diesem Augenblick registrierte sie das aufgeregte Zittern in Naomis Hand, die verzweifelt versuchte, das kleine, goldene Kruzifix auf dem Tisch zu fassen. Deanna überlegte für einen Moment, ob sie es verantworten konnte, dass ihre Freundin das Heiligtum berührte, und entschied sich dafür, dass dies eine vertretbare Sünde war.

„Gott möge es mir verzeihen", flüsterte sie leise und reichte Naomi das Kruzifix.

Sie betastete es einige Minuten lang und in ihren Augen glänzte es dabei hoffnungsvoll. Doch schließlich meinte Naomi traurig: „Falsch! Absolut falsch!"

„Warum falsch?"

Doch Naomi reagiert nicht und Deanna konnte gerade noch verhindern, dass sie das Kruzifix zu Boden fallen ließ. Resigniert schob sie den Rollstuhl zurück in Richtung Ausgang. Gerade als sie den düsteren Eingangsbereich erreicht hatte, stand plötzlich eine Frau vor ihr. Sie trug das traditionelle schwarze Nonnengewand, ihre Haut war aschfahl und die Augen wirkten unnatürlich blass, das Gesicht faltig und ausdruckslos. Deanna hatte sie im ersten Augenblick für eine Statue gehalten, und erst als sich ein kurzes, kaum wahrnehmbares, freundliches Lächeln auf ihrem Gesicht zeigte, wurde ihr bewusst, dass dies ein Mensch aus Fleisch und Blut war.

„Guten Morgen, Schwester!", grüßte sie sie freundlich.

„Guten Morgen, mein Kind. Haben Sie gefunden, wonach Sie gesucht haben?"

„Ich verstehe nicht."

„Antworten. Die meisten Menschen kommen hierher, um Antworten oder gar Lösungen zu finden."

Deanna runzelte die Stirn und bemühte sich, dem starren Blick der Schwester standzuhalten. Hatte die Frau sie beobachtet?

„Nein, leider bleibt meine Frage weiter unbeantwortet."

„Wir finden nicht immer die Antworten bei Gott. Oftmals befinden sie sich bereits in uns."

„Ich fürchte, in diesem besonderen Fall …"

„Bitte, widersprechen Sie einer älteren Frau nicht!"

„Woher wollen Sie wissen, dass …"

„… ich älter bin als Sie? Intuition! Aber das ist nicht wichtig. Ich weiß, dass Sie die Antwort in sich tragen! Sie wissen die Lösung! Gehen Sie in sich und finden Sie zu sich selbst. Gott hat Ihnen die Antwort gegeben, Sie müssen sie nur noch akzeptieren!"

Die Nonne nickte ihr bedeutungsvoll zu und verschwand dann im hinteren Bereich der Kapelle, wobei die perplexe Deanna nur schwer der Versuchung widerstehen konnte, nachzusehen, ob sie sich tatsächlich dort aufhielt oder einfach verschwunden war. Besonders vor dieser Möglichkeit hatte Deanna Angst und sie bemerkte, wie sich am ganzen Körper die Haare aufrichteten.

„Dies ist nicht der Augenblick, um deinen Ängsten zu begegnen!“, meinte sie zu sich selbst. Fest klammerten sich ihre Hände an die Lehne von Naomis Rollstuhl. Ihre Freundin hatte die Unterhaltung apathisch verfolgt. Eiligst floh Deanna aus der Kapelle hinaus ins gleißende Sonnenlicht.

Kunsthuschen

Frankfurt war der beste Gegenbeweis für die oftmals geäußerte Theorie, dass Kunst und Geld nicht zusammenpassten. Trotz leerer oder fast leerer Kassen gönnte sich die Stadt seit jeher eine lebendige Kulturlandschaft, die traditionell von den wohlhabenden Bürgern mitfinanziert wurde. Auch die Familie Sternheim trat häufig als Mäzen in Erscheinung.

Nachdem die jüdische Bankiersdynastie kurz nach Hitlers Machtergreifung Hals über Kopf aus der Stadt geflohen war, kehrte sie Ende der vierziger Jahre an den Main zurück. Meikos und Tinas Großmutter hatte sich in dieser Frage gegen alle Widerstände durchgesetzt, denn eigentlich wäre ihre Familie viel lieber nach Israel gegangen. In weiser Voraussicht hatte die alte Dame dem eben erst gegründeten Staat eine blutgeschwängerte Zukunft prognostiziert und sich geweigert, dort ein neues Leben zu beginnen. Sie war es auch gewesen, die bereits in den fünfziger Jahren begann, Museen und Kulturschaffende großzügig zu unterstützen. Eine Tradition, die bis heute Bestand hatte.

Aus diesem Grund waren Tina und Meiko, als Geschwisterpaar Sternheim, regelmäßige Gäste auf Vernissagen, Theaterpremieren und Galerieeröffnungen. Vor allem ihr Vater war dankbar, dass seine Kinder ihm diese in seinen Augen lästige Verpflichtung abnahmen.

Auch die Lieb'sche Kunststiftung wurde von den Sternheims regelmäßig mit großzügigen Geldbeträgen bedacht. Meiko bereitete es wegen seiner Intimfeindschaft mit Siegfried Heller, dem Leiter der Stiftung, ein besonderes Vergnügen, sich als Gönner und Geldgeber zu präsentieren. Ansonsten hielt er sich, ebenso wie seine Schwester, weitgehend aus den geschäftlichen Angelegenheiten seiner Familie heraus. Er verstand nicht viel von Bilanzen, Gewinnmaximierung oder dem Bankenwesen. Er war zufrieden, solange seinen Eltern ihn großzügig unterstützten und seinen ausschweifenden Lebenswandel finanzierten. Und so hatte sich Meiko auch an diesem Abend in den neusten Versace-Fummel geworfen und war gemeinsam mit Tina, die sich im klassischen Kleinen Schwarzen zeigte, bei der Eröffnung der Warhol-Ausstellung im Lieb'schen Kunstinstitut aufgeschlagen.

Andy Warhol zog wie ein Magnet Schwuppen, Kultur-Huschen und – mehr oder weniger bekannte – Größen aus der Subkultur an. Die Eröffnungsfeier wirkte stellenweise wie eine Gay-Party.

„Es freut mich so sehr, dass du kommen konntest“, rief Siegfried und vergaß wegen der vorgetäuschten Begeisterung sogar, seine Stimme mit dem typisch nasalen Unterton zu versehen.

„Siegfried, wie schön!“, heuchelte Meiko seinerseits und begrüßte den Professor und Stiftungsleiter mit übertriebenen Luftküsschen.

Die beiden Männer hassten sich abgrundtief, nur konnten sie es nicht zugeben. Aber Hass, pflegte Meiko zu sagen, ist auch eine Form der zwischenmenschlichen Beziehung – und in seinen Augen nicht unbedingt die schlechteste. Siegfried war jenseits der fünfzig, hatte eine stets leicht glänzende Glatze, einen gepflegten, ergrauten Vollbart und einen kleinen Leberfleck auf der Stirn, was ihm den Spitznamen Gorbi eingebracht hatte. Der Professor war auch der Grund, weshalb sich auf den Vernissagen des Museums die schwule Szene immer ein schickes Stelldichein gab. Von der lokalen Presse, vor allem von den schwulen Stadtmagazinen, wurde Siegfried zur Szenegröße hochstilisiert, wobei sich der durchschnittliche Frankfurter Homosexuelle kaum für ihn interessierte. Meiko konnte bei seinen Affären meist mehr Eindruck schinden, wenn er die Türsteher der aktuellen In-Clubs kannte als mit seiner geheuchelten Freundschaft zu Siegfried.

Es war wohl das Schicksal der Kulturschaffenden im einundzwanzigsten Jahrhundert, dass sie ihren Status als Promi zunehmend an Türsteher, Barkeeper, Partyveranstalter und DJs verloren.

„Ich wollte dir noch einmal sagen, wie dankbar wir sind, dass deine Familie auch im kommenden Jahr unsere Einrichtung unterstützen wird!“, teilte Siegfried ihm überschwänglich mit, während er hastig ein neues Glas Prosecco orderte.

„Ich bitte dich, das ist doch selbstverständlich“, flötete Meiko, der sich verzweifelt nach Tina umschaute, um dem Gespräch, noch bevor es richtig begonnen hatte, zu entkommen.

„In schweren Zeiten wie diesen ist nichts mehr selbstverständlich. Das Geld fließt spärlich, egal, ob es aus der Politik oder der Wirtschaft kommt.“

„Ja, ja …“

„Oh, da vorne ist Niels Kermer! Warst du schon in seiner neuen Show?“

„Nein, Chanson ist nicht so mein Fall“, entgegnete Meiko wahrheitsgetreu.

Für einen kurzen Augenblick verzerrte sich Siegfrieds Gesicht zu einer abschätzigen Fratze, die verdeutlichte, dass er sein Urteil über Meiko durch diesen Kommentar wieder einmal bestätigt sah. Er hielt ihn schlichtweg für einen viel zu reichen Kulturbanausen.

„Nun, über Geschmack lässt sich glücklicherweise streiten“, erklärte Siegfried schließlich ausweichend und verschwand dann in Richtung des Chansonsängers.

Meiko atmete erleichtert auf und schlenderte mit seinem wieder aufgefüllten Proseccoglas durch die Ausstellung, gönnte sich ein paar Lachsschnittchen und fand schließlich Tina, die sich angeregt mit einem jungen Mann mit leicht verstrubbelten, braunen Haaren unterhielt. Insgesamt nicht unbedingt eine Schönheit, doch die Ansätze waren durchaus vorhanden. Er trug eine schlecht sitzende Anzugjacke über einem roten Rollkragenpullover und eine alte, ausgewaschene Jeans. Ein ungepflegt wirkender Kinnbart schmückte sein Gesicht und unter dem Arm hielt er eine alte Naturledertasche. Ein Vertreter der Gattung Kunststudent, vermutete Meiko. Wahrscheinlich ein Schüler Siegfrieds. Eigentlich hätte Meiko ihn keines zweiten

Blickes gewürdigt, doch die sanften, rehbraunen Augen und die wunderschönen Hände des Mannes, die von einem schlichten Silberring gekrönt wurden, wirkten auf eine undefinierbare Art sehr anziehend auf ihn.

„Meiko, ich muss dir unbedingt jemanden vorstellen", rief Tina ihm zu, sobald sie ihn am anderen Ende des Raumes entdeckt hatte.

Es stellte sich zu Meikos großer Befriedigung heraus, dass er recht gehabt hatte. Er war tatsächlich ein Kunststudent und Schüler Siegfrieds. Sein Name lautete Gunter Ebricht und er studierte an der Hochschule für Darstellende Kunst.

„Unglaublich, Sie sind also die Geschwister Sternheim! Die Kultur verdankt Ihrer Familie so viel!"

In Gunters Augen funkelte es zutiefst beeindruckt.

„Ach, bitte nicht diese alte Leier!", befand Meiko gelangweilt.

„Doch … Siegfried hat schon so viel von Ihnen erzählt!"

„Wahrscheinlich nur Schlechtes!"

Selbstverständlich bestritt Gunter dies sofort, doch in seinem überraschten Gesichtsaudruck konnte Meiko die Wahrheit deutlich erkennen.

Nach einigen Minuten warf Tina schließlich ihren weißen Schal über die Schultern, entschuldigte sich kurz, kniff Meiko verschwörerisch in die linke Pobacke und verschwand in der Menge. Meiko wusste diese nonverbale Sprache inzwischen zu deuten. Tina fand Gunter süß, wusste aber, dass sie ihn nicht bekommen würde, und nun sollte Meiko wenigstens sein Glück versuchen.

Meiko bemühte sich die folgenden zehn Minuten redlich darum, ein Gespräch aufzubauen. Doch es mochte ihm nicht gelingen. Immer wieder geriet ihre Unterhaltung ins Stocken und Meikos Interesse an dieser, in seinen Augen, verklemmten Kunsthusche flaute immer mehr ab. Schließlich verfiel Gunter in einen langatmigen Monolog über den Sinn und Unsinn der Kulturpolitik, und spätestens nachdem die Begriffe „Budget", „politische Legitimation" und „Mehrheitsentscheidung" in einem Satz gefallen waren, legte sich in Meikos Gehirn ein Schalter um. Sein Blick schweifte, während er mit zustimmendem Nicken in Gunters Richtung Aufmerksamkeit heuchelte, durch den Raum. Tina unterhielt sich gerade mit einer jungen Regisseurin aus Darmstadt, dazwischen waren der Chansonsänger, die Oberbürgermeisterin mit ihrem schwulen Privatsekretär, ein Rundschau-Redakteur, Siegfried, eine Gruppe von Kunststudenten …

Plötzlich sprang Meikos Blick zurück auf Siegfried. Der Alte nippte geistesabwesend an seinem Sektglas und starrte in Meikos Richtung, ohne ihn jedoch wirklich wahrzunehmen. Seine Augen hatten sich – wie bei einer Raubkatze – zu Schlitzen zusammengezogen. Die Stirn lag in Falten. Er sah mürrisch aus. Beinahe wütend. Meiko wurde schnell klar, mit wem er sich gerade unterhielt. Gunter war Siegfrieds aktuelles Spielzeug. Er protegierte den jungen Mann, führte ihn in die gehobenen Kreise der Stadt ein, ließ ihn teilhaben an seinem Wissen. Doch seine Gutmütigkeit hatte nur einen einzigen Grund: Er war scharf auf Gunter und er hatte Angst, er könnte seine bereits erlegte Beute an seinen Intimfeind verlieren.

Über Meikos Gesicht huschte ein sadistisches Lächeln. Er wandte sich wieder Gunter zu. Sein Jagdtrieb war geweckt und er hatte sich bereits einen Plan zurechtgelegt, wie er den jungen Mann aus den Klauen des Professors befreien oder erbeuten würde – das kam auf die Sichtweise an.

„Das klingt ja interessant!", warf er schließlich ein, als Gunter kurz innehielt, um Luft zu holen.

„Wirklich? Sie sind der Erste, der meine Theorien bestätigen würde. Professor Heller stimmt dieser Ansicht leider nicht zu …"

„Und ich habe dir bereits mehrmals erklärt, weshalb!", warf plötzlich Siegfried ein, der unbemerkt hinter sie getreten war. Bevor Meiko sich versah, befand er sich mitten in einem Diskurs über Kulturpolitik. Ein Themenfeld, auf dem er sich alles andere als sicher bewegen konnte. Schnell entschuldigte er sich und verließ die beiden Männer. Über Siegfrieds Gesicht huschte ein kaum wahrnehmbares, triumphierendes Lächeln. Er wiegte sich in Sicherheit, glaubte, sein Spielzeug behalten zu können. Doch er irrte. So schnell gab Meiko nicht auf. Er gönnte sich nur eine kurze Pause von der Jagd. Während er betont locker zu Tina schlenderte, drehte er sich nach Gunter um. Ihre Blicke trafen sich und Meiko spürte, dass er sich des Interesses des Studenten sicher sein konnte. Siegfried hatte sein Spielzeug bereits so gut wie verloren.

Die folgenden zwei Stunden wich Siegfried nicht von Gunters Seite. Er hatte die Gefahr erkannt und wollte, obwohl er sich als Sieger fühlte, kein Risiko eingehen. Meiko vertrieb sich die Zeit gemeinsam mit Tina und ihrer Errungenschaft für diesen Abend, einem Investmentbanker, der es bis in die Führungsetagen der europäischen Zentralbank geschafft hatte. Sein holländischer Akzent wirkte bisweilen etwas putzig, seine bösartigen Kommentare über die anwesenden Gäste bewiesen hingegen seine jahrelange Erfahrung auf kulturellem Parkett.

„Aber mal ehrlich, die meisten Künstler sind alternative Sackratten. Mindestens alternativ, wenn nicht sogar kommunistisch orientiert. Nicht, dass wir uns falsch verstehen, ich bin für politischen Pluralismus, aber wenn man von der Industrie unterstützt wird, sollte man doch bitteschön etwas Dankbarkeit zeigen. Abgesehen davon, die Mehrzahl der modernen Installationen ist allenfalls geistiger Dünnschiss, entstanden im Drogenrausch. Aber so etwas darf man heute ja nicht mehr laut sagen“, erklärte er süffisant und leerte ein weiteres Glas Apfelwein, „ein verdammt gutes Gesöff. Schmeckt auch hervorragend zu Pannekoeken!“

Die teilweise schockierende, dumpfe Bösartigkeit, gepaart mit dem urbanen Auftreten des Niederländers, war durchaus anziehend, doch Meiko versäumte es über den gesamten Abend hinweg nicht, immer wieder dezent eindeutige Blicke in Gunters Richtung zu werfen. Anfangs erntete er ein irritiertes Lächeln. Doch je weiter der Abend voranschritt, desto deutlicher wurden Gunters Signale in seine Richtung. Ein kurzes Grinsen, ein Zwinkern und ein fester, sekundenlanger Augenkontakt. Das alles spielte sich direkt vor Siegfrieds Augen ab und blieb doch von ihm unbemerkt. Ein Umstand, der die erotische Spannung zwischen Meiko und Gunter immer weiter steigerte. Meiko spürte, wie sein Schwanz immer wieder anschwoll. Er wurde geil. Er wollte Gunter. Am besten jetzt. Am besten hier. Meiko konnte sich die Schlagzeile am nächsten Tag vorstellen: „Die Skandalvernissage – Sternheim-Sprössling vögelte Kunststudenten.“

Es war kurz vor Mitternacht. Tina hatte sich bereits auf den Heimweg gemacht und Meiko war kurz davor aufzugeben. Siegfried wich nicht von Gunters Seite und Meiko wusste, dass er so nicht gewinnen konnte. Doch plötzlich war Siegfried verschwunden. Möglicherweise war er auf der Toilette oder er wurde hinter den Kulissen gebraucht.

Meiko schloss kurz die Augen. Konzentration, ermahnte er sich selbst. Er wusste, jeder Blick, jede Geste, jede kleinste Bewegung musste sitzen. Er hatte nur eine Chance. Langsam, Schritt für Schritt, näherte er sich der Terrassentür und zugleich Gunter, der unweit davon an seinem Weinglas nippte und sich einen imaginären Fussel vom Hemd strich. Meiko zählte innerlich bis drei und räusperte sich. Gunter wandte den Kopf augenblicklich in seine Richtung. Ein kurzes, gewinnendes Lächeln huschte über Meikos Lippen, ehe er die Tür öffnete und hinaustrat. Bevor die Dunkelheit ihn verschluckte, drehte er sich um und blinzelte Gunter cool zu. Dann verschwand er in der Nacht. Gunter zögerte, rang mit sich. Er wusste, dass Siegfried in wenigen Augenblicken zurückkehren würde. Sich dann zu entschuldigen, um Meiko Gesellschaft zu leisten, käme einem Schlag in das Gesicht seines Professors gleich. Jetzt oder nie.

Er holte tief Luft, bevor er Meiko folgte. Seine Augen benötigten einige Sekunden, um sich an die Dunkelheit zu gewöhnen. Er konnte schließlich vage Meikos Umrisse am anderen Ende der Dachterrasse ausmachen.

„Zigarette?“, fragte Gunter unbeholfen.

„Bist du hier rausgekommen, um zu rauchen oder zu ficken?“, entgegnete Meiko nur und blickte Gunter fest in die Augen. Er sah darin Nervosität, aber auch Lust und Verlangen. Er wusste, sein Opfer war ihm in die Falle gegangen. Ein Entkommen war nicht mehr möglich. Entschlossen packte Meiko ihn am Kopf, zog ihn an sich und steckte ihm die Zunge in den Hals. Der junge Student wehrte sich nur kurz und halbherzig. Meiko stellte zu seiner Befriedigung fest, dass Künstler gut küssen konnten, und spürte, dass Gunter immer leidenschaftlicher und vor allem dominanter wurde. Doch genau das wollte er vermeiden, und während er den Hals mit seinen Lippen liebkoste, öffnete er geschickt die Hose seines Gegenübers und wog kurz den überraschend großen Schwanz in der Hand. Dann drückte er Gunter langsam nach unten, bis er vor ihm auf dem Boden kniete. Der junge Student zögerte kurz, dann öffnete er hastig Meikos Hose und begann, seinen Schwanz zu blasen. Nach einigen Minuten ließ Meiko ihn wieder hochkommen. Sie küssten sich kurz und beinahe zärtlich. Dann drehte er seine Beute um und zog ihm sehr unsanft die Hose nach unten.

„Beug dich nach vorne!“, befahl Meiko in einem Tonfall, der keine Widerrede duldete. Gunter gehorchte willig und stützte sich mit beiden Händen auf dem Geländer ab. Und während er sich von Meiko heftig und hart durchficken ließ, schweiften seine Augen über die Skyline von Frankfurt. Immer wieder zuckte sein Körper unter Meikos Stößen zusammen und Gunters Gesicht verzerrte sich aus Lust und Schmerz zu einer Fratze. Meiko schlug klatschend gegen die zart behaarten Pobacken und Gunter stöhnte auf, stets darauf bedacht, nicht zu laut zu sein. Er wollte sich nicht vollkommen gehen lassen, aus Angst, erwischt zu werden. Doch genau das wollte Meiko. Er wollte, dass seine Beute sich ihm vollkommen hingab und jede Vorsicht, jede Vernunft vergaß.

„Schrei!“, befahl Meiko, während er kurz innehielt, nur um dann noch fester, tiefer und heftiger in ihn einzudringen. Gunter weigerte sich, presste seine Lippen zusammen und gab nur ein tiefes, unterdrücktes Keuchen von sich.

„Schrei!“, rief Meiko und drückte sich kraftvoll an den zitternden Körper, klatschte mit seinen Lenden immer wieder gegen den Arsch und riss ihn grob an den Schultern empor.

„Nein!“

„Doch!“

Meiko wurde härter, ließ sich vollkommen gehen und schlug mit einer Hand auf den Arsch ein.

„Stopp!“

Sofort hielt Meiko inne. Der Tonfall seines Gegenübers ließ keine Zweifel daran, dass es ihm ernst war. Vorsichtig zog Meiko sich heraus und streifte das Kondom ab. Gunter erhob sich und sie umarmten sich kurz.

„Bringen wir es zu Ende“, sagte Meiko und begann zu wichsen. Sie kamen beinahe gleichzeitig, Arm in Arm. Und spritzten unachtsam auf die Steinplatten der Terrasse. Als sie sich noch immer unter der Heftigkeit des Orgasmus zitternd voneinander lösten, fielen ihre Blicke auf eine Gestalt, die sich ihnen im Schutz der Dunkelheit unbemerkt genähert hatte.

„Siegfried!“, stammelte Gunter erschrocken.

„Du elendige Schlampe!“, rief der Alte erbost und schmiss sein Sektglas nach den beiden, wobei nicht deutlich wurde, auf wen sein Zorn und seine Beschimpfungen gemünzt waren.

„Ich kann es erklären …“

„Was gibt es da zu erklären, Gunter?“, fiel Meiko ihm ins Wort und ergriff seine Hand. „Wir haben gevögelt! Nicht mehr und nicht weniger.“

Siegfrieds Kopf war hochrot angelaufen und an seiner Schläfe traten die Adern pochend hervor.

„Verschwindet! Alle beide!“, schrie er.

Inzwischen hatten sich einige Gäste, vom Geschrei neugierig geworden, nach draußen begeben oder drückten ihre Nasen gegen die Glasscheibe und gierten in die Dunkelheit hinaus. Die Kunst war vergessen, die Neugier hatte gesiegt. Meiko zog Gunter zu sich heran, küsste ihn und sie stolzierten Hand in Hand erhaben an Siegfried vorbei.

„Ich weiß eben, wann es Zeit ist zu gehen!“, resümierte er, drückte sein Sektglas einem verdutzten Kellner in die Hand und zog den Reißverschluss seiner Hose zu, bevor er schnellen und bestimmten Schrittes die Galerie verließ, Gunter hinter sich herziehend, wie einen verschüchterten Welpen.

„Ihr verfickten Schlampen!“, schrie Siegried hinter den beiden her. Doch das hörten sie längst nicht mehr. Stattdessen zog der Professor nur despektierliche Blicke auf sich und der Chansonsänger, noch immer umringt von einer Gruppe blonder Groupies, schüttelte schockiert den Kopf: „Der gute Professor hat trotz seines Alters und seiner Eloquenz noch immer nicht begriffen, wann es besser ist, die Klappe zu halten. Einfach erbärmlich, finden Sie nicht, meine Herren?“

Als Meiko und Gunter aus dem Museum heraustraten und sich dankbar von der anonymen Dunkelheit der Nacht umhüllen ließen, schaute sich der junge Student ängstlich um, als befürchtete er, man würde sie verfolgen.

„Unser Ruf ist nach diesem Abend ruiniert.“

„Deiner vielleicht. Meiner war es schon“, antwortete Meiko ironisch.

„Und jetzt?“

„Zu mir oder zu dir?“

„Ich weiß nicht … Ich war immer der Überzeugung, dass guter Sex ohne die Reinheit von tiefer Liebe nicht möglich ist.“

Meiko stöhne leicht genervt auf.

„Und was hatten wir eben?“

„Guten Sex“, gab Gunter zu.

„Also denk und red nicht so viel, sondern hab einfach manchmal etwas Spaß.“

Gunter hielt kurz inne, überlegte und lächelte dann.

„Zu dir!“

„Gute Entscheidung, meine kleine Kunsthusche!“

Verzauberte Tränen

Die letzten Stufen, zwei große Schritte zur Tür. Dann hatte sie es geschafft, endlich zu Hause, in der Sicherheit ihrer eigenen vier Wände und abgeschirmt vom Rest der Welt. Sarah war am Ende ihrer Kräfte angelangt. Vor einer Stunde hatte sie die schriftliche Abschlussprüfung abgegeben. Doch anstatt ihrem Ziel näher zu sein, hatte sie das Gefühl, sich noch weiter davon entfernt zu haben.

Schon als kleines Kind hatte Sarah davon geträumt, als Kommissarin auf Verbrecherjagd zu gehen. Natürlich war die kindlich-naive Fantasievorstellung im Rahmen ihrer Ausbildung mehr als ein Mal der harten, grauen Realität gewichen. An ihrem Traum hatte sich jedoch niemals etwas geändert. Doch ausgerechnet kurz vor ihrem Ziel spürte Sarah, dass sie versagt hatte. Der Stress der letzten Monate war einfach zu groß gewesen. Immer wieder hatte sie sich während ihrer Prüfungsvorbereitungen zwingen müssen, nicht in Trauer und Selbstmitleid zu zerfließen, denn Melanie war allgegenwärtig und die Trennung von ihr schmerzte zu sehr, als dass die Trauer dem Ehrgeiz und der Selbstbeherrschung hätte weichen können. Und so hatte sich Sarah durch die vergangenen Wochen geschleppt und verzweifelt versucht, ihren Kopf freizubekommen. Es war ihr nie zuvor im Leben derart schwergefallen, sich zu konzentrieren.

Sarah neigte nicht zur Hysterie und hatte im Einschätzen ihrer eigenen Leistungen stets richtig gelegen. Und diesmal sprach ihr Bauch eine klare Sprache. Sie spürte, dass sie die Prüfungen nicht bestanden hatte, und schon auf der Heimfahrt waren ihr immer wieder Tränen in die Augen getreten.

Endlich stand sie vor der Wohnungstür. Sie war nur froh, dass Tina nicht zu Hause war und sie nicht in diesem Zustand sah. Sarah wollte niemandem begegnen und vor allem wollte sie nicht, dass jemand anzweifelte, was sie zu wissen glaubte. Tina hätte sie sicher versucht zu trösten und ihr eingeredet, doch erst einmal die Ergebnisse abzuwarten, bevor sie sich unnötig sorgte. Doch genau das wollte sie im Augenblick nicht hören.

„So ein verdammter Mist!", fauchte sie aufgeregt zwischen zwei kurzen Schluchzern und wühlte in ihrer Handtasche herum, auf der Suche nach dem Wohnungsschlüssel. Doch zwischen zerknüllten Papiertaschentüchern, Make-up, Haarbürste und Fettstift war er unauffindbar. Diese Kleinigkeit brachte das Fass zum Überlaufen. Sarah gab auf, schmiss die Tasche wütend zu Boden und der Inhalt verteilte sich dabei über den Flur. Resigniert ließ sich Sarah an der Wand hinab auf die harten Holzdielen sinken und fing an zu weinen, gab sich vollkommen ihrer Verzweiflung und Trauer hin. Sie beweinte Melanie, die Prüfungen, ihre Träume, ihr Leben. Doch plötzlich, in ihrer größten Hysterie, spürte sie, dass jemand sanft und vorsichtig ihre Schulter streichelte. Durch einen Schleier aus Tränen hindurch sah sie Luke, der den Krach gehört hatte und erschrocken aus seiner Wohnung nach unten gekommen war. In einer Hand hielt er den Wohnungsschlüssel.

„Der muss dir aus der Tasche gefallen sein."

„Ich … ich …", stammelte Sarah und fing dann wieder an zu weinen.

„Ganz ruhig", flüsterte er leise und nahm sie behutsam in den Arm. Sie saßen einige Minuten im Flur. Luke schwieg und Sarah weinte.

„Es tut mir leid, dass du mich so sehen musst. Das ist normalerweise nicht meine Art. Aber mein ganzes Leben ist ein Scherbenhaufen. Und anstatt die Scherben zusammenzusetzen, trete ich auch noch darauf herum und sie zersplittern in noch kleinere Teile."

Langsam beruhigte sie sich wieder. Sie schämte sich jetzt für ihren Zusammenbruch. Sarah war als dunkelhäutiges Mädchen in einem unterfränkischen Dörfchen aufgewachsen und hatte schnell begriffen, wie wichtig es als Außenseiterin war, sich keine Blöße zu geben. Kinder konnten verdammt gemein sein, und nachdem sie von einem Jungen im Kindergarten wegen ihrer Hautfarbe bespuckt und beschimpft worden war, schwor sich die kleine Sarah, nie wieder zu den Schwachen zu gehören. Natürlich gestattete es sich Sarah heute durchaus, Schwäche zu zeigen, allerdings nur vor ihren engsten Freunden und niemals vor Fremden. Und Luke war für sie noch immer ein Fremder, ein Eindringling. Bei Tina und Meiko mochte er einen diffusen Mutterreflex ausgelöst haben, doch für Sarah war ihr neuer Nachbar schlichtweg ein weiteres störendes Element in ihrem Leben, ein Leben, über das sie zusehends die Kontrolle zu verlieren drohte.

„Entschuldige meinen kleinen Ausraster", wiederholte sie erneut.

„Ist doch okay, dafür braucht man sich doch nicht zu entschuldigen."

„Nein … ich …."

„He, für was sind Nachbarn sonst da?", unterbrach Luke mit einem kleinen Funken Sarkasmus in seiner Stimme, schließlich hatte ausgerechnet Sarah ihn bisher mit kühler Freundlichkeit auf Distanz gehalten.

„Danke."

„Nicht der Rede wert."

Langsam erhoben sie sich und Sarah spürte, dass sie noch immer etwas wacklig auf den Beinen war, und so ließ sie widerstandslos zu, dass Luke die Tür aufschloss und sie zu dem Sofa in ihrem Wohnzimmer führte.

„Ich bin oben. Nur für den Fall, dass du etwas brauchst."

„Danke", wiederholte Sarah und schämte sich nur noch mehr. Aber ein kleiner Teil in ihr war auch beruhigt. Beruhigt von und über Luke und das kindliche Vertrauen, das er ausstrahlte.

Die Frau mit dem rosaroten Elefanten

„Wissen Sie“, sagte die alte Dame neben Sven plötzlich und unvermittelt, „wissen Sie, New York ist auch nicht mehr das, was es einmal war.“

Ihre Stimme war freundlich und trotzdem bestimmt, so als würde sie es nicht dulden, wenn sich Sven nicht auf eine Unterhaltung einließe. Dabei wollte er nur seine Ruhe haben. Für sich sein. Seinen Gedanken nachhängen. Außerdem fand er, dass es sich nicht gehörte, im eintönigen Ambiente eines Stehcafés in einem ebenso eintönigen Shopping-Center einem Fremden eine Unterhaltung aufzudrängen.

Sven mochte keine Shopping-Center. Glänzende Marmorböden, Glaskuppeln, Lichthöfe und immergrüne Palmen trafen auf klinisch reine Toiletten, Kinderaufbewahrungsräume, Boutiquen, Buchhandlungen, Kettenläden und Spielwarenabteilungen. Kurzum: der durchorganisierte All-Wetter-Einkaufsspaß. Alles war perfekt konzipiert und doch mochte sich bei ihm niemals Shopping-Stimmung einstellen. Er liebte es viel mehr, durch die großen Einkaufsstraßen mit all ihren Ecken, Bausünden und strukturellen Unannehmlichkeiten zu flanieren und war nur hergekommen, um noch hastig vor Geschäftsschluss eine Kleinigkeit für seine Großmutter zu holen.

Sven war mit seinen Eltern bei ihr zum Essen eingeladen und es blieb ihm leider keine Zeit mehr, um in die Innenstadt zu fahren. Aber eigentlich blieb ihm auch keine Zeit mehr, um einen Espresso in dieser unangenehm unaufdringlichen Umgebung zu trinken. Doch er musste nachdenken und sich sammeln. Es ging um seine nahende Hochzeit mit Tom. Eigentlich ein schönes Thema und seine Eltern, die Tom als Schwiegersohn sofort akzeptiert hatten, waren auch überglücklich. Es gab nur ein Problem …

„Waren Sie schon einmal in New York?“, fragte die alte Dame hartnäckig und holte Sven aus seinen Gedanken.

„Nein“, antwortete Sven einsilbig und so abweisend wie möglich, ohne unhöflich zu sein. Die Frau ließ sich davon jedoch nicht abschrecken und begann damit, ihre vollgepackten Einkaufstüten von dem Barhocker neben Sven zu räumen. Mit den Taschen verschwand auch die letzte Bastion zwischen den beiden, und als sie schließlich alle ihre erworbenen Beutestücke sicher auf dem Boden verstaut hatte, beugte sie sich mit einem freundlichen Lächeln zu ihm herüber. „Das New York des einundzwanzigsten Jahrhunderts ist für unsereins uninteressant geworden."

Unsereins? Warum bezog sie ihn plötzlich mit ein?

„Sicher, die Gay-Community ist noch immer riesig. Aber selbst der abgefuckteste SM-Schuppen ist beinahe so steril geworden wie dieses furchtbare Einkaufszentrum. Und stellen Sie sich vor, selbst in den einschlägigen Bars darf nicht mehr geraucht werden. Da lecken Sklaven schmutzige Stiefel, aber eine Zigarette darf man sich nicht anzünden. Das ist doch krank! Aber was erzähl ich, diesen Unfug fangen Sie ja auch jetzt in Deutschland an!"

Sven war sprachlos und das nicht nur angesichts des derben Wortschatzes der alten Dame. Wie kam diese Frau darauf, dass er schwul war? Er war ein ganz normaler Typ in Anzug und Schlips. Es stand ihm doch nicht auf der Stirn geschrieben. Oder etwa doch? Ein Gedanke, den Sven zutiefst beunruhigend fand.

„Jetzt seien Sie nicht so überrascht! Ich erkenne unsereins eben. Das ist eine Gabe, die mir in die Wiege gelegt wurde", erklärte die Frau, die sich sichtlich über seinen verwirrt-schockierten Gesichtsausdruck amüsierte,

„Wirklich?", antworte Sven sarkastisch und ohne sie in ihrer Annahme zu bestätigen.

„Ja, ja ... Aber wie gesagt, New York ist nicht vergleichbar mit der Stadt von einst. Diesem legendären Moloch. Die Stadt hat Giuliani noch verkraftet, aber der Neue, so ein Wendehals aus Massachusetts ... Furchtbar! Glauben Sie mir, Frankfurt ist mehr Big Apple, als es New York jemals wieder sein wird."

„Wenn Sie es sagen", antwortete Sven, noch immer unschlüssig, ob er diese Unterhaltung überhaupt führen wollte.

Die Frau nickte geistesabwesend und hatte das Thema in Gedanken wohl längst abgeschlossen.

„Sagen Sie mir, Sven, was bedrückt Sie so?"

„Woher wissen Sie meinen Namen?", fragte er wütend. Langsam wurde ihm die Sache unheimlich. Oder zumindest suspekt.

Doch sie lächelte nur wissend und deutete auf den Schlüsselbund, der vor ihm auf dem Tresen lag. Die schlichte Metallplakette wurde von chinesischen Schriftzeichen geschmückt. Darunter stand in schwarzen Lettern geschrieben „For Sven". Ein Geschenk von Tom. Sie waren damals keine drei Monate zusammen gewesen.

„Jetzt, da du weißt, dass ich weder Gedanken lesen kann noch eine Hexe bin: Was bedrückt dich?"

Galant war sie ins vertraulichere Du gerutscht, machte jedoch keine Anstalten, Sven ihren Namen zu verraten.

„Ich werde heiraten", antwortete Sven schließlich, ohne sich im Klaren darüber zu sein, warum er dieser wildfremden, alternden Lesbe seine Probleme offenbarte.

„Wie heißt der Glückliche?", fragte sie bedeutungsvoll, so als würde der Name eine entscheidende Rolle spielen.

„Tom."

„Wie schön. Tom und Sven. Das spricht sich gut. Aber wo liegt das Problem? Hast du etwa Zweifel? Kalte Füße?"

„Nein! Ich war mir in meinem Leben keiner Sache sicherer!", antwortete Sven wahrheitsgemäß. „Das Problem ist meine Oma."

„Deine Oma."

Sie wiederholte seine Worte wissend. Beinahe so, als würde dadurch das Dilemma sofort offensichtlich werden, als könnte sie wissen, dass Sven der Lieblingsenkel seiner Großmutter war. Und sie seine Lieblingsoma.

Er liebte sie. Er liebte ihre faltige Haut, ihren Duft, ihre grauen Haare, das zarte Gesicht und das gutmütige Lächeln. Ein Lächeln, wie es nur eine Oma haben konnte. Vielleicht war dieses Lächeln der Hauptgrund, warum er es ihr nicht sagen konnte. Er hatte Angst, dass ihr Lächeln für ihn und ihre Liebe zu ihm verschwinden würden.

Er hatte sie bisher nur bei der Beerdigung ihres Mannes vor vielen Jahren weinen sehen. Seine in Tränen aufgelöste Oma war ein Anblick, den er nicht noch einmal ertragen wollte. Sie würde sicherlich weinen und ihn dafür hassen. Er würde sich dafür hassen. Sie hatte es auch ihrer Schwester niemals verziehen.

Ihre Schwester, Tante Magda, wie er sie immer genannt hatte. Die beiden Frauen hatten sich in vielen Dingen beinahe wie

Zwillinge geglichen und sogar ihre Art zu lächeln war identisch gewesen. Doch Tante Magda war kosmopolitischer als seine Großmutter gewesen. Sie reiste zu exotischen Orten und fühlte sich in den großen Metropolen dieser Welt zu Hause. Vielleicht hatte es daran gelegen, dass sie die Nazi-Zeit bewusster miterlebt hatte als ihre jüngere Schwester und deshalb die Freiheit nach Ende des Zweiten Weltkrieges auskosten wollte.

Von ihren vielen Reisen brachte sie Sven immer kleine Geschenke mit. Am meisten hatte er als kleiner Junge an einem rosa Plüschelefanten gehangen, den sie auf ihrer Reise nach Indien erstanden hatte. Bis zu seinem siebten Lebensjahr war das Kuscheltier keine Nacht von seiner Seite gewichen. Sven hatte ihn den Himag-Elefanten getauft. Eine Bezeichnung, die sich aus den Namen seiner Oma Hilde und seiner Tante Magda zusammensetzte. Als Magda schließlich starb, hatte er den Elefanten heimlich auf ihr Grab gestellt.

Damals war es für ihn unverständlich, warum seine Oma irgendwann nicht mehr gut auf ihre Schwester zu sprechen war. Als er schließlich eines Tages in kindlicher Neugier seine Mutter nach dem Grund fragte, wich sie ihm aus und meinte, dass sich die beiden schon mochten, schließlich seien sie Schwestern. Doch Magda habe eine Angewohnheit, die Oma Hilde nicht verstand. Erst viele Jahre nach dem Tod seiner Großtante erfuhr er, dass sie eine – wie seine Mutter zu sagen pflegte – „Lesbierin" gewesen war. Diese „Angewohnheit" war auch der Grund für das tiefe Zerwürfnis zwischen den beiden Schwestern gewesen.

„Deine Oma weiß nicht, dass du schwul bist. Habe ich recht?"

Die sanfte, verständnisvolle Stimme der Frau holte ihn aus seinen Gedanken zurück.

„Ja. Doch ich möchte nichts lieber, als dass sie an der Hochzeitszeremonie teilnimmt. Ohne meine Oma wäre es kein richtiges Fest."

„Wann ist der Termin?"

„An einem Samstag im September."

„Dann hat sie ja noch ein paar Monate, um sich darauf vorzubereiten. Sie wird ein Geschenk brauchen. Und ein passendes Kleid."

„Sie verstehen nicht …"

„Ich verstehe sehr wohl. Du hast Angst, es ihr zu sagen, willst sie aber trotzdem auf der Hochzeit dabei haben."

Und wie er das wollte. Es wäre das schönste Geschenk, das man ihm machen konnte.

„Lass mich eine Geschichte erzählen", sagte die alte Dame plötzlich und zog dabei genussvoll an ihrer Zigarette. Sven blickte sie erwartungsvoll an und ein kurzes Lächeln huschte über ihre Lippen. Sie nahm, wohl nur, um die Spannung zu steigern, einen Schluck von ihrem Tee.

„Es ist schon ein paar Jährchen her. Du wirst damals noch ein kleiner Junge gewesen sein. Es war Anfang der – wie man heute verklärend sagt – wilden siebziger Jahre. Wobei diese Jahre bei Weitem nicht so wild und ausgelassen waren, wie es heute in diesen unsäglichen Retro-Shows gerne dargestellt wird."

Sie hielt kurz inne und blickte ihm fragend in die Augen, als wollte sie wissen, ob er ihr bis zu diesem Punkt hatte folgen können.

„Ich hatte damals gerade eine kurze, nicht sehr erfüllende und glücklicherweise kinderlose Ehe hinter mich gebracht. Nicht, dass du jetzt denkst, ich würde keine Kinder mögen. Im Gegenteil. Ich liebe Kinder, zumindest solange es nicht meine eigenen sind und ich weiß, dass ich sie bald wieder zurückgeben kann."

Sven musste lächeln. Ähnlich ging es ihm, wenn er gemeinsam mit Tom die Kinder von Tina hütete. Drei auf einmal war eine Herausforderung an seine Geduld.

„Wie auch immer. Mein Ex-Mann ging nach New York und steht dort inzwischen im Fummel auf der Bühne und lässt sich mit weit über siebzig Jahren noch immer das Fett absaugen. Ich genoss meine neue Freiheit und lernte damals in einem Bistro – so nannte sich das damals tatsächlich noch – eine junge Frau kennen. Sie hatte lange, blonde Haare, eine traumhafte Figur und ein wirklich atemberaubendes Lächeln. Sie sah aus wie ein Engel in Menschengestalt und …"

Plötzlich hielt sie kurz inne und schaute skeptisch auf ihre kleine, goldene Armbanduhr.

„Ach, wie die Zeit vergeht!", meinte sie nachdenklich, aber ohne jede Hetze.

„Um es kurz zu machen, ich habe mich unsterblich in diesen Engel verliebt. Und sie – unbegreiflicherweise – sich auch in mich. In einem Übermut an Verliebtheit rief ich meinen Ex-Mann an. Ich erzählte ihm von ihr und er berichtete von einem Banker, den er heiraten wollte, sobald es das amerikanische Gesetz erlauben würde. Und er erzählte mir, wie befreiend es gewesen war, sich seiner Familie gegenüber zu offenbaren. Ich muss gestehen, dass ich enttäuscht war. Er hatte es mal wieder geschafft, meine Neuigkeiten in den Schatten zu stellen."

Sven musste lachen. Er hätte wohl ähnlich empfunden.

„Ich sehe, du verstehst mich. Vielleicht kannst du auch nachvollziehen, dass ich sofort zu meiner Schwester gefahren bin und ihr auch von meiner neuen Liebe erzählen musste."

„Ich kann das voll und ganz nachvollziehen", unterbrach Sven die Erzählung überflüssigerweise und erntete einen kurzen, despektierlichen Blick. Er fühlte sich kurz an seine alte Lehrerin erinnert. Sie hatte ihn immer ähnlich tadelnd angeschaut und ihn auf diese Weise, ohne ein Wort zu verlieren, in seine Schranken gewiesen.

„Nun, im Gegensatz zu der Familie meines Ex-Mannes, die fest im links-liberalen Milieu verwurzelt war, hatte meine Schwester eine etwas konservativere Sicht auf die Dinge. Auch wenn sie ein im Herzen guter Mensch war, fügte sich mein Bekenntnis einfach nicht in ihre kleine Welt ein. Bis zu diesem Punkt hatte sie wohl noch immer gehofft, dass ich zur Besinnung kommen und wieder einen ehrbaren Mann heiraten würde."

„Eine Hoffnung, die Sie mit Ihrer Offenbarung zunichte gemacht hatten", schob Sven ein und wartete beinahe darauf, einen weiteren tadelnden Blick geschenkt zu bekommen. Doch sie ignorierte ihn und starrte gedankenverloren auf ihren letzten Schluck Tee. Schließlich fuhr sie fort: „Sie verstand es nicht. Konnte es nicht akzeptieren. Unser inniges Verhältnis, das bis dahin jeden Gegensatz ausgehalten hatte, war für immer beendet. Wir waren zwar immer noch Schwestern, doch nur auf dem Papier. Wir telefonierten sehr selten, sprachen auch nie über meine Freundin. Meinen Engel. Auf Familienfeiern wurde ich, wenn überhaupt, nur ohne Begleitung eingeladen."

Die alte Dame seufzte kurz und zum ersten Mal verriet ihr faltiges, gebräuntes Gesicht, dass sie tatsächlich schon sehr alt war.

„Die Jahre vergingen. Der Banker meines Ex-Mannes starb an Aids und auch mein Engel wurde eines Tages plötzlich und unerwartet in den Himmel zurückgeholt. Eines Morgens, in einem Hotelzimmer, erwachte ich und sie lag tot neben mir. Zu ihrer Beerdigung kam nur meine Nichte. Meine eigene Schwester brachte es noch nicht einmal fertig, mir eine Karte zu schicken."

„Hat sie es niemals verkraftet?"

„Erst auf dem Sterbebett. In den letzten uns verbleibenden Minuten. Da sagte sie mir plötzlich, wie sehr sie es bereute, niemals meinen Engel kennengelernt zu haben. Sie sagte, es täte ihr leid und sie wünsche sich nichts sehnlicher, als die Uhr zurückdrehen zu können. Es hat sie wirklich traurig gemacht, in den letzten Jahren nicht mehr an meinem Leben teilgenommen zu haben."

Die alte Frau verstummte und blickte Sven tief und eindringlich in die Augen. Es kam ihm beinahe vor, als würde sie in seine Seele spähen, sein Herz erkunden. Ihm stockte der Atem.

„Verstehst du, was ich dir damit sagen will, Sven?"

„Ich denke … vielleicht sollte …"

„Verstehst du?", fragte sie erneut, diesmal mit mehr Nachdruck.

Er konnte nicht antworten, war überwältigt von ihrem Blick, der ihn festhielt und auf den Barhocker zu pressen schien.

„Du musst den Menschen, die dich lieben, eine Chance geben! Meine Schwester war deiner Großmutter nicht unähnlich. Es wird schwer sein für sie. Wer weiß, vielleicht kann sie es tatsächlich nicht akzeptieren. Du musst ihr wenigstens die Chance geben. Das bist du ihr verdammt noch mal schuldig!"

Ruckartig wandte sie sich von ihm ab und ließ Sven vollkommen unerwartet aus ihrem Blick. Sie holte ein altes, ledernes Portemonnaie hervor, kramte ein paar Münzen heraus und legte sie bedächtig auf den Tresen.

„Danke", flüsterte Sven leise und noch immer überwältigt.

Sie lächelte großmütterlich.

„Wofür? Das war doch eine Selbstverständlichkeit!", frohlockte sie.

„Ich würde Sie gerne zu meiner Hochzeit einladen. Es wäre mir eine große Ehre und mein Freund Tom würde sich sicher sehr freuen, Sie kennenzulernen."

Die ehrliche Einladung überraschte sie offenbar und für einen Moment glaubte Sven, Tränen erkennen zu können.

„Das rührt mich. Wirklich! Doch ich werde an deinem Hochzeitstermin längst nicht mehr hier sein."

„Wo sind Sie dann?"

Sie schüttelte bedächtig den Kopf.

„Ich muss jetzt wirklich los. Die Zeit drängt. Man wartet sicher schon auf dich."

In einer erstaunlichen Schnelligkeit, die er ihr nicht zugetraut hätte, hob sie ihre Einkaufstüten auf.

„Alles Gute, Sven! Es hat mich sehr gefreut. Ich bin stolz auf dich."

Er verstand die Bemerkung nicht, geriet seltsameweise jedoch in Panik, als ihm bewusst wurde, dass sie tatsächlich gehen würde. Dabei wusste er noch nicht einmal ihren Namen.

Sie nickte ihm noch einmal freundlich lächelnd zu und verließ das Café. Auf ihrem Weg wich sie hastig einigen Passanten aus und begab sich auf die Rolltreppe in den ersten Stock. Sven wollte ihr noch etwas zurufen, ihr folgen. Doch er konnte nicht. Es war, als würde eine übernatürliche Kraft ihn daran hindern aufzustehen, seine Zunge zu bewegen, das Café zu verlassen.

Gerade als die alte Dame aus seinem Blickfeld zu verschwinden drohte, drehte sie sich zu ihm um und warf ihm eine Kusshand zu. In diesem Augenblick entdeckte er den kleinen, rosafarbenen Gegenstand, der aus einer ihrer übervollen Tüten hervorspitzte. Es war der Kopf eines rosaroten Plüschelefanten. Kaum hatte ihn diese Entdeckung wie ein Blitz getroffen, ergab plötzlich alles, was sie erzählt hatte, einen Sinn. Das Puzzle fügte sich zusammen … Auf dem Sterbebett … Aber auf wessen Sterbebett? Dem ihrer Schwester oder ihrem eigenen? Die Beerdigung … Sie liebte Kinder … Sie sei stolz auf ihn …

Sven wusste, sie würde, bis er in den ersten Stock geeilt wäre, längst verschwunden sein. Und so blieb ihm nichts anderes übrig, als die zum Abschied zugeworfene Kusshand aufzufangen und tief in seinem Herzen zu verwahren.

Von der Frucht der Widerwärtigkeit

Mit einem leisen Klicken fiel die Tür ins Schloss. Meiko warf einen prüfenden Blick in den breiten Wandspiegel und tupfte sich mit einem Taschentuch hastig die Schweißperlen von der Stirn. In der Luft lag der stechende Geruch von Urin und Toilettenstein. Und obwohl das Klohäuschen im Schatten mächtiger Ahornbäume stand, spürte Meiko auch hier die morbide, unerträgliche Hitze des Sommers. Selbst die größten Sonnenanbeter stöhnten unter der Last der südländisch anmutenden Temperaturen. Die Blätter der Bäume waren längst braun geworden und das sonst immer grüne Gras in den Parkanlagen war kaum mehr als verdorrtes Heu.

Für die Pornokinos und schwulen Saunen war eine schwere Zeit angebrochen. Selbst die größte Geilheit konnte nur wenige dazu bewegen, sich bei diesen Temperaturen in eine Sauna zu setzen oder stickige, kleine Videokabinen aufzusuchen. Stattdessen vergnügten sie sich lieber unter freiem Himmel auf den Autobahnparkplätzen in Frankfurts Peripherie. All jene jedoch, die keinen Wagen besaßen, mussten sich mit den innerstädtischen Cruising-Areas zufriedengeben, und da sich tagsüber zu viele Menschen in die kühlenden Parkanlagen flüchteten, als dass man dort ungestört hätte Sex haben können, blieben als letzte Alternative nur die Klappen. Meiko vermied es in aller Regel, dort mit jemandem intim zu werden, zog es stattdessen vor, attraktive Typen, die ihm intuitiv nicht gestört erschienen, mit in seine Wohnung zu nehmen.

Vorsichtig stieß Meiko die Tür zum hinteren Bereich auf, wo neben dem Pissoir vier abschließbare Kabinen untergebracht waren, und betrat den von grellen Neonstrahlern hell erleuchteten Raum. Am Rande registrierte er, wie ein etwa siebzig Jahre alter Mann erschrocken über Meikos plötzliches Auftauchen zusammenzuckte und kläglich bei dem Versuch scheiterte, einen möglichst unbeteiligten Eindruck zu erzeugen. Meiko war sich sicher, dass auf einer der zahlreichen Parkbänke in der Nähe seine gutgläubige Ehefrau saß und darauf wartete, dass ihr Mann endlich sein Geschäft erledigte.

Meiko hatte für jene heuchlerischen Schrankschwestern wenig übrig und verachtete sie für ihre verlogene Doppelmoral. Meistens besuchten genau jene Männer, die am Stammtisch am lautesten gegen Schwule hetzten, regelmäßig eine der zahlreichen Frankfurter Klappen. Gleichzeitig taten sie ihm leid, hatten sie schließlich niemals den Mut aufbringen können, offen zu ihrer Homosexualität zu stehen. Wie deprimierend musste es wohl sein, wenn man nur auf einem schmutzigen, öffentlichen WC seinen Gelüsten Befriedigung verschaffen konnte? Wobei es für einen siebzig Jahre alten Rentner selbst hier noch sehr schwer war, unbezahlten Sex zu bekommen.

Plötzlich ertönte eine Spülung, nicht aus Notwendigkeit, vielmehr als Warnung oder Mitteilung für alle Anwesenden, dass jemand gleich seine Kabine verlassen würde. Das Rauschen des Wassers holte Meiko aus seinen Gedanken. Wenige Augenblicke später wurde eine der vier Türen geöffnet und ein etwa vierzig Jahre alter Mann trat heraus. Meiko musterte ihn eingehend. Er war der typische Vertreter der Gattung verklemmter Familienvater, den Ehering wahrscheinlich in der Hosentasche. Der Bart, die leicht ergrauten Haare und alternativ wirkende Kleidung verliehen ihm das Aussehen eines Lehrers. Meiko nickte ihm unauffällig zu und trat in die freigewordene Kabine. Der Lehrer hingegen verließ hastig den Raum und wenige Augenblicke später ertönte das Rauschen eines Wasserhahns. Meiko zählte in Gedanken bis drei und tatsächlich hörte er, wie erwartet, dass jemand erneut die Tür zum hinteren Raum öffnete.

Vorsichtig lugte er durch einen schmalen Spalt zwischen Kabinentür und Wand und erspähte erneut den Lehrer, der nun an der Wand lehnte und seinen Blick starr auf Meikos Kabine gerichtet hatte. Es war offensichtlich, dass er auf eine Einladung wartete, und Meiko überlegte kurz, ob er die Tür öffnen sollte, entschied sich jedoch dagegen. Warum ausgerechnet den Erstbesten nehmen? Er hatte Zeit. Außerdem genoss er das Vorspiel, welches darin bestand, sich nur mit Blicken und Gesten zu verständigen. Selbst der Sex ging meistens schweigend vonstatten und selten wusste er den Namen seines Gegenübers. Meiko faszinierte die seltsame, ganz eigene Klappensprache, die man nur mit viel Übung erlernen konnte und die für Unwissende meist überhaupt nicht wahrnehmbar war.

Selbst wenn sich manchmal ein Hetero in diese Welt verirrte, bemerkte er nur in den seltensten Fällen, welch unmoralische Angebote ausgetauscht und offeriert wurden, während er friedlich und nichts ahnend urinierte.

Einzig die Kontaktbörse an den Wänden der Kabinen war verdächtig. Zahlreiche Telefonnummern waren meist mit schwarzem Edding auf die kahlen Fliesen geschmiert. Daneben standen die wichtigsten Eckdaten: Alter, Größe, Gewicht und Schwanzlänge. Manch einer schrieb noch seine sexuellen Vorlieben auf oder bat um Angabe eines Treffpunkts mit Datum und Uhrzeit. Meiko hatte niemals auf eine dieser Anzeigen geantwortet, ging doch dadurch der besondere Reiz dieser Sexabenteuer verloren. Schließlich war es doch gerade die stumme und heimliche Verständigung, die ihn an den Klappenbesuchen reizte. Der Sex war Nebensache.

Schon seit über einer halben Stunde beobachtete Meiko die ein- und ausgehenden Männer. Er hatte es sich auf einer der Parkbänke im kühlen Schatten der Bäume und in Sichtweite zum Eingang der Herrentoilette bequem gemacht. Der Lehrer war bereits nach wenigen Minuten verschwunden und nun, da Meiko keinen würdigen Ersatz gefunden hatte, bedauerte er es, die Chance nicht genutzt zu haben. Abgesehen von einem Stricher und vielen alten Säcken, bei denen man befürchten musste, dass sie ihren nächsten Orgasmus nicht überleben würden, waren kaum annehmbare Exemplare eingetroffen. Nur ein Türke mittleren Alters hatte es geschafft, Meikos Aufmerksamkeit zu wecken. Doch der dunkelhaarige Mann schien auf der Suche nach etwas Jüngerem zu sein, hatte er doch die Annäherungsversuche freundlich, aber bestimmt abgewehrt.

Während Meiko sich eine Zigarette anzündete und verträumt die Enten in dem leicht faulig stinkenden Teich beobachtete, schweiften seine Gedanken langsam ab und blieben schließlich, nach einigen Umwegen über den Douglas-Ausverkauf der vergangenen Woche, bei der Warhol-Ausstellung und Gunter hängen. Der Kunststudent hatte Meiko eine heftige Szene geliefert, als er ihn einige Tage nach der Vernissage abservierte. Tränen, Geschrei, Beschimpfungen … Meiko hatte nicht mit einem derart leidenschaftlichen Gefühlsausbruch gerechnet und tatsächlich hatte es Gunter geschafft, ihm ein schlechtes Gewissen zu machen. Er fühle sich ausgenutzt, gebraucht und verletzt. Meiko habe mit seinen Gefühlen gespielt.

„Ich schlafe nicht mit einem Mann, ohne dass ich für ihn etwas empfinde. Der schnelle Sex ist nicht meine Welt. Du hast das gewusst und mich trotzdem gevögelt!“, hatte Gunter aufgelöst geschrien.

Vor allem Gunters Liebesgeständnis hatte ihn überrascht und zugleich schockiert. Der Junge schien so schnell und kompromisslos zu lieben. Vieles an seinem Verhalten und seinen Einstellungen erinnerte Meiko an seinen neuen Schützling Luke. Ohne Frage, hätte jemand Luke so behandelt, wie er es mit Gunter getan hatte, hätte ihn Meiko bei lebendigem Leibe zerquetscht und seinen Ruf in der Szene ruiniert. Niemand sollte Luke verletzen und seine Naivität ausnutzen. Doch er hatte letzten Endes nichts anderes mit Gunter gemacht. Das schlechte Gewissen begann an Meiko zu nagen. Mehr noch, das Hinterfragen seines eigenen Handelns weckte langsam Selbstzweifel in ihm.

Meiko hatte den Glauben an die Liebe vor langer Zeit verloren. Nicht etwa – wie übervorsichtige Psychologen sofort vermuten würden –, weil er verletzt oder ausgenutzt worden wäre. Im Gegenteil. Meiko hatte lediglich beschlossen, dass das Konzept der Liebe nicht mit seiner Lebenseinstellung konform ging. Er benötigte keinen Partner an seiner Seite, solange er Freunde hatte. Er sehnte sich nicht nach einem Ehebett, solange er durch die fremden Betten hüpfen konnte. Er genoss sein Singleleben. Er hatte wilde Partys gefeiert und heiße Orgien genossen. Er schätzte seine Freiheiten und wollte sie nicht aufgeben. Damit meinte er nicht einmal die sexuellen Freiheiten, denn eine monogame Beziehung hätte er sowieso nicht führen können, sondern vielmehr die schlichte Freiheit, Marmelade und Salami gleichzeitig auf einem Toast zu kombinieren, ohne in die angewiderte Miene seines Freundes schauen zu müssen.

Er beobachtete mit Sorge, wie sich langsam eine neue Bürgerlichkeit breitmachte. Seine ehemaligen Party-Freunde kauften sich Reihenhäuser mit Carport und Gartenzaun, versteckten ihre Pornosammlung im Schrank, verpartnerten sich und waren dankbar, endlich zum Spießbürgertum dazuzugehören. Ein guter Freund von ihm, zu Beginn der neunziger Jahre noch die größte Schlampe Frankfurts, suchte inzwischen mit dem gleichen Enthusiasmus Porzellangeschirr für den Ehemann aus, wie er früher Sextoys und Hardcore-Pornos gekauft hatte. Meiko fragte sich, ob Schwule, wie er einer war, ausgedient hatten. Musste man plötzlich spießig und konservativ sein, um dazuzugehören? Noch schlimmer: Musste man einen Partner vorweisen können und sich am Ende auch noch zu Monogamie und Treue bekennen?

Plötzlich beschlich Meiko ein beklemmendes Gefühl und Panik stieg in ihm auf. Inzwischen war er auch schon ein paar Jahre jenseits der großen drei und vielleicht, schoss es ihm in der mittäglichen Schwüle durch den Kopf, war es an der Zeit, sein Leben zu ändern. Vielleicht waren Reihenhaus und Carport gar nicht so schlecht im Vergleich zu riskanten Sexpraktiken und drogenverseuchten Partys. Hatte Tom am Ende recht, wenn er sich in den augenscheinlich sicheren Hafen der Ehe begab und Sven heiratete? Meiko liebte Sex in fast jeder Form und Spielart. Zugleich hatte mit dem Einzug des Internets eine erschreckende Sex-Inflation stattgefunden, die Meiko zuwider war. Sex, vor allem für schwule Männer, war nur noch einen Mausklick entfernt und das Flirten, Jagen und Anmachen waren plötzlich weggefallen.

Meiko hatte die Suche nach einem Sexualpartner immer als spannendes und prickelndes Vorspiel empfunden. Die Suche im Internet war für ihn wie ein Besuch im Supermarkt, bei dem man sich die passenden Waren aus dem Regal schnappte und in einen Einkaufswagen legte. Der Sex mit seinen Online-Bekanntschaften hatte ihm einfach zu wenig Befriedigung verschafft, was nicht hieß, dass er sich kein gayromeo-Profil zugelegt hatte. Schließlich ging man ja auch nicht jeden Tag in den Feinkostladen, sondern auch mal zu Aldi. Alarmierend fand es Meiko, dass ihm inzwischen gelegentlich auch seine Abstecher in Pornokinos, Klappen und Parks nicht mehr den alten Kick verschafften. Begann er, sich inzwischen etwa zu langweilen? War es Zeit für etwas Neues? Oder geriet er nur in hysterische Torschlusspanik, die durch Gunters Vorwürfe noch verstärkt wurde?

Egal, wo der Grund lag, Meiko war bisher jedem Verlangen nachgegangen und so beschloss er auch diesmal, obwohl es ihn wesentlich mehr Überwindung kostete, der Sache auf den Grund zu gehen. Er musste Gunter wiedersehen. Er musste in seine Augen schauen und etwas spüren. Er wusste nicht, was, doch ihm war klar, dass dieses Gefühl ihn letzten Endes überzeugen musste. Vielleicht, aber auch nur vielleicht, bin ich dann bereit, ein vollkommen neues Wagnis einzugehen, schoss es ihm durch den Kopf.

Entschlossen erhob sich Meiko von der Parkbank. Der Kies knirschte laut unter seinen Schritten und er wollte beinahe anfangen zu rennen, um schneller zu Gunters Wohnung zu gelangen. Gerade als ein neuer Schub spannungsgeladener Euphorie durch seinen Körper jagte, passierte er das kleine Toilettenhäuschen. In diesem Moment öffnete sich die Tür und Gunter trat, vorsichtig um sich schauend, heraus.

„Was für ein Zufall!", entfuhr es Meiko sarkastisch.

„Meiko! Ich war gerade … Ich wollte …"

„Du wolltest nur mal aufs Klo gehen?"

Gunter schien einen Moment zu überlegen, ob diese offensichtliche Lüge vielleicht doch glaubhaft wäre, entschied sich jedoch dagegen und schwieg.

„Wie war das: Sex ohne Liebe ist nicht deine Sache? Schneller, anonymer Sex hat etwas Asoziales? Fast wäre ich darauf hereingefallen."

„Jetzt spiel bloß nicht den Moralapostel!", entgegnete Gunter aufgebracht.

„Ich spiele überhaupt nichts. Du hingegen schon!"

Meiko machte einen großen Schritt auf ihn zu und umfasste fest seine Schulter. Er spürte die Aufregung seines Gegenübers. Gunter konnte seinem Blick nicht standhalten, seine Augen konzentrierten sich auf einen nicht existenten Punkt hinter Meiko.

„Schau mich an!", forderte er Gunter auf.

„Was soll das? Willst du mir ein schlechtes Gewissen machen? Du warst derjenige, der mich abserviert hat!"

„Schau mich einfach an!"

Die beiden Männer verharrten in absoluter Stille und schauten sich tief in die Augen.

„Du demütigst mich auch noch!", entfuhr es Gunter schließlich.

Meiko lächelte entschuldigend.

„Das lag nicht in meiner Absicht. Wirklich nicht! Ich wollte nur etwas herausfinden. Entschuldige. Es tut mir leid, wenn ich dich verletzt habe.“

„Was wolltest du herausfinden?“

„Du solltest mir etwas über mich selbst sagen. Und das hast du getan. Mach's gut, Gunter. Man sieht sich.“

Meiko verließ, ohne sich noch einmal umzudrehen, den Park. Er vernahm nur noch ein leise gemurmeltes „Psycho!“ Ein kurzes Lächeln huschte über Meikos Lippen angesichts dieser tragischen Komik. Er hatte Gunter in die Augen gesehen und absolut nichts verspürt. Zumindest nichts, was seine Selbstzweifel bestätigt hätte. Meiko fühlte sich plötzlich von einer ungeheuren Leichtigkeit erfasst. Süß ist die Frucht der Widerwärtigkeit, hatte einmal William Shakespeare gesagt. Meiko wollte diese Frucht und er fragte sich, was mit ihm in den letzten Tagen wohl los gewesen war. Wahrscheinlich nur ein vorübergehender Schwächeanfall. Torschlusspanik. Midlife-Crisis. Ein Hitzeschlag. Oder vielleicht, auch wenn es unwahrscheinlich war, ein Anflug von Verliebtheit. Das konnte jedem einmal passieren. Ausschlaggebend war jedoch, dass er auch alleine glücklich war. Und weder ein Carport noch ein Absturz in die Gosse waren seine Grenzen. Vielleicht war sein Limit tatsächlich die Liebe. Ein Limit, das er möglicherweise eines Tages erreichen würde. Nicht heute. Nicht morgen. Aber vielleicht irgendwann und bis zu jenem Augenblick würde er einfach seinen Weg gehen. Denn die Frucht der Widerwärtigkeit war weiterhin süß und saftig. Meiko lächelte zufrieden und begab sich auf den Heimweg. Er war wieder mit sich und der Welt im Einklang.

Tödliche Gewissheit

Mit einem zufriedenen Lächeln auf den Lippen vernichtete Deanna das letzte Stück ihres Sandwichs. Es war kurz vor vierundzwanzig Uhr und sie wusste genau, dass diese schreckliche Angewohnheit des Mitternachtsdinners ihrer Figur besonders zusetzte. Allerdings hatte sie schon vor Jahren damit aufgehört, sich über Hüftpolster Gedanken zu machen. Eine Frau in ihrem Alter hatte Deannas Meinung nach das uneingeschränkte Recht, ihren Lastern zu frönen, wobei sie sich eingestehen musste, dass sie eigentlich ihr gesamtes Leben lang keine Rücksicht darauf genommen hatte. Bisher hatte sie diese Charakterschwäche allerdings niemals bereut.

Laut Statistik hätte sie zwar wegen ihres hohen Nikotin-, Alkohol-, Fettkonsums bereits vor vielen Jahren sterben müssen, doch das genaue Gegenteil war der Fall gewesen. Sie fühlte sich mit zunehmendem Alter immer besser und unbeschwerter. Deanna war schließlich zu der Überzeugung gelangt, dass sie gerade durch die rücksichtslose Befriedigung ihrer Gelüste nicht jämmerlich eingegangen war. Ihr Hausarzt hatte sie stets gewarnt, mehr auf ihre Gesundheit zu achten. Doch spätestens, seitdem sie vor einigen Jahren seine Todesanzeige in der Zeitung entdeckt hatte – der überzeugte Nichtraucher und Antialkoholiker war mit gerade einmal fünfundfünfzig Jahren nach einem langen und qualvollen Kampf gegen den Krebs verstorben –, beschloss sie kurzerhand, alle Hemmungen fallen zu lassen.

Deanna liebte das Leben im Allgemeinen und das ihre im Besonderen. Für Menschen, die dieses kostbare Geschenk jedoch nicht zu würdigen wussten, hatte sie nur Mitleid oder gar Verachtung übrig. Ihrer Ansicht nach gab es immer eine Alternative zum Selbstmord. Zugegeben, sie selbst war einmal kurz davor gewesen, von einem Hochhaus in die Tiefe zu stürzen. Sie hatte viele Stunden auf die unter ihr verlaufende Straße gestarrt. Sie hatte versucht, den Mut aufzubringen, endlich zu springen. Doch schließlich hatte sie die Sinnlosigkeit dieses Vorhabens erkannt. Deanna beschloss, dass die Flucht in ein anderes Land, weit entfernt von ihrer alten Heimat, wesentlich verlockender war als die Ungewissheit, was nach dem todbringenden Sturz in die Tiefe folgen würde. Innerhalb weniger Stunden schaffte sie es, die wenigen Brücken, die sie noch mit ihrem alten Leben verbanden, abzureißen und alles hinter sich zu lassen, inklusive ihres Namens.

Plötzlich, mitten in ihren nostalgisch gefärbten Erinnerungen, wurde ihr klar, dass die Nonne in der Friedhofskapelle – die Erscheinung hatte sie inzwischen als Einbildung abgetan – recht gehabt hatte. Sie wusste tatsächlich, welches Kreuz Naomi als Lösung und Erlösung betrachtete. Der Schock dieser Erkenntnis ließ Deanna erstarren.

Wollte sich ihre Freundin tatsächlich auf diese schreckliche Weise von ihrem Leiden befreien? War Naomis Leben tatsächlich derart unerträglich für sie geworden? Oder war ihre Bitte nur das Ergebnis ihrer geistigen Verwirrtheit?

Ohne eine befriedigende Antwort auf diese Fragen zu finden, erhob sich Deanna und stieg mit zitternden Knien die Treppe ins erste Stockwerk der kleinen Villa empor. Sie brauchte Gewissheit. Sie hatte in einem ihrer Gästezimmer einiges aus dem persönlichen Besitz ihrer Freundin aufgehoben. Erinnerungsstücke, die nach der Auflösung ihres Haushalts ansonsten auf dem Müll gelandet wären. Normalerweise hielt sich Deanna gerne in diesem Raum auf. Hier durchlebte sie die schöne Zeit, die ihr mit Naomi vergönnt gewesen war, von Neuem. Diesmal jedoch verharrte sie kurz, ehe sie die Tür aufstieß. Beinahe so, als hätte sie Angst, das endgültige Todesurteil über ihre Geliebte auszusprechen, wenn sie erst einmal die Schwelle überschritten hätte. Schließlich ermahnte sie sich im Geiste dazu, ihren Verstand wieder einzuschalten, und betrat das kleine Zimmer, durch dessen Fenster dem Betrachter ein wunderschöner Blick auf die alten Kirsch- und Apfelbäume im Garten des Hauses gewährt wurde.

Alles war noch genau so, wie sie es beim letzten Mal verlassen hatte. Eine feine, hauchdünne Staubschicht überdeckte die Regale, deren Bretter sich unter der Last unzähliger Bücher bogen. In der Ecke neben dem Bett stand eine große, ovale chinesische Vase, die Deanna ihr nach einem gemeinsamen Asienurlaub geschenkt hatte. Die Plattensammlung war noch immer feinsäuberlich im Schrank unter dem alten Grammofon verstaut. Nichts schien verändert, und doch hatte es für Deanna plötzlich einen sehr morbiden Beigeschmack bekommen, sich in diesem Zimmer aufzuhalten.

„Die Augen der Betrachterin haben sich verändert“, meinte Deanna leise zu sich selbst, während sie sich, ganz gegen ihre

Gewohnheit, im Haus nicht zu rauchen, eine Zigarette ansteckte. Unentschlossen näherte sie sich dem alten Nachttisch und öffnete langsam die oberste Schublade. Es kam ein Stapel alter Postkarten zum Vorschein, möglicherweise befanden sich darunter auch einige Liebesbriefe verflossener Affären. Deanna hatte es bisher jedoch nicht geschafft, derart tief in die Privatsphäre ihrer Freundin vorzudringen. Auch wenn Naomi wahrscheinlich nichts dagegen gehabt hätte, erschien es ihr unangemessen.

Direkt neben den Karten lag eine kleine, vergoldete Schmuckschatulle, die zwei antike Griechinnen zeigte. Ebenfalls ein Geschenk Deannas nach ihrem Urlaub auf Lesbos. Mit zitternder Hand nahm sie das etwa faustgroße Behältnis heraus, wobei sie ihre Zigarette vor Aufregung auf den edlen Perserteppich fallen ließ. Ohne näher darauf zu achten, trat Deanna sie aus. Um das Brandloch würde sie sich später kümmern.

Sie schloss noch einmal kurz die Augen, um sich zu sammeln. Für einen kurzen Augenblick zog Deanna es in Betracht, die Schatulle nicht zu öffnen. Doch den Gedanken, Naomi anlügen zu müssen, konnte Deanna nicht ertragen. Schließlich nahm sie vorsichtig den Deckel ab. Es befand sich ein einziger Gegenstand darin: eine goldene Kette, an welcher sich ein mit roten Rubinen und blauen Saphiren besetztes Kreuz befand.

Obwohl Deanna damit gerechnet hatte, es hier zu finden, versetzte ihr der Anblick des Schmuckstückes noch einmal einen kleinen Schock. Bedächtig, beinahe widerstrebend, griff sie nach Naomis Glücksbringer und drehte vorsichtig an dem oberen Ende des Kreuzes. Mit einem leisen Klicken öffnete es sich und der Inhalt – feines, weißes Pulver – rieselt heraus. Jetzt hatte Deanna Gewissheit. Ihr Verdacht war bestätigt worden: Naomi wollte sich vergiften!

Der einsame Wanderer

Samuel starrte die Decke über seinem Bett an. Schon seit Stunden lag er einfach nur da und stierte empor. Inzwischen kannte er jede noch so kleine und unscheinbare Verfärbung des Putzes. Selbst wenn er die Augen schloss, sah er die Decke seines Zimmers vor sich. Bedrohlich schien sie herabzusinken und ihn zu erdrücken.

Samuel fühlte sich furchtbar. Schon den ganzen Tag über. Nachdem er am späten Mittag aufgestanden war, hatte er sich einzureden versucht, sein Unwohlsein würde durch den Alkoholkonsum der vergangenen Nacht hervorgerufen werden. Doch inzwischen waren seine Magenschmerzen immer heftiger geworden. Sie hatten sich beständig und unaufhaltsam ausgebreitet und Samuel war an einem Punkt angelangt, an dem er sich eingestehen musste, dass der Alkohol nicht der Auslöser war. Es war etwas anderes. Etwas schlug ihm auf den Magen.

Eigentlich war die vergangene Nacht nur eine von vielen Partynächten gewesen. Und eigentlich war Isabel auch nur eine von vielen Frauen gewesen. Er hatte sie, kurz nachdem er mit seinen beiden Kommilitonen in den Club gekommen war, auf der Tanzfläche ausgemacht. Groß, schlank, blond, volle Lippen, nabelfreies Top – die üblichen Zutaten und zugleich mit Sicherheit an jenem Abend eine der Begehrtesten im Triangolo-Club, an dem sich traditionell donnerstags die hippen und durchgestylten Studenten trafen. Samuel war überzeugt von sich und er hatte keine Angst vor einer Abfuhr. Wohl auch deshalb, weil er selten eine erhielt. Er suchte sich stets die begehrtesten Frauen aus und versuchte dann auch konsequent, sie zu bekommen.

„Es ist eine Jagd und der Jäger darf keine Angst haben, möchte er seine Beute auch erlegen!“, erklärte er immer machohaft seinen männlichen Begleitern, die seine Erfolge mit einer Mischung aus Respekt und Neid beobachteten.

Auch an diesem Abend schien seine Taktik aufzugehen. Isabel war Wachs in seinen Händen. Sie tanzten etwa eine halbe Stunde nahe bei- und manchmal auch miteinander. Ohne ein Wort gewechselt zu haben. Doch ihr Lächeln war Signal genug. Schließlich lud er sie auf einen Drink an der Bar ein. Sie quatschte etwas über das Studium, Frankfurt, die Leute auf der Party und das Wetter. Netter, unverfänglicher Smalltalk. Dann zog es die beiden wieder auf die Tanzfläche. Doch dann geschah etwas, womit Samuel niemals gerechnet hätte. Sie hatten sich, gezwungen durch einen Musikwechsel, wieder an die Bar begeben und Samuel plante bereits sein Vorgehen, um sie endlich küssen zu können. Doch plötzlich, gerade als er zum letzten entscheidenden Schlag ausholen wollte, tauchte vor seinem inneren Auge das Gesicht von Luke auf.

Samuel hatte, seitdem Luke aus seiner Wohnung verschwunden war, sich nicht weiter mit dem Vorfall auseinandergesetzt und bewusst keinen Kontakt zu seinem alten Freund gesucht. Plötzlich waren sie in seinem Kopf, die Fragen, vor deren Antwort Samuel so furchtbare Angst hatte. Samuel flüchtete aus dem Triangolo, ohne Isabel seine Nummer zu geben oder sich von seinen Kommilitonen zu verabschieden. Er wollte einfach nur noch nach Hause und ins Bett. Und dort lag er nun seit beinahe vierundzwanzig Stunden und sinnierte über sein Leben, ohne zu einem greifbaren Ergebnis zu kommen. Klar fickte er ab und zu ganz gerne einen Mann. Aber war er deswegen gleich schwul? Luke war es scheinbar, hatte er sich doch in ihn verliebt.

Samuel wollte nicht schwul sein. Samuel wollte Frauen. Oder? Schwerfällig stand er auf und setzte sich an seinen Schreibtisch. Er machte den PC an und begab sich auf seine virtuelle Suche nach Antworten.

GuyFFM25 <Hey KingSam!>
KingSam21 <hey … wie geht's?>
GuyFFM25 <gut und geil :-) beschreib dich mal … oder hast du im netz ein profil?>
KingSam21 <schlank/durchtrainiert … 180/75, blonde haare, blaue augen, bi>
GuyFFM25 <bi? Und was suchst du? bin 25, 170, 60, schwarze haare, pic siehe im profil unter „sunglasses">
KingSam21 <ich suche jemanden den ich ficken kann.>
GuyFFM25 <lass mich nicht ficken, ficke nur>
KingSam21 <na dann … pech gehabt>

Weg war er. Samuel ärgerte sich. Warum ließen sich nicht alle Schwulen ficken? Hatte es etwa nur Luke Spaß gemacht? Samuel wollte sich nicht ficken lassen und erst recht nicht von jemandem, den er nur aus dem Chat kannte. Schade eigentlich, denn er fand, dass GuyFFM25 auf dem Bild richtig gut aussah. Samuel blieb noch einige Zeit online. Er wollte Sex. Und er wollte ihn sofort. Erst später an diesem Abend wurde Samuel bewusst, dass er kein einziges Mal daran gedacht hatte, auszugehen und zu versuchen, eine Frau aufzureißen. Plötzlich war GuyFFM25 wieder da.

GuyFFM25 <immer noch hier?>

KingSam21 <ja. und du? inzwischen jemanden gefunden?>

GuyFFM25 <nee und du?>

KingSam21 <ich auch nicht>

GuyFFM25 <lust dich mit mir zu treffen? Können ja nur blasen und wichsen und so … hab geile pornos hier>

KingSam21 <hört sich gut an :-)>

GuyFFM25 <ist es auch. komm vorbei …>

Eine Stunde später stand Samuel vor einer schlichten, braunen Tür in einem modernen Mietshaus am Baseler Platz. Der Name Johannes Ziegler stand auf einem kleinen Schild. Samuel zögerte noch kurz und klingelte dann.

Es vergingen nur ein paar Sekunden, bevor die Tür geöffnet wurde und ein bis auf seine Shorts entkleideter Typ vor Samuel stand.

„Hi, ich bin Johannes."

„Samuel."

Die beiden musterten sich kurz und doch eingehend.

„Und?", fragte Johannes schließlich.

Samuel nickte wohlwollend und lächelte. Johannes lächelte zurück und seine Geilheit stand ihm in die Augen geschrieben. Außerdem war die beachtliche Beule in seinen Shorts nicht zu übersehen.

Die Wohnung war schlicht, aber sehr edel eingerichtet und es war klar, dass Johannes kein Student mehr war. Auf dem riesigen Flachbildschirm im Wohnzimmer lief ein Porno, in dem sich gerade zwei Soldaten über einen blonden Cowboy hermachten. Etwas klischeehaft, wie Samuel fand, aber durchaus geil. Sie setzten sich und unterhielten sich, ohne wirklich etwas zu sagen. Schließlich begann Johannes, seinen Schwanz zu streicheln, rückte näher zu Samuel und liebkoste mit der Zunge dessen Hals. Hastig zogen sie sich aus, wobei Johannes einen klaren zeitlichen Vorteil hatte, da er sich nur seiner Shorts entledigen musste.

Während Samuel noch damit beschäftigt war, seine Socken auszuziehen, begann Johannes damit, ihm einen zu blasen. Immer wieder umspielte er mit seiner Zunge die blanke Eichel, Samuel zuckte vor Ekstase zusammen. Nachdem er sich eingehend mit dem Schwanz und den – zu seiner Enttäuschung – rasierten Eiern beschäftigt hatte, drehte er Samuel sanft auf den Bauch. Dieser wollte sich erst dagegen wehren, doch Johannes beruhigte ihn mit einigen Küssen und begann dann, ihm den Rücken zu massieren. Dabei stieß sein steifer Schwanz immer wieder, als wäre es zufällig, gegen die Pobacken. Eine Berührung, die Samuel zu seiner eigenen Irritierung erregte.

Die Bewegungen des anderen wurden fordernder. Immer wieder bohrte sich sein Schwanz zwischen die Pobacken, suchte sich seinen Weg vorbei an dem Fleisch. Samuel wurde geiler, beinahe berauscht. Er vergaß, wo er war, wer er war. Vor seinem inneren Auge sah er kurz Lukes Gesicht, sein Lächeln. Doch das Bild wurde von einem heftigen Stoß verjagt. Samuel jaulte auf. Aus Schmerz, Überraschung und Lust. Er wollte den anderen, den Fremden, spüren. Er wollte gefickt werden. Sein Kopf wurde grob von einer Hand in das Kissen gedrückt.

Samuel merkte, wie er die Kontrolle verlor, und er wollte sie verlieren. Plötzlich spürte er den Atem des anderen an seinem Ohr und er hörte, zwischen den heftiger werdenden Stößen, eine Stimme sagen: „Du geiles Stück! Ich dachte, du lässt dich nicht ficken!"

Die falschen Worte. Die falsche Stimme. Der Nebel der Geilheit lichtete sich schlagartig und Samuel wurde bewusst, was gerade geschah.

„Du Schwein!", schrie er und stieß sich vom Sofa ab. Johannes rutschte überrascht von ihm herunter und wäre beinahe zu Boden gefallen.

„Was hast du denn plötzlich? Es hat dir doch gefallen!"

„Nein! Ich lass mich nicht ficken! Nicht von einer schwulen Sau wie dir!"

„Spinnst du jetzt?"

Samuel ignorierte Johannes und zog sich hastig an.

„Wo willst du denn hin?"

„Weg!"

„Aber …"

„Halt's Maul!", fuhr Samuel ihn an und stürmte aus der Wohnung.

„Bisexuelle haben doch alle einen Schuss!", meinte Johannes, streifte das Kondom von seinem erschlafften Schwanz ab und überlegte, ob er im Chat einen neuen Versuch starten sollte. Er entschied sich dagegen. Ein Spinner am Abend reichte. Stattdessen beschloss er auszugehen. Die Nacht hatte erst begonnen und heute stieg zum letzten Mal der Ball Amore. Vielleicht würde er dort eines von diesen kleinen, passiven Miststücken mit blondierten Haaren und gepiercter Fresse finden. Allein der Gedanke daran machte ihn geil.

Die frische Nachtluft tat Samuel gut und verschaffte ihm langsam einen klareren Kopf. Er konnte sich nicht erklären, was gerade geschehen war. Er wusste es einfach nicht.

„Bin ich etwa eine Schwuchtel?", murmelte Samuel leise, während er von Selbstzweifeln geplagt durch die Straßen stapfte. Er wollte nicht nach Hause. Er wollte zu … Luke. Wenn es jemanden gab, der ihn verstand, dann er. Außerdem, das musste er zugeben, vermisste er ihn. Sehr sogar. Er wollte Luke finden. Er musste Luke finden. Er brauchte ihn. Jetzt. Endlich.

Zum letzten Tanz

In diesem Sommer ging für die Partyszene der Stadt eine Ära zu Ende. Zum letzten Mal fand der legendäre, frenetisch gefeierte Ball Amore statt. Es war die bekannteste Gay-Party der

Stadt und aus allen Teilen des Rhein-Main-Gebiets pilgerten die tanz- und feierwütigen Lesben und Schwulen an einem Juni-Samstag nach Frankfurt, um beim großen Finale mit dabei zu sein. Ohne Frage würde diese Closing-Party in die Annalen der Geschichte eingehen. Go-go-Boys, Live-Sexspiele, DJs aus Berlin, Frankfurt und Amsterdam und Drag Queens aus aller Herren Ländern vereinten sich zu einem letzten, großen Ball Amore.

Die Geschichten, die man Luke über diese Party erzählte hatte, faszinierten und schockierten ihn. Der große, finale Ball Amore mochte für die meisten Frankfurter ein Abschied sein, für Luke war es hingegen eine Premiere: seine erste, richtige Schwulenparty.

Der Samstagabend startete traditionell in Tinas Küche mit einem ausladenden Abendessen und jeder Menge Sekt. Sören, Daniel und Helga waren kurzerhand zu ihren Großeltern ausquartiert worden, denn es war klar, dass diese Nacht nicht vor dem Morgengrauen enden würde. Luke verspürte eine innere Anspannung, die ihn zu zerreißen drohte. Angeheizt wurde die Stimmung an diesem Abend zusätzlich von Meiko, der, so gut gelaunt und boshaft wie schon lange nicht mehr, Anekdoten aus seinem Sexleben – und dem der Anwesenden – zum Besten gab und in schmutziger Nostalgie über den Ball Amore philosophierte. Und sogar Sarah schien für diesen Abend all ihre Sorgen vergessen zu haben. Einzig Tom war am Anfang des Abends etwas zurückhaltend und geknickt. Sven hatte geschäftlich nach Madrid reisen müssen und aus diesem Grund abgesagt. Tom hegte allerdings den Verdacht, dass sich sein zukünftiger Ehemann absichtlich vor dem Ball Amore drückte.

„Vergiss den Langweiler! Du solltest die Heirat absagen! Eine Tunte, die an diesem Abend nicht zum Ball geht, ist keine echte Tunte! Wahrscheinlich fickt Sven gerade eine heiße Spanierin durch!“

„Ach, halt deine Klappe! Mein Freund ist nicht hetero! Er hat sich vergangene Woche sogar gegenüber seiner geliebten Oma geoutet.“

Meiko zog provozierend die rechte Augenbraue hoch und lächelte spitz: „Und hat sie ihrem Schnuckel mit Enterbung gedroht?“

„Nein. Im Gegenteil. Sie kommt sogar zur Hochzeit“, entgegnete Tom und wandte sich demonstrativ ab. Meiko erhob er sich schließlich von seinem Stuhl, stolzierte zu seinem alten Freund herüber, beugte sich aufreizend über ihn und leckte ihm über das Gesicht.

„Du bist ekelhaft!“

„Ich weiß, aber ich liebe dich nun mal!“, säuselte Meiko.

„Auf kranke Art und Weise tust du es wohl wirklich!“, lachte Tom und nahm die unausgesprochene Entschuldigung an.

„So, genug Gefühlsduseleien! Los geht's!“, verkündete schließlich Tina, ergriff Lukes Hand und meinte zu ihm gewandt: „Kleiner, ich verspreche dir, dieser Abend wird dich umhauen!“

Und so zogen sie los. Hinaus in die Hitze der Sommernacht, in die Dunkelheit, in die Clubs und Bars der Stadt und später zum finalen Ball Amore. Tom fühlte sich wie in der guten alten Zeit, die erst ein paar Monate vergangen war und doch so unendlich weit entfernt schien. Doch in dieser Nacht waren auch Sven und die nahende Hochzeit unendlich weit entfernt. Er wusste nicht, ob es am Alkohol, der Musik oder dem Koks lag, das er von Meiko bekommen hatte, auf jeden Fall fühlte er sich zum ersten Mal seit Langem wieder frei und jung und sexy.

Es war der letzte Ball Amore, der letzte Tanz in den Hallen des alten Fabrikgebäudes am Osthafen. Alle waren sie gekommen und Tom erblickte Gesichter, die er zum letzten Mal vor vielen Jahren in der Szene gesehen und inzwischen längst vergessen hatte.

Auf der Bühne peitschte gerade eine hochgewachsene Drag Queen im knappen Hochzeitskleidchen mit ihrem Schleier die Körper zweier nackter, durchtrainierter Männer. Hinter dem riesigen DJ-Pult war ein ganzes Team damit beschäftigt, den passenden House-Sound für das große Finale zu mixen und mit einer spektakulären Lichtshow auch zu einem optischen Höhepunkt werden zu lassen. An der hohen Decke prangte in Leuchtschrift aufdringlich und unübersehbar: *„All good things must come to an end!“*

Es war ein spektakulärer Abschied. Geil. Unbändig. Einmalig. Und für Tom schien es zugleich ein Abschied von der Leichtigkeit zu sein. Zumindest kam es ihm so vor, als würde er einen Teil von sich selbst in dieser Nacht verabschieden. Doch war das nicht normal? Sie alle wurden älter, reifer und gesetzter. Vielleicht mit Ausnahme von Meiko. Tina hatte ihre Kinder und auch Sarah, daran zweifelte er nicht, würde bald die Frau finden, mit der sie endlich glücklich wurde.

Zunächst aber war er an der Reihe. Es war seine Aufgabe, endlich seinem Leben einen Sinn zu geben und gemeinsam mit Sven zur Ruhe zu kommen. Doch nicht heute. Nicht heute Nacht. Die Zukunft begann morgen. Heute würde er noch einmal feiern, er würde die guten alten Zeiten aufleben lassen, die nicht mehr waren und nie wieder sein würden. Tom begann zu tanzen, er tauchte ein in die anonyme Masse der Feiernden. Doch er war nicht alleine. Er war umgeben von seinen Freunden. Sarah … Tina … Meiko … und dem jungen Luke, den Tom eigentlich gar nicht kannte.

Anfangs war er skeptisch gewesen, ob sich der Neue in ihrer Mitte bewähren würde. Doch inzwischen konnte er verstehen, warum Tina und Meiko vom ersten Tag an einen Narren an dem Jungen gefressen hatten. Er war schließlich ihr Ebenbild. Er war wie ein Schatten der Vergangenheit, der auch Tom daran erinnerte, wie es einmal gewesen war. Wie er selbst einmal gewesen war. Und wohl nie wieder sein würde.

Genau in diesem Augenblick trafen sich ihre Blicke. Der Typ war Tom schon einmal kurz nach ihrer Ankunft aufgefallen. Er hatte kurze, dunkelblonde Haare und stahlblaue Augen, die selbst im Halbdunkel wie Diamanten leuchteten. Das weiße Shirt hatte er ausgezogen und es hing lässig aus seiner hinteren Hosentasche heraus. Tatsächlich schien das Shirt nur nutzlose Verpackung für einen perfekt definierten Oberkörper. Kurz flackerte in Toms Geist die Frage auf, was so ein Mann wohl von ihm wollen würde. Doch er verdrängte den Gedanken sofort wieder. Tom konnte seinen Marktwert recht gut einschätzen. Er war nicht muskulös oder sportlich, aber sein Körper war noch gut in Form und konnte sich sehen lassen. Trotzdem wäre es mehr als lachhaft, wenn er sich mit seiner Hühnerbrust oberkörperfrei präsentiert hätte.

Sein Objekt der Begierde schien sich daran jedoch glücklicherweise nicht zu stören. Es folgte ein Spiel aus schnellen

Blickkontakten, geprägt von verbindlicher Zufälligkeit. Ab und zu huschte ein kleines Lächeln über ihre Gesichter und irgendwann hatte sich Tom, ohne es zu merken, aus dem schützenden Kreis seiner Freunde gelöst und tanzte nun Auge in Auge mit dem Fremden, der ihm bekannt vorkam. Doch das war in der Frankfurter Szene nichts Ungewöhnliches. Ihre schwitzenden, im Takt der Musik zuckenden Körper kamen sich näher und näher. Ihre Blickkontakte wurden länger und länger. Das Lächeln gewagter und schließlich, ohne dass es Tom gewollt hätte und ohne dass er sich der Gefahr, gesehen zu werden, bewusst gewesen wäre, küssten sie sich. Mitten auf der Tanzfläche. Einfach so. Erst als Tom das laute, begeisterte Kreischen von Meiko hinter sich hörte, wurde er aus seiner Trance gerissen.

„Man kennt dich", stellte der andere lächelnd fest.

„Ja", entgegnete Tom und ein aufgeregtes Kribbeln durchzuckte seinen Körper. Was er tat, war so schrecklich verboten.

„Wie heißt du?", fragte der andere.

„Tom. Und du?"

„Marco."

„Hallo, Marco. Möchtest du etwas trinken?"

„Gerne! Ich bin am Verdursten."

Tom versprach sich selbst, nicht weiter an Sven zu denken, und der Alkoholnebel überdeckte wohlwollend sein schlechtes Gewissen. Die letzten Zweifel und Ängste wurden hinweggefegt, als Marco seine Hand nahm und ihn in Richtung Bar zog. Tom streifte im Vorbeigehen kurz Meikos Körper und sein alter Freund raunte nur hastig in sein Ohr: „Ich bin so stolz auf dich! Wie unartig von dir!"

Tom lächelte kurz und ließ sich dann widerstandslos von Marco entführen.

Luke war von den neuen, ungewohnten Sinneseindrücken überfordert und berauscht zugleich. Er wollte eintauchen und sich vollkommen dem Rhythmus der Party hingeben, doch zugleich verunsicherte ihn die Situation. So viele schwule Männer hatte er noch nie in seinem Leben gesehen und zugleich waren ihm die Offenheit und sexuelle Freizügigkeit suspekt. Es wurde geflirtet, geknutscht, gefummelt und in der Dunkelheit des Darkrooms, den er nicht zu betreten wagte, wurde angeblich sogar gevögelt.

Als dann auch Tom, Arm in Arm, mit einem anderen Typen in der Menge verschwand, war Luke komplett verwirrt.

„Ich dachte, er will heiraten!“, stellte Luke fest, als die beiden verschwunden waren.

„Und weiter? Das ist der letzte Ball Amore! Heute ist alles erlaubt und alles möglich!“, erklärte Meiko nur.

„Ja, aber trotzdem ...“

„Ach, Luke, das verstehst du nicht. Dafür bist du einfach noch zu jung.“

Luke hasste es, wenn man ihn auf sein Alter reduzierte und es ihm aufgrund dessen absprach, etwas nachvollziehen zu können. Doch er hielt sich zurück. Es war die aufregendste Party seines Lebens und er wollte sich nicht mit Meiko streiten. Auch Tina schien Toms Verhalten nicht zu missbilligen. Im Gegenteil: Luke hatte beinahe den Eindruck, als wären die beiden froh, dass es so gekommen war.

„Lass dich nicht ärgern, Luke! Ich versteh die Schwulen in dieser Hinsicht auch nicht“, stellte Sarah fest, die seine Irritation bemerkt hatte.

„Das beruhigt mich wirklich.“

„Hast du Lust, mit mir auf den Lesben-Floor zu gehen? Der ist oben im ersten Stock.“

„Gerne. Die vielen Männer überfordern mich sowieso gerade hoffnungslos“, gestand er und folgte Sarah durch die Menge.

Auch bei den Frauen herrschte reges Treiben und Hunderte von zumeist kurzhaarigen Frauen tanzten auf einer kreisrunden Plattform, in deren Mitte sich auf einem leicht erhöhten Podest zwei blonde Go-go-Girls räkelten.

„Sieh dir nur all diese Frauen an! Furchtbar, oder?“, meinte Sarah und es war mehr Feststellung als Frage. Tatsächlich fand Luke die meisten Lesben recht hübsch. Sarah hingegen konnte selbst nach einer Stunde noch keine Frau ausmachen, mit der sie bereit gewesen wäre zu flirten. Stattdessen traf sie zwei Ex-Freundinnen und eine Knutsch-Affäre wieder. Und natürlich sah sie jede Menge Frauen, mit denen sie eigentlich gar nicht aufeinandertreffen wollte.

„Weißt du, jede Lesbe in Frankfurt hat über höchstens drei Ecken mit jeder anderen Lesbe zumindest einmal geknutscht“, erklärte sie Luke frustriert.

„Es ist bei euch wohl nicht leicht, den Überblick zu behalten, oder?"

„Ach, mit der Zeit lernt man es. Ich habe auch schon einmal mit der Ex-Freundin einer Ex-Freundin rumgemacht. Das war ein richtiger Skandal! Ein Aufschrei ging durch die Frankfurter Lesbenszene."

Luke nickte und dankte Gott dafür, nicht als Lesbe auf die Welt gekommen zu sein. Die Frauen erschienen ihm noch nachtragender zu sein als die Schwulen – und Sarah bestätigte ihm dieses Vorurteil nur zu gerne.

„Seitdem Melanie vor einigen Monaten mit mir Schluss gemacht hat, bin ich nur noch selten auf den Frauenpartys. Ich will nicht sehen, mit wem sie gerade unterwegs ist oder rumknutscht. Sonst wäre ich am Ende gezwungen, diese Frauen auch noch zu hassen."

„Wer zwingt dich denn?"

„Die Mösen-Mafia erwartet es von mir! Du musst wissen, wenn sich zwei Frauen voneinander trennen, dann machen oftmals ganze Freundeskreise miteinander Schluss."

Luke dachte gerade über Sarahs Worte nach und versuchte den Ehren- und Loyalitätskodex der Lesben zu verstehen, als ihm jemand in den Hintern kniff. Er zuckte erschrocken zusammen. Im ersten Moment war er unschlüssig, wie er reagieren sollte. Ihn hatte offensichtlich jemand angemacht. Sollte er sich umdrehen? Luke kam zu dem Schluss, dass ihm nichts anderes übrig blieb. Er konnte es wohl auch schlecht ignorieren, wenn ihn jemand in den Hintern zwickte. Als er sich schließlich umdrehte, stellte er zu seiner Erleichterung fest, dass ihn kein Mann angemacht hatte. Vielmehr stand ihm Basimah, Meikos Kollegin aus dem Blue, gegenüber.

„Hallo, Kleiner! Reagierst du immer so langsam, wenn dich jemand in den Hinter zwickt?"

„Äh, nein. Eigentlich hat mich noch nie jemand …"

Luke unterbrach sich, als ihm bewusst wurde, wie sehr er sich selbst mit diesem Eingeständnis bloßgestellt hätte. Doch Basimah hatte ihn längst durchschaut und lächelte nun hintergründig.

„Was machst du eigentlich bei uns Frauen? Keinen Bock mehr auf Männer?", fragte sie ihn nun und Luke war dankbar, das Thema von seinem Hintern ablenken zu können.

„Ich bin mit einer Freundin hier", antwortete er und deutete in Richtung Sarah.

„Die schwarze Schönheit ist eine Freundin von dir?"

„Sie ist meine Nachbarin und auch eine gute Freundin von Meiko."

„Er hat sie mir noch nie vorgestellt … Aber das kannst du jetzt nachholen."

„Ich?"

„Ich wäre dir äußerst dankbar", säuselte ihm Basimah ins Ohr und mit ihrer Stimme kam auch ein Hauch ihres exotischen Duftes zu Luke geweht. Wäre er nicht schwul gewesen, hätte er wohl längst mit ihr geflirtet. Bereits an jenem ersten Abend im Blue war ihm die Anziehungskraft, die Basimah auf ihn ausübte, aufgefallen. Mit ihrer rauen und doch sanften Stimme und der aufspringenden Rose auf dem rechten Schulterblatt war sie für ihn so etwas wie eine Femme fatale. Unerreichbar, aber glücklicherweise wollte Luke sie gar nicht erreichen.

Stattdessen machte er Sarah und Basimah miteinander bekannt und fühlte sich in der Rolle des Kupplers sehr wohl. Er glaubte sogar, erkennen zu können, dass Sarah sich auf einen netten, unverbindlichen Flirt einließ. Doch gerade als sich ihre Körperhaltung entspannte, sie endlich die Arme nicht mehr ablehnend vor der Brust verschränkt hatte, schwang sich plötzlich eine dickliche, ältere Lesbe aus der anonymen Masse auf das Podest empor, auf welchem bis vor wenigen Augenblicken noch die Go-go-Girls getanzt hatten. Die Frau, entweder betrunken oder von Natur aus ohne jegliche Selbstreflexion, öffnete ihr rot-schwarzes Holzfällerhemd und präsentierte ihre wippenden Titten, die in einem viel zu kleinen, braunen BH gefangen waren. Laut johlend drehte sie sich – mal mehr, mal weniger im Takt der Musik – hin und her.

„O mein Gott! Das ist so abstoßend!", entfuhr es Sarah.

„Ja, aber man muss trotzdem hinschauen", entgegnete Luke.

„Das reicht für heute! Ich mach die Fliege, muss morgen sowieso früh aufstehen", verkündete Basimah überraschend. Sie umarmte Luke zum Abschied und flüsterte ihm noch hastig ins Ohr: „Die ist echt toll!"

Dann winkte sie Sarah ungeschickt zu und rief noch: „Komm mich doch mal im Blue besuchen! Ich arbeite jeden Dienstag und Mittwoch dort."

Sarah nickte nur lächelnd und verschränkte wieder die Arme vor der Brust.

Hand in Hand stolperten Tina und Luke die Straße entlang. Beide waren sie betrunken und dankbar für den Halt des jeweils anderen. Nachdem Tom mit Marco irgendwann wie vom Erdboden verschluckt schien und Meiko verkündet hatte, noch zur Afterhour in das Backlight zu wollen, hatten Luke, Tina und Sarah schließlich beschlossen, es für diese Nacht gut sein zu lassen. Gemeinsam machten sie sich auf den Heimweg. Die frische Nachtluft tat ihnen gut und wirkte beinahe ernüchternd.

„O Gott, ich hab zu viele von diesen Cocktails getrunken", stöhnte Luke zum wiederholten Mal.

„So viele waren es doch gar nicht!", berichtigte ihn Sarah, die seltsam nüchtern erschien und einige Meter vor ihnen ging.

„Ich bin eben keine Kampflesbe wie du", entgegnete Luke spitz.

„Vorsicht, Kleiner! Nicht frech werden!", lachte Sarah. Sie war so gut gelaunt wie schon lange nicht mehr, was vor allem daran lag, dass sie ihrer Ex-Freundin Melanie nicht begegnet war. Das Wiedersehen im Starbucks saß ihr noch immer in den Gliedern und für Sarah war derzeit jeder Tag, an dem sie Melanie nicht begegnete und nicht von ihr träumte, ein guter Tag.

„Wie hat es dir überhaupt gefallen, Luke?", fragte Tina, wobei sie sichtlich um eine klare Aussprache bemüht war.

„Es war … beeindruckend. All die viele Männer … Ich war manchmal einfach überfordert."

„Schade, dass du nur das große Finale miterleben konntest. Das Frankfurter Nachtleben wird ohne den Ball um einiges ärmer sein."

„Achtung Kurve!", warnte Sarah und die drei bogen in die nächtliche Ackerpflaumenallee ein. In den Kastanienbäumen zwitscherten bereits die Vögel und kündigten den nahenden Tagesanbruch an.

Sarah war die Erste, die von der Gestalt Notiz nahm, die am Gartentor der Ackerpflaumenallee 33 lehnte und nervös an einer Zigarette zog.

„Da steht jemand", hauchte sie leise.

„Ich hab mein Pfefferspray dabei!", rief Tina laut. Sie schien keine Angst zu verspüren. Luke hingegen spannte innerlich alle Muskeln an und war bereit, sich und seine Begleiterinnen zu verteidigen. Außerdem tastete er in seiner Hosentasche nach dem Handy, um notfalls so schnell wie möglich die Polizei alarmieren zu können. Doch als sie näher kamen, erkannte er, dass seine Angst unbegründet war. Trotzdem stockte sein Atem.

„Samuel!", hauchte er.

„Du kennst ihn?", flüsterte Tina.

„Ja, das ist Samuel!"

Im selben Moment löste sich die Gestalt aus dem Schatten und trat ins Licht der Straßenlaterne.

„Hallo", stammelte Samuel unsicher.

„Wer bist du und was machst du hier?", fragte Sarah forsch.

„Ich … ähm … ich habe Luke gesucht."

„Ach wirklich? Nun du hast ihn gefunden. Und wer bist du?"

Sarah schien die Situation, trotz ihrer scheinbaren Nüchternheit, nicht zu durchschauen und trampelte wie ein Elefant im Porzellanladen herum.

„Komm mit, Sarah. Ich erkläre es dir später", intervenierte Tina und Luke nickte ihr dankend zu.

Er wartete, bis die beiden Frauen im Haus verschwunden waren und steckte sich, vor Aufregung zitternd, eine Zigarette an. Das unerwartete Aufeinandertreffen mit Samuel hatte eine Art Schockreaktion in ihm hervorgerufen und ihn zugleich schlagartig nüchtern werden lassen.

„Ich habe deine Mutter angerufen, um deine Adresse … Entschuldige, dass ich dir einfach auflauere."

„Kein Problem", entgegnete Luke so kühl und distanziert wie möglich. Erst als er näher an ihn herantrat, bemerkte Luke an den geröteten Augen, dass Samuel geweint hatte.

„Ist alles in Ordnung?"

„Ja … nein … ich weiß nicht." Samuel verstummte, presste die Lippen fest aufeinander und rang um Fassung. Eine Träne rann einsam über seine Wange.

„Alles okay. Es ist alles okay", säuselte Luke beruhigend, ergriff Samuels Hand und nahm ihn mit ins Haus.

Der Morgen danach

Luke erwachte gegen elf Uhr mit einem mulmigen Gefühl im Bauch und furchtbaren Kopfschmerzen. Obwohl er den Vorhang zugezogen hatte, wurde das Zimmer durch aufdringliches Tageslicht erhellt. Seine Kehle war staubtrocken und er überlegte kurz, ob er seinen Brand mit einem Schluck Wasser stillen sollte. Doch die Flasche stand auf dem Schreibtisch, außer Reichweite. Luke hatte noch nicht die Kraft aufzustehen – und auch keine Lust. Außerdem befürchtete er, Samuel aufzuwecken. Nicht, dass er deswegen ein schlechtes Gewissen gehabt hätte, aber eigentlich war er froh, die Minuten nach dem Erwachen für sich zu haben und einfach nur seinen Gedanken nachzuhängen.

Luke lauschte andächtig den gleichmäßigen Atemgeräuschen Samuels und spürte die Hitze von dessen Körper. Langsam glitt er zurück in einen unruhigen Halbschlaf. Irgendwann, er konnte nicht sagen, ob nach ein paar Minuten oder ein paar Stunden, spürte er Samuels Arme, die seinen Körper umschlangen. Er spürte Lippen, die seinen Hals liebkosten. Doch Luke öffnete nicht die Augen, war noch nicht bereit, sich zu stellen. Schließlich glitt auch Samuel wieder leise murmelnd in die Traumwelt zurück. Der Morgen danach würde kommen, aber noch nicht jetzt.

Der Duft frischen Kaffees und das kehlige, herzliche Lachen eines Mannes weckten Tom. Im ersten Moment nach dem Erwachen, als er sich bewusst wurde, dass er sich in einer unvertrauten Umgebung befand, war er etwas desorientiert. Er lag alleine in einem fremden Bett. Doch er wusste, dass er die vergangene Nacht nicht alleine verbracht hatte. Es roch förmlich nach Sex. Nach verbotenem, schmutzigem Sex. Langsam und etwa zeitgleich mit den stechenden Kopfschmerzen kam die Erinnerung zurück. Und mit der Erinnerung meldete sich schlagartig sein schlechtes Gewissen.

Er hatte Sven betrogen. Und das nur wenige Wochen vor ihrer geplanten Hochzeit. Doch er hatte sich selbst – und vor allem Meiko – im Alkoholrausch der vergangenen Nacht versprochen, kein schlechtes Gewissen zu haben. Ganz gegen seine Gewohnheit beschloss Tom, an diesem Morgen nicht weiter darüber nachzudenken und seinen Kopf einfach auszuschalten. Es gab Wichtigeres zu klären. Zum Beispiel der Name des Mannes, in dessen Wohnung er sich nun befand.

Tom suchte in seinem Gedächtnis nach den entscheidenden Wortfetzen. Martin ... Marcel ... Meiko ... Nein, Meiko auf keinen Fall. Das hätte er sich gemerkt. Vielleicht befand sich in dem Zimmer ein Hinweis auf den Namen. Tom schaute sich um. Es war der typische, skeptisch-gespannte Blick eines Mannes, der sich am Morgen danach in einem fremden Schlafzimmer umschaute. Altbau, Holzdielenboden, zwei große Stechpalmen, ein antiker Kleiderschrank, einige private Fotoaufnahmen an der Wand, daneben ein Hundertwasser-Druck, ein Schreibtisch mit einem PC und ein Stapel Rechnungen auf dem Fußboden, direkt neben einem Berg von Kleidern – teilweise waren es seine eigenen. Dezent-minimalistisch, aber durchaus geschmackvoll eingerichtet.

Langsam schlug Tom die Bettdecke zurück und erhob sich bedächtig. Dann stellte er zwei Dinge gleichzeitig fest. Erstens war er nackt und zweitens klebte unter seinem großen Zeh ein offensichtlich gebrauchtes Kondom auf dem Fußboden. Er hatte gerade Zeit genug, sich zu ekeln, als wieder das Lachen ertönte. Es kam offensichtlich aus dem direkt angrenzenden Raum und es waren eindeutig zwei Männer, die sich dort unterhielten. Im Kopf stellte Tom eine Prioritätenliste auf: Erst anziehen, dann den Namen des Mannes mit Hilfe der Rechnungen auf dem Boden in Erfahrung bringen und schließlich ganz schnell Kopfschmerztabletten einnehmen.

Es war inzwischen längst Mittag geworden und aus dem Erdgeschoss drang bereits lautes Kindergeschrei empor, da erwachte Luke erneut. Als er die Augen aufschlug, sah er in Samuels entzückt lächelndes Gesicht. Schlagartig war Luke wach und schlagartig zog sich alles in ihm aus Freude über Samuels Anwesenheit zusammen. Er hatte unendlich viele Fragen. Wollte Samuel jetzt mit ihm zusammen sein? War er schwul?

Luke wollte Antworten auf diese Fragen und zugleich genügte ihm in diesem Augenblick die Gewissheit, dass er neben ihm lag.

„Guten Morgen“, flüsterte Samuel und rückte näher an ihn heran. Luke spürte nackte Haut, die Hitze ihrer Körper.

„Guten Morgen“, antwortete Luke schließlich. Dann schwieg er wieder. Sie hatten sich in der vergangenen Nacht nicht weiter unterhalten. Die meiste Zeit über hatte Samuel leise geschluchzt, während Luke stumm neben ihm gesessen hatte. Irgendwann hatten sie sich geküsst und sich gegenseitig beteuert, wie sehr sie den anderen vermisst hatten. Schließlich waren sie eng umschlungen eingeschlafen.

„Wie geht es dir?“, fragte Luke nach Minuten der Stille.

„Gut. Besser.“

„Hast du Hunger?“

„Ja, und wie!“

„Okay. Ich mache uns ein paar Scheiben Toast, Marmelade und Kaffee. Mehr kann ich dir leider nicht anbieten.“

„Das genügt doch auch vollkommen.“

Luke stand auf und Samuel wollte ihm schon in die Küche folgen, als er von ihm zurückgehalten wurde: „Bleib liegen. Heute gibt es Frühstück im Bett.“

„An diesen Service könnte ich mich gewöhnen.“

Luke lächelte, schwieg und flüchtete aus dem Zimmer.

Rhythmisch röchelte die Kaffeemaschine und verströmte zugleich einen aromatischen Duft in der Küche.

„Und war er gut?“, fragte Jörg, während er seine langen, braunen Haare zu einem strengen Zopf zusammenband und sich dann gedankenverloren zwischen den Beinen kratzte. Durch die Boxershorts zeichneten sich deutlich die Umrisse seines Schwanzes ab. Ein Anblick, den Marco inzwischen gewohnt war, allerdings wollte er ungern Tom am Morgen danach mit seinem halb nackten Mitbewohner überfordern.

„Würdest du dir bitte etwas anziehen? Er kann jeden Moment aufwachen … Und ja, es war verdammt geil.“

Jörg lachte schallend.

„Sei nicht so spießig. Ich bin doch nicht nackt.“

„Aber beinahe!“

„Aber die hast du mir gekauft, weil du meine schlabbernden Boxershorts nicht mehr sehen konntest!“

Marco gab sich geschlagen und winkte grummelnd ab. „Dann lass es!“, murmelte er, während er den Frühstückstisch deckte. „Aber du verziehst dich, sobald er aufwacht.“

„Versprochen, Schatz!“

„Wenn er das hört, ist er sicher gleich weg!“

„Mein Gott, ich bin hetero! Ich kann mich sofort bei ihm outen, wenn es dich beruhigt. So nervös kenn ich dich gar nicht!“

„Das ist auch der erste Typ seit Langem, der dieses ganz spezielle Kribbeln im Bauch hervorgerufen hat.“

„Oh, oh! Das legendäre Kribbeln!“ Jörg mimte einen bedeutungsschwangeren Gesichtsausdruck.

„Ja und deshalb bin ich so aufgeregt! Verdammt, es ist der Morgen danach! Jetzt darf nichts schieflaufen.“

„Ich verstehe.“

Jörg hielt kurz inne und senkte dann seine Stimme: „Hast du es ihm gesagt?“

„Was?“, fragte Marco zurück, wohl wissend, wie die Antwort lauten würde.

„Na ja, dass du positiv bist.“

„Muss ich das etwa?“

„Nein … Höchstens, es kribbelt auch bei ihm.“

Marco nickte und ein Schatten legte sich kurz über sein Gesicht.

„Ja, ich weiß.“

In diesem Moment hörten sie beide, wie eine Zimmertür langsam geöffnet wurde. Marco atmete tief durch. Das Spiel konnte beginnen. Den Rhythmus gab das Röcheln der Kaffeemaschine vor.

„Ich habe viele Fragen“, gestand Luke irgendwann zwischen zwei Bissen Toast.

Samuel nickte nur und starrte gedankenverloren auf das Frühstückstablett vor sich.

„Ich werde dir so viele Antworten geben, wie ich kann.“

Ein kurzes, unschlüssiges Lächeln huschte über Lukes Lippen. Jetzt, wo der Moment der Wahrheit gekommen war, wusste er nicht, was er sagen oder fragen sollte. Plötzlich erschienen alle seine Fragen so schrecklich banal und unwichtig. Nach einigen

Minuten des Schweigens war es wieder Samuel, der das Wort ergriff.

„Du kannst mich fragen, was immer du möchtest."

„Bist du schwul?", schoss es aus Luke heraus. Es war möglicherweise keine geschickte Einstiegsfrage, doch es war wenigstens ehrlich.

„Ich denke … Ja, bin ich!"

Lukes Herz machte einen Sprung, sah er all seine Träume in Erfüllung gehen. Es würde besser werden, als er es sich ausgemalt hatte. Sie konnten von nun an gemeinsam diese neue Welt, dieses neue Gefühl erkunden.

„Bleibst du bei mir?", fragte Luke, um letzte Gewissheit zu erlangen.

„Ja."

„Gut, dann weiß ich alles, was ich wissen muss."

Tom war unsicher. Er hatte noch keinen Blick in den Spiegel werfen können und der Gedanke, Marco – zumindest lautete so der Name auf der Rechnung – mit Schlaffältchen im Gesicht und zerzausten Haaren gegenübertreten zu müssen, missfiel ihm außerordentlich. Doch er konnte es nicht ändern und so versuchte er, seinem derzeitigen Motto treu zu bleiben und schaltete seinen Kopf wieder aus.

Als er in die Küche trat, fiel ihm zunächst auf, dass Marco tatsächlich so gut aussah, wie er ihn in Erinnerung hatte. Das beruhigte ihn – vorläufig. Nervös machte ihn hingegen der zweite Mann, der in Shorts am Küchentisch saß und seinen athletischen, beinahe unbehaarten Körper präsentierte. Seine langen, braunen Haare waren feinsäuberlich zu einem Zopf zusammengebunden und Tom musste sofort an Tina denken. Sie hätte sich vermutlich an diesem Anblick nicht sattsehen können.

„Guten Morgen", begrüßte ihn Marco fröhlich und gab Tom – zeitgleich – einen Kuss auf die Wange und einen neckischen Klaps auf den Po. Eine Geste, die Toms Nervosität verstärkte. Es war ihm peinlich, in der Anwesenheit eines fremden, halb nackten Mannes Zärtlichkeiten mit Marco auszutauschen. Er kam sich dabei so beobachtet und öffentlich vor. Oder war das nur sein schlechtes Gewissen, das sich wieder zu Wort meldete?

„Das ist übrigens Jörg, mein Mitbewohner."

„Moin“, begrüßte ihn der Langhaarige freundlich lächelnd. „Hab schon viel von dir gehört, Tom.“

„Ich hoffe, nur Gutes“, entgegnete er unsicher und warf Marco einen Hilfe suchenden Blick zu.

„Na ja, dein Stöhnen vergangene Nacht klang recht ... gut“, entgegnete Jörg und brach wieder in das kehlige Lachen aus, das Tom aus dem Schlaf gerissen hatte.

„Keine Sorge, Alter! War nur ein Scherz!“

„Furchtbar witzig!“, fuhr ihn Marco, leicht gereizt, an.

„Find ich schon.“

„Wolltest du dich nicht fertig machen? Du hast heute doch Spätdienst!“

„Ja, aber erst in ein paar Stunden. Ich habe ...“

„... noch jede Menge zu tun!“, fiel ihm Marco ins Wort, drückte ihm einen Becher Kaffee in die Hand und bugsierte ihn aus der Küche hinaus.

„Hat mich gefreut, Tom“, rief Jörg noch. Dann fiel die Tür hinter ihm zu.

„Tut mir leid. Er hat manchmal einfach schreckliche Manieren. Aber das ist sein Alter, was erwartest du von einem dreiundzwanzigjährigen Jungen?“

Tom lächelte, noch immer etwas unsicher und von der Situation sichtlich überfordert.

„Woher kennt ihr euch?“

„Wir sind Arbeitskollegen. Er ist der einzige Hetero in dem Homo-Altenheim, das sie vor ein paar Jahren eröffnet haben“, erklärte Marco und beglückwünschte sich selbst dafür, wie geschickt er Jörgs sexuelle Orientierung eingebaut hatte.

„Aha“, entgegnete Tom knapp.

„Wenn er mich nicht gerade ärgern oder Männer von mir in Verlegenheit bringen will, ist er mein bester Freund. Ich hoffe, er hat dich nicht zu sehr ...“

„Ich werde es überleben. Viel schlimmer finde ich eigentlich meine Kopfschmerzen“, unterbrach ihn Tom. Er wollte den peinlichen Auftritt so schnell wie möglich unter den Tisch fallen lassen. Das war kein geeignetes Thema für eine Konversation am Morgen danach.

„Da habe ich genau das Richtige für dich!“, befand Marco und schmiegte sich langsam von hinten an Toms Körper. Während er eine Schublade öffnete und die Packung Kopfschmerztabletten hervorholte, begann seine Zunge, langsam Toms Ohren zu erkunden.

Luke umklammerte Samuel mit beiden Armen, küsste ihn leidenschaftlich und drückte ihn dabei sanft, aber bestimmt auf das Bett, wobei sein Schwanz immer wieder an seine Pobacken stieß. Samuel stöhnte leise. Es schien ihm zu gefallen, Luke hingegen genügte das nicht. Er wollte mehr. Vorsichtig tastete er nach Samuels Loch und begann, es sanft zu massieren. Das Stöhnen wurde heftiger und animierte ihn dazu weiterzumachen. Schließlich wagte Luke es, mit dem Zeigefinger einzudringen. Samuel zuckte kurz zusammen, ließ ihn jedoch gewähren. Langsam entspannte er sich, ließ sich fallen, genoss das Spiel.

Einige Minuten später drehte er sich halb zu Luke herum, ohne sich aus der Löffelchenstellung zu lösen, und flüsterte flehentlich: „Fick mich, Luke. Bitte!"

Luke lächelte triumphierend und stieß zu. Einen Teil der Aggressionen und der Wut, die er noch immer gegen ihn hegte, baute er genussvoll ab, während er ihn fickte. Er spürte, dass Samuel immer wieder – teils aus Schmerz, teils aus Lust – zusammenzuckte, das Gesicht verzog und die Lippen aufeinanderpresste, um nicht zu schreien. Doch Luke hatte kein Erbarmen mit ihm. Seine Stöße wurden wilder und unkontrollierter. Immer tiefer und heftiger drang er in ihn ein. Plötzlich und unvorbereitet kam Luke. Er stöhnte laut, hielt sich an ihm fest und spritzte ab. Samuel ließ alles über sich ergehen, schien sogar Spaß daran zu haben. Aber Luke spürte trotzdem, dass dieser Sex eine Art Entschuldigung gewesen war. Als sie danach, eng aneinander gekuschelt und noch immer heftig atmend, im Bett lagen, fühlte sich Luke ihm so nahe wie niemals zuvor.

„Möchtest du noch eine Tasse Kaffee?", fragte Marco und erhob sich vorauseilend. Dabei streifte er wieder an Toms Schenkeln entlang und lächelte verschmitzt.

„Nein, danke."

„Ich nehme noch eine und dann brauch ich dringend eine Zigarette."

„Okay“, entgegnete Tom kurz und Marco fragte sich zum hundertsten Mal an diesem Morgen, was wohl im Kopf seines Gegenübers vorging. Er war die ganze Zeit über bemüht gewesen, alles richtig zu machen, ohne allzu aufdringlich zu sein. Er hatte die Absicht, ihm zu zeigen, dass er durchaus mehr wollte als diese eine Nacht. Gleichzeitig hatte er jedoch den Eindruck, dass Tom, je weiter der Morgen voranschritt, immer mehr auf Abstand ging.

Marco hatte sich gerade eine Zigarette angezündet, als Tom sich bedächtig erhob und begann, das Frühstücksgeschirr abzuräumen.

„Lass nur, ich mach das schon“, forderte ihn Marco mit Nachdruck auf.

„Wenn du meinst …“

Ein unangenehmes Schweigen breitete sich zwischen ihnen aus und je länger es anhielt, umso lauter und geräuschvoller sog Marco an seiner Zigarette.

„Was machst du heute noch? Es ist ein wunderschöner Tag …“

Er hatte lange überlegt, ob er diese Frage stellen sollte, schließlich hing von Toms Antwort ab, in welche Richtung sich dieser One-Night-Stand entwickeln würde.

„Ich weiß noch nicht genau.“

„Man könnte …“

„Marco, ich muss dir etwas sagen.“ Toms Stimme war ernst und düster, seine Haltung seltsam angespannt, obwohl er augenscheinlich locker an dem großen Kühlschrank lehnte und aus dem Fenster starrte.

„Okay. Ich bin gespannt“, entgegnete Marco reserviert.

„Ich bin … Ich habe einen festen Freund. Wir werden heiraten und eigentlich … eigentlich hätte das alles nicht passieren dürfen.“

Die Worte prasselten auf Marco nieder und mit einem Mal war ihm klar, wohin sich die Sache zwischen ihnen entwickeln würde.

„Was glaubst du, ist mit uns schiefgelaufen?“, fragte Samuel, während er sanft mit seinen Fingern Lukes Bauchnabel umspielte.

„Schiefgelaufen?“

„Ja, warum sind wir nicht hetero?"

„Keine Ahnung. Spielt das eine Rolle?"

Samuel zögerte. Sie bewegten sich wieder auf dünnem Eis, konnten jeden Augenblick einbrechen.

„Es wäre schon einfacher, wenn wir nicht schwul wären."

„Aber dann würden wir jetzt auch nicht hier liegen. Als ich noch zu Hause gewohnt habe, habe ich lange darüber nachgedacht, warum ich schwul geworden bin. Ich bin zu dem Schluss gekommen, dass es egal ist. Ich bin einfach nur froh, dass ich es bin."

Samuel nickte gedankenversunken. Einige Minuten lagen sie wieder stumm aneinandergekuschelt im Bett. Doch gerade als Luke sich sanft lösen und aufstehen wollte, hielt Samuel ihn zurück und drückte ihn fest und innig an sich.

„Hilf mir dabei, dass ich auch froh bin, schwul zu sein", bat er und so verließen die beiden ganz plötzlich, aber trotzdem behutsam die dünne Eisdecke und hatten endlich festen Boden unter den Füßen.

Was mache ich hier eigentlich, fragte sich Marco. Seit etwa einer Stunde saßen sie nun schon in der Küche und unterhielten sich über Toms Beziehung zu Sven, über seine Ex-Freunde, die Arbeit, das Leben. Nachdem Tom endlich sein Gewissen erleichtert hatte und die Fronten geklärt waren, war er auch wieder lockerer geworden und es war eigentlich eine sehr angenehme Unterhaltung. Witzig, kurzweilig, interessant. Doch Marco spürte, je länger Tom blieb, umso mehr wünschte er sich, dass er nicht gehen würde, nicht zurückkehren würde zu Sven, jenem Mann, mit dem er ein Bett, eine Wohnung und ein Leben teilte.

Alles in Marco sehnte sich danach, wieder diesen Körper zu spüren, ihn zu küssen und zu streicheln, ihm nahe zu sein. Marco verliebte sich sofort oder nie. Er hatte schon oft jene modernen Legenden gehört von Freunden, die nach Jahren ein Paar wurden. Er konnte sich nicht vorstellen, wie das funktionieren sollte. Und so beobachtete er Tom und wünschte, er könnte alles rückgängig machen oder zumindest diesem Strudel aus nicht zu erfüllenden Hoffnungen und Begehren entkommen.

Plötzlich flog die Küchentür auf und Jörg eilte herein.

„Sorry, Jungs! Ich will nicht lange stören. Muss sowieso gleich weg", erklärte er gehetzt, während er sich hastig aus dem Kühlschrank einen Joghurt und eine große Colaflasche schnappte.

„Ich muss auch langsam aufbrechen", nutzte Tom die Gunst der Stunde und erhob sich.

„Etwa wegen mir?", fragte Jörg.

„Nein, ich muss jetzt wirklich los."

„Sven wartet wohl schon", entfuhr es Marco sarkastisch, doch er bereute seine Äußerung augenblicklich.

„Er dürfte erst in ein paar Stunden zurückkommen. Aber trotzdem …"

Marco sah im Augenwinkel, wie Jörg interessiert und diesmal mit einem sehr abschätzenden Blick Tom musterte.

„Wer ist Sven?", fragte er schließlich, so beiläufig wie möglich.

„Ich bring dich zur Tür", griff Marco rettend ein und warf Jörg einen missbilligenden Blick zu.

„Ciao! Hat mich gefreut. Viel Spaß auf der Arbeit."

„Danke. Schönen Tag noch", antwortete Jörg, diesmal deutlich reservierter. Er hatte durchschaut, welches Spiel gerade gespielt wurde, und war als Marcos bester Freund natürlich sofort in seine ihm zugewiesene Rolle geschlüpft.

Als die beiden Männer schließlich in der Diele standen, spürte Marco, wie sich der nahende Abschied wie eine Schlinge um seinen Hals legte. Tom war nicht der erste One-Night-Stand, der sich nach dem Frühstück aus seinem Leben verabschiedete. Und er würde auch nicht der letzte sein. Aber irgendwie hatte es dieser Mann geschafft, Marco im Inneren zu berühren. Er wollte nicht, dass Tom ging. Er hatte die vergangene Nacht und auch den Morgen danach sehr genossen und er wusste, Tom würde ihm fehlen.

„He … Es tut mir wirklich leid, wenn ich deine Erwartungen enttäuschen muss", entschuldigte sich Tom, als hätte er Marcos Gedanken erraten, und küsste ihn.

Marco nutzte die Gelegenheit und stopfte ihm ungeschickt ein Stück Papier in die Hosentasche.

„Meine Nummer. Falls du auch Erwartungen haben solltest", erklärte er.

„Danke", antwortete Tom, unsicher, wie er reagieren sollte. Er war fast schon zur Tür hinausgegangen, als er sich umdrehte. Marco blickte ihn erwartungsvoll an.

„Ich wäre dir sehr dankbar, wenn die letzte Nacht unter uns bleiben würde."

In diesem Moment bereute es Marco nicht nur, ihm die Nummer gegeben zu haben. Er hätte ihn am liebsten für diese Frechheit geohrfeigt.

„Schon klar", presste er mühsam hervor und schloss dann die Tür.

Samuel und Luke verbrachten den restlichen Tag im Bett und schließlich, in den frühen Abendstunden, sprachen sie auch über das, was vor einigen Wochen vorgefallen war. Samuel gestand seine Ängste und seine Wut über sich selbst ein. Luke sprach über seine unerfüllten Sehnsüchte und die unerfüllbaren Erwartungen, mit denen er nach Frankfurt gekommen war.

Irgendwann waren sie beide von der Unterhaltung sogar körperlich erschöpft und mit ihren Kräften am Ende. Doch zugleich durchfuhren Luke immer wieder unbeschreibliche Glücksgefühle und er musste mehrmals den Drang unterdrücken, vor Freude laut aufzuschreien. Es war diesmal allerdings eine gänzlich andere Situation als noch vor einigen Wochen. Samuel mochte sich selbst gegenüber eingestanden haben, dass er schwul war, doch Luke wusste, es würde ein langer und beschwerlicher Weg sein, bis er sich tatsächlich dazu bekennen konnte. Allerdings war jetzt endlich der erste Schritt getan.

Schnee im Sommer

Deanna Westen war keine Frau großer Worte. Zumindest nicht mehr. Man konnte sagen, sie war als junge Frau ein einigermaßen lautes, mitteilungsbedürftiges Ding gewesen. Doch in ihrer Vernunftehe, die damals den Wohlstand und den Status ihrer Familie hatte sichern sollen, war ihr schnell klar geworden, wie wenig eine Frau mit ihren Worten ausrichten konnte.

Es war ihr Mann gewesen, ein ebenso attraktiver wie aggressiver Industriemagnat, der durch seine Grausamkeiten in Deanna die Erkenntnis reifen ließ, dass Taten zählten. Deanna war zwanzig Jahre alt und befand sich gerade im zweiten unglücklichen Ehejahr, als sie ihrer englischen Heimat den Rücken kehrte. Für immer. London verabschiedete sich im Nebel von ihr. Ansonsten winkte niemand, als Deanna ging. Sie floh ohne das Wissen ihres Mannes und ihrer Familie. Sie wusste, man würde sie suchen, erwog daher sogar eine Flucht über den Ozean, nach New York. Doch selbst dorthin reichte der Einfluss ihres Mannes. Es gab nur ein Land, in dem sie niemand vermuten würde. Deanna Westen betrat, mitten in den Wirren der Weimarer Republik zum ersten Mal Deutschland – und blieb.

Von den typisch deutschen Tugenden hielt Deanna hingegen noch immer wenig. Außer einer vielleicht: Pünktlichkeit. Deanna Westen war keine Frau, die zu spät kam. Auch wenn Zeit im Leben ihrer Freundin zumindest augenscheinlich keine Rolle mehr zu spielen schien, war Deanna stets pünktlich am Freitagmorgen um neun Uhr im Rainbow Garden, um mit Naomi einen Spaziergang zu machen oder einfach nur stumm neben ihrem Bett zu sitzen und dem stellenweise sehr wirren Gerede zu lauschen. Doch an diesem Morgen hatte Deanna zum ersten Mal seit vielen Jahren verschlafen und so kam sie erst gegen elf Uhr im Rainbow Garden an. Sie wurde bereits von Marco erwartet.

„Frau Westen! Wir müssen mit Ihnen sprechen!“

Ein warnender und zugleich fürsorglicher Ton schwang in Marcos Stimme mit. Sie zuckte unwillkürlich zusammen.

„Was ist passiert?“, fragte sie, ihre Stimme kaum mehr als ein gebrochenes Flüstern.

„Es gab … Ihre Freundin hatte einen Schlaganfall.“

Deanna schluckte schwer und ihre Augen wurden glasig.

„Hat sie …?“ Deanna verschlug es die Sprache und die Angst um ihre Freundin war in ihrem aschfahlen Gesicht zu lesen. Ihre Hände zitterten leicht.

„Wir mussten sie in die Universitätsklinik verlegen. Es geht ihr den Umständen entsprechend.“

Deanna schloss für einen kurzen Moment die Augen und versuchte, sich zu sammeln.

„Wann ist es passiert?“

„Vor etwa zwei Stunden. Wir haben versucht, Sie zu erreichen.“

Marco legte tröstend und voller Mitleid den Arm um Deanna.

„Möchten Sie sich einen Moment setzen?“

„Nein“, antwortete die alte Frau mit zitternder Stimme und löste sich behutsam, jedoch sehr bestimmt aus der Umarmung.

„Ich muss sie sehen.“

„Natürlich, aber in ihrem derzeitigen Zustand …“

Doch Deanna hörte ihm nicht weiter zu. Die Welt um sie herum verschwamm. Marcos Stimme war nichts mehr als ein leises, monotones Brummen. Für Deanna zählte nur noch ein Gedanke: Sie musste so schnell wie möglich zu Naomi. Mit der rechten Hand tastete Deanna in ihrer Handtasche nach einem Gegenstand, den sie seit Wochen mit sich herumtrug: ein goldenes Kreuz.

Als Deanna in dem kalten, sterilen Krankenhauszimmer stand und mitansehen musste, wie sich Naomi damit abmühte, angedickten Tee hinunterzuwürgen, war ihr bewusst geworden, dass es nur einen Ausweg gab. Sie musste endlich Naomis letzter Bitte Folge leisten. Es würde ihr letztes Geschenk an sie sein und zugleich würde es ihr letzter und größter Liebesbeweis werden.

Die Erkenntnis, dass es keinen anderen Ausweg gab, hatte Deanna wie ein Blitz durchzuckt. Drei Tage lang war sie nicht aus dem Haus gegangen, hatte sich hinter ihren mit dicken Vorhängen verdeckten Fenstern versteckt, geweint, gewütet und sich selbst verdammt. Doch nun hatte sie sich vollkommen unter Kontrolle. Ihre Rationalität hatte wieder die Oberhand gewonnen und Deanna davor bewahrt, in einen tiefen Abgrund zu taumeln. Gestärkt und voller neuer Energie war sie bereit, sich den Tatsachen zu stellen und dem Tod gegenüberzutreten. Sie hatte getrauert, mehr als jemals zuvor in ihrem Leben. Nun waren alle Tränen vergossen und sie hatte den nötigen Abstand gewonnen, um endlich zur Tat schreiten zu können.

Sie trug einen in eleganten Brauntönen gehaltenen Einteiler mit einem hohen Stehkragen. Darüber einen langen, weißen Sommermantel und einen riesigen, ockerfarbenen Hut. Ihr Gesicht wirkte durch das blasse und dick aufgetragene Make-up unnatürlich starr. Die schmalen Lippen waren durch einen hellroten Farbton kaum zu erkennen und ihre Augen wurden von einem dunklen Schatten umrahmt. Deannas Finger waren mit ihren prächtigsten Ringen bestückt und um ihr linkes Handgelenk hatte sie einen breiten, goldenen Armreif gezogen. Um ihren schmalen, faltigen Hals hatte sie das goldene Kreuz gelegt.

Gedankenverloren starrte sie einige Minuten lang auf das hässlich graue Krankenhausgebäude. Deanna trat entschlossenen Schrittes durch die breite Eingangstür, durchschritt eiligst das Foyer, wobei es mehr den Anschein hatte, als würde sie über den Marmorboden schweben. Wie ein kaum wahrnehmbarer Schatten huschte sie durch die Korridore und für jene wenigen Menschen, die in weißen Betten durch das Haus geschoben wurden, die sie überhaupt wahrnahmen, wirkte Deanna in der sterilen und kalten Welt des Klinikums wie ein Engel des Todes.

Bin ich ein Bote Gottes oder des Teufels, überlegte sie flüchtig und ohne eine Antwort zu erhalten, während sie am Stationsstützpunkt vorbeischritt. Nur das leise Rascheln ihrer Kleidung war zu vernehmen und zeugte von ihrer Anwesenheit. Ansonsten durchquerte Deanna schweigend und in andächtiger Stille die Station, bis sie schließlich vor dem letzten Zimmer des Korridors verharrte, leise anklopfte und eintrat.

Das Einzelzimmer wurde beinahe komplett von dem metallenen Krankenhausbett ausgefüllt und bot nur noch Platz für ein kleines Waschbecken, zwei Stühle mit Tisch und einen in die grün-graue Wand eingebauten Schrank. Naomi lächelte, soweit es ihre Gesichtslähmung noch zuließ, Deanna freundlich zu. Sie schien zu wissen, warum ihre Freundin erschienen war.

Naomi versuchte, etwas zu sagen, doch der Schlaganfall hatte ganze Arbeit geleistet, und so gelang es ihr nur unter größter Anstrengung, ein leises Hallo hervorzupressen.

„Du musst nichts sagen“, erklärte Deanna und ihre Stimme war dabei voller Liebe und Zuneigung. Sie war froh, dass Naomi bei klarem Bewusstsein war.

„Du weißt, warum ich gekommen bin, nicht wahr? Und du weißt auch, was du mir abverlangst. Ich … Du kennst mich besser als jeder andere Mensch auf dieser Welt und du weißt um meine Vergangenheit. Deshalb …“

Naomi unterbrach sie mit einem heftigen Kopfschütteln, hatte sie doch gemerkt, dass sich Deanna schwertat, darüber zu sprechen.

„Danke. Ich soll dich schön von allen Bewohnern des Rainbow Garden grüßen", log sie, ergriff die Hand ihrer Freundin und streichelte sie sanft. Dabei blickte sie Naomi direkt in die Augen und teilte ihr auf diesem Weg noch alles mit, was sie nicht mehr aussprechen konnte. Naomi traten Tränen in die Augen und auch Deanna begann, leise zu schluchzen. Nur mit Blicken und Gesten tauschten sie sich ein letztes Mal aus. Spürten die unsäglich große Liebe zueinander. Erinnerten sich noch einmal des gemeinsam durchstandenen Leids und der geteilten Freude und erneuerten den sie verbindenden Liebesschwur, welcher sie – darin waren sich die beiden Frauen sicher – über den Tod hinaus miteinander verbinden würde. Deanna war dankbar dafür, dass es Naomi an ihrem letzten Tag noch einmal vergönnt worden war, Herr über ihre Sinne zu sein. Der Alzheimer schien sich für kurze Zeit zurückgezogen zu haben, doch er war noch immer da. Der Tod war die einzige Kraft, die über diese zersetzende Krankheit siegen konnte.

Nach einigen Minuten, als beide Frauen bereit dafür waren, legte Deanna das Kreuz ab, öffnete es vorsichtig und löste das weiße Pulver in einem Glas Wasser auf. Es war ein raffiniertes, nach dem Tod nicht mehr feststellbares Gift, welches es Naomi gestatten würde, sanft einzuschlafen und niemals wieder aufzuwachen.

„Ich werde bis zum Ende bei dir bleiben."

Naomi wischte sich verlegen eine Träne aus dem Gesicht.

„Es ist okay. Weine ruhig. Ich habe auch drei Tage lang nichts anderes gemacht", gestand Deanna gegen ihre Gewohnheit, nahm den Trinkbecher mit der angedickten Mischung und flößte sie Naomi ein.

Naomi lächelte glücklich und erleichtert zugleich und umklammerte fest Deannas Hand. Sie schien jede Angst abgestreift zu haben. Nur ein Funken Trauer blieb. Trauer darüber, dass sie nun erneut von ihrer Freundin getrennt sein würde.

„Wir werden uns wiedersehen", versprach Deanna.

In der Hoffnung auf dieses Versprechen und mit dem langsam verhallenden Klang ihrer Stimme driftete Naomi in eine seltsame, irreale Traumwelt ab. Ihr Leben war plötzlich losgelöst von Zeit und Raum. Das Paris der fünfziger Jahre und ihre Eltern, Frankfurt, Berlin zur Zeit der Wiedervereinigung, das zerbombte Köln, ihre Ex-Ehemänner, ihr geliebter Großvater und natürlich Deanna Westen, ihre erste und letzte, einzig wahre Liebe.

Vereinzelt gelang es einigen Sonnenstrahlen, die Wolkendecke zu durchbrechen, und immer wieder waren kleine Flecken Himmelblau am Horizont auszumachen. Vor dem schmalen Krankenhausfenster kämpfte ein Taubenschwarm gegen die noch aufkommenden Windböen, Nachwehen des schweren Gewitters, das am Nachmittag über der Stadt getobt hatte. Immer wieder trieb der Wind weiße Blütenschwärme an dem Fenster vorbei. Es sah beinahe aus, als würde es schneien. Schnee im Sommer, das hatte selbst Deanna nie gesehen. Sie hatte das Licht gedämpft und betrachtete Naomis starren Körper. Sie hatte bereits vor über einer Viertelstunde aufgehört zu atmen. Doch da sie an keine Kontrollgeräte angeschlossen war, hatte nichts Alarm ausgelöst. Schließlich erhob sich Deanna, streifte sanft Naomis Hand von der ihren und gönnte sich einen letzten Blick auf das selig lächelnde Gesicht ihrer Freundin. Dann verließ sie, ohne sich noch einmal umzudrehen, das goldene Kreuz in ihrer Hand fest umklammert, den Raum.

Die kleine Prinzessin

9.30 Uhr

Langsam kehrte Basimah aus der Traumwelt zurück in die Realität. Sie liebte es, langsam und in aller Ruhe aufzuwachen, genoss das Gefühl, noch mit einem Bein in einer anderen Welt zu stehen und zugleich zu spüren, wie der Körper wieder begann, seine Umwelt wahrzunehmen. Das warme Bett … die Sonnenstrahlen, die durch die weißen Vorhänge fielen … das Zwitschern der

Amseln, die in der Buche vor ihrem Fenster nisteten … Und während Basimah im Geiste versuchte, die letzten Bilder ihres Traumes festzuhalten und mit hinüber in den Morgen zu retten, tastete ihre rechte Hand ganz automatisch nach ihrem Wecker. Wie viel Uhr es wohl war? Sie hatte einen Arzttermin und sie durfte nicht zu spät kommen.

„Gut, erst halb zehn", murmelte sie zu sich selbst, kuschelte sich in das Bettlaken und döste noch einige Minuten. Es war ein perfekter Morgen. Es fehlte nur eine gut aussehende Blondine, die ihr den Kaffee ans Bett brachte. Doch da Basimah alleine wohnte und auch keine Freundin hatte, die Frühstück hätte vorbereiten können, war sie schließlich gezwungen, aufzustehen und eigenhändig die Kaffeemaschine anzuschalten. Während leise plätschernd das Wasser erst durch den Filter und schließlich in die Kanne tröpfelte, schlurfte Basimah ins Badezimmer, gönnte sich eine schnelle Dusche und steckte ihre braunen Haare zu einer kunstvoll aussehenden Hochfrisur zusammen. Pünktlich zum letzten Tropfen Kaffee, der in die Kanne platschte, kam sie in die Küche zurück. Sie schenkte sich eine Tasse ein und trat mit einem zufriedenen Lächeln hinaus auf den kleinen Balkon, der noch von der Morgensonne beschienen wurde. Die drei großen Sonnenblumen, ein Geschenk ihrer Mutter, wiegten sich sanft im Wind.

Von hier aus bot sich Basimah ein beeindruckender Blick über Kopfsteinpflasterstraßen, Hinterhöfe und kleine Gärtchen. Zwischen den Dächern hindurch sah sie die Spitze der Galluswarte. Dahinter konnte man den Messeturm ausmachen. Das Gallusviertel genoss nicht gerade den besten Ruf und galt als Stadtteil mit hohem Ausländeranteil, sozialem Wohnungsbau, Industriebrachen und unzähligen Autohäusern. Auch Basimah war anfangs skeptisch gewesen. Doch schließlich hatten der Charme der Straße, die Wohnung und der günstige Mietpreis sie überzeugt. Inzwischen war sie sogar zu einer Lokalpatriotin geworden, die den Stadtteil verteidigte. Sie mochte das Leben hier, vielleicht gerade deshalb, weil diese Ecke der Stadt noch nicht zu einem In-Quartier mutiert und von Snobs annektiert worden war. Abgesehen davon war Gallus eben nicht gleich Gallus und Basimahs Wohnung lag von den sozialen Brennpunktvierteln weit genug entfernt, um nicht täglich mit den Problemen einer nicht funktionierenden, multikulturellen Gesellschaft konfrontiert zu werden.

Basimah war die Tochter einer durchgedrehten – manch einer sagte auch: verrückten – Spät-Hippie-Braut und eines algerischen Gastarbeiters. Die erste und einzige Erinnerung an ihren Vater war eine Ohrfeige, die er ihr als Dreijährige verpasst hatte. Noch in derselben Nacht hatte ihre Mutter sie gepackt und war aus dem damaligen West-Berlin geflohen. Ihren Vater hatte sie nie wieder gesehen und soweit sie wusste, hatte er auch nicht versucht, sie zu finden.

Von dem Moment ihrer Flucht an änderte sich Basimahs Leben radikal. Sie pilgerte mit ihrer Mutter durch die halbe Republik, wohnte in besetzten Häusern, wurde in einen Nackt-Kindergarten gesteckt, durfte Plakate gegen Atomkraft und für Frieden tragen und erlebte ganze Kommunen im LSD-Rausch. Basimah war ein Kind der frühen achtziger Jahre, mit einer Mutter, die noch immer in den Siebzigern lebte und den frühen Jahren der Alt-68er nachtrauerte. Als sie im Alter von sechs Jahren schließlich eingeschult werden sollte, meldete ihre Mutter sie in einer Waldorfschule an, suchte sich einen Job als Maskenbildnerin in einem kleinen Theater und wurde sesshaft. Natürlich nicht im klassischen Sinne. Die beiden zogen in eine Wohngemeinschaft aus alternativen Studenten, Alt-68ern und ewigen Hippies. Die Männer hatten lange, graue und lichte Haare, die Frauen trugen Batikröcke und hatten Damenbärte und unrasierte Achseln.

10.30 Uhr

„Hallo, meine kleine Prinzessin!“

„Hallo, Evi!“, antwortete Basimah und klemmte sich das Handy zwischen Kopf und Schulter ein, um weiter ihre Fußnägel lackieren zu können. Sie nannte ihre Mutter immer beim Vornamen, wie es sich für eine antiautoritär erzogene Tochter gehörte.

„Musst du heute in der Bäckerei arbeiten?“

„Nein, ich habe gleich einen Arzttermin“, antwortete Basimah und erstarrte im selben Augenblick. Sie hatte nicht auf die Zeit geachtet. Es war halb elf. Sie musste sich beeilen.

„Arzt? Bist du krank? Ich habe dir doch gesagt, dass du dich nicht immer so unvernünftig anziehen sollst. Du bist viel zu dünn …“

„Wir haben über dreißig Grad im Schatten!"
„Nachts wird es trotzdem frisch!"
„Ich gehe zu Dr. Benner, meiner Frauenärztin."
Ihre Mutter schwieg kurz. Scheinbar erwog sie zu fragen, ob sie Oma werden würde, entschied sich jedoch dagegen. Manchmal verdrängte sie noch immer, dass sie eine lesbische Tochter hatte, auch wenn es ihre Ideologie verbot, damit ein Problem zu haben.
„Dann will ich dich nicht länger stören, meine kleine Prinzessin!"
Basimah lächelte angesichts des Kosenamens. Obwohl ihre Mutter sie gleich mit vier Namen, nämlich Basimah Magdalena Alice Joan, gesegnet hatte, verlor Evi schnell die Lust, ihre Tochter so zu nennen. Stattdessen sagte sie ab ihrem zweiten Geburtstag nur noch „meine kleine Prinzessin" zu ihr. Tatsächlich genoss Basimah in den WGs und Kommunen den Status einer Königstochter und so schien ihr der Titel schnell gerechtfertigt zu sein. Zum Schrecken ihrer Mutter bastelte sie sich schließlich ein Krönchen aus Goldpapier, hüllte sich in Bettlaken und behandelte die Erwachsenen wie Dienstboten. Antiautoritäre Erziehung hin oder her, Evi beschloss schließlich, dem Standesdenken ihrer Tochter einen Riegel vorzuschieben, und versuchte, sie mit Filmen über die französische Revolution umzuerziehen. Leider wurden diese Maßnahmen von einem linksalternativen Schwulen boykottiert, der die kleine Basimah mit Sissi-Filmen in ihrem Prinzessinnen-Denken unterstützte.

11.15 Uhr

Basimah waren Arztbesuche ein Graus. Sie hatte Angst vor dem Zahnarzt, konnte ihren mürrischen, aber kompetenten Hausarzt nicht leiden und hatte eine Abneigung gegen ihren Hals-Nasen-Ohren-Arzt, der ihr einmal aus Versehen ins Ohrläppchen geschnitten hatte. Einzig die Besuche bei ihrer Frauenärztin waren weniger unangenehm.
Dr. Katharina L. Benner war nicht nur überzeugte Feministin, sondern auch gläubige Buddhistin. Es war eigentlich ein Wunder, dass sich Benner der Schulmedizin verpflichtet fühlte und nicht der Naturheilkunde. Ihr Wartezimmer war eine abstruse Mischung aus buddhistischem Tempel, Frauenreferats-Tagungs-

raum und Modern-Art-Museum. Andy Warhols Monroe teilte sich die Wand mit einer kritisch dreinblickenden Alice Schwarzer und einem selig lächelnden Dalai Lama. Die wartenden Patientinnen konnten es sich auf bestickten, tibetischen Sitzkissen oder stromlinienförmigen, roten Plastikstühlen bequem machen. Der charakteristische Arztpraxengeruch, so neutral wie unangenehm, wurde von dem Duft verschiedener Räucherstäbchen überdeckt. Innenarchitektonisch ein Horror, war die Mischung aus Stilrichtungen doch irgendwie sympathisch und somit ein Ebenbild der Frauenärztin.

Dr. Benner hatte blonde, glatte Haare, kleine Lachfältchen und schmale, blasse Lippen. Unter dem obligatorischen weißen Kittel trug sie tibetische Kleider. Sie summte meistens beruhigend und schien mehr durch den Raum zu schweben als zu gehen.

Nachdem die Routineuntersuchung an diesem Morgen abgeschlossen war, lächelte Benner fürsorglich, während sie ihre Handschuhe abstreifte, und erklärte: „Alles in bester Ordnung … Wenn ich Ihnen wirklich kein Rezept für die Pille …“

„Nein, sicher nicht. Aber ich hätte da noch eine Frage. Es ist so … Ich trinke ab und zu ganz gerne Bier oder auch Cocktails. Oder Wein. Also nicht, dass Sie jetzt denken, ich sei Alkoholikerin. Nur in Gesellschaft.“

„Ich verstehe“, warf die Ärztin ein.

„Sie sind Frauenärztin und daher ist es vielleicht nicht Ihr Fachgebiet … Aber wäre es möglich … Ich habe den Verdacht, dass ich an einer Alkoholunverträglichkeit leide“, erklärte Basimah mit sorgenvoller Miene und tatsächlich meinte sie diese Frage auch vollkommen ernst.

„Ich verstehe nicht ganz.“

„Nun, früher konnte ich ohne Problem … Na ja, sagen wir es so: Ich habe recht viel vertragen. Doch seit einigen Monaten wird mir bereits nach einem Bier schlecht. Und ich frage mich, ob es etwas wie ein akutes Alkoholunverträglichkeits-Syndrom gibt.“

„Sie meinen diese Frage doch nicht etwa ernst?“

„Doch. Es ist wirklich sehr ernst.“

Die Ärztin musste den Reflex, laut aufzulachen, unterdrücken.

„Ich kann Ihnen versichern, so etwas gibt es nicht. Natürlich reagiert der menschliche Körper auf Rauschmittel nicht immer gleich. Doch von einem akuten Alkoholunverträglichkeits-Syndrom habe ich noch nie etwas gehört."

„Dann gibt es wohl auch kein Gegenmittel. Eine Art Anti-Allergikum?"

Basimah ärgerte sich über die offensichtliche Belustigung ihrer Ärztin, die sich angesichts solcher Fragen ein Schmunzeln nicht verkneifen konnte. Es konnte doch durchaus ein solches Syndrom geben. Zumindest in Basimahs Welt war eine solche Krankheit durchaus vorstellbar.

„Nein, so etwas gibt es nicht. Das Einzige, was helfen würde, wäre Übung. Doch diese …", sie zögerte kurz, „Therapie kann ich Ihnen nicht empfehlen."

Basimah nickte dankbar: „Sie haben mir sehr geholfen."

„Er war mir eine große Freude", antwortete Benner aufrichtig und begleitete Basimah aus dem Behandlungszimmer hinaus. Sie freute sich bereits darauf, diese Anekdote auf der nächsten langweiligen Party zum Besten geben zu können. Basimah hingegen nahm sich vor, ihren Hausarzt, dem sie in solchen Fragen doch mehr Kompetenz zutraute, bei der nächsten Gelegenheit nach einem akuten Alkoholunverträglichkeits-Syndrom zu fragen.

13.48 Uhr

„Viel Spaß mit den beiden Kleinen!", wünschte ihr Simone mit einem Lächeln auf den Lippen.

„Ich hoffe, den werde ich haben!"

Verschwörerisch beugte sich Simone über die Ladentheke, einen antiken Schreibtisch, dessen Eichenholztischplatte noch deutliche Spuren einer Holzwurminvasion trug. Sie tippte vielsagend mit ihren langen Fingernägeln auf den rosaroten Pappkarton und erklärte, nicht ohne Stolz: „Ich teste alle Toys, bevor ich sie ins Sortiment aufnehme und meinen Kundinnen empfehle. Schätzchen, ich versichere dir, mit denen wirst du deinen Spaß haben!"

Basimah schätzte an dem kleinen Laden mit dem schlichten Namen Simones Schatztruhe die angenehme, freundliche Atmosphäre und die persönliche, unbefangene Beratung. Manchmal war ihr diese Beratung jedoch etwas zu persönlich. Sie wollte einfach nicht wissen, ob Simone den Vibrator in Meerjungfrauenform und den schwarzen, beinahe gefährlich aussehenden Harness mit Ledergeschirr ausgetestet hatte.

„Danke“, entgegnete Basimah und wandte sich zum Gehen. Ihre Absätze klackten dabei laut auf dem Holzparkett, und als sie die Tür öffnete, wäre sie fast mit einer kleinen, untersetzten Lesbe zusammengestoßen. Für den Beinahe-Crash erntete sie einen bösen, missmutigen Blick.

„’tschuldigung!“, murmelte Basimah und trat hinaus auf die Straße.

Ob die kleine, dicke Lesbe wohl Reizwäsche kauft? Die Frage jagte Basimah einen kurzen Schauer über den Rücken und sie war schlichtweg dankbar, statt Sexspielzeug und Reizwäsche nur Brötchen und Nussschnecken zu verkaufen.

Die Tüte mit ihren neuen Errungenschaften fest umklammert, stieg Basimah in die nächste U-Bahn. Sie freute sich bereits auf ihre kleine, kühle Wohnung und nahm sich vor, nach einer erfrischenden Dusche die Meerjungfrau gleich auszuprobieren. Freundlicherweise hatte ihr Simone die passenden Batterien kostenlos überlassen und so konnte sie zu Hause gleich loslegen. Alleine der Gedanke daran ließ Basimah feucht werden. Vorsichtig stellte sie die Tüte auf den freien Platz neben sich, beobachtete die ein- und aussteigenden Fahrgäste und blieb schließlich an einer jungen Blondine hängen. Die Frau hatte engelsgleiche Locken, himmelblaue Augen und eine süße Stupsnase. Basimah versuchte, sich ihr Gesicht einzuprägen, um sie später bei Bedarf in ihre Selbstbefriedigungsfantasie einbauen zu können. Vollkommen auf das Objekt ihrer Begierde konzentriert, bemerkte sie die missmutige Dicke mit fettigen Haaren und Schweißflecken unter den Achseln zu spät, um flüchten zu können.

„Ist der noch frei?“, fragte die Dicke mürrisch.

Basimah nickte demutsvoll und nahm die Tüte auf ihren Schoss.

Die Frau schob sich unelegant an ihr vorbei und ließ sich mit einem lauten Seufzen auf den freien Platz fallen. Genau in diesem Augenblick begann Basimahs Tüte, unüberhörbar und unüberschaubar zu vibrieren. Nach dem ersten Intervall hoffte sie, es würde von alleine wieder aufhören. Doch die Meerjungfrau legte erst richtig los. Die auf der Packung angepriesenen multiplen, rhythmischen Bewegungen des kleinen Vibrators schienen stärker und stärker zu werden. Die Plastiktüte raschelte laut und das Summen des Gerätes kam Basimah wie ein lautes Grollen vor, das in der ganzen U-Bahn zu hören war. Sie spürte den Blick der dicken Frau auf sich ruhen, auch die Blondine schaute sie leicht irritiert an. Der Mann gegenüber, in einem schlecht sitzenden Cordanzug, schien sogar wissend zu lächeln. Oder bildete sie sich das nur ein? Gerade als Basimah spürte, dass auch noch der Schwanz der Meerjungfrau sich kreisend in Bewegung setzte, schnaubte die Dicke empört auf.

„Wollen Sie nicht endlich rangehen?“, fragte die Frau, die offenbar dachte, in Basimahs Tüte befände sich ein Handy mit Vibrationsalarm.

Die Schamesröte schoss Basimah ins Gesicht, doch sie ignorierte die dicke Frau weiterhin tapfer.

„Eine Frechheit!“, schnaubte diese daraufhin und fuchtelte mit ihren schwabbeligen Armen vor Basimahs Gesicht herum.

„Hallo? Hören Sie mich überhaupt?“

Basimah suchte nach einer angemessenen Reaktion, konnte sich jedoch für keine entscheiden.

„He, ich glaube, die spinnt!“, rief die dicke Frau laut in die U-Bahn hinein.

Plötzlich wurde Basimah wütend. So etwas sagte man einfach nicht. Zu niemandem. Zumindest nicht in ihrer Welt.

Von der sich immer weiter in ihre Aufregung hineinsteigernden Frau vollkommen unbeeindruckt, beschloss Basimah, wahrhaft edel und erhaben zu handeln. Und zugleich vollkommen verrückt. Eben wie eine Prinzessin. Sie griff ruhig in ihre Plastiktüte und bekam den wild zuckenden Vibrator zu fassen. Inzwischen musste auch der dicken Frau aufgefallen sein, dass es kein Handy sein konnte, das vibrierte. Hoffend, sie möge nicht puterrot anlaufen, zog Basimah die grünfarbene Meerjungfrau heraus. Die dicke Frau schnappte erschrocken nach Luft.

Basimah hielt sich, den Blick noch immer stur geradeaus, mitten ins Nirgendwo zwischen automatischem Türöffner und Haltestange gerichtet, den drehenden Oberkörper der Meerjungfrau ans Ohr. Der zuckende Fischschwanz diente ihr als Sprechmuschel.

„Hallo?“, fragte sie in den Vibrator hinein. „Hallo? Wer ist dort? Ich sitze gerade in der U-Bahn und mein Empfang ist sehr schlecht.“

Die gut aussehende Blondine und einige andere Fahrgäste in unmittelbarer Umgebung fingen an zu lachen und der Cordanzug lächelte beinahe lüstern. Die dicke Frau hingegen war derart geschockt, dass sie keinen Ton herausbrachte. In diesem Augenblick tauchte die nächste Haltestelle glücklicherweise aus der Dunkelheit des Bahnschachtes auf. Basimah schaltete den Vibrator ab, erhob sich, ging betont lasziv an der Blondine vorbei, bestätigte den Türöffner und verließ mit einem zufriedenen Lächeln auf den Lippen die Bahn.

Sie fand, sie hatte das Beste aus der Situation herausgeholt.

15 Uhr

Nachdem die Meerjungfrau ihr in der U-Bahn einen Auftritt beschert hatte, den wohl keiner der Fahrgäste jemals vergessen würde, fand Basimah, es war endlich an der Zeit, dass sich ihre Investition auszahlte. Sie fühlte sich nach der kalten, erfrischenden Dusche von den schweißtreibenden Anstrengungen des heißen Sommertages befreit. Je länger sie nackt, nur mit einem Handtuch als Turban auf dem Kopf durch ihre Wohnung ging, umso geiler wurde sie. Basimah kannte viele Frauen, insbesondere viele Lesben, die sich gar nicht oder selten selbst befriedigten. Sie konnte diese Abstinenz nicht verstehen. Es war nicht so, dass Basimah tagtäglich Hand anlegte, aber sie machte es sich mit einer gewissen Regelmäßigkeit. Doch nicht nur das. Im Gegensatz zu den meisten ihrer Freundinnen nahm sich Basimah auch nicht ewig Zeit, um sich selbst zum Orgasmus zu bringen. Sie fand, es musste auch einmal schnell und unkompliziert vonstatten gehen. Ein paar Minuten, bevor man sich mit Freunden traf, schlafen ging oder zur Arbeit musste.

Heute jedoch, das hatte sie sich vorgenommen, würde sie sich viel Zeit lassen. Sie machte es sich auf ihren Sitzkissen bequem, nahm die Meerjungfrau in die Hand und schaltete sie ein. Sie beobachtete einige Augenblicke den drehenden, zuckenden, summenden Plastikgegenstand und zögerte. Sollte sie sich das tatsächlich einführen? Basimah konnte sich gar nicht erinnern, wann sie zum letzten Mal mehr als zwei Finger oder eine Zunge in ihrer Möse gespürt hatte. Plötzlich konnte sie verstehen, warum Vibratoren für Frauen immer ein so unschuldiges Aussehen hatten. Delfine, Hexen, Nixen – sie waren wie riesige Playmobil-Figuren. Sie glaubte kaum, dass sie es über sich gebracht hätte, einen Plastik-Penis einzuführen. Doch eine Plastik-Meerjungfrau war etwas anderes. Sie schloss die Augen, befeuchtete sich, als würde ihr jemand zuschauen, lasziv die Lippen und führte, Stück für Stück, die Meerjungfrau ein. Sie stöhnte kurz auf und war überrascht von der enormen, beinahe schon überwältigenden Wirkung.

„Geil!", ächzte sie und wurde vom Klang ihrer eigenen Stimme noch geiler.

Die Augen hielt sie jedoch weiterhin geschlossen. Sie wollte nicht sehen, wie sie von einer Nixe gefickt wurde. Plötzlich tauchte das Bild von Sarah in ihrem Kopf auf. Sie war nackt und sie wollte Basimah. Sie schrie auf. Zuckte. Zog sich zusammen, hätte beinahe die Nixe aus der Hand fallen lassen. Dann kam sie plötzlich und unerwartet.

21 Uhr

„Er hat mich verlassen", begrüßte Evi ihre Tochter und warf theatralisch ihre Haare zurück. Ihre Augen waren gerötet. Sie hatte wahrscheinlich den gesamten Nachmittag hysterisch weinend in ihrer Wohnung verbracht.

„Das tut mir leid", antwortet Basimah und umarmte ihre Mutter tröstend.

„Ach was! Er ist ein Arschloch!", entgegnete Evi und tat so, als wäre es ihr egal, von ihrem Freund abserviert worden zu sein.

„Wie geht es dir jetzt?"

„Wie soll es mir gehen? Ich bin ein Wrack! Aber ich werde nicht aufgeben."

„Du willst um ihn kämpfen?"

„Ach was! Ich gehe nach China!", verkündete ihre Mutter stolz.

„Nach China?", fragte Basimah ungläubig. Inzwischen kannte sie Evi gut genug, um zu wissen, dass es nur eine weitere verrückte Idee war, die sie niemals in die Tat umsetzen würde.

„Ja. Ich werde die chinesische Mauer ablaufen. Ein paar Monate Ruhe tun mir jetzt sicher gut."

„Und was ist mit deinem Job?"

„Ich habe gekündigt."

Basimah schüttelte resignierend den Kopf. Sie hatte es vor vielen Jahren aufgegeben, ihre Mutter verstehen zu wollen. Manchmal kam es ihr so vor, als wäre sie die Vernünftigere von ihnen beiden.

„Ach, meine kleine Prinzessin, ich werde dich vermissen! Aber ich muss nach China. Ich muss diese Sache durchziehen!", erklärte Evi und nahm ihre Tochter in den Arm.

23.33 Uhr

„Schlaf gut, Prinzessin", flüsterte Basimah leise zu sich selbst und knipste die kleine Nachttischlampe aus. Sie dachte noch einige Minuten über ihre Mutter nach und musste bei der Vorstellung grinsen, wie sich eine hoffnungslos überforderte Deutsche namens Evi mit Händen und Füßen und ein paar Brocken Englisch durch Peking kämpfte. Es war wieder eine ihrer typischen Schnapsideen, die meist aus Hysterie heraus geboren und – Gott sei Dank – im seltensten Fall in die Tat umgesetzt wurden.

Langsam begannen sich Träume und Wünsche in Basimahs Gedankengänge zu schleichen. Die Realität vermischte sich mit dem Irrealen. Die Blonde aus der U-Bahn hatte plötzlich heißen Sex mit Sarah. Und ihre Mutter hüpfte gut gelaunt die chinesische Mauer entlang. Basimahs letzter bewusster Gedanke galt ihr selbst und ihrem Leben: Manchmal bedauerte sie es, nie eine klassische Familie gehabt zu haben. Manchmal sehnte sie sich nach Normalität und einem weniger gestörten Alltag. Manchmal wünschte sie sich eine Mutter, die mehr Mutter als Freundin war. Doch auf der anderen Seite wäre Basimah dann auch nicht Basimah, die kleine Prinzessin.

Die perfekte Ablenkung

Eine Woche war seit dem finalen Ball Amore vergangen. Eine Woche lang hatte sich Marco mit den Gedanken an Tom gequält und selbst gegeißelt. Er wusste, dass es absolut schwachsinnig war, ihm hinterherzutrauern. Sie hatten einmal miteinander gefickt. Mehr nicht. Nur eine gemeinsame Nacht, noch dazu mit einem Mann, der bald heiraten würde. Doch Marco wusste auch, dass er dieses Gefühl nicht einfach unterdrücken konnte. Er konnte ihn nicht vergessen, hatte er sich in dieser einen Nacht doch unendlich geborgen gefühlt.

Marco hatte es genossen, mit Tom einzuschlafen und wieder mit ihm aufzuwachen, mit ihm zu frühstücken, sich mit ihm zu unterhalten. Es war allerdings zugleich eine klare, eindeutige Sache gewesen: etwas Einmaliges, ein klassischer One-Night-Stand. Doch als Tom schließlich gegangen war und Marco wieder alleine in seiner Wohnung saß, war ihm bewusst geworden, dass er ihn bereits vermisste. Immer wieder hatte er an jenem Tag auf sein Handy gestarrt und auf eine SMS gehofft. Oder gar auf einen Anruf. Er hatte gehofft, Tom würde es sich anders überlegen und zurückkommen. Doch warum sollte er zurückkommen? Wofür?

Marco hatte drei Tage lang versucht, keinen weiteren Gedanken an Tom zu verschwenden. Erfolglos. Immer wieder spürte er den bitteren Stich der Eifersucht, wenn er an den unbekannten, gesichtslosen Sven dachte. Jenen vermeintlichen Supermann, an den er nie heranreichen konnte.

Am siebten Tag beschloss er schließlich, die ganze Sache vergessen zu müssen, und suchte nach Zerstreuung und Ablenkung. Er ging aus und lernte tatsächlich jemanden kennen, der es sich jedoch nach einer wilden Knutscherei vor Marcos Haustür aus unerfindlichen Gründen anders überlegte und die Flucht ergriff. Nicht, dass Marco den Typen besonders toll gefunden hätte. Im Gegenteil: Eigentlich wäre es mehr ein Not-Fick gewesen. Ein Kompromiss. Eben eine Ablenkung. Trotzdem kratzte es an seinem Ego und da die Nacht noch jung war, beschloss er kurzerhand, in den Cellar zu gehen, die einzige Lederbar Frankfurts. Dort, im Halbdunkel des Darkrooms, sah er sogar eine nette Skin-Schwuchtel in Bomberjacke und engen Jeans. Doch ehe er sich versah, kniete der vermeintlich harte Skin vor ihm, holte ihm den halbsteifen Schwanz heraus und raunte: „Fick mich ins Maul!"

Doch genau darauf hatte Marco in dieser Nacht überhaupt keine Lust. Er fühlte sich wie ausgekotzt und er war es, der ausnahmsweise den Wunsch verspürte, sich einem vollkommen Fremden hinzugeben und sich benutzen zu lassen. Einige Minuten lang bearbeitete der Skin seinen immer noch schlaffen Schwanz. Schließlich tätschelte Marco den kahl rasierten Kopf und meinte nur: „Lass mal gut sein."

Dann knöpfte er sich die Jeans zu und flüchtete aus dem Darkroom. Im Augenwinkel nahm er noch wahr, wie sein Platz augenblicklich von einem in die Jahre gekommenen Ledertypen mit Schnauzer eingenommen wurde. Marco musste kurz lächeln. Das hatte sich der Skin sicher anders vorgestellt.

Nach dem fehlgeschlagenen Versuch verließ Marco den Cellar und schlenderte noch deprimierter als zuvor nach Hause. Inzwischen war es drei Uhr morgens. Doch Marco verspürte noch immer keinen Hauch von Müdigkeit, und als auch sein Weg durch die Cruising-Area in der Friedberger Anlage nicht den erwünschten Erfolg brachte, überlegte er kurz, in einer der Saunen sein Glück zu versuchen. Doch es war Sommer und eigentlich mochte er die versifften, stickigen, schwulen Saunen nicht. Außerdem waren um diese Uhrzeit wahrscheinlich sowieso nur Stricher und verkrachte Existenzen dort unterwegs. Also schied diese Alternative ebenfalls aus.

Zu Hause angekommen, stellte er überrascht fest, dass auch Jörg nicht schlafen konnte. Sein Mitbewohner schaute sich im Fernsehen gerade einen seiner geliebten Slasher-Filme an und hatte es sich mit Bier und Chips auf ihrem grünen Sperrmüll-Sofa gemütlich gemacht.

„Und, Erfolg gehabt?"

„Sehe ich etwa so aus?", brummte Marco missmutig. Er hatte keine Lust auf ein Geplänkel und wollte sich so schnell wie möglich in seinem Zimmer einschließen, alleine mit seiner schlechten Laune und den trüben Gedanken.

„Du hörst dich vor allem nicht so an! War kein Arsch bereit für dich?"

„Nö!"

„Warst du im Cellar?", fragte Jörg beinahe ehrfürchtig. Für ihn war die Fetisch- und Lederbar mit ihrem Darkroom noch immer ein Mysterium und die einzige Burg, die Jörg bei seinen Szenestreifzügen an Marcos Seite noch nicht gewagt hatte einzunehmen.

„Ja. Aber erfolglos."

„Wenn du willst, schnapp dir den Wagen und fahr auf einen der Parkplätze, von denen du mir mal erzählt hast."

„Meinst du, dort ist um diese Uhrzeit noch was los?"

„Wer ist denn die Schwulenschlampe von uns? Du oder ich?"

„Ich bin keine Schlampe. Ich brauche nur … Ablenkung."

„Ich weiß", antwortete Jörg sanft und holte die Wagenschlüssel aus der Tasche. „Manchmal ist Ablenkung genau das Richtige, um über Herzschmerzen hinwegzukommen. Wenigstens kurzfristig. Was meinst du, wie oft ich gerne einfach mit einer Frau gevögelt hätte, nur um über eine Ex hinwegzukommen oder sie zumindest für den Moment der Geilheit zu vergessen! Ich beneide euch Schwule!"

„Die alte Leier wieder. Wie du siehst, ist es auch bei uns manchmal schwer, einfach nur Sex zu haben."

„Die Betonung liegt auf manchmal!", stellte Jörg trocken fest und drückte Marco die Schlüssel in die Hand. „Na los. Wenn du dich beeilst, bist du zum Höhepunkt des Films wieder da."

„Was ist denn der Höhepunkt? Ein Kettensägenmassaker?"

„Nein, ein Irrer schlachtet bei einer Miss-Wahl die Hälfte aller Kandidatinnen ab."

Marco verzog angewidert das Gesicht.

„Dann hoffe ich mal lieber auf meinen eigenen Höhepunkt."

„Gute Jagd!", rief ihm Jörg noch nach, während Marco die Wohnung verließ.

Er war von seiner eigenen Besessenheit, noch Sex zu haben, beinahe selbst schockiert. So ähnlich musste sich ein Junkie auf der Suche nach dem nächsten Schuss fühlen, überlegte er, während er Jörgs alten Ford startete und Richtung A661 startete. Eigentlich war Marco niemand, der den schnellen, anonymen Sex brauchte oder genoss. Parkplätze, Klappen und Darkrooms waren nicht seine Welt. Doch in dieser Nacht musste er zugeben, dass er das Herumtreiben genoss, zumindest wenn er die Aussicht auf Erfolg wenigstens vor Augen hatte.

Wie bereits befürchtet, standen auf dem Parkplatz, die beiden LKWs nicht mitgezählt, nur sechs weitere Autos. Marco parkte den Ford und stieg aus. Er war nie dort gewesen und kannte sich auf dem Gelände nicht aus. Also schlenderte er, zum einen, um sich einen Überblick zu verschaffen, und zum anderen, um seine

Augen an die Dunkelheit zu gewöhnen, ziellos um die Wagen herum. Ihre Fahrer hatten sie verlassen und waren wohl im Gebüsch verschwunden.

Plötzlich stand ein Mann vor ihm. Er war, seinem Gesicht nach zu urteilen, etwa vierzig Jahre alt, wobei die Nacht auch einige Lebensjahre verschluckt haben könnte, hatte kurze, braune Haare und beeindruckend breite Schultern. Das weiße T-Shirt strahlte Marco in der Dunkelheit entgegen und lag eng am durchtrainierten Oberkörper des Fremden. Das fahle Mondlicht wirkte wie ein Weichzeichnungsfilter, der die Konturen auflöste. Zielstrebig ging er auf Marco zu, bremste kurz vor ihm ab, musterte ihn wie eine Ware, die er zu kaufen gedachte, und verschwand dann im nahen Gebüsch.

Marco erzitterte vor Aufregung. Genau diese Art von Kerl wollte er heute Abend: maskulin, dominant, stark. Ohne zu zögern folgte er ihm. Sie schlugen sich einige Schritte durch das Unterholz und kamen schließlich, umringt von einer Gruppe Lerchen, vor einem alten Maschendrahtzaun zum Stehen. Wieder musterten sie sich eindringlich und zugleich zustimmend. Dann schoss die Hand des Fremden vor und zog Marco zu sich. Hart rammte der Mann ihm die Zunge in den Mund und Marco erwiderte den Kuss. Er ließ sich fallen. Endlich.

Der Fremde übernahm die Kontrolle und drückte ihn, noch immer seinen Mund hart auf Marcos Lippen gepresst, gegen den Maschendrahtzaun. Plötzlich hielt er inne und begann, Marcos Hals zu lecken, während sie sich hektisch und unkoordiniert gegenseitig die Hosen öffneten. Marco wog das schwere und beeindruckend große Glied des Mannes in der Hand. Dann wurde er schon nach unten gedrückt. Bereitwillig ging er in die Knie und ließ sich, noch immer gegen den Zaun gepresst, in den Mund ficken, wobei der Fremde immer wieder geschickt Marcos Kopfposition veränderte und schließlich sein gesamter Schwanz in dessen Mund verschwand. Marco musste würgen. Der Fremde hielt kurz inne und blickte Marco direkt in die Augen, ob er weitermachen sollte und durfte. Nur mit einem Blick gab ihm Marco zu verstehen, dass es okay war. Augenblicklich begann der Mann wieder damit, seine Hüfte vor- und zurückzubewegen, und stieß Marco seinen Schwanz wieder und wieder in den Mund. Erneut würgte es ihn und er krallte sich in die Oberschenkel des anderen.

„Geil!", ächzte dieser nur, während er grob und trotzdem auf seltsame Weise gefühlvoll durch Marcos Haare fuhr. Schließlich zog er seinen Schwanz heraus, schlug sanft gegen Marcos Wangen und begann zu wichsen. Marco, noch immer vor ihm kniend, tat es ihm gleich und überraschenderweise gelang es ihnen, gleichzeitig abzuspritzen. Nachdem sie gekommen waren, verharrten sie einen Augenblick in der Position, wobei der Mann, nun deutlich sanfter, Marcos Kopf streichelte.

„He … wirklich geil!", stellte er befriedigt fest, während er seinen Schwanz sorgfältig in der Hose verpackte.

„Allerdings!", antwortete Marco, erhob sich, zog seine Hose nach oben. Überall auf seinem Körper und der Kleidung war ihr Sperma verteilt. Doch Marco befand, es wäre dem Sex und der Situation unangemessen, nach einem Taschentuch zu fragen. Der Mann gab ihm einen schnellen Kuss auf den Mund und verschwand im Unterholz. Mit leicht zittrigen Knien ging Marco zurück zum Wagen.

„Eine verdammt geile Ablenkung", murmelte er leise und lächelte. Wie gut, dass es Schwule so einfach hatten, an Sex zu kommen. Wenn er sich beeilte, schaffte er es tatsächlich noch zum Miss-Wahlen-Massaker und konnte mit Jörg noch ein – oder auch zwei – Bier zischen. Denn nicht nur Sex, sondern auch Mitbewohner konnten schließlich eine Ablenkung sein. Sogar eine, die länger anhielt als der Moment der Geilheit.

Das Verschwinden der alten Dame

„Mein Leben ist eine immer dichter werdende Folge von Finsternissen", hatte Naomi einmal, noch ganz zu Beginn ihrer Alzheimererkrankung, gesagt – frei nach dem Schriftsteller Thomas Bernhard. Deanna konnte sich vorstellen, wie dunkel und finster das Leben ihrer Freundin gegen Ende gewesen sein musste. Doch auch wenn es egoistisch war, wünschte sie sich nichts sehnlicher, als dass Naomi wieder zurückkehrte. Sie hatte immer mehr das Gefühl, einen schrecklichen Fehler begangen zu haben, weil sie ihrer Freundin diesen letzten, großen Liebesbeweis erbracht hatte. Sicher, für Naomi mochte es die Erlösung gewesen sein, sie jedoch, die gezwungen war zurückzubleiben, ging durch die Hölle. Selbst wenn Naomi in den letzten Jahren gelitten und ein mehr als trauriges Dasein gefristet hatte, war sie doch immer an ihrer Seite gewesen. Sie war präsent gewesen. Sie hatte gelebt. Doch nun, nach ihrem Tod, nach dem durch ihre eigene Hand ausgeführten Mord war Deanna alleine. Alleine mit ihrer Schuld.

Gedankenverloren betrachtete sie die zarten Knospen der feuerroten Lilie, die sich gierig nach Luft und Sonne dem Himmel entgegenreckten. Das Gewächs hatte Lust auf Leben. Deanna jedoch verspürte in den Wochen seit Naomis Weggang immer wieder Lust auf den Tod. Sie war nicht unbedingt des Lebens überdrüssig geworden, doch sie war müde. Müde und erschöpft, auch wenn man es ihr nicht ansah. Ihre Haut war noch immer rein und beinahe faltenlos. Ihr Haar war voll und lang und weiß, ein schönes, reines, ehrwürdiges Weiß. In ihren wallenden Kleidern, gekrönt durch aufwendige Hüte, die an die Mode der goldenen Zwanziger erinnerten, war sie noch immer von einer atemberaubenden Schönheit, die durch das Alter nicht etwa an Glanz verloren, sondern an Autorität gewonnen hatte. Sie schien in einem zeitlosen Zustand gefangen zu sein.

Doch in ihrem Herzen war Deanna müde. Zu lange schon weilte sie auf dieser Welt. Sie hatte mit ihrem achtzigsten Geburtstag aufgehört, die Jahre zu zählen. Sie war einfach da, existierte, lebte. Hätte sie in den letzten Jahren einen Arzt aufgesucht, sie wäre wohl als ein medizinisches Wunder bekannt geworden. Doch sie wollte von den fadenscheinigen Göttern in Weiß nichts wissen. Zu viel Schmerz verband sie noch immer mit der Erinnerung an die modernen Wunderheiler, die sich in den dunklen Jahren des vergangenen Jahrhunderts mit dem Teufel verbündet hatten. Sicher, es waren nicht alle gewesen, doch insgeheim machte sie die gesamte deutsche Ärzteschaft für den Tod ihrer Zwillinge verantwortlich.

Die Mörder hatten sich erst ihres kommunistischen Mannes bemächtigt, dann ihrer jüdischen Geliebten und sie schließlich ihrer Kinder beraubt. Trotzdem war sie, auch nachdem die

Schlächter Deutschland aus ihren barbarischen Fängen entlassen hatten, hier geblieben. Oder vielleicht auch gerade deswegen. Sie wollte kämpfen und sie wollte ihrer zweiten Heimat, die ihr so viel Liebe und Schmerz zugleich geschenkt hatte, nicht voller Scham den Rücken kehren. Und so war sie geblieben. Und ihr Bleiben wurde belohnt. In den Trümmern ihres Lebens und in den Trümmern eines ganzen Landes traf sie Naomi, Frau eines französischen Soldaten. Wieder hatte sie geliebt und wieder hatte sie gelitten, hatte sie kämpfen müssen.

Sie war müde und sie hatte keine Lust mehr, weiterzukämpfen. In den vergangenen Jahren war sie zu einer Legende geworden. Ein engelsgleiches Geschöpf der Nacht. Tagsüber verließ sie ihr Anwesen nur noch, um Naomi zu besuchen. Meistens zog sie sich danach in ihr Gewächshaus zurück, meditierte und verbrachte die Stunden bis Einbruch der Dunkelheit bei ihren Pflanzen. Manchmal schaute Karl bei ihr vorbei, er war einer der wenigen Freunde, die ihr geblieben waren. Viele andere waren gegangen. Die meisten nicht freiwillig. Von einem Virus dahingerafft oder vom Feuer der Zeit verbrannt.

Auch Deanna wollte sich endlich diesem Feuer hingeben. Sie spürte, dass ihre Kraft langsam schwand. Es war nicht so, dass sie ihr Leben nicht liebte, doch sie hatte beschlossen, dass es jetzt endlich, nach fast einhundert Jahren, an der Zeit war, die Bühne zu verlassen. Sie wollte es so und sie wusste, ihr Körper würde sich, wie bisher immer, ihrem Geist unterordnen.

Sie hatte die Entscheidung am Morgen getroffen und ein Teil von ihr bedauerte, dass sie nun keine Zeit mehr haben würde, sich von Karl zu verabschieden, er war ihr doch in den letzten Jahren ein treuer Freund gewesen. Auf der anderen Seite war sie nie gut im Abschiednehmen gewesen. Nur ihrem Gewächshaus und ihren Blumen wollte sie Lebewohl sagen.

Sie hatte den kleinen Garten bei ihrer Ankunft in Frankfurt vor beinahe sechzig Jahren erworben und zwischenzeitlich hatte es sogar so ausgesehen, als würde das kleine Grundstück nahe des neuen Bundestages liegen, hätte Adenauer nicht im letzten Augenblick Bonn als Bundeshauptstadt durchgesetzt. Eigentlich war sie dafür sogar dankbar, so hatte sie bis heute an ihrem Garten ein Idyll abseits der städtischen Hektik. Inzwischen verbargen riesige Weiden und Birken das Gewächshaus vor den neugierigen Blicken der Passanten und nur wenige wagemutige Kinder hatten sich bisher über die hohen Mauern des Anwesens getraut.

Sie hatte immer mit viel Liebe zum Detail den Garten und das Gewächshaus, welches ihre beeindruckende Liliensammlung beherbergte, gepflegt. Ein Hauch von Melancholie erfasste sie, als ihr bewusst wurde, dass sie ein letztes Mal hier sein würde. Die Stille. Die Ruhe. Die Farben. Die Düfte. Sie würde sie vermissen, wohin auch immer sie reisen würde. Doch Deanna gestattete sich nicht zu weinen. Stattdessen nahm sie eine Schere, schnitt eine Knospe der feuerroten Lilie ab und steckte sie an ihr Kleid.

Viele Wochen und Monate hatte sie in das Gewächs investiert. Doch die Blume hatte einfach nicht erblühen wollen. Nun war keine Zeit mehr zu warten, bis sich die Knospen öffneten. Wie immer, so als würde sie wiederkommen, stellte Deanna die Gießkanne zurück an ihren Platz neben dem Wasserhahn, schloss die Tür hinter sich zu, trat hinaus in das gleißende Licht der Sonne und öffnete schwungvoll-erhaben ihren weißen Sonnenschirm. Ein letztes Mal schritt sie durch ihren Garten, ihr Reich. Den kleinen Pfad entlang, über die Holzbrücke, unter ihr der Seerosenteich, an dem sanft plätschernden japanischen Brunnen vorbei, erreichte sie schließlich das Tor. Es quietschte, wenn man es öffnete. Bereits seit vielen Jahren. Sie hatte es immer ölen wollen, es jedoch stets vergessen. Nun war es egal. Sie hatte keine Zeit mehr. Sie musste nach Hause. Es gab noch einiges zu regeln und sie hatte nur noch ein paar Stunden.

Wie ein Schatten des Windes huschte Deanna Westen durch die dunklen Straßen Frankfurts. Wie ein Wesen aus einer anderen Welt, ein Geist, eine Erscheinung.

Die Vorbereitungen für ihre Abreise hatten sich verzögert. Schnell war die kleine Tasche gepackt gewesen, ganz oben, auf einen Stapel Kleidung, legte sie ihr Lieblingsbuch, einen Sammelband mit Geschichten und Essays von Polgar, ihren kleinen Damenrevolver und eine Packung Schlaftabletten. Eigentlich hatte sie dann sofort aufbrechen wollen, doch ihr schlechtes Gewissen meldete sich zu Wort und so schrieb sie Karl einen hastigen Abschiedsbrief. Sie hoffte inständig, er würde ihren Rat befolgen und nicht nach ihr suchen.

Leise und unsichtbar wie eine graue Katze in der Nacht, schritt Deanna die Straße entlang. Aus der Blue-Bar war lautes Gelächter zu hören. Sie spähte durch das schmale Fenster hinein und konnte Meiko und Karl erkennen, wie sie eifrig Cocktails mixten. Karl lachte ausgelassen. Er schien glücklich. Plötzlich hob Meiko den Kopf und schaute direkt in ihre Richtung. Für den Bruchteil einer Sekunde begegneten sich ihre Blicke, dann tauchte Deanna ab in die Dunkelheit. Sie hauchte auf den Briefumschlag noch einen sanften Abschiedskuss, warf ihn in den Postkasten der Bar, ging hastig zu ihrem Wagen, einem alten feuerroten DKW F1. Deannas Herz hing seit vielen Jahren an dem Oldtimer. Zu dumm, dass sie ihn nicht würde mitnehmen können. Mit einem wehmütigen Lächeln drehte Deanna zum letzten Mal den Zündschlüssel um und startete den Wagen. Heimlich, still und leise machte sie sich aus dem Staub.

Alles sah noch genauso aus, wie sie es in Erinnerung hatte. Ihre kleine Jagdhütte lag mitten in einem Naturschutzgebiet; um das Häuschen herum breitete sich das dunkle Dickicht des Schwarzwaldes aus. Die Terrasse des kleinen Holzhauses diente zugleich als Anlegeplatz für ein kleines Ruderboot, mit dem Deanna schon einige Male hinaus auf den kleinen Waldsee, kaum größer als ein Tümpel, gepaddelt war und erfolglos versucht hatte zu angeln. Niemand außer Naomi wusste von diesem Haus. Es war eine ihrer zahlreichen geheimen Oasen gewesen. Ein Ort der Geheimnisse und der Liebe. Sie hatte befürchtet, der kleine Weg wäre inzwischen zugewuchert oder die Hütte verfallen, war Deanna doch seit beinahe fünf Jahren nicht mehr hier gewesen. Doch glücklicherweise hatte sie noch immer mit ihrem Wagen bis auf gut hundert Meter an das Häuschen heranfahren können.

Die letzten Meter legte sie zu Fuß zurück. Sie hatte ihre Schuhe ausgezogen. Das feuchte Gras kitzelte an ihren Füßen und sie musste lachen. Es war noch immer ein helles, freundliches Lachen, wie das eines jungen Mädchens. In der Hütte roch es leicht muffig und sie beschloss, erst einmal gut durchzulüften und ein Glas Absinth zu trinken. Richtigen Absinth, nicht den nachgemachten Fusel, den es seit einigen Jahren wieder zu kaufen gab. Sie bezog das Bett mit frisch duftender Wäsche und schloss die Eingangstür ab. Sie hoffte, dass man den Wagen entweder stehlen oder zumindest, da er gut versteckt im Tannendickicht stand, nicht sehr schnell finden würde. Nachdem sie sich von dem ordnungsgemäßen und erwünschten Zustand des Hauses überzeugt hatte, trat Deanna mit einem erleichterten Seufzer auf die Terrasse hinaus. Sie blinzelte in die aufgehende Sonne, die zwischen den Baumwipfeln hindurch den kleinen See in ein feuriges Rot tauchte, und spürte, wie jede Anspannung von ihr abfiel. Sie leerte das Glas Absinth mit einem letzten großen Schluck, rauchte eine Zigarette und lauschte ein letztes Mal dem morgendlichen Gezwitscher der Vögel. Es würde ein schöner Tag werden. Zum Glück, denn wer wollte schon an einem Regentag sterben?

Deanna nickte der Sonne zum Abschied zu und ging zurück ins Haus, zog die schweren, braunen Vorhänge zu, legte sich auf das Bett, in dem sie sich unendlich oft mit Naomi geliebt hatte. Der kleine, goldene Revolver, ein Glas Wasser und die Schlaftabletten befanden sich auf dem Nachttisch, in Reichweite. Doch sie glaubte nicht, die Hilfsmittel benutzen zu müssen. Ihr Körper würde gehorchen, sich ihrem Geist unterordnen. Sie würde einschlafen und nie wieder aufwachen. Sie würde aufhören zu atmen. Sterben. Verschwinden. Abdriften. Einfach so.

Würdevoll. Deanna schloss die Augen. Sie fühlte sich so unendlich frei und glücklich. Keine Angst, keine Zweifel, denn sie wusste, sie hatte gelebt. Ihr letzter Gedanke, bevor sie friedlich einschlief, galt Naomi und den Zwillingen. Sie warteten auf sie. Bald würde sie bei ihnen sein.

Alltäglicher Wahnsinn

Tom liebte Frankfurt, doch in regelmäßigen Abständen zog es ihn nach Köln. Auch eine Woche vor seinem dreißigsten Geburtstag hatte er plötzlich Sehnsucht nach der Kölschen Frohnatur verspürt. Sven musste sowieso am Wochenende Überstunden schinden und so hatte er sich kurzerhand bei seiner Freundin Marge – einer ebenso glamourösen wie abgehalfterten Drag Queen – einquartiert.

Marge war so etwas wie die Hebamme des schwulen Thomas Markward. Sie hatte zu einer alternativ-intellektuellen Bockenheimer Kommune gehört, durch die Tom schließlich auch die – damals noch kinderlose – Hippie-Braut Tina und ihren Bruder Meiko kennengelernt hatte. Marge mochte ihn von ihrem ersten Aufeinandertreffen an und erklärte ihn zu ihrem persönlichen Projekt. Tom verehrte sie. Marge begehrte ihn. Ihre Freundschaft war seit jeher von diesen beiden ungleichen Gefühlen geprägt.

Nachdem die Kommune, eine der letzten, die es bis in die neunziger Jahre geschafft hatte, sich zerstritten hatte und auseinandergebrochen war, löste sich aus der Runde schließlich das Trio Tina, Meiko und Tom. Marge hingegen floh vor dem Zwist und auch vor ihrem Ex-Freund, der während einer ihrer Shows, rasend vor Eifersucht, auf die Bühne gestürmt war und ihr die Perücke vom Kopf gerissen hatte, nach Köln und schwor sich, nie wieder einen Fuß auf Frankfurter Boden zu setzen. Doch sie waren in Kontakt geblieben und wie immer begrüßte sie Tom mit einem strahlenden Lächeln – und mit einer standardmäßigen, kritischen Bemerkung zu seinem Äußeren: „Schätzchen, du trainierst zu viel! Ehrlich, so viel Muskeln stehen dir nicht. Zwingt Sven dich dazu?“

„Nein, und jetzt umarme mich endlich!“, beschwerte sich Tom und fiel seiner Freundin und Mentorin ungeschickt um den Hals. „Ich hab dich vermisst, du alte Jungfer!“

„Das ‚alt‘ habe ich überhört!“, entgegnete Marge zickig, Toms Muskeln noch immer kritisch musternd. „Ich verstehe den derzeitigen, übertriebenen Männlichkeitswahn bei den Schwuchteln nicht“, fuhr sie fort. „Als ich noch jung war, galt es als schick, sich Frauennamen zuzulegen und im Fummel unterwegs zu sein. Aber jetzt rennt ihr nur noch ins Fitnessstudio. Und wenn ich an diese Jungs in Springerstiefeln denke! Diese Skinschwuchteln, einfach furchtbar! Da bin ich mit meinem BH doch noch authentischer als diese Schwuppen! Du scheinst jetzt auch zu dieser Muskelstudio-Fotzen-Fraktion zu gehören. Ich bin enttäuscht.“

Tom bemerkte, dass Marge wieder einmal begann, sich in Rage zu reden. Außerdem ärgerte er sich darüber, dass sie seine Anstrengungen beim Training nicht zu würdigen wusste. So trottete er ihr hinterher, die Treppe hinauf in das Apartment, und übte sich in Schweigen, um nicht gleich zu Beginn seines Aufenthalts einen Streit vom Zaun zu brechen.

„Und erst der CSD! Oder Pride, wie man es jetzt gerne nennt. Furchtbar! Mit Kutschen und weißen Fahnen sind sie hier marschiert! Riefenstahl hätte an den Darbietungen ihre wahre Freude gehabt. Stählerne, durchtrainierte Männerkörper …"

„Ich soll dich übrigens von Sven grüßen", unterbrach Tom ihre Schimpftirade. Schlagartig wurde ihre Stimme weniger schrill und laut.

„Danke. Wie geht es ihm? Ich hoffe, gut."

Marge mochte Sven, und immer wenn die beiden aufeinander trafen, verzogen sie sich nach Möglichkeit in eine ruhige Ecke und unterhielten sich oft stundenlang. Tatsächlich war ausgerechnet Marge die einzige Person in Toms Freundeskreis, die echte, tiefe Sympathien für seinen Freund hegte.

„Ja, Sven geht es gut. Er hat nur gerade viel Stress auf der Arbeit."

Marge nickte zufrieden.

„Aber ich finde es trotzdem nicht gut, dass er dich ins Fitnessstudio schickt. Du wirst noch eines von diesen Anabolika-Kälbern!", stellte sie mürrisch fest.

Tom verzichtete darauf zu erwähnen, dass Sven seine Sportbegeisterung ebenfalls mit gemischten Gefühlen betrachtete. Vor allem erwähnte er nicht, dass er, seitdem er mit Marco geschlafen hatte, diesem Idealbild eines Männerkörpers nacheiferte und noch mehr trainierte.

Nach dem obligatorischen Abendessen bei ihrem Stammitaliener zogen die beiden durch die Bars und Kneipen rund um den Rudolfplatz und landeten schließlich in einem ehemaligen Kino, das seit Jahren ein In-Club der Stadt war. Doch Marges Laune war nicht die beste. Die Männer waren ihr zu jung, zu aufgestylt oder im schlimmsten Fall beides zusammen. Außerdem war sie geil und hatte Lust auf schnellen Sex. Doch selbst in Köln war der für eine alternde Transe nicht unbedingt einfach zu bekommen. Aus diesem Grund war Marge auch gern gesehener und regelmäßiger Gast in Etablissements, die Tom im besten Fall als suspekt bezeichnete. Der italienische Rotwein und die starken Wodka-Redbull-Mischungen bildeten zwar eine gute Grundlage, doch noch war er zu nüchtern, um Marge in die dunklen Unterwelten der schwulen Subkultur zu folgen. Also überredete er sie zu einem weiteren Drink. Ihre Laune besserte sich trotzdem nicht.

„Sie sind alle so jung!“, beklagte sich Marge fortwährend. „Ich glaube, Kapitän Hook ist ein missverstandener Charakter. Da bemüht sich ein ehrenwerter Seefahrer, in Würde zu altern, und bekommt durch eine Sippe ewiger Jünglinge vorgehalten, wie faltig, verbraucht und hässlich er doch geworden ist. Kein Wunder, dass er ausrastete und Peter Pan ans Leder wollte!“

„Muss ich mir etwa um dich Sorgen machen? Du läufst doch nicht Amok? Komm schon, zieh nicht so ein Gesicht! Ich folge dir schon noch zum Bodensatz des Schwulenmilieus!“, versprach Tom sarkastisch.

„Pah!“, entgegnete Marge nur und lümmelte sich – wenig damenhaft – in einen Kinosessel.

„Ich habe eine Idee, wie ich deinen Gemütszustand aufhellen könnte.“

„Mit einer Handgranate, die ich in diesen Laden werfen könnte?“

Tom setzte sich neben sie, ihren bissigen Kommentar überhörend.

„Ich wollte dich um einen Gefallen bitten.“

„Tut mir leid, Tom. Ich schlafe nicht mir dir.“

„Darum ging es ausnahmsweise nicht. Ich wollte dich stattdessen fragen, ob du mein Trauzeuge … oder Trauzeugin werden möchtest.“

Marge blieb für einen kurzen Moment das schwule Mutterherz stehen, und als es wieder anfing zu schlagen, traten ihr augenblicklich Tränen in die Augen.

„Junge, es wäre mir eine große Ehre! Und das auf meine alten Tunten-Tage!“

Schlagartig war sie in Feierlaune. Sie zelebrierte ihre Berufung zur Trauzeugin mit einer standesgemäßen Champagner-Orgie und verpasste es auch nicht – ganz die nach Aufmerksamkeit heischende Diva –, unbekannte Dritte einzuladen.

Irgendwann war schließlich auch Tom betrunken genug, um das plüschige Kino gegen eine billige Homo-Spelunke in einer dunklen Seitenstraße einzutauschen.

Das Wochenende verging wie im Flug. Tom und Marge gammelten durch den Samstag, kurierten ihren Kater und zogen am Abend erneut durch das schwule Nachtleben. Nach dem Absturz am Freitag hatten sie jedoch beschlossen, es diesmal etwas ruhiger und weniger alkoholisch werden zu lassen. Tatsächlich blieben sie ihrem Versprechen treu. Sie wurden am Sonntag für diese Konsequenz belohnt und blinzelten beide, ohne Kopfschmerzen und fahlen Geschmack im Mund, in das grelle Licht der morgendlichen Sommersonne.

Nach einem ausgedehnten Spazierung durch die Kölner Innenstadt probierten sie den Sonntagsbrunch in einem neuen Café am Rudolfplatz aus. Danach wollte Tom in Richtung Frankfurt aufbrechen, um spätestens am frühen Abend wieder zu Hause einzutreffen.

Marge war bester Laune. Sie flirtete ungeniert mit dem Kellner und unterhielt mit ihren Anekdoten nicht nur Tom, sondern auch noch das Pärchen am Nachbartisch. Tom ließ sich von der ausgelassenen Stimmung mitreißen und verschob seine geplante Abreise immer wieder nach hinten. Er hatte keine Lust, aufzubrechen und in seinen Alltag zurückzukehren.

Doch dann, zwischen seinem fünften und sechsten Kaffee, geschah es. Tom hatte ihn nicht kommen sehen, er hing doch ganz an Marges Lippen, die gerade von ihrer letzten Eroberung berichtete. Und so stand Marco plötzlich vor ihm. Die beiden Männer starrten sich überrascht an.

„Hallo!", brachte Marco schließlich heraus.

„Hallo. Was für eine Überraschung."

„Ja, allerdings."

Marge, die das Wiedersehen mit Argusaugen beobachtet hatte und der die plötzliche Anspannung nicht entgangen war, begeisterte sich sofort für Marco. Nachdem sie sich selbst vorgestellt hatte, nötigte sie ihn, sich zu ihnen zu setzen. Sie ignorierte bewusst die Befangenheit der beiden Männer und spielte die umsorgende Tischdame. Etwa eine Stunde lang war sie es, die das Gespräch am Laufen hielt, und die beiden Männer schafften es sogar, sich kein einziges Mal direkt ansprechen zu müssen. Als Marco schließlich kurz auf der Toilette verschwand, wollte Tom eigentlich die Gelegenheit nutzen und Marge für ihre Taktlosigkeit rügen. Doch wie so oft nahm sie ihm mit einer einzigen Frage den Wind aus den Segeln.

„Wann hast du mit ihm geschlafen?“

Tom schluckte.

„Merkt man das?“

„Natürlich! Das ist etwa so offensichtlich wie die Tatsache, dass meine Titten künstlich sind! Abgesehen davon hat er sich in dich verknallt.“

Tom war überrascht, um nicht zu sagen, schockiert. Unter diesem Aspekt hatte er sein Intermezzo mit Marco niemals betrachtet.

Zur gleichen Zeit beobachtete Marco gedankenverloren ein Stockwerk tiefer, wie sich sein Strahl über einen grünen Toilettenstein ergoss. Er rief sich selbst zur Ordnung. Die Welt war verrückt und Gott ein Sadist mit schlechtem Humor. Er war nach Köln gekommen, um Tom unter keinen Umständen über den Weg zu laufen, und ausgerechnet hier mussten sie sich begegnen. Zufall? Schicksal? Vorsehung? Was immer es war, Marco beschloss, sich nicht darauf einzulassen, und ignorierte tapfer das wieder einsetzende Kribbeln in der Magengegend. Er schüttelte ab, atmete tief durch und kehrte zu Marge und Tom zurück.

Alle drei stellten zu ihrer Erleichterung fest, dass Marcos Pinkelpause das Eis gebrochen hatte, und so konsumierten sie weiterhin literweise Kaffee, stiegen schließlich am frühen Abend auf Prosecco um und Marge erhielt sogar – zu ihrer großen Begeisterung – die Telefonnummer des Kellners. Danach beschlossen Marco und Tom, dass es nun endlich an der Zeit war, in Richtung Frankfurt aufzubrechen. Widerstrebend verließen sie das Café und verabredeten sich eine Stunde später am Hauptbahnhof, wo Tom Marco mit seinem Wagen auflesen und mitnehmen würde. Quasi, um ihre neue Freundschaft mit einer gemeinsamen Autofahrt zu besiegeln.

Nachdem Marco überschwänglich von Marge verabschiedet worden war, nahm sie sich Tom noch einmal zur Brust.

„Der ist echt süß. Ein Prachtjunge, auch wenn er zu viel trainiert. Und er scheint dich wirklich toll zu finden."

„Ich ihn auch, aber du weißt doch, dass …"

„Tom! Ich kenne dich nun schon so lange und ich weiß dieses Funkeln in deinen Augen zu deuten. Du findest ihn toll."

„Ich finde ihn sehr begehrenswert. Seinen Körper … Er ist witzig … Vielleicht bin ich tatsächlich so etwas wie verknallt …"

Tom war über seine eigene Aussage einigermaßen überrascht. War er verknallt? In einen anderen Mann? Wann genau hatte sich dieses Gefühl eingestellt? Schon damals, am Morgen danach? Oder erst heute, im Laufe des Tages?

„Sag mir, warst du jemals in Sven verknallt?", holte Marge ihn aus seinen Gedanken.

Tom konnte ihr zu seiner eigenen Überraschung keine Antwort geben. Er konnte sich nicht erinnern und er befürchtete, dass er niemals in Sven verknallt gewesen war. Sven war auch nicht der Mann, um verknallt zu sein und verrückte Sachen zu machen.

„Keine Antwort ist auch eine Antwort. Hör zu, mein Junge, ich mag Sven. Wirklich! Aber du solltest es dir mit der Hochzeit noch einmal gut überlegen. Keine Sorge, ich werde auch noch in zehn Jahren als Trauzeugin zur Verfügung stehen!"

Marge lächelte verschmitzt, um ihren eigenen Worten etwas an Schärfe zu nehmen.

„Du bist mein Projekt! Und wirst es immer bleiben!", versprach sie ihm, drückte ihn so fest an sich, dass ihre Brüste verrutschten, hauchte einen Kuss auf seine Wange und ließ ihn mit ihren Weisheiten alleine.

„Gute Reise euch beiden!"

„Bis bald!", antworte Tom lahm und stieg – noch immer sichtlich verwirrt – in den Wagen. Der silbergraue Mercedes schlängelte sich durch die belebten Straßen der Innenstadt und die beiden Männer betrachteten schweigend die vorbeirauschenden Häuserschluchten, Fassaden und Passanten. Erst als sie auf der Autobahn in Richtung Frankfurt waren, ergriff Marco das Wort.

„Danke, dass du mich mitnimmst."

„Kein Problem! Zu zweit macht es sowieso mehr Spaß!"

„Da fallen mir noch andere Dinge ein!", entfuhr es Marco lachend, und nachdem Tom kurz geschluckt hatte, gönnte er sich auch ein kurzes, unsicheres Lächeln.

Und so flogen die Kilometer dahin und sie unterhielten sich. Plötzlich war sie wieder da, die Vertrautheit. Genauso wie das Gefühl, auf einer Wellenlänge zu liegen, und natürlich das sagenumwobene Kribbeln. Irgendwann ergriff Tom Marcos Hand und streichelte sie sanft. Sie redeten nicht über diese Geste, sondern ignorierten sie vehement. Stattdessen unterhielten sie sich einfach weiter. Schließlich erreichten sie Limburg und betrachteten verträumt die historischen Bauten, die in ein sanftes, unwirkliches Abendlicht getaucht waren.

„Wollen wir uns ein Hotel nehmen?"

„Was?", fragte Marco, der nicht glauben konnte, was er gerade gehört hatte. Genauso wenig wie Tom glauben konnte, dass er diesen Wunsch tatsächlich laut ausgesprochen hatte.

„Ein Hotel. Ich war noch nie in Limburg. Ich würde gerne hier bleiben. Für eine Nacht. Mit dir."

„Und deine Arbeit? Dein Freund?"

„Lass das mal meine Sorge sein!", antwortete er souverän. Er würde sich schon eine Ausrede einfallen lassen.

Marco drückte fest Toms Hand, die noch immer in der seinen lag.

„Lass uns ein Hotel nehmen!"

Und so verließen sie die Autobahn. Es war tatsächlich kein Problem, ein nettes und zugleich günstiges Hotel zu finden, und nach einem ausgedehnten, gutbürgerlichen Abendessen in einem Gasthof schlenderten sie Händchen haltend durch die Straßen und Gassen der Altstadt. Tom lächelte stumm in sich hinein. Er war verknallt, und was er tat, war nicht nur verrückt. Es war Wahnsinn. Doch es war ihm egal.

Das verhexte Handy

Luke wartete nun schon zwei Tage, starrte auf sein Telefon, zuckte immer zusammen, wenn das Handy vibrierte. Doch niemals war er es. Samuel schien untergetaucht zu sein. Verschwunden in seiner eigenen Welt, die Luke noch immer verschlossen blieb. Er wusste nicht, was sein Freund an diesen Tagen machte, mit wem er sich traf, wo er unterwegs war. Es war ein unerträgliches Gefühl, eine perverse Mischung aus Wut, Sorge und Verlustangst. Ihre Beziehung war noch frisch, zerbrechlich und voller Probleme, und so wog es besonders schwer, in dieser unendlich erscheinenden Stille zu leben.

Es war Sonntag und Luke hatte das Wochenende mit Warten verbracht. Selbst als er zusammen mit Sarah im Blue gewesen war, hatte er gewartet. Doch Samuel rief nicht an und so versuchte Luke weiter, gute Miene zum bösen Spiel zu machen. Er lachte und scherzte mit den anderen, doch ein Teil von ihm wartete und wartete.

Er verstand es nicht. Sie hatten so viele schöne Momente gehabt und Luke wollte jeden freien Augenblick am liebsten gemeinsam mit Samuel verbringen. Er war verliebt, verknallt und berauscht. Wenn sie zusammen waren, hatte er auch den Eindruck, dass diese Gefühle auf Gegenseitigkeit beruhten. Doch immer, wenn sie sich verabschiedeten, wusste Luke, dass nun das Warten wieder begann. Er musste stets das Verlangen unterdrücken, Samuel einfach eine kurze Nachricht zu schreiben. Nichts Wichtiges, einfach nur, dass er an ihn dachte und ihn vermisste. Und immer wieder tauchte eine Frage in seinem Kopf auf: Vermisst er mich auch?

Vielleicht war es tatsächlich so, dass Samuel an ihn dachte und ihn vermisste, aber einfach keinen Grund sah anzurufen. Doch Luke wusste es nicht und das zehrte an seinen Nerven.

Am späten Sonntagnachmittag traf er sich mit Sarah, Tina und den Kindern zu Kaffee und Kuchen auf der Terrasse. Auch Meiko hatte sein Kommen angekündigt. Doch Luke konnte die ausgelassene Stimmung nicht richtig genießen. Stattdessen starrte er immer wieder auf sein Handy und lauschte schweigend den Gesprächen der anderen, ohne wirklich zuzuhören. Sarah bemerkte sofort, dass etwas mit ihm nicht stimmte, und sie konnte den Grund erahnen. Doch sie fragte nicht nach, strich nur manchmal tröstend über seinen Unterarm. Schließlich war es Meiko, der das Thema ansprach.

„Mensch, Luke! Zieh doch nicht so ein Gesicht! Der meldet sich schon! Keine Sorge."

„Und wenn nicht?“

„Dann ist das auch ein Zeichen.“

„Ein schlechtes Zeichen! Warum muss ich immer derjenige sein, der sich meldet?“

„Warum nicht?“, fragte Tina.

„Genau! Was ist daran so schlimm?“, stimmte Meiko zu.

„Er reagiert schon zwei Tage weder auf SMS noch auf Anrufe. Irgendetwas stimmt nicht.“

„Das ist nicht die feine Art, aber noch vertretbar“, befand Meiko.

„Und ab wann ist es nicht vertretbar?“

„Wenn er sich bis heute Abend nicht gemeldet hat!“, erklärte Meiko beinahe väterlich.

„Dann soll ich weiter warten?“

„Du sollst nicht warten. Du sollst leben!“

„Nicht jeder ist so abgebrüht wie du, Meiko!“ Sarah schüttelte entrüstet den Kopf. „Ich versteh dich, Kleiner“, stand sie ihm bei.

„Na ja, jeder tickt eben anders“, wiegelte Meiko ab.

Und so schlich der Nachmittag dahin und es wurde Abend. Luke wartete immer noch. Der Zustand machte ihn wahnsinnig. Er spürte, dass er beinahe besessen von dem Gedanken an Samuel war. Nichts in seinem Umfeld konnte ihn ablenken. Er dachte nur an den Anruf, der nicht kam, und daran, was Samuel gerade tat. Was würde er zu ihm sagen, wenn er endlich anrief? Waren sie überhaupt noch zusammen? Da Luke nichts mit sich anzufangen wusste und fürchtete, in seiner Wohnung noch auszurasten, half er Tina dabei, für die Kinder Abendbrot zuzubereiten, während Meiko mit den drei Kleinen im Garten spielte. Als Meiko schließlich in die Küche kam und Luke noch immer mit der gleichen missmutig-traurigen Miene sah, packte er ihn an der Hand und erklärte: „Wir gehen jetzt einkaufen.“

„Einkaufen?“

„Ja. Einkaufen hilft immer. Bei Liebeskummer muss man sich etwas gönnen – je teurer, desto besser ist der Therapieeffekt. Und bei dir hilft nur Porno-Shopping!“

Das Orfeo befand sich in einer kleinen Seitenstraße nahe der Konstablerwache und in den verwinkelten Räumlichkeiten waren tausende DVDs untergebracht. Nacktes Fleisch, durchtrainierte Männer und jeder erdenkliche Fetisch fanden sich in den Regalen und Luke wurde von der geballten Portion Sex, die ihm entgegensprang, erschlagen. Von den meisten Praktiken, die auf den Covern nur angedeutet wurden, hatte er noch nie in seinem Leben gehört.

„Das machen Leute wirklich?“, fragte er immer wieder überrascht und Meiko nickte jedes Mal mit einem verzückten Lächeln angesichts so viel unschuldiger Naivität.

Fußballer, Priester, Soldaten, Skins, Cowboys, Radfahrer, Pfadfinder, Polizisten, Feuerwehrmänner … Für jede Berufsgruppe gab es eine eigene Pornoreihe. Neuster Hit waren Skaterboy-Pornos, die von zwei jungen Filmemachern produziert wurden und stellenweise sogar in Frankfurt gedreht worden waren.

„Such dir aus, was immer du möchtest! Ich lade dich ein!“, verkündete Meiko und zögernd begann Luke mit der Auswahl. Immer wieder hielt er inne und ließ sich beraten. Nach langem Hin und Her entschied er sich für einen Pfadfinder-Porno, weil er als kleiner Junge immer davon geträumt hatte, im Zeltlager verführt zu werden. Außerdem nahm er, auf Meikos persönliche Empfehlung, noch einen amerikanischen Film, in dem zwei gut aussehende Latinos in Blaumännern die Hauptrolle spielten.

„Aber nicht süchtig werden! Wenn du dich wunderst, warum der Pizza-Bote nicht dein Schlafzimmer sehen will, oder du dich darüber aufregst, dass der Verkehrspolizist bei der Kontrolle nicht seinen Schwanz rausholt, weißt du, dass du zu viele Pornos schaust!“, warnte Meiko, bevor er Luke feierlich seine ersten Pornos überreichte.

„Ich muss zugeben, ich bin von so viel Sex etwas … eingeschüchtert“, gestand Luke.

„Wie süß du manchmal bist! Wirklich! So war ich auch mal. Damals fand ich die meisten Sachen, die in diesen Pornos gemacht werden, pervers.“

„Nein, pervers finde ich nur Sex mit Kindern und Sex mit Tieren und natürlich Vergewaltigungen“, erklärte Luke.

Meiko nickte zustimmend und musste zugeben, dass er stolz auf den Kleinen war. So viel Offenheit hatte er ihm gar nicht zugetraut. In diesem Moment wurde ihm bewusst, dass Luke eine steile Karriere in der schwulen Szene vor sich hatte. Mit dieser

Einstellung würde er noch einiges in seinem Leben ausprobieren und viele spannende Momente erleben. Ein Teil von Meiko beneidete Luke um die Erfahrungen, die er noch machen würde.

„Und wie geht es dir jetzt?"

„Besser. Viel besser. Danke!"

In diesem Augenblick klingelte endlich Lukes Handy.

Der unbezwingbare Schutzwall

Karl Theodor Baumgärtner war eines von Frankfurts schwulen Urgesteinen. Jahrelang hatte er als Betreiber des Backlights in dem kleinen, stickigen Club die Nacht zum Tag gemacht. Er war schon immer ein Geschöpf der Dunkelheit gewesen, wenig fassbar und stets mit einem Bein im Rotlichtmilieu verwurzelt. Stricher, Drogendealer und dubiose Türsteher fanden sich ebenso in seinem Umkreis wie die Reichen, Schönen und Jungen der schwulen Subkultur. Er hatte sich, umgeben von zwielichtigen Gestalten und partysüchtigen Tunten, stets wohlgefühlt.

Ganz anders sein Ex-Freund Sergej, ein junger Russe, dessen Familie lange vor dem Fall des Eisernen Vorhangs die Flucht in den Westen gelungen war. Er gehörte zur kulturellen Elite der Stadt. Gefeierter Balletttänzer. Begehrter Jüngling. Geliebter Star. Bedachtes, ruhiges Auftreten. Dezent, zurückhaltend und doch im Mittelpunkt stehend. Er war all das, was Karl nicht war. Als Sergej aufgrund eines Bandscheibenvorfalls im Alter von gerade einmal fünfundzwanzig Jahren seine Tanzkarriere beenden musste, hatte Karl ihm zum Trost eine Bar geschenkt. Das Blue war geboren.

Innerhalb weniger Jahre wurde es zu einem alternativen Hotspot der Szene. Medienschlampen, Kulturhuschen und Künstler eroberten sich diese kleine, blaue Oase inmitten der Großstadt. Sergej war ihr Liebling, ihr Vertrauter. Die meisten konnten nicht nachvollziehen, was den jungen Russen bei Karl hielt. Er selbst verstand es wohl auch nicht. Doch was gab es an Liebe schon zu verstehen? Das Blue war niemals Karls Bar gewesen, höchstens auf dem Papier. Doch mit Sergejs Tod vor fünf Jahren änderte sich alles.

Karl verfiel in Depression und Selbstmitleid. Es verging keine Nacht, in der er nicht mit einem Stricher im Arm und Koksresten unter der Nase nach Hause wankte. Deanna Westen war es schließlich gewesen, die ihn vor sich selbst gerettet hatte. Vor dem Absturz. Vor dem Tod. Sein Arzt riet ihm dringend, kürzerzutreten und seinem Körper weniger zuzumuten. Weniger Drogen. Weniger Männer. Weniger Partys. Weniger Stress. Karl stand vor der Entscheidung, entweder das Blue oder das Backlight zu verkaufen. Er trennte sich von seinem Club. Doch zu seiner Beruhigung übernahm ein ehemaliger DJ das Backlight und setzte die Tradition somit fort. Karl hingegen führte, als letzten Liebesbeweis an Sergej, das Blue in dessen Sinne weiter. Anfangs lief es mehr schlecht als recht. Doch mit der Zeit gewöhnte sich auch die letzte Kulturhusche daran, dass fortan nicht mehr Sergej, sondern Karl hinter der Theke stand.

Es war wohl seinem Bar-Team zu verdanken, dass sich die Stammkunden nicht vom Blue abwandten. Sie kamen weiterhin und inzwischen akzeptierten sie Karl sogar als einen Teil „ihrer" Bar. Mehr noch, sie schmückten sich gerne mit ihm, dem Undurchschaubaren, dem Halbseidenen, dem Ungebildeten. Doch Karl konnte niemals die durch Sergejs Tod entstandene Lücke schließen, genauso wenig wie es ihm gelang, von Wodka und Koks loszukommen. Doch diesen Anspruch hatte er auch niemals an sich zu stellen gewagt.

Ob Sergej wohl mit mir zufrieden wäre, fragte sich Karl, als er an einem Dienstagabend, gegen zwei Uhr, das Licht löschte und die Tür abschloss.

„Soll ich noch ein Stückchen mit dir gehen?", fragte Meiko.

„Nein, ich schau noch mal im Bathhouse vorbei."

„Heute? Ist dort unter der Woche überhaupt was los?"

„Wenn nicht, kipp ich an der Bar noch einen Wodka und such mir dann was Junges und Bezahlbares. Und falls alle Stricke reißen, habe ich noch Special K zu Hause."

„Dann kann ja nichts mehr schiefgehen!", antwortete Meiko, hauchte ihm einen Abschiedskuss auf die Wange und verschwand in der Dunkelheit.

Karl wollte gerade das Hoftor schließen, als ihm der braune Briefumschlag auffiel, der im Briefkasten des Blue aus dem Schlitz hervorschaute. Karl starrte ihn eine Zeit lang an und seine innere Stimme meldete sich zu Wort. Er wusste, dass dieser Brief wichtig war. Doch zugleich hatte er keine Lust, ihn zu lesen. Mehr noch, er hatte Angst davor. Schließlich gab er sich einen Ruck und zog den Brief langsam heraus. Auf dem Umschlag stand in gut leserlichen, geschwungenen Lettern sein Name. Er erkannte Deannas Handschrift sofort. Doch warum sollte sie ihm einen Brief schicken?

Plötzlich nagte das schlechte Gewissen an ihm. Er hatte seine alte Freundin seit Tagen nicht gesehen oder gesprochen. Schuld war wohl auch sein eigenes Unvermögen, mit ihrer Trauer über Naomis Tod umzugehen. Seit Sergej verstorben war, hatte Karl einen Schutzwall errichtet, in der verzweifelten Hoffnung, nie wieder durch den Tod eines anderen Menschen derart tief verletzt zu werden. Vorsichtig öffnete er den Umschlag.

Karl wusste nicht, wie lange er auf dem harten Betonboden des Hinterhofes gesessen hatte. Irgendwann bemerkte er, dass sich am Himmel bereits die Morgendämmerung in sanften Rottönen ankündigte. Die Vögel begannen zu zwitschern. Sein Schutzwall war eingerissen worden. Ein paar Worte, geschrieben mit blauer Tinte auf feinem, japanischem Briefpapier, hatten die Mauern durchschlagen. Mit zittriger Hand wischte er sich die Tränen aus dem Gesicht und zog sich an der Hauswand empor. Er wusste, es war sinnlos, Deanna zu suchen. Sie hatte es längst vollendet. Irgendwo lag sie, die ewig schöne, alterslose Diva, und hatte für immer die Augen geschlossen.

Für einen kurzen Moment fragte er sich, wie sie es getan hatte. Erhängt? Erschossen? Mit Gift? Wahrscheinlich Letzteres, und wenn es nur war, um selbst als Leiche eine perfekte, tadellose Erscheinung zu sein. Ob sie Sorge getragen hatte, dass man ihre menschlichen Überreste nicht fand? Karl musste einsehen, dass es keinen Sinn ergab, sich diese Fragen zu stellen. Sicherlich kannte er Deanna sehr gut, doch obwohl sie seit mehr als zwei Jahrzehnten befreundet waren, hatte sie niemals wirklich viel über sich und ihre Vergangenheit preisgegeben. Bereits früher war sie häufig für Wochen oder gar

Monate verschwunden. Doch diesmal war es anders. Sie würde nicht zurückkommen und sie wollte wohl auch nicht gefunden werden.

„Und was zum Teufel soll ich jetzt machen?", fluchte er. Plötzlich wurde Karl wütend. Sie hatte ihn einfach alleine zurückgelassen. Genauso wie Sergej. Jetzt war er alleine, alleine mit den Schatten der Vergangenheit. Karl spürte, dass er Lust hatte, sich dem Alkohol hinzugeben. Er wollte den Rausch. Den Rausch des Vergessens. Doch zugleich war ihm bewusst, dass er diesmal niemanden haben würde, der ihn aus dem Sumpf der Abhängigkeit und der Depression ziehen konnte. Diesmal gab es keine Deanna mehr, um ihn vor sich selbst zu retten. Diesmal war er alleine auf sich gestellt. Doch nur der Gedanke an die Flasche Wodka in seinem Küchenschrank, an eine Linie reinen, weißen Schnee und an einen gefügigen Stricher ließen ihn vor Lust und Verlangen schier verrückt werden.

Ich muss hier weg, sonst werde ich es nicht schaffen, schoss es Karl durch den Kopf. Und er wollte es schaffen! Sergej hatte immer leben wollen, allerdings war es ihm unfairerweise nicht vergönnt gewesen. Doch er, Karl, hatte eine Chance. Schnellen Schrittes, beinahe rennend, eilte er durch die Stadt, die langsam erwachte. Er hinterließ eine hastige Nachricht auf Meikos Mailbox, sagte ihm, dass er kurzfristig Urlaub brauche. Dann packte er seinen alten Wagen mit dem Notwendigsten voll, besorgte sich noch etwas Koks und fuhr los. In Richtung Süden.

Er folgte der A3 durch die bewaldeten Höhenlagen des Spessarts, vorbei an Würzburg und Nürnberg. Er drückte einfach das Gaspedal durch und schoss über die leere Autobahn. Manchmal kam es ihm vor, als würde er abheben und fliegen. Es war so angenehm einfach, er musste nur der Straße folgen, das Licht der Scheinwerfer, die sich hart durch die Dämmerung schnitten, wies ihm den Weg.

Selbstdisziplin

Noch einen schaffst du, motivierte sich Marco und versuchte ein letztes Mal, all seine Kräfte zu bündeln. Schweißtropfen rannen über sein Gesicht, kitzelten auf seiner Nase und verfingen sich in seinen Augenbrauen. Lass dich nicht ablenken, befahl er sich, spannte seine Oberarmmuskulatur an und stemmte unter Ächzen die Gewichte nach oben. Als sie scheppernd in die Halterungen knallten, huschte ein gewinnendes Lächeln über seine Lippen.

Das beinahe tägliche Krafttraining war für Marco ein ständiges Auf und Ab der Gefühle. War er mit seiner eigenen Leistung zufrieden, verließ er das Studio in euphorischer Stimmung. Empfand er seine Leistungen hingegen als unbefriedigend, konnte es vorkommen, dass er den ganzen Tag über missmutig war.

„Und? Hast du deinen persönlichen Rekord mal wieder geknackt?"

Jörgs spöttische Stimme ließ ihn kurz zusammenzucken. Marco hatte die Augen geschlossen gehalten und nicht bemerkt, wie sein Mitbewohner an das Trainingsgerät herangetreten war. Jörg begleitete ihn manchmal in das Studio, nahe der Konstablerwache, das sich ansonsten fest in schwuler Hand befand. Nur selten verirrten sich Heteromänner und Frauen hierher. Dementsprechend gab es für Jörg keine optischen Anreize, die Muskeln spielen zu lassen. Auch wenn es ihm durchaus schmeichelte, neidvolle bis lüsterne Blick von anderen Männern zu ernten.

„Ja, hab ich", antworte Marco und versuchte so gut es ging den Stolz aus seiner Stimme zu verbannen.

„Du wirst noch süchtig werden!"

„Ach, Blödsinn! Sportsucht ist eine Erfindung der Dicken und Faulen", beschwichtigte ihn Marco, griff nach der Wasserflasche und verteilte ein paar Spritzer in seinem Gesicht.

Jörg nickte nur. Er hatte keine Lust, schon wieder eine Diskussion über Marcos latent krankhafte Einstellung zu Fitness und Krafttraining führen zu müssen. Es war ihm durchaus nicht entgangen, dass Marco seit dem Positiv-Befund noch verbissener Sport trieb. Jörg warf einen angewiderten Blick in Richtung der Stepgeräte und Laufbänder, auf denen einige Männer, den Blick gebannt auf den Fernseher gerichtet, sich wie mechanische Aufziehpuppen bewegten. Es war nicht der geeignete Rahmen, um mit Marco dieses Reizthema zu erörtern.

„Hast du etwas von Tommy-Boy gehört?", fragte Jörg stattdessen.

„Nenn ihn doch bitte nicht so. Er heißt Tom!"

„Also gut, hast du etwas von Tom gehört?"

„Nein, seit zwei Tagen nicht. Aber wir sind heute Abend gedatet."

„Mit oder ohne Ehemänner?", entfuhr es Jörg, der die Äußerung jedoch sofort bereute. Augenblicklich verdüsterte sich Marcos Gesichtsausdruck.

„Psst! Nicht so laut. Man weiß nie, wer mithört", zischte er und warf einen misstrauischen Blick in die Runde der Männer, die in Hörreichweite standen.

„In was bist du nur wieder hineingeraten!"

„Keine Ahnung. Ich verliebe mich eben immer in die Falschen."

„Du bist verliebt?"

Marco dachte einen Moment über die gewichtigen Worte nach, die er so beiläufig zwischen Crosstrainern, Hanteln und Beinpressen ausgesprochen hatte.

„Verdammt. Ich bin es!"

„Schöne Scheiße!"

Marco nickte stumm.

„Meinst du, er würde seinen Freund, diesen Sven, wegen mir verlassen?"

Jörg zuckte mit den Achseln und vermied es, Marco dabei anzuschauen. Er glaubte nicht an Happy Ends. Und erst recht glaubte er nicht daran, dass ein Mann wie Tom seinen langjährigen Freund kurz vor der Hochzeit verlassen würde. Doch er brachte es nicht fertig, Marco diese Vermutungen ins Gesicht zu sagen. Noch nicht.

„Ich kenne Tom nicht gut genug. Allerdings darfst du nie vergessen, dass er kurz vor der Dreißig und vor einer Hochzeit steht. Vielleicht hat er einfach Panik bekommen und du bist ein Ventil. Sei bitte vorsichtig."

Marco nickte und schluckte mit einem Spritzer Wasser seine Sorgen hinunter.

„Unter der Dusche wichsen sie wieder", versuchte Jörg abzulenken und tatsächlich huschte ein kurzes Lächeln über Marcos Lippen.

„Immer diese schwulen Arschficker hier … Ich geh dann mal duschen", sagte Marco.

Als Marco die steril anmutenden, weiß gefliesten Duschräume betrat, musste er zu seiner Enttäuschung feststellen, dass die drei Männer scheinbar gerade ihre Wichs-Session in einer der hinteren Ecken beendet hatten. Als sie Marco bemerkten, stoben sie auseinander. Einer der drei, ein schokobrauner Junge von höchstens neunzehn Jahren, lächelte Marco noch schüchtern, aber eindeutig zu, bevor er in Richtung Solarium verschwand. Marco spähte ihm nach. Der kleine, kompakte Arsch des Jungen schien fest und stramm unter dem engen, kurzen Handtuch durch. Außerdem konnte Marco die beeindruckende Beinmuskulatur bewundern. Der Junge hatte sogar leichte O-Beine, was Marco nur noch mehr anturnte. Seine eigenen Beine empfand er hingegen als großes Manko. Während er auf seinen definierten Oberkörper und die inzwischen recht breiten Schultern stolz sein konnte, empfand er seine Beine als hässliche, dürre Stelzen. Selbst ein ausgeklügeltes Trainingsprogramm und intensives Spinning hatten daran bisher nichts ändern können.

Marco erwog kurz, den O-Beinen in den Solarienbereich zu folgen, entschied sich jedoch dagegen und genoss es stattdessen, die Duschräume ganz für sich alleine zu haben. Das heiße Wasser prasselte auf seinen Körper. Er schwitzte die schlechte Stimmung und seine trüben Gedanken über Tom buchstäblich heraus und im Wasserdampf kehrte die Euphorie darüber, den eigenen Rekord gebrochen zu haben, zurück.

Nach der ausgedehnten, entspannenden Dusche ging er in die Umkleide, und als er, nur ein Handtuch um die Hüften gewickelt, an dem großen Wandspiegel vorbeimarschierte, warf er einen abschätzenden Blick hinein. Das Handtuch reichte ihm bis zum Knie und verdeckte dankenswerterweise seine ungeliebten Schenkel. Marco fuhr mit der rechten Hand über seinen Oberkörper, betastete den Sixpack, streichelte über die definierte, vollkommen haarlose Brust und spielte kurz mit dem Piercing. Sofort wurden seine Nippel steif. Er lächelte sein eigenes Spiegelbild verschmitzt an.

Insgesamt war er doch recht zufrieden mit sich und er fand, dass er ganz und gar nicht krank aussah. Nichts deutete darauf hin, dass er den Virus in sich trug. Das machte ihn stolz und zugleich optimistisch. Doch dann, für den Bruchteil einer Sekunde, verformte sich das Spiegelbild und plötzlich sah Marco einen eingefallenen, bleichen, kranken Mann vor sich. Nur noch ein Schatten seiner selbst. Es war eine Zukunftsvision, die ihm einen Schauer über den Rücken jagte. Er schloss die Augen und stützte sich gegen die Wand. Der Anfall dauerte nur wenige Sekunden, und als er wieder zu sich kam, sah er in das vertraute Spiegelbild eines jungen, kraftvollen Mannes. Trotzdem beschloss Marco, seinen Trainingsplan zu verschärfen. Nur zur Sicherheit.

Die magische Grenze

Die Panik vor dem Altwerden ist sicherlich kein Phänomen, das auf schwule Männer begrenzt ist. Typisch schwul ist allerdings die Art und Weise, wie das Altwerden zelebriert und aus einem dreißigsten Geburtstag eine zweite Kubakrise gemacht wird.

Doch seltsamerweise geschah in den Tagen unmittelbar vor Toms Geburtstag etwas sehr Merkwürdiges. Plötzlich waren Existenzkrise, Faltencreme und graue Haare vergessen. Tom schien dauerbreit mit einem fetten Grinsen durch die Stadt zu schweben. Seine Freunde konnten sich dieses merkwürdige Verhalten nicht erklären. Meiko vermutete, dass Tom in Köln die falschen Pillen eingeworfen hatte und die Wirkung noch immer anhielt. Luke hingegen tippte auf ganz normales Gras. Sarah wollte keines von beiden als Option zulassen, während Tina nur schwieg und beobachtete. Sie hatte eine Vermutung, wollte sie jedoch nicht äußern.

Und so kam schließlich der siebte Juli. Es war ein Mittwoch und Tina hatte für den Abend eine kleine Party im engsten Freundeskreis vorbereitet. Die Enttäuschung darüber, dass Samuel abgesagt hatte, dämpfte Lukes Stimmung zwar etwas, doch er war nicht der Einzige, der an diesem Abend auf seinen Partner verzichten musste – zumindest zu Beginn der Party. Sven hatte kurzfristig Überstunden verordnet bekommen.

Sekt und Wein flossen in Strömen und die Kinder freuten sich, dass niemand auf sie achtete und sie im Fernsehen schauen konnten, was sie wollten.

Gerade als Meiko eine weitere Flasche Schampus köpfte, klingelte Toms Handy. Das Geburtstagskind starrte irritiert auf das Display und verschwand – mit einem Ausfallschritt – im Nebenzimmer.

„Wer das wohl ist?", fragte Meiko neugierig.

„Er wird es uns schon sagen", befand Sarah und füllte die Champagnergläser.

„Vielleicht ist es Sven", vermutete Luke.

Plötzlich ging die Küchentür auf und Tom kehrte zurück.

„Wer war das?", feuerte Meiko ihm entgegen, noch bevor er die Tür wieder hatte schließen können.

„Das war Marco."

Irritiertes Schweigen machte sich breit und die vier Freunde versuchten im Geiste, dem Namen Marco ein Gesicht zu verleihen. Meiko durchbrach die Stille schließlich mit einem gellenden und zugleich triumphierenden Schrei.

„Dein One-Night-Stand vom Ball Amore!"

„Genau der", bestätigte Tom und fuhr nach kurzem Zögern fort, „allerdings ist er inzwischen mehr als ein One-Night-Stand. Seit dem Wochenende in Köln …"

„Ich wusste es!", entfuhr es Tina. Sie sprang von ihrem Hocker auf und hätte dabei beinahe die Champagnerflasche herunterfallen lassen. Angetrunken wie sie war, ließ sie sich davon nicht stören und umtänzelte Tom wie eine Raubkatze ihre Beute. „Ihr fickt also regelmäßig miteinander?"

„Besser: Tom lässt sich ficken!", höhnte Meiko ironisch.

„Weiß Sven davon?", fragte Luke in unschuldiger Naivität.

Sarah warf ihm ein entzücktes Lächeln zu und fragte sich, ob sie selbst jemals so unwissend gewesen war.

„Natürlich nicht. Er darf es auch nicht erfahren."

„Hast du etwa vor, die Sache weiterlaufen zu lassen?", wollte Tina wissen.

Tom kam sich zunehmend vor wie im Kreuzverhör und sah sich mit Fragen konfrontiert, auf die er selbst keine Antworten hatte.

„Ich weiß es nicht! Ich… ich habe ihn auf jeden Fall für kommenden Samstag eingeladen."

„Was ist kommenden Samstag?", fragte Meiko.

„Ich habe eben am Telefon spontan beschlossen, ein Geburtstagsessen zu geben. Nur der enge Freundeskreis. Marco wird seinen Mitbewohner mitbringen. Er heißt Jörg und ist hetero. Er wird dir gefallen, Tina. Und ihr müsst natürlich …"

„Stopp!", kreischte Meiko. „Verstehe ich das richtig: Du lädst deinen Liebhaber samt Mitbewohner in eure gemeinsame Wohnung ein und es gibt ein Abendessen, zu dem auch Sven anwesend sein wird?"

„Ja", antwortete Tom verunsichert, als hätte er erst jetzt die Absurdität des Unterfangens bemerkt.

„Das ist absolut verrückt!", sagte Tina, deren Stimme plötzlich erstaunlich nüchtern klang.

Noch bevor Tom widersprechen konnte, klingelte es an der Haustür und Svens Ankunft unterband jede weitere Diskussion. Luke beobachtete gebannt, wie sich Tom gegenüber seinem Freund verhielt, und er konnte keinen Unterschied zu vorher feststellen. Aber musste es nicht einen geben? Er betrog ihn schließlich mit einem anderen Mann. Allein die Vorstellung, Samuel könnte ihn betrügen, schnürte Luke die Kehle zu. Allerdings gab es keinerlei Anzeichen dafür. Ihre Beziehung war noch immer sehr innig und voller Nähe und Geilheit. Doch Sven sah wahrscheinlich auch keine Anzeichen dafür, dass Tom ihn betrog. Nur um sicherzugehen, verließ Luke recht früh die Feier in der Ackerpflaumenallee 33 und stattete Samuel einen Überraschungsbesuch ab. Zu Lukes Erleichterung freute sich sein Freund, der sich den ganzen Abend lang auf die nahenden Uni-Prüfungen vorbereitet hatte, über seinen Besuch und so schlief Luke in dieser Nacht beruhigt und friedlich in Samuels Armen ein.

Ein Hilferuf

Meiko verließ leicht angetrunken das Backlight und blinzelte in die aufgehende Sonne. Um ihn herum erwachte die Stadt und er wollte einfach nur in seine mit dicken Vorhängen abgedunkelte Wohnung. Er stolperte, vom Rausch der Nacht seiner Koordination beraubt, die Straße entlang und verfluchte alle Taxifahrer der Stadt, die scheinbar schon längst Feierabend gemacht hatten. Nach über einer halben Stunde Fußmarsch erreichte er schließlich sein Zuhause. Er war gerade dabei, die Tür zu seiner Wohnung aufzuschließen, als er sein Telefon klingeln hörte. Wer ihn um diese untypische Uhrzeit wohl versuchte zu erreichen? Tina vielleicht? War etwas mit den Kindern? Allein die Sorge, es könnte etwas Schlimmes geschehen sein, ließ Meikos Geist aufklaren und die Wirkung des Alkohols verflüchtigte sich. Vollkommen außer Atem riss er die Tür auf, stolperte über ein Paar Schuhe, das er achtlos im Flur hatte stehen lassen, und hechtete zum Telefon.

„Meiko Sternheim."

„Hallo. Hier ist Karl."

„Karl! Wo bist du? Wir haben uns schon Sorgen gemacht. Du bist so plötzlich verschwunden."

„Aber ihr müsst euch doch keine Sorgen machen. Mir geht es gut. Ich war in Tirol, in dem Ort, in dem ich geboren wurde. Aber da habe ich es nicht ausgehalten und jetzt bin ich in Riva del Garda gelandet."

„Wo?"

„In Riva, einem Städtchen am Gardasee."

„Was machst du dort?"

„Leben … und sterben."

„Sterben? Um Gottes willen, wovon redest du?"

„Hier will ich sterben. Ich komme nicht zurück nach Frankfurt."

„Was! Hast du zu viele Pillen eingeworfen?"

„Blödsinn! Ich bin so klar wie schon lange nicht mehr. Ich werde hier bleiben, das Blue verkaufen und glücklich werden."

„Wenn das ein Anflug von Midlife-Crisis sein soll, rate ich dir dringend, wieder von diesem Ross runterzukommen."

„Ach, Meiko, du verstehst das nicht … Könntest du sehen, was ich sehe …"

„Ich höre im Moment nur eine alte Schwuchtel, die durchzudrehen scheint."

„Die Berge … der See … die aufgehende Sonne … die Wärme … es ist einfach wunderbar."

Karl schluchzte. Ob vor Glück oder Verzweiflung konnte Meiko nicht sagen.

„Ist alles in Ordnung?"

„Ja! Ich spüre nur das Leben in meinen Adern!"

„Du hörst dich an, als wärst du einer Sekte beigetreten!", brüllte Meiko in den Telefonhörer. Er machte sich nun ernsthaft Sorgen.

„Du nimmst mich nicht ernst. Ich werde hier bleiben. Für immer!"

„Schluss jetzt! Du machst mir Angst. Ich bin in ein paar Stunden bei dir. Wie hieß das Kaff noch mal, wo du gerade bist?"

Doch Karl hatte aufgelegt. Meiko sagte Tom per SMS kurz entschlossen für das große Abendessen ab, packte seine Koffer und machte sich auf den Weg nach Italien. Der nächste Flug nach Verona ging in zwei Stunden. Er musste sich beeilen. Ein Freund brauchte ihn.

Garda

Nachdem Meiko in Verona gelandet war, ging es mit einer polternden Bummelbahn weiter bis zur Hafenstadt Desenzano, am südlichen Zipfel des Sees gelegen. Als Meiko schließlich mit einer Fähre in Richtung Nordufer aufbrach, war er von den Strapazen der Anreise, der erdrückenden Hitze und einem gravierenden Mangel an Schlaf derart geschafft, dass er kaum einen Blick für die Szenerie hatte. Die berühmte Halbinsel Sirmione mit der mächtigen Scaligerfestung nahm er nur durch einen Schleier der Erschöpfung wahr.

Erst als die Fähre in den Hafen von Bardolino, am Ostufer des Sees gelegen, einfuhr, verflüchtigte sich sein Dämmerzustand langsam. Bardolino war ihm vor allem wegen des Rotweins ein Begriff. Als die Silhouette der Stadt schon wieder am Horizont verschwunden war, lächelte Meiko kurz und nahm sich vor, die außerplanmäßige Reise für eine kleine Aufstockung seines Weinkellers zu nutzen. Zwei oder drei Flaschen guten, italienischen Rotwein konnte man schließlich immer gebrauchen.

Als die Fähre schließlich Limone erreichte, war Meiko bereits wieder bester Laune. Er nutzte den Aufenthalt in dem kleinen Städtchen, das sich an die Steilhänge des Hausbergers Dosso di Roveri schmiegte, für einen aufputschenden Espresso. Während er die vorbeiflanierenden Touristen begutachtete und sich innerlich köstlich über schlecht angezogene Rentner mit käsigweißen Stelzenbeinen amüsierte, verbesserte sich seine Laune immer mehr.

Nachdem sein Koffein-Haushalt wieder im Lot war, schlenderte er entspannt, wobei nur die schwere Reisetasche etwas störend war, durch die kleinen Gassen, die von Restaurants, Boutiquen und Souvenirlädchen gesäumt wurden. Er hatte noch eine gute Stunde Aufenthalt und so nutzte er die verbleibende Zeit für einen Rundgang durch den historischen Limonengarten der Stadt. Er ließ sich darüber belehren, dass die Zitrusfrüchte längst preisgünstig aus Sizilien oder Spanien importiert wurden. Die Pfeiler, die einst die Dächer der Gewächshäuser getragen hatten, wirkten wie Geister aus der Vergangenheit, die gespenstisch in den Himmel ragten. Läge die Stadt nicht im sonnigen Italien, sondern im nebligen Schottland, wäre ihr Anblick sicher wesentlich unheimlicher gewesen.

Meiko hatte sich vor den Touristenmassen in die nördlichen Ausläufer des Städtchens geflüchtet und saß nun, inmitten eines alten Zitronenhaines, am Ufer des Sees und lauschte dem Plätschern des Wassers, das sanft gegen die Steinmauern brandete.

Er musste zugeben, dass es ihm hier zu gefallen begann – abgesehen von den Touristen. Meiko liebte italienisches Essen, italienische Mode und italienische Männer. Er mochte Mailand, Rom und – mit Abstrichen – Venedig. Für den Rest des Landes hatte er sich bisher nicht interessiert. Mehr noch, er hielt alles andere für eine – mehr oder weniger gelungene – Kopie Roms. Manch einer würde ihm für diese Denkweise Ignoranz vorwerfen, doch das störte ihn nicht. Im Gegenteil. Er war gerne ignorant. Trotzdem musste er nun zugeben, dass der Gardasee mit seinen Städtchen und Dörfern einen gewissen Reiz auf ihn ausübte, und so war Meiko, als er schließlich mit der Fähre nach Riva del Garda übersetzte und somit endlich die letzte Etappe seiner zermürbenden Reise begann, dem Charme des Sees verfallen.

Die Fähre glitt über die Wellen und der See, der sich im Norden wie ein Fjord verengte, breitete sich zu beiden Seiten des Schiffes wie ein dunkler Teppich aus. Das Ufer war längst nicht mehr so flach wie im Süden und Meiko genoss den faszinierenden Anblick der Felswände, die beinahe senkrecht ins Wasser stürzten. Er atmete tief durch und lächelte entspannt. Nur die Frage, wie er Karl in Riva finden sollte, lag ihm noch schwer im Magen. Doch zunächst wollte er sich um eine angemessene Unterkunft kümmern. Es war inzwischen bereits später Nachmittag.

Schon Goethe, Kafka und Thomas Mann waren in Riva del Garda zu Gast gewesen und voll des Lobes für den Hafenort, in dem Venezianer, Scaliger und Habsburger ihre Spuren hinterlassen hatten. Hier küssten die letzten Wellen des Sees die Füße der Alpen. Verwinkelte Straßen und Gassen führten durch die historische Altstadt, deren Zentrum, der Piazza Tre Novembre, von eleganten Palazzi gesäumte wurde. Überragt wurde die Szenerie von einem imposanten Uhrenturm, auf den sich wegen der beeindruckenden Aussicht sogar schwergewichtige Rentner emporschleppten.

Meiko stieg „standesgemäß“, wie er zu sagen pflegte, im Grand Hotel Lido ab, einem ehemaligen Landsitz der Habsburger. In den sechziger Jahren, als die gehobenen Gesellschaftskreise aus Deutschland, Italien und auch Amerika nach Riva pilgerten, war es das luxuriöseste aller Hotels gewesen. Auch heute noch zählte das Lido zu den besseren Adressen der Stadt. Von dem kleinen Balkon seines Zimmers genoss Meiko einen idyllischen Blick auf den parkähnlichen Garten mit seinen Olivenbäumen und Palmen. Das Zentrum der Anlage bildete ein rechteckiger Swimmingpool. Direkt dahinter erstreckte sich die Strandpromenade und durch die Baumwipfel hindurch konnte Meiko die glitzernde Wasseroberfläche des Sees ausmachen. In aller Ruhe genoss er das Panorama und sog die sprichwörtliche mediterrane Leichtigkeit, die in der Luft zu liegen schien, in sich auf. Dann packte er ohne jede Hektik seine Reisetasche aus, zappte wahllos durch das italienische Fernsehprogramm und wichste auf den schnuckeligen Portier, der ihn im Hotel empfangen hatte.

Erst nach dieser Akklimatisierungsphase war er bereit, mit der Suche nach Karl zu beginnen. Campingplätze und Ferienwohnungen konnte er glücklicherweise aussparen. Das war nicht Karls Stil. Stattdessen konzentrierte sich Meiko auf die Hotels und begann, diese systematisch durchzuarbeiten. Seine Suche folgte einem exakt festgelegten Drehbuch. Er hatte sich aus dem Touristenbüro einen Stadtplan und eine Liste mit allen Unterkünften besorgt. Meiko startete am Ostufer und arbeitete sich langsam zum westlichen Stadtrand vor. An den Hotelrezeptionen verlangte er stets einen Karl Baumgärtner zu sprechen.

Nach den ersten zehn erfolglosen Versuchen war Meiko bereits leicht demotiviert. Nach der Hälfte der Hotels musste er sich erschöpft eine Pause gönnen und als er schließlich die Liste durchgearbeitet hatte und frustriert wieder in seinem Zimmer angekommen war, verspürte er große Lust, das Zimmermobiliar vor Wut in alle Einzelteile zu zerlegen. Doch Raserei war nicht sein Stil und so kühlte er seinen Körper und seinen Geist mit einer erfrischenden Dusche ab, setzte sich auf den Balkon und orderte ein Glas Rotwein. Der Alkohol klarte langsam seinen Geist auf. Resignation, Wut und Verzweiflung wichen einer systematischen Logik.

Meiko reduzierte seine wirren Gedankengänge schließlich auf zwei Möglichkeiten. Entweder hatte sich Karl, wider Erwarten, eine Ferienwohnung genommen oder er hatte Riva längst verlassen. Beide Alternativen gefielen Meiko nicht. Die erste war unwahrscheinlich, bedeutete jedoch, falls sie zutraf, dass Meiko vor einer gewaltigen, zeitaufwendigen Tour durch Riva stand. Es würde Tage dauern, bis er alle Ferienwohnungen abgeklappert hatte. Die zweite Möglichkeit gefiel ihm allerdings noch viel weniger, denn sie bedeutete, dass seine überstürzte Reise umsonst gewesen war. Wenn Karl den Ort tatsächlich verlassen hatte, konnte er inzwischen überall sein.

„Wenn ich beide Alternativen ausschließe, bleibt nur noch, dass ich ein Hotel vergessen habe“, überlegte Meiko laut und nahm noch einen Schluck Wein. Langsam ging er noch einmal die Liste aus dem Tourismusbüro durch und stellte fest, dass er tatsächlich alle Adressen aufgesucht hatte.

Alle bis auf eine, dämmerte es ihm plötzlich. Er hatte ein Hotel komplett außer Acht gelassen, nämlich das naheliegende: das Grand Hotel Lido. Meiko tänzelte voller Optimismus zum Telefon und wählte die Nummer der Rezeption.

„Hallo, hier ist Meiko Sternheim, Zimmer 221. Könnten Sie mir bitte sagen, ob Herr Karl Baumgärtner noch Gast in Ihrem Haus ist?"

Die perfekte Strategie

Je näher Toms Geburtstagsessen rückte, umso nervöser schienen alle zu werden. Als Meiko auch noch vollkommen überraschend absagte und am Samstagmorgen nach Italien aufbrach, steigerten sich alle Beteiligten noch mehr in ihre Aufregung hinein. Tina fieberte ihrem Zusammentreffen mit dem angeblich so attraktiven Mitbewohner von Marco entgegen, während sich Tom nicht nur Gedanken über ein passendes Menü machte, sondern zugleich in endlosen Telefonkonferenzen mit Sarah einen Plan zurechtlegte, damit Sven keinen Verdacht schöpfte. Luke schien der Einzige zu sein, der dem Abend sehr gelassen und entspannt entgegenblickte. Er genoss seine neue Rolle als lockerer, cooler Beobachter. Endlich einmal war nicht er es, dessen Leben von allen neugierig analysiert wurde. Endlich einmal war nicht er es, der sich Hilfe und Ratschläge anhören oder sie erbitten musste. Stattdessen konzentrierte er sich darauf, ein Tiramisu für das Geburtstagsessen zuzubereiten.

Als schließlich der große Abend gekommen war, trafen sich Sarah und Luke zur letzten taktischen Abstimmung in Tinas Küche. Tom hatte sie zwar gebeten, pünktlich zu sein, damit Sven und Marco nicht ohne sie aufeinanderprallen würden, doch die Zeit für einen schnellen Sekt und ein letztes Telefonat mit Meiko nahmen sie sich trotzdem. Außerdem war Tina seit einer Stunde damit beschäftigt, sich ein passendes Outfit für den Abend auszusuchen. Kritisch betrachtete sie sich im großen Schlafzimmerspiegel und zupfte unschlüssig an ihrem schlichten, schwarzen Cocktailkleid herum. Sie hatte aufgehört zu zählen, wie viele Outfits sie schon anprobiert und aus den unterschiedlichsten Gründen wieder verworfen hatte. Die aktuelle Version hatte es immerhin auf zehn Minuten gebracht und inzwischen blieb ihr keine Zeit mehr. Sie würde notgedrungen das kleine Schwarze tragen. Ihre kurzen, sorgfältig verstrubbelten Haare schimmerten dunkel, mit einem leichten Blaustich. Sie beglückwünschte sich selbst zu der neuen Tönung. Doch abgesehen davon war Tina mit nichts zufrieden. Sie fühlte sich unfertig. Gleichzeitig fragte sie sich, warum sie wegen eines unbekannten Mannes plötzlich so aufgeregt war. Tom hatte Marcos Mitbewohner Jörg in schillernden Farben beschrieben und sie mehr als neugierig gemacht.

Tina konnte sich andererseits auch lebhaft ausmalen, wie Tom sie als eine Art Superwoman beschrieben hatte. Sie liebte ihren Freund für diese einseitige Sicht auf sie, doch sie selbst hatte natürlich ein wesentlich kritischeres Bild von ihrer Persönlichkeit, ihrem Auftreten und ihrem Wirken. Tina griff blind in ihren Schmuckkoffer auf der Kommode und zog Lidstift und Puderdose hervor. Nach letzten Korrekturen an ihrem Make-up, das sie nicht wirklich befriedigte, befand sie, ihr Möglichstes getan zu haben. Sie fühlte sich zwar nicht wirklich bereit für das erste Blind Date ihres Lebens, doch sie hatte das Beste aus sich rausgeholt. Außerdem war es schließlich kein richtiges, klassisches Date. Es war ein Geburtstagsessen unter Freunden und zufällig befand sich ein angeblich gut aussehender Heteromann unter den Gästen. Für viele Frauen wäre dies wohl keine Besonderheit gewesen, doch für Tina hatten Hetero-Männer in ihrem Freundeskreis Seltenheitswert, sah man von den Vätern der Freunde ihrer Kinder ab. Doch die waren, auch wenn sie stellenweise wirklich heiß aussahen, leider keine wirkliche Option.

„Wird schon schiefgehen!“, sprach sie sich selbst Mut zu, stieg über den Berg aus Cocktailkleidern, die sie an- und schließlich wieder ausgezogen hatte, und kehrte in die Küche zurück. Luke und Sarah nippten an ihrem Sekt und telefonierten gerade mit Meiko.

„So viel Mumm hätte ich unserem Tom wirklich nicht zugetraut!"

Meikos Stimme hallte aus dem Lautsprecher des Telefons und ein Hauch von Bewunderung lag darin.

„Frag lieber nicht, wie viele Szenarien wir heute noch durchgespielt haben! Ich vermute, Tom hat für alle Eventualitäten einen Notfallplan", spekulierte Sarah mit einem süffisanten Lächeln auf den Lippen.

„Der soll sich locker machen. Im Idealfall läuft das doch auf einen Dreier hinaus!", befand Meiko.

„Ich glaube nicht, dass er diese Option begrüßen würde", mischte sich Luke in das Gespräch ein.

„Na, Kleiner, auch schon aufgeregt?"

„Er scheint der Einzige zu sein, der es nicht ist!", offenbarte Tina.

„Welch liebliches Stimmchen aus dem Hintergrund! Liebes Schwesterlein, lass dich bloß nicht von diesem langhaarigen Bombenleger einlullen!", befahl ihr Meiko streng.

„Wir werden ein Auge auf sie haben", versprach Sarah und leerte mit einem letzten, großen Schluck ihr Sektglas.

„Wie gerne wäre ich jetzt bei euch! Gebt zu, ohne mich ist es nicht dasselbe. Ihr werdet meine Bösartigkeiten vermissen!"

„Sicher, aber wie ist eigentlich Italien? Hast du Karl gefunden?", fragte Luke neugierig.

„Ja, wir sind im selben Hotel abgestiegen, aber ich habe ihn noch nicht gesehen. Und Italien ist inzwischen sogar recht entspannend. Aber zugleich so langweilig wie ein Kaffeekränzchen mit Sven. Das Wort Party scheinen sie nicht zu kennen. Dafür haben sie mir am Strand alle Arten von Drogen angeboten."

„Vergiss nicht, wir sind am Dienstag bei unseren Eltern eingeladen! Es wäre gut, wenn du dann nicht mehr auf Drogen bist", mischte sich Tina ein.

„Machst du Witze, liebes Schwesterlein? Das werde ich nur mit ein bisschen Special K überleben! Außerdem brauche ich nach einem so mörderischen Tag, wie ich ihn heute hatte, dringend geistige Ablenkung. Und zwölf Stunden Schlaf."

Sarah verzog angewidert ihr Gesicht und verkniff sich eine Bemerkung, schließlich wusste Meiko sehr genau, was sie von seinem Drogenkonsum hielt.

„Sarah, du musst dir auch keine Sorgen machen! Ich werde es nicht übertreiben!“, sagte Meiko, als ob er ihre Gedanken hätte lesen können.

„Das sagst du immer!“

„Und habe ich dich jemals enttäuscht?“

„Nein“, musste sie zugeben. Bisher war er niemals in Probleme geraten und auch sein Konsum hatte sich, entgegen ihrer Befürchtung und soweit sie es überblicken konnte, in den vergangenen Jahren nicht gesteigert. Doch Sarah wusste um die Gefahren und sie hatte Meiko überdeutlich zu verstehen gegeben, dass sie ihm nicht helfen oder beistehen würde, falls er die Kontrolle verlieren und durchdrehen sollte. Auch Sarah hatte eine Grenze. Sie schenkte sich Sekt nach und spülte die Sorgen mit einem kräftigen Schluck hinunter.

„Also, ihr Lieben, ich muss jetzt Schluss machen. Ich hoffe, ihr werdet auch ohne mich Spaß haben. Und macht keine Dummheiten.“

„Ebenso!“, entgegnete Tina noch, dann war die Verbindung unterbrochen. Die drei leerten zügig ihre Gläser und machten sich, bereits leicht beschwipst, auf den Weg. Tom erwartete sie.

Menü nach Karte

Aperitif: Martini Bitter

Zutaten (für einen Cocktail):
2cl Martini dry,
1cl Becherovka,
2cl Gin, 1cl Orange Bitter

Zubereitung:
Zutaten in einen Shaker geben und mit einigen Eiswürfeln gut schütteln. Dann durch ein Sieb ins Glas geben und mit einer Orangenschale dekorieren.

Als es klingelte, war Tom gerade im Badezimmer. Er hörte den melodischen Klang von Marcos sanfter Stimme und wusste, dass der Albtraum begann. Ein Albtraum, den er sich selbst eingehandelt hatte. Tom spielte kurz mit dem Gedanken, sich im Badezimmer einzuschließen und zu warten, bis Tina, Luke und Sarah auftauchten. Dann jedoch befürchtete er, Sven würde ohne ihn viel leichter das Spiel durchschauen. Er musste als ausgleichendes Element immer anwesend sein. Und so gesellte er sich so locker wie möglich zu der Männerrunde, die gerade am Herd stand und bei einer Flasche Bier über die Zubereitung von Lamm philosophierte.

„Ah! Da ist ja das Geburtstagskind!", rief Sven überschwänglich und nahm Tom in den Arm. Das erste Anzeichen dafür, dass er Marco und Jörg zumindest als latente Rivalen ansah. Wenigstens, solange er sie nicht einschätzen konnte, markierte er sein Revier.

Doch Marco ließ sich nicht aus der Ruhe bringen. Er gratulierte Tom routiniert zum Geburtstag und überreichte ihm eine Flasche besten französischen Rotwein.

„Den haben wir selbst importiert", erklärte Jörg.

„Ihr seid in Frankreich gewesen?", fragte Sven interessiert.

„Ja, vergangenen September."

„Ah … Entschuldigt, wenn ich euch so direkt frage, aber Tom hat wenig über euch beide erzählt. Seid ihr ein Paar?"

„Nein, ich bin hetero", erklärte Jörg verblüfft und schenkte Tom dabei ein verschmitztes Lächeln, das Sven glücklicherweise übersah.

„Dann bist du also Tinas Blind-Date-Partner?"

„Genau der bin ich!"

Sven nickte und Tom konnte in seinen Augen förmlich lesen, wie es in Svens Gehirn zu rattern begann. Er versuchte, die Beziehungen der Gäste untereinander zu ordnen und zu analysieren. Sollte er nur, dachte Tom. Bei den derzeitigen Konstellationen würde er im Idealfall Luke und Marco als potenzielles Paar ausmachen. Dann wären Tom und Marco zumindest für heute aus dem Schneider. Gerade, als sich eine unangenehme Stille ausbreiten wollte, klingelte es erneut.

„Wenn man vom Teufel spricht!", freute sich Tom eine Spur zu gekünstelt und flüchtete in Richtung Wohnungstür.

„Endlich“, flüsterte er den drei Neuankömmlingen zur Begrüßung entgegen.

Tinas Lippen formten ein stummes „So schlimm?“

Tom nickte nur und führte sie hastig in die Küche, um Sven und Marco nur keine Minute länger als nötig alleine zu lassen. Nach einer kurzen Vorstellungsrunde konnte der Abend endlich mit einem gemeinsamen Aperitif starten. Und während alle an ihrem Martini Bitter nippten, wurde die Stimmung zunehmend aufgelockert. Tina begann sogar bereits, sich langsam und bedacht Jörg anzunähern, ohne dabei jedoch erkennen zu lassen, wie sehr sie interessiert war. Sie gab Luke und Sarah nur mit einem schnellen Lächeln zu verstehen, dass sie zumindest rein körperlich ganz und gar nicht abgeneigt war. Tom hatte ihren Männergeschmack also doch richtig eingeschätzt. Tatsächlich musste auch Luke zugeben, dass Jörg mit seinen Sommersprossen und den langen, braunen Haaren richtig gut aussah. Meiko hatte mit der Prophezeiung des langhaarigen Bombenlegers falsch gelegen. Er erinnerte Luke eher an einen markanten, naturverbundenen Skandinavier.

Antipasti: Gebratene Oliven auf Oregano

Zutaten (für 4 Personen):
250 g Oliven, 2 Zweige frischer Oregano, 2-3 Knoblauchzehen, Olivenöl, Weißweinessig, frischer Pfeffer, 8 Scheiben Weißbrot

Zubereitung:
1. Oliven waschen und abtropfen lassen. Die Oreganozweige fein hacken. Die Knoblauchzehen in hauchdünne Scheiben schneiden.
2. In einer Pfanne reichlich Olivenöl erhitzen und die Knoblauchscheiben gemeinsam mit den Oliven unter ständigem Rühren sanft braten.
3. 6 EL Weißweinessig und 3 EL Wasser dazugeben und kurz eindampfen lassen. In der Zwischenzeit Oregano auf einer Platte verteilen. Anschließend die Oliven mit Pfeffer abwürzen und heiß auf der Platte verteilen. Mit dem Brot servieren.

Die Stimmung war – zumindest augenscheinlich – erstaunlich gelöst. Zu Toms Überraschung musste er mitansehen, wie sich Marco direkt neben Sven setzte. Diese Platzanordnung hatte er nicht geplant und es schien ihm beinahe so, als würde es Marco sadistische Freude bereiten, ihn nervös zu machen. Sven, Marco und Jörg gegenüber hatten Sarah, Luke und Tina Platz genommen und so warteten nun alle gespannt auf die Antipasti. Dummerweise hatte Tom vergessen, die Oreganozweige ins Wasser zu stellen, weshalb sie inzwischen leicht angewelkt waren und unter der Schicht aus glänzend-öligen Oliven einen etwas armseligen Anblick boten. Doch der erste Gang wurde ausschließlich gelobt.

„Wer hat dir beigebracht, so gut zu kochen?“, fragte Marco zwischen zwei Bissen.

„Sven“, antwortete Tom, ohne zu zögern, und bemerkte zu spät, wie seinem Geliebten die Gesichtszüge entglitten, während sein Freund hingegen vor Stolz strahlte.

„Ja, als wir uns kennenlernten, konnte Tom nicht einmal einen Pudding ohne Klümpchen anrühren!“

Sven neigte sich zu Tom, der als Geburtstagskind und Gastgeber am Kopfende saß, herüber und küsste ihn sanft auf die Wange.

„In einer guten Beziehung können beide Partner voneinander lernen und profitieren!“

Kaum hatte Sven seinen Satz beendet, hustete Sarah laut. Sie hatte sich vor Empörung über seine Selbstbeweihräucherung an einer Olive verschluckt. Jörg lachte leise auf. Tom schloss kurz die Augen. Schlimmer konnte es kaum werden. Warum war Meiko nicht da, wenn man ihn brauchte? Er hätte den Alleinunterhalter gespielt und jede gefährliche Eigendynamik des Tischgesprächs verhindert.

„Und was hast du aus deiner letzten Beziehung gelernt?“, fragte Tina an Jörg gewandt, eigentlich nur, um kein Schweigen aufkommen zu lassen. Zu spät merkte sie, wie persönlich diese Frage war. Eigentlich viel zu persönlich. Doch wenn Jörg sich tatsächlich daran störte, ließ er es sich nicht anmerken.

„Ich habe gelernt, dass ich die Finger von jüngeren Frauen lassen sollte.“

„Das ist eine gute Entscheidung. Wie jung war sie denn?“, fragte Tina.

„Achtzehn Jahre.“

„Das war aber ein gewaltiger Altersunterschied ..."

„... von genau vier Jahren."

„Vier Jahre?", fragte Sarah.

„Ich war damals zweiundzwanzig."

„Und wie alt bist du jetzt?", fragte Tina, von einer bösen Vorahnung beschlichen.

„Dreiundzwanzig."

Tina warf Tom einen vernichtenden Blick zu. Am liebsten hätte sie die heißen, fettigen Oliven über ihn geschüttet und ihm die Oreganozweige in sämtliche Körperöffnungen gesteckt. Tom senkte, von ihrem Blick in die Knie gezwungen, demutsvoll den Kopf. Er hatte bewusst Jörgs Alter verschwiegen, hoffend, dass es zumindest an diesem Abend nicht zum Thema werden würde, und wohl wissend, dass jüngere Männer für Tina indiskutabel waren.

Primo Piatto: Tortellini in Balsamico

Zutaten (für 4 Personen):
500 g Tortellini (mit Spinat-Ricotta-Füllung), 500 g Rucola, 1 Hand voll gefrorene, rote Johannisbeeren, Balsamico-Essig, Olivenöl, Salz, Parmesankäse am Stück, frischer Pfeffer

Zubereitung:

1. Tortellini in Salzwasser kochen. Rucola putzen und die gefrorenen Johannisbeeren aus dem Gefrierschrank nehmen.
2. Reichlich Balsamico-Essig, einen Schuss Olivenöl und eine Prise Salz in einem hohen Becherglas verrühren. Den Parmesankäse mit einem Hobel in grobe Streifen schneiden.
3. Die heißen Tortellini gleichmäßig in einer flachen Schale oder Auflaufform verteilen. Rucola darüber schichten und die leicht angetauten Beeren lose darauf verteilen. Anschließend den Sud dazugeben.
4. Den grob gehobelten Parmesan auf dem Rucoladach verteilen und mit Pfeffer aus der Mühle würzen.

„Ich liebe Frankreich! Tom mag das Land und die Leute nicht besonders. Daher waren wir erst einmal dort“, erklärte Sven, die Hand seines Freundes tätschelnd.

„Ich könnte mir durchaus vorstellen, in Frankreich zu leben. Nicht unbedingt in Paris. Mehr im Süden. Vielleicht am Meer“, erklärte Marco.

„Traumhaft! Nimm mich mit!“

Die beiden Männer lachten. Sie hatten zu ihrer beider Beruhigung und zu Toms großer Beunruhigung einige Gemeinsamkeiten entdeckt und waren noch während des zweiten Gangs in lange Dialoge über Frankreich, Wein, schnelle Autos und amerikanische TV-Serien aus den sechziger Jahren verfallen. Die anderen Anwesenden schienen in dieser Unterhaltung kaum Platz zu finden.

Tom gefiel diese Entwicklung ganz und gar nicht. Er spürte den Stich der Eifersucht, wobei er im ersten Moment nicht einmal sagen konnte, auf wen er eigentlich eifersüchtig war. Auf Sven? Auf Marco? Oder auf beide? Tom begann sich für dieses Dinner zu verfluchen. Wie war er nur auf diese unsagbar dumme Idee gekommen?

Sarah und Luke beobachteten gespannt das Geschehen und tauschten immer wieder verschwörerische und vielsagende Blicke aus. Sie hatten ihren Spaß. Jörg und Tina schienen hingegen, nachdem der Alters-Schock mit einem weiteren Glas Rotwein hinuntergespült worden war, Freude aneinander gefunden zu haben, und waren in ihr eigenes, kleines Universum am Ende des Tisches abgedriftet. Tom fühlte sich auf seinem eigenen Geburtstagsdinner wie das siebte Rad am Wagen. Er beeilte sich, die schmutzigen Pasta-Teller in die Küche zu bringen. Im Hinausgehen streifte er kurz Sarah. Sie hielt ihn sanft am Arm fest und flüsterte: „Du hast ja keine Ahnung, wie lesbisch diese Situation hier ist.“

„Was meinst du damit?“, fragte Tom leise.

„Nun, es ist dir mit diesem Essen gelungen, eine ohnehin komplizierte und unüberschaubare Situation noch verworrener zu machen. Normalerweise kommen nur Lesben auf solche absurden Ideen.“

„Muss ich das verstehen?“

„Nein, dafür kennst du uns Lesben einfach noch zu schlecht."

Tom schüttelte irritiert den Kopf und verschwand in der Küche. Noch zwei Gänge, dann hatte er es geschafft.

Secondo Piatto: Lammrücken auf Aubergine

Zutaten (für 4 Personen):
4 Stück Lammrücken (insgesamt 500 g), 1 Zwiebel,
2 Zweige Rosmarin
1 Prise Nelkenpulver, 1 Knoblauchzehe,
1 Prise getrockneter Fenchel
1-2 Auberginen (je nach Größe), 2 Gläser Rotwein,
250 ml Gemüsesud
Salz, frischer Pfeffer.
Mit Salzkartoffeln servieren.

Zubereitung:

1. Lammrücken mit Pfeffer und Salz würzen und in Olivenöl von beiden Seiten scharf anbraten. Einige Nadeln Rosmarin feinhacken. Das Fleisch anschließend mit dem Rosmarin, Nelkenpulver und der Prise Fenchel bestreuen und im Backofen langsam rosa garen.
2. Zwiebeln und Knoblauch fein würfeln. Die Aubergine erst in runde Scheiben und anschließend in grobe Würfel schneiden.
3. Zwiebeln und Knoblauch in Olivenöl andünsten und anschließend die Auberginenwürfel hinzugeben. Mit Pfeffer und Salz würzen, mit Rotwein ablöschen und kurz einkochen lassen. Den Gemüsesud hinzugeben und erneut einkochen lassen (evtl. mit etwas Stärke binden).
4. Die verbliebenen Rosmarinnadeln in Olivenöl kross braten und über die Salzkartoffeln geben. Das Fleisch locker auf die Auberginen setzen (evtl. mit etwas Parmesan überstreuen) und sofort servieren.

Innerlich verfluchte sich Tom. Doch er ließ sich nichts anmerken und balancierte dagegen gekonnt in der Küche zwischen der Auberginen-Rotwein-Sauce und dem Lammrücken, der kurz davor war, im Backofen zu verbrennen. Vollkommen auf das Kochen fixiert, bemerkte er gar nicht, dass Marco hinter ihn getreten war. Erst als eine Hand sanft über seinen Po strich, registrierte er seine Anwesenheit.

„Alles in Ordnung?"

„Klar. Und wann hast du vor, mit Sven nach Frankreich zu ziehen?", fragte Tom spitz.

„He, ich versuche nur, die Situation zu entschärfen!"

„Und das machst du ausgerechnet, indem du mit Sven flirtest?"

„Ich flirte nicht! Ich versuche nur … freundlich zu sein."

„Dann pass mal auf, dass du nicht zu freundlich bist!"

Marco ballte seine Hand zu einer Faust und unterdrückte den Drang, auf die Küchenablage zu schlagen. Er war wütend über dieses lächerliche, heuchlerische Spektakel. Er war wütend auf Tom. Doch als er ihm in die Augen blickte, sah er nur Verzweiflung und Verlustängste. Es kam ihm plötzlich vor, als stünden Tom und er alleine gegen den Rest der Welt. Er konnte ihm nicht böse sein, obwohl er es gerne gewollt hätte. Er setzte zu einer Erwiderung an, einer spitzen Bemerkung oder einem sarkastischen Einwurf. Doch etwas schnürte ihm die Kehle zu, und statt weiter zu streiten, lugte er vorsichtig um sich, beugte sich zu Tom hinüber und küsste ihn.

„Es wird alles gut. Versprochen! Du musst niemals mit mir nach Frankreich fahren, wenn du nicht willst. Wenn es sein muss, reise ich dir zum Südpol hinterher."

„Der Strand und Dünen auf Sylt wären schon genug", entgegnete Tom versöhnlich und sie küssten sich wieder, schnell, hastig und geil.

Eine gefährliche Lust lag zwischen ihnen. Beide wussten, dass sie sich zurückhalten mussten. Doch gerade die Gefahr, entdeckt zu werden, und das Wissen, dass der Feind, der Rest der Welt, nur ein Zimmer weiter am Tisch saß, steigerte ihr Verlangen noch weiter. Gerade als Tom zwischen Marcos Beine fasste und sanft den steifen Schwanz bearbeitete, bereitete ein strenges Räuspern dem Augenblick ein abruptes Ende. Ihre Herzen schienen für einen kurzen Moment stillzustehen und im Bruchteil einer Sekunde versuchten beide, sich glaubhafte Ausreden einfallen zu lassen. Dann drehten sie sich um.

„Ganz schön riskant", befand Luke mit einem sadistischen Lächeln auf den Lippen. „Ich wollte nur fragen, ob ich behilflich sein kann. Aber ich sehe, ihr kommt zurecht."

Cool und lässig drehte sich Luke um. Doch bevor er sie alleine ließ, griff er blitzschnell zwischen den beiden Männern hindurch nach der Rotweinflasche, haarscharf an der Beule in Marcos Hose vorbei.

„Der Wein ist aus. Und wir wollen doch nicht, dass Sven ihn holen muss", erklärte er süffisant und schlenderte wieder aus der Küche.

„Der Kleine ist eindeutig zu oft mit Meiko unterwegs gewesen", stellte Tom fest. Auf seiner Stirn standen Schweißperlen und seine Knie waren gefährlich weich.

„Ich bin verrückt nach dir", sagte Marco und richtete die Salzkartoffeln.

„Wir müssen vorsichtiger sein", entgegnete Tom und streute Parmesan über den Lammrücken.

Dessert: Tiramisu

Zutaten (für 4 Personen):
500 g Mascarpone, 4 Eigelb, 4 EL Zucker, 2 Tassen Espresso, 3-4 cl Weinbrand, 150 g Löffelbiskuit, Kakaopulver, 1 Zitrone

Zubereitung:

1. Eigelb und Zucker in eine Schüssel geben und schaumig schlagen. Anschließend die Mascarpone unterziehen und mit ein paar Tropfen Zitronensaft würzen.
2. Espresso und Weinbrand mischen und die Löffelbiskuit nacheinander kurz eintauchen. Die erste Hälfte in einer flachen Form auslegen. Und die Hälfte der Mascarpone-Masse darüber streichen. Anschließend den Vorgang wiederholen.
3. Zugedeckt etwa fünf Stunden kaltstellen und vor dem Servieren noch mit Kakao bestäuben.

„Es ist einfach köstlich!“, lobte Tom überschwänglich.

Luke lächelte stolz.

„Ja, wirklich hervorragend. Du musst mir unbedingt das Rezept geben. Ich habe derzeit eine Affäre mit einer Frau, die total auf Desserts abfährt“, warf Jörg ein.

„Du hast was? Davon weiß ich gar nichts!“, entfuhr es Marco verblüfft und er schob sich noch einen großen Löffel Tiramisu in den Mund.

„Ja, es ist geheim. Sie ist verheiratet“, behauptete Jörg sarkastisch.

„Das ist übel!“, befand Sven und übersah nicht nur die schockierten Gesichter von Marco und Tom, sondern auch das kurze Zucken in Jörgs Mundwinkeln.

„Wie ist es dazu gekommen?“, fragte Sven, ehrlich interessiert, über den Tisch hinweg und machte die Situation noch unerträglicher, als sie ohnehin schon war.

„Zu Beginn schien es ein klassischer One-Night-Stand zu sein. Doch dann haben wir uns zufällig wiedergesehen und … Wir können nicht mehr voneinander lassen.“

„Woher hast du das Rezept eigentlich, Luke?“, fragte Sarah, scheiterte jedoch mit ihrem Ablenkungsmanöver kläglich und auch Tinas Tritt an Jörgs Knöchel konnte das Gespräch nicht mehr aufhalten. Tom spürte, dass ihm erneut die Kontrolle entglitt, wie Wasser, das man verzweifelt versucht in der hohlen Hand zu halten. Schließlich war nichts mehr davon übrig.

„Bist du in sie verliebt?“, fragte Sven.

„Ja, aber sie würde ihren Mann niemals verlassen. Sie braucht die Sicherheit, die er ihr gibt. Aber letztendlich ist die Beziehung zwischen ihnen schon lange erkaltet.“

Sven nickte nachdenklich. Für einen kurzen Augenblick hielten alle den Atem an und fragten sich, ob er möglicherweise das schmutzige Spiel durchschaut hatte.

„Das ist wirklich tragisch. Ihr Mann scheint es nicht zu bemerken und sie hat nicht den Mut zu gehen.“

„Ja, wirklich tragisch“, sagte Jörg und warf Tom einen vernichtenden Blick zu.

„Wenn wir zu Hause sind, müssen wir uns unbedingt eingehender darüber unterhalten!“, stellte Marco drohend fest, verzog jedoch keine Miene, während er weiter stoisch sein Tiramisu löffelte.

„Noch jemand Nachschlag?", fragte Tom in die Runde.

Schweigend beobachteten Tina und Tom vom Balkon aus die kleine Seitenstraße nahe der U-Bahnstation Westend. Direkt unter ihnen hatte Sven sein Cabrio geparkt, das im Vergleich zu den anderen Luxuskarossen, die Stoßstange an Stoßstange abgestellt waren, klein und jämmerlich wirkte. Schweigend rührte Tina ihren Espresso um. Das Klirren des Löffels durchschlug die Stille.

„Was für ein Abend!", stellte Tom überflüssigerweise fest.

„Ich habe dir gleich gesagt, dass es eine schlechte Idee ist."

„Und ich hätte auf dich hören sollen."

„Was gedenkst du zu tun?"

„Keine Ahnung. Ich … Ich weiß es nicht", antwortete Tom stockend und unterdrückte den Drang, aus lauter Verzweiflung zu weinen. Es wäre ihm zu peinlich gewesen. „Ich bin dreißig Jahre alt und mein Leben ist eine Großbaustelle. Ich hatte eigentlich gehofft, mit zunehmendem Alter würden auch Ordnung und Ruhe einhergehen."

„Das ist ein Irrglaube", antwortete Tina und dachte an ihr eigenes Leben, zwischen ihrer Karriere als Kinderbuchautorin, Familienchaos und erfolglosen Beziehungsversuchen. Ordnung und Ruhe waren Fremdworte für sie, doch im Gegensatz zu Tom war sie kein Mensch, der sich nach diesen Werten sehnte.

„Glaubst du, die Sache mit Marco beruht auch auf einem Irrglauben?", fragte Tom und griff Tinas letzte Bemerkung auf. „Sind die Gefühle für ihn nur eine Illusion? Steigere ich mich in diese Sache hinein?"

„Nein", antwortete Tina augenblicklich und voller Bestimmtheit.

„Du scheinst dir dieser Sache sicherer zu sein, als ich es bin."

„Ich habe nur einen anderen Blickwinkel. Ich kenne dich nun wirklich schon lange und weiß inzwischen dein Verhalten recht gut zu deuten. Ich bin davon überzeugt, dass deine Gefühle für Marco echt sind."

Aus dem Speisezimmer drang lautes, kehliges Lachen zu ihnen hinaus. Jörg schien sich prächtig zu amüsieren und Tom erinnerte sich, wie er dieses charakteristische Lachen zum ersten Mal an jenem Morgen danach gehört hatte. Der Moment lag nur einige Wochen zurück und doch kam es Tom wie eine Ewigkeit vor.

„Allerdings denke ich, dass du für dich selbst dringend herausfinden musst, welche Gefühle mehr zählen“, unterbrach Tina seine Gedanken.

„Ist Marco nur der neuste Schrei? Ein Modetrend, ebenso hip wie schnelllebig? Oder ist er möglicherweise ein klassischer, schwarzer Anzug? Modern und zeitlos zugleich, passend für jeden Anlass.“

Tom lächelte angesichts des bildhaften Vergleichs. Man merkte eben sofort, wie gerne sich Tina auf Modeschauen tummelte.

„Und Sven?“

Tina hob skeptisch die Augenbraue. Wie weit konnte sie gehen? Wie weit sollte sie sich aus dem Fenster lehnen? Sie wusste, wie dünn das Eis war, auf das sie sich begab. Sie konnte, obwohl sie eine enge Freundin war, unmöglich Tom zu der einen oder der anderen Sache raten. Ein solcher Ratschlag stand ihr weder zu, noch sah sie es als ihre Aufgabe an, Tom zu einer bestimmten Entscheidung zu lenken. Freunde, so fand Tina, mussten in solchen Situationen vor allem Optionen aufzeigen oder Fragen stellen, die man sich selbst nicht zu stellen wagte.

„Du weißt, wie ich zu Sven stehe. Aber es geht nun mal nicht um meine Meinung. Ich glaube, Menschen ändern sich. Genauso wie sie ihren Kleidungsstil ändern. Du solltest dich fragen, ob Sven ein Anzug ist, der dir nicht mehr steht. Oder ob du nur ein paar Änderungen vornehmen musst, um ihn wieder tragen zu können.“

„Änderungen an mir oder an dem Anzug?“

Tina schwieg und blieb ihm eine Antwort schuldig. Sie wollte ihn nicht noch weiter in eine bestimmte Richtung drängen. Weg von Sven und hin zu Marco. Doch wie konnte sie sicher sein, dass Marco besser zu Tom passte? Weibliche Intuition? Und was sagte ihre Intuition zu Jörg? Ein kurzes Lächeln huschte über Tinas Lippen: sexy, charmant, intelligent, unterhaltsam und definitiv viel zu jung. Ein Anzug, der ihr nicht passen würde.

Zur selben Zeit, als die beiden über Mode und Beziehungen philosophierten, betranken sich Luke und Sarah kichernd mit Ramazotti und versuchten, die Scherben eines Villeroy-&-

Boch-Tellers, der ihnen heruntergefallen war, unbemerkt im Abfalleimer verschwinden zu lassen. Sven und Marco hingegen träumten von Frankreich und Jörg schrieb hastig auf eine Serviette seine Telefonnummer, die er, heimlich und von den anderen unbemerkt, Tina zustecken wollte. Leider würde er dazu weder den Mut noch die Gelegenheit finden.

Gegen Mitternacht war der skurrile Spuk vorbei. Nachdem alle Gäste gegangen waren, räumten Sven und Tom auf und hatten dann Sex auf dem Küchenboden. Es war der geilste Fick, den die beiden seit Langem gehabt hatten. Sie spritzten zeitgleich ab und ihr weißes, klebriges Sperma klatschte auf den roten, amerikanischen Kühlschrank. Eine schöne Farbkombination, dachte Sven bei sich, als er wenig später mit einem Stück Küchenrolle die Flecken beseitigte.

Italienische Leichtigkeit

Das Aufeinandertreffen von Meiko und Karl fand, undramatisch und kein bisschen spektakulär, am Frühstücksbüffet statt. Sie standen sich gegenüber, getrennt durch einen Berg aus frischen Brötchen, Ciabatta und Croissants. Über Karls Gesicht huschte ein kurzer Ausdruck der Überraschung, doch dann nickte er Meiko knapp zu, so als hätte er erwartet, ihn hier zu treffen, und sagte: „Die Brötchen haben absolut keinen Geschmack. Du solltest lieber Ciabatta nehmen."

Nach dem Frühstück trafen sie sich zu einem Cappuccino in einem nahen Straßencafé und ließen, meist schweigend, die viel gepriesene italienische Leichtigkeit auf sich wirken. Nachdem sie ihre Tassen geleert hatten, flanierten sie die Strandpromenade entlang. Es war noch keine Hauptsaison. Die Szenerie wurde von britischen Rentnern, deutschen Surfern und Wochenendurlaubern beherrscht. Das harte Knirschen des Kieses unter ihren Füßen und das Rauschen der Wellen waren die Begleitmusik ihres Spaziergangs. Schließlich erreichten sie einen abgelegenen

Strandabschnitt, auf dem sich nur zwei Italienerinnen die Sonne auf die Brüste scheinen ließen. Im Schatten einer kleinen Trauerweide saß außerdem ein gut aussehender Mittzwanziger. Vollkommen in die Welt seines Buches eingetaucht, bemerkte er die Neuankömmlinge gar nicht. Meiko und Karl warfen sich jedoch in Anbetracht seiner wohlgeformten Oberarme und des unbehaarten Waschbrettbauches einen vielsagenden Blick zu.

„Ist doch nett hier", sagte Karl und fügte flüsternd hinzu: „Die Aussicht ist einmalig!"

Sie breiteten ihre Handtücher zwischen den beiden Oben-ohne-Frauen und dem Waschbrett aus, entledigten sich ihrer Hemden und starrten eine Zeit lang schweigend auf den See hinaus. Die Sonne schien auf ihre nackten Oberkörper und kitzelte mit ihren Strahlen über die Haut. Noch war die Sicht klar, doch von Süden her zogen bereits erste Nebelschwaden den See hinauf. In wenigen Stunden würde sich ein hauchdünner, aber mit bloßem Auge undurchdringbarer Schleier über das Wasser gelegt haben. Meiko betrachtete die Berge, die steil zum See hin abfielen. Hoch oben, in den bewaldeten Hängen, konnte man bei der klaren Sicht noch kleine Ansammlungen von Häusern ausmachen. Welch eine Idylle musste dort oben herrschen. Ruhig und abgelegen, mit einem atemberaubenden Blick auf den See, an dessen Ufern sich das mediterrane Lebensgefühl und die beeindruckende Alpenidylle zu einem harmonischen Ganzen verbanden.

„Ich kann verstehen, dass es dir hier gefällt."

Karl schwieg und starrte weiterhin stur auf den See hinaus.

„Es ist wirklich traumhaft hier. Aber für immer?", bohrte Meiko unbeirrt weiter und kam zum ersten Mal seit ihrem Zusammentreffen am Frühstücksbüffet auf den eigentlichen Grund seiner übereilten Reise zu sprechen.

„Nur für den Rest meines Lebens."

„Das kann selbst bei dir noch recht lange sein. Jetzt mag es hier noch idyllisch und ruhig sein. Aber stell dir doch vor, wenn im August Scharen von Touristen wie nimmersatte Heuschrecken über den Strand, die Stadt und den See herfallen."

„Sollen sie kommen. Ich werde bleiben."

„Von was willst du leben?"

„Das lass mal meine Sorge sein. Ich habe mir das alles sehr genau überlegt."

„Und was ist mit Deanna? Willst du sie alleine zurücklassen? Sie ist deine beste Freundin. Sie vermisst dich sicher schon und sie ist auch nicht mehr die Jüngste. Ich habe sie seit Wochen nicht gesehen ..."

Ein kaum wahrnehmbarer Schatten huschte über Karls Gesicht und für einen kurzen Augenblick wollte er Meiko über Deannas Verschwinden aufklären. Doch er unterließ es, da es nicht in ihrem Sinne gewesen wäre. Stattdessen antwortete er nur: „Deanna kommt zurecht. Da bin ich mir sicher."

Wieder machte sich Schweigen breit. Meiko lauschte andächtig der rhythmischen Brandung. Einige Meter vom Ufer entfernt tanzten zwei Haubentaucher auf den Wellen und verschwanden immer wieder unter der Wasseroberfläche. Zwei Segelboote zogen friedlich dahin und in der Ferne, beinahe schon vom Dunst verschluckt, konnte man die Umrisse eines der großen Fährboote ausmachen. Ein erfrischender Wind war aufgekommen und machte die Mittagshitze etwas erträglicher. Unter der Trauerweide saß noch immer das Waschbrett mit seinem Buch und die Italienerinnen hatte sich inzwischen gewendet und ließen nun ihren Rücken von der Sonne bräunen. Es herrschte eine meditative Stille. Meiko wusste, wenn er länger als drei Tage bliebe, würde er ausrasten. Er genoss zwar die entspannende Ruhe jenseits großstädtischer Hektik, Lärm und Schmutz. Doch es konnte nicht mehr lange dauern, bis es ihn zurückziehen würde. Zurück in die Stadt und in sein Leben, das er so über alles liebte.

„Natürlich wird es Tage geben, in denen ich Frankfurt vermissen werde", sagte Karl plötzlich, als hätte er die Gedanken seines Freundes gelesen. „Doch was erwartet mich in Frankfurt? Eines Morgens werde ich mir nach der Afterhour in einer verwichsten Sauna mit Koks für immer die Lichter ausschießen?"

„So würdest du nicht enden!"

„Warum nicht? Ich wäre nicht der Erste und sicher auch nicht der Letzte. Seit Sergejs Tod ist kein Tag vergangen, an dem ich ihn nicht vermisst habe, und es ist kein Tag vergangen, an dem mir Frankfurt ohne ihn nicht unsagbar leer vorgekommen ist."

Meiko schwieg. Auch er vermisste Sergej. Doch mit den Jahren war die Lücke, die er hinterlassen hatte, zwar nicht geschlossen, aber zumindest kleiner geworden. Aber er hatte ihn auch nicht geliebt.

Wieder lauschten sie eine Weile der Brandung. Plötzlich legte das Waschbrett das Buch zur Seite und erhob sich. Er blinzelte, streifte dann seine Flipflops ab und stieg ungeschickt über den Kiesstrand. Immer wieder trat er auf spitze Steine. Wie ein betrunkener Storch, die Arme schwenkend, um nicht das Gleichgewicht zu verlieren, torkelte er in Richtung See und ließ sich schließlich, halbwegs elegant, ins kühle Nass gleiten.

„Ich war auf dem Turm in Riva und habe die Aussicht genossen. Ich hatte kurz vorher die letzten Reste vom Koks verbraucht und so stand ich einfach nur da und blickte auf die Dächer der Stadt, den See und die Berge. Plötzlich hat mir das Panorama Tränen in die Augen getrieben. Ich dachte an mein Leben und stellte mir vor, wie es wohl verlaufen wäre, wenn ich Tirol niemals verlassen hätte. Weißt du eigentlich, dass ich im Norden von Tirol auf die Welt gekommen bin?"

Meiko schüttelte den Kopf.

„Ich war dort. Vor einigen Tagen. In dem kleinen Dorf meiner Eltern. Es hat mir das Herz gebrochen. Sergej wollte immer meine Heimat sehen. Wir haben es nie geschafft. Wir waren in San Francisco und Sydney, zum Tauchen auf den Malediven, zum Skifahren in Aspen, zum Ficken auf Mykonos. Aber wir haben es niemals geschafft, nur ins Auto zu steigen und nach Tirol zu fahren. Ist das nicht tragisch?"

Karl unterbrach seinen Monolog, schüttelte resigniert den Kopf und versuchte, seine Gedanken wieder in geordnete Bahnen zu lenken. Inzwischen verließ das Waschbrett, nach einigen halbherzigen Schwimmzügen und von der Kälte des Wassers getrieben, den See und stapfte unelegant zu seiner Trauerweide. Unter der engen Badehose machte Meiko eine auf gewaltige Ausmaße schließende Beule aus – und das trotz des kalten Wassers. Ebenso interessiert wie unauffällig beobachtete Meiko den Jungen, dessen Alter er inzwischen von Mitte zwanzig auf neunzehn gesenkt hatte, beim Abtrocknen. Zu seiner Enttäuschung zog er nicht die feuchte Badehose aus, sondern setzte sich auf das Handtuch und ließ seinen Körper von der Sonne bescheinen. Meikos Blicke huschten immer wieder, hinter dem sicheren Schutzwall der Sonnenbrille, hinüber zu dem Jungen. Die Szenerie hatte etwas von *Tod in Venedig*.

„Meiko, ich finde es wirklich schön, dass du gekommen bist. Du hast dir Sorgen gemacht und mich gesucht. Du bist ein wirklicher Freund, das weiß ich jetzt“, zerrte ihn Karl mit seiner Stimme von dem Waschbrett zurück.

„Erst jetzt?“

„Ich war mir lange nicht sicher“, gestand er mit überraschender Ehrlichkeit. „Aber dein Besuch ändert nichts an meiner Entscheidung.“

„Was ist mit dem Blue?“

„Jede Ära muss einmal zu Ende gehen und eigentlich war das Blue niemals meine Bar.“

„Das stimmt. Es war Sergejs Bar, und wenn du das Blue nicht schon deinetwegen weiterführen willst, dann doch wenigstens seinetwegen.“

„Du benutzt gerade einen Toten, um deine eigenen, egoistischen Motive voranzutreiben. Du bist es nämlich, der nicht will, dass ich das Blue schließe. Es geht nicht um Sergej. Es geht um dich!“

Karls Stimme war scharf und angreifend.

„Entschuldige. Ich wollte nicht …“

„Schon gut“, unterbrach ihn Karl barsch, aber in einem versöhnlicheren Tonfall. „Sergej ist tot. Ich habe einmal den Fehler gemacht, diese Bar seinetwegen weiterzuführen. Ich muss jetzt an mich denken.“

Karl holte tief Luft und zwang sich wieder zur Ruhe. Er zitterte jedoch vor Aufregung am ganzen Körper.

„Vielleicht sollten wir das Thema wechseln. Ich bleibe noch ein oder zwei Tage. Reden wir ein anderes Mal darüber“, schlug Meiko vor, dessen Wut über Karls Verhalten Mitleid und Sorge Platz gemacht hatte.

Tatsächlich schafften sie es den ganzen Tag über, das Thema nicht mehr anzuschneiden. Nachdem sie noch einige Minuten der Brandung gelauscht hatten, machten sie sich auf den Weg ins Nachbardorf Torbol. Da sich Meiko bereits auf dem etwa zwei Kilometer langen Hinweg mit seinen Flipflops Blasen gelaufen hatte und nicht die geringste Lust verspürte, den Rückweg barfuß zurückzulegen, waren sie gezwungen, mit der Fähre nach Riva überzusetzen.

Verträumt beobachtete Karl vom Heck des Schiffes aus die hell erleuchtete Strandpromenade Rivas und den Hafen, das Tor zur Stadt. Zum See hin thronte die alte Stadtburg, die vollkommen von Wasser umschlossen war und die man nur über Brücken erreichte. Früher war sie Sitz des Bischofs gewesen. Heute beherbergte sie ein Museum und ein Restaurant, in dem Karl an seinem ersten Abend bei einem Glas Rotwein gedankenverloren auf den See gestarrt, den Nachthimmel beobacht, Sterne gezählt und den Gesprächen der Menschen gelauscht hatte. Es war der Abend gewesen, an dem er sich zum Bleiben entschloss. Für immer. Er hatte nicht sofort ernsthaft diesen Gedanken gefasst, sondern sich mehr der Illusion hingegeben, bleiben zu können. Nach seinem dritten Glas Rotwein hatte er schließlich erkannt, dass ihn nichts daran hinderte, einfach zu bleiben. Es gab schließlich niemanden, der in Frankfurt auf ihn wartete.

Wahrheiten

Sanft streichelte Tom über Marcos Rücken. Inzwischen konnte er blind die Position der drei kleinen Leberflecke auf dem rechten Schulterblatt bestimmen. Nicht weniger vertraut waren ihm die vereinzelten braunen, borstigen Haare im unteren Bereich der Wirbelsäule, kurz über dem Ansatz der Arschkerbe. Ich kenne diesen Rücken besser als den von Sven, schoss es Tom plötzlich durch den Kopf. Doch kaum war der Gedanke wie ein Blitz in seinem Geist aufgeleuchtet, unterdrückte er ihn schon wieder.

Seit ihrem Aufeinandertreffen in Köln führte er zwei Leben. Aber seit dem nervenaufreibenden Geburtstagsessen ließ er wenigstens nicht mehr zu, dass diese beiden Leben in irgendeiner Form aufeinanderprallten. Auch nicht in seinem Kopf. Tom hatte Angst, dass er einer erneuten Kollision nicht standhalten konnte. Wenn er mit Marco zusammen war, blendete er Sven aus und dachte auch nicht über sein zumindest moralisch verwerfliches Handeln nach. Allerdings verhielt es sich anders, wenn er mit seinem zukünftigen Ehemann zusammen war. Immer seltener und schwieriger wurde es für ihn in jenen Momenten, Marco aus seinen Gedanken zu verbannen.

„Das tut gut", seufzte Marco kaum hörbar.

Tom lächelte und begann, die Konturen der Schulterblätter mit den Lippen zu liebkosen. Genussvoll ließ er seine Zunge über den Hals bis hoch zum Haaransatz wandern, hielt kurz inne und leckte dann, wesentlich stürmischer, Marcos Ohrmuschel. Tom spürte, wie sich seine Nackenhaare aufstellten und ein kurzes Zittern seinen Körper durchlief.

„Du geile Drecksau!", rief Marco lachend, befreite sich aus Toms Umarmung und drehte sich auf den Rücken. Der erigierte Schwanz sprang Tom förmlich entgegen und er lächelte voller Vorfreude.

„Blasen!", befahl Marco grinsend.

Tom hatte große Lust, der Aufforderung augenblicklich Folge zu leisten, doch zu einfach wollte er es ihm nicht machen und so wandte er seiner Aufmerksamkeit zunächst den harten Brustwarzen zu, die von einem Ring aus flauschigen, braunen Haaren umrahmt wurden. Die rechte wurde von einem glitzernden, silbernen Piercing gekrönt. Zärtlich knabberte er daran, während er die rasierten Eier knetete. Marco stöhnte lustvoll und versuchte zugleich, Toms Kopf immer wieder sanft, aber bestimmt nach unten zu drücken. Nach seinem dritten, erfolglosen Versuch hielt Tom schlagartig inne und grinste ihn frech an.

„Würdest du wohl damit aufhören!"

„Komm schon! Bitte!", erwiderte Marco wie ein kleiner Junge, dem man verboten hatte zu spielen. „Du weißt doch, wie sehr ich es liebe, wenn du mir einen bläst!"

„Ja, das kann ich auch wirklich gut!", entgegnete Tom provozierend, ohne jedoch Anstalten zu machen, der Bitte zu entsprechen.

„Mein Blas-Meister! Bitte!"

„Du reduzierst mich gerade auf meine Zungenfertigkeit!"

„Und darauf, dass du deinen Kiefer scheinbar ausrenken kannst. Ach komm, du weißt, wie sehr ich es liebe …"

„Du wiederholst dich", unterbrach ihn Tom.

„… aber nicht nur das", fuhr Marco ungerührt fort. „Ich liebe dich wirklich."

Plötzlich hatte sich die spielerische Leichtigkeit verflüchtigt. Toms Gesichtsausdruck fror kurz ein und er starrte Marco mit einem verzweifelten, unnatürlichen Lächeln an. Was sollte er jetzt sagen? Konnte er gleichzeitig zwei Menschen seine Liebe gestehen? Konnte er zwei Leben führen? Liebte er Marco? Liebte er Sven?

Tom blickte fragend, auf eine Antwort hoffend, in die traurigen und zugleich erwartungsvollen Augen seines … Freundes? Seines Geliebten? Seiner Affäre?

Er hätte losheulen können, nichts und niemand sollte Marco verletzen. Auch nicht er selbst. Er konnte und wollte nicht schuld sein, wenn es Marco schlecht ging. Der Gedanke brachte ihn schier zur Verzweiflung. In diesem Augenblick wurde Tom klar, dass es nur eine Antwort geben konnte. Eine Antwort auf eine Frage, die nicht ausgesprochen, aber doch gestellt worden war.

Stürmisch umarmte er Marco, riss ihn an sich, umklammerte seinen Körper.

„Ich liebe dich auch", hauchte er leise.

Vielleicht hätte er gar nichts sagen sollen und müssen. Vielleicht hätte eine Umarmung genügt. Vielleicht wäre es der richtige Augenblick gewesen, um endlich über ihre Beziehung zueinander zu sprechen. Vielleicht wäre es der richtige Zeitpunkt gewesen, um endlich zu gehen, um endlich alleine zu sein und um endlich wirre Gedanken zu ordnen. Doch Tom tat nichts von alldem. Er lebte auch in diesem Moment weiter seine zwei Leben. In seinem neuen Leben gehörte Toms Liebe tatsächlich einzig und alleine Marco. Er hatte also die Wahrheit gesagt. Doch Wahrheiten können sowohl wahr als auch falsch sein.

Tom schrie kurz auf, als Marco unerwartet hart und fest in ihn eindrang.

„Alles in Ordnung?"

„Ja, es war nur etwas … plötzlich."

„Soll ich aufhören?"

„Nein! Mach weiter. Bitte!"

Sanft ließ Marco seinen Schwanz tiefer hineingleiten. Tom stöhnte, ächzte kurz und legte einen flehenden Ausdruck in seinen Blick. Er bettelte förmlich um mehr. Und er bekam mehr.

Die Stöße wurden heftiger und härter, Marcos schweißnasser Körper erzitterte immer wieder vor Geilheit. Tom fing an, seinen eigenen Schwanz zu massieren, und zog mit seiner anderen Hand Marcos Unterleib noch näher an sich heran. Plötzlich hielt Marco inne. Doch Tom ignorierte das Verharren und begann nun seinen Körper rhythmisch vor- und zurückzubewegen.

„Hör auf! Ich komme sonst!", stöhnte Marco auf. Doch Tom dachte nicht daran, dieser Bitte Folge zu leisten. Im Gegenteil, er steigerte seine Schnelligkeit und ließ Marcos Schwanz in immer heftiger werdenden Schüben zustoßen.

„Ich will nicht ... kommen!", ächzte Marco.

Tom ignorierte ihn erneut. Er selbst war kurz davor abzuspritzen und er spürte, wie Schweißperlen über sein Gesicht rannen. Waren sie von ihm oder von Marco? Egal. Toms Geilheit kannte keine Grenzen. Er wollte kommen. Jetzt sofort.

Mit einem lauten Stöhnen brach Marco plötzlich über ihm zusammen. „Geil!", schrie er nur und begann erneut, Tom wild und diesmal deutlich unkontrollierter zu ficken.

Sie kamen beide gleichzeitig. Eine Fontäne aus weißem, klebrigem Sperma schoss in hohem Bogen aus Toms Schwanz und verfehlte Marcos Auge nur um Haaresbreite. Zum lauten Stöhnen kam nun ein glucksendes Lachen.

„Ich hasse das Zeug!", rief Marco, kaum war die letzte Welle des nachklingenden Orgasmus durch seinen Körper geschwappt.

„Ich weiß. Normalerweise bin ich es ja auch, der es abbekommt!", meinte Tom, noch immer süffisant lächelnd, während er mit einem Tuch unbeholfen Marcos Gesicht säuberte.

Seufzend ließ Marco seinen Körper auf Tom sinken und küsste ihn liebevoll auf den Mund.

„Es ist geil mit dir!"

„Irgendwann möchte ich, dass du in mir kommst. Ohne Gummi. Ich will es spüren", sagte Tom.

Marco sah Tom tief in die Augen und für den Bruchteil einer Sekunde war er bereit, ihm alles zu erzählen. Für einen kurzen Augenblick lagen ihm die Worte auf den Lippen. Doch er wagte es nicht, sie auszusprechen. Er wollte die Tatsache nicht wahr werden lassen.

„Ja, das wäre wirklich schön", antwortete er zögerlich, mit einem Hauch von Angst in der Stimme. Die Vorstellung, in Tom zu kommen, ohne Gummi, ohne dieses hauchdünne und doch so unendlich dicke Stück Silikon zwischen ihnen, war zugleich romantisch und geil. Doch Marco wusste, dass es niemals dazu kommen würde. Niemals … Niemals … Niemals …

Wie ein Mantra wiederholte er das Wort in Gedanken. Was würde geschehen, wenn er Tom seine Diagnose mitteilte? Eine Frage, auf die er nur eine Antwort finden konnte, wenn er es endlich wagte, ihn mit den Tatsachen zu konfrontieren. Doch war er dazu überhaupt verpflichtet? Schließlich war es doch Tom, der die ganze Zeit ein doppeltes Spiel spielte. Nicht er selbst. Oder? Inzwischen konnte Marco seinen Liebhaber recht gut einschätzen und vor allem anderen war er sich bewusst, dass Tom ein Mensch war, der Sicherheiten brauchte. Sven gab ihm diese Sicherheiten. Seit dem Beginn ihrer Affäre versuchte auch Marco, ihm das Gefühl von Verbindlichkeit und Geborgenheit zu geben, und er glaubte, erste Erfolge mit dieser Strategie erzielt zu haben. Doch all die kleinen Siege in diesem unfairen Wettkampf würden mit einem Schlag unbrauchbar werden, sobald Marco dieses eine, schwere Wort aussprechen würde: positiv. Und so ließ er an diesem Abend den Moment der Wahrheit ungenutzt verstreichen.

Die Signalstörung

Der EC82, von Verona nach München, schlängelte sich durch Wein- und Obstplantagen, an steil abfallenden Berghängen entlang und vorbei an malerischen Dörfchen, deren Gesichter mit jedem Kilometer, den der Zug in Richtung Norden zurücklegte, weniger mediterran wurden. Auch die Landschaft wurde immer alpiner. Schlanke, spitz zulaufende Zypressen, Olivenbäume und Pinien wurden bereits kurz nach Trentino seltener und waren schließlich ganz verschwunden. Stattdessen dominierten dunkle Nadelwälder das Bild.

Mit der mediterranen Landschaft verschwand auch die Sonne. Schwere Wolken zogen auf und die Gipfel der Berge waren in dicke Nebelschwaden gehüllt. Kurz vor dem Brennerpass setzte Regen ein. Meiko hatte den Eindruck, als hätte er an den Ufern des Gardasees auch die mediterrane Leichtigkeit zurückgelassen und das südländische Flair schien viel weiter entfernt als nur eine Stunde Zugfahrt. Meikos Seele wurde schwerer und seine Stimmung verdüsterte sich zusehends. Er starrte missmutig aus dem Fenster und sein Blick verlor sich im Nirgendwo. Die vorbeifliegende Landschaft wurde zu einer verschwommen Farbenmixtur.

Karl hatte ihn bei ihrem heutigen Frühstück überrannt. Eigentlich war es Meikos Absicht gewesen, an ihrem letzten gemeinsamen Morgen zum finalen Angriff überzugehen, an dessen Ende er nur zwei Ergebnisse geduldet hätte. Entweder wäre Karl sofort mit ihm zurückgekehrt oder er hätte ihm versprochen, in einigen Wochen nachzukommen. Doch Karl hatte ihn, noch bevor Meiko einen ersten Schluck Kaffee getrunken hatte, vor vollendete Tatsachen gestellt: „Du musst nicht mit mir streiten. Ich werde hier bleiben. Aber ich möchte ebenfalls, dass es mit dem Blue in Sergejs Sinne weitergeht. Aus diesem Grund biete ich dir die Möglichkeit an, das Blue zu kaufen. Zu einem Vorzugspreis natürlich."

Karl hatte alles bis ins letzte Detail vorbereitet. Meiko würde zwei Wochen Zeit haben. So lange lag der Kaufvertrag für das Blue bei einem Notar. Danach würde die Bar an eine Immobilienmaklerin übergehen, die sich um den Verkauf kümmern sollte.

Alle Wut, alles Zetern hatte nicht geholfen. Karl blieb stur und befreite sich mit seinem Angebot an Meiko zugleich von der Last, für das weitere Bestehen des Blue verantwortlich zu sein. Er war aus dem Schneider und so schien er noch eine Spur unbeschwerter und glücklicher, als sich die beiden am Bahnhof verabschiedeten.

„Verdammte Scheiße!", fluchte Meiko laut vor sich hin und die Zugbegleiterin, die gerade mit einem Servierwagen an ihm vorbeiging, zuckte erschrocken zusammen. „Entschuldigen Sie", murmelte Meiko und starrte missmutig aus dem Fenster.

Er hasste Karl dafür, dass er ihm die Verantwortung für das Blue übertragen hatte. Meiko mochte es nicht, wenn man ihm Verantwortung aufzwang. Er wollte frei sein, frei von Verpflichtungen. Er war ein Mann, der letzten Endes nur sich selbst gegenüber verpflichtet war. Und darauf war er stolz. Er war stolz auf seine Freiheit und er liebte sie. Doch was sollte er jetzt tun? Konnte er guten Gewissens Karls Angebot ausschlagen und das Blue damit dem Untergang preisgeben? Vielleicht hatte er Glück und die Maklerin würde einen Käufer finden, der die Bar unverändert weiterführen würde. Doch diese Wahrscheinlichkeit, das wusste Meiko genau, war gering. Sehr gering. Wie sehr er sich auch dagegen wehrte, er hielt den Schlüssel zur Rettung der Bar in den Händen.

Gedankenverloren zupfte er am Reißverschluss seiner Tasche herum, zog ihn immer wieder auf und zu. Erst als der Japaner gegenüber etwas im gebrochenem Englisch murrte, zog Meiko ein letztes Mal den Reißverschluss zu und lächelte entschuldigend.

Ich bin es einfach nicht gewohnt, mit Gepäck zu reisen, schoss es Meiko durch den Kopf. Er mochte den Gedanken nicht ertragen, dass er zukünftig immer mit einer imaginären, unglaublich schweren Reisetasche auf den Schultern unterwegs sein musste. Das Blue würde eine Belastung sein. Er musste sich, sollte er die Bar tatsächlich übernehmen, um mehr kümmern, als einfach nur hinter der Theke zu stehen. Dienstpläne, Abrechnungen, Einkaufslisten, Buchhaltung und so unendlich viele weitere Aufgaben sah Meiko bereits auf sich zukommen.

Plötzlich kam der Zug mit einem abrupten Ruck zum Halten. Der Japaner schaute nervös von seinem Buch auf und auch Meiko blickte bang aus dem Fenster des Abteils heraus. Sie hatten auf einem Gleisstück angehalten, das sich an einer Felswand entlangschlängelte. Zur Rechten ging es steil nach oben. Zur Linken, das beunruhigte Meiko wesentlich mehr, ging es steil bergab.

„Verehrte Reisende, aufgrund einer Signalstörung wurden wir gezwungen anzuhalten. Wir bitten, diesen außerplanmäßigen Stopp zu entschuldigen“, drang plötzlich eine monotone Stimme aus dem knackenden Lautsprecher. Die Durchsage wurde in Italienisch, Englisch und Französisch wiederholt und Meiko beobachtete, wie um ihn herum mit jeder weiteren Sprache die Unruhe zunahm. Eine Signalstörung war eigentlich nicht mehr als ein Ärgernis. Eine Signalstörung an einem steilen Bergabhang empfanden die meisten als zumindest beunruhigend. Plötzlich durchzuckte ein Blitz den dunklen Himmel. Irgendwo begann ein kleines Mädchen zu weinen. Die Zugbegleiterin mit ihrem Servierwagen kam den engen Korridor zurückgewatschelt und verteilte nun statt heißen Kaffees beruhigende Worte.

„Es ist alles in Ordnung … Keine Sorge … Die Reise geht gleich weiter … Natürlich können Sie aufstehen und herumlaufen. Wir sind hier schließlich nicht im Flugzeug."

Meiko lächelte kurz, nahm dann, um nicht weiter in die beunruhigende Tiefe zu starren, sein Handy aus der Tasche und wählte die Nummer seiner Schwester.

„Meiko! Wo steckst du?" Tinas Stimme wirkte wie Balsam auf seiner geschundenen Seele.

„Irgendwo zwischen Italien und Österreich. Und falls ich bei einem Zugunglück ums Leben kommen sollte, denk daran: Ich möchte verbrannt werden."

„Was redest du für einen Blödsinn!"

„Ach, vergiss es. Ich bin nur etwas durch den Wind."

„Warum?"

„Karl wird nicht zurückkommen und ich soll das Blue übernehmen."

Kurz herrschte am anderen Ende der Leitung Schweigen.

„Bist du noch da?"

„Klar. Aber um ehrlich zu sein, ich finde Karls Entscheidung gut. Was hält ihn noch in Frankfurt? Soll er doch sein Leben jetzt endlich genießen. Und was das Blue angeht … Du bist ein mehr als würdiger Nachfolger!"

„Du verstehst scheinbar nicht … Ich müsste die Verantwortung übernehmen für die Bar, das Personal …"

„Und wo liegt das Problem?"

„Tina, ich hasse Verantwortung! Ich bin nicht umsonst überzeugter Single! Ich will einfach … frei sein."

„Ach, Meiko, du hast so viel Verantwortung übernommen. Du warst immer für mich da. Für die Kinder. Für deine Freunde."

Plötzlich war Tina weg und die Leitung rauschte kurz. Dann war wieder ihre Stimme zu hören.

„… kommst du auf die Idee, dass du dazu nicht in der Lage bist?"

„Du findest, ich sollte das Angebot annehmen?"

„Ja, verdammt! Es ist …“

Wieder war die Verbindung unterbrochen. Meiko fluchte.

„… verstehe dich nicht mehr. Leg jetzt auf. Lass uns reden, wenn du wieder …“, hörte er Tina noch sagen. Dann war sie weg und sein Handy fiepte kurz auf.

Inzwischen klatschte Regen in Bindfäden gegen die Fenster des Zugabteils. Die Berggipfel waren von dunklen Gewitterwolken, die wie aus dem Nichts aufgetaucht waren, verdeckt und vom Tal her zog dichter Nebel auf. Immer wieder tauchten Blitze die Szenerie in ein grelles Licht und der Donner grollte gefährlich. Es herrschte Weltuntergangsstimmung und in den Gesichtern seiner Mitreisenden spiegelte sich angesichts des spektakulären Naturschauspiels eine Mischung aus Faszination und Angst. Plötzlich erfasste Meiko vollkommen unvorbereitet eine Welle der Euphorie und riss ihn mit. Tina hatte recht, er konnte Verantwortung übernehmen. Er hatte es schon sein Leben lang getan: für Freunde, Familie, Kollegen. Und tat er es letzten Endes nicht im Augenblick erneut, indem er Luke unter seine Fittiche nahm?

Er konnte es.

Er würde es tun.

Ein breites, gewinnendes Lächeln machte sich in Meikos Gesicht breit. Er würde Bar-Besitzer werden und wieder Verantwortung übernehmen. Natürlich musste man das Blue zumindest für einige Wochen schließen und von Grund auf renovieren. Meiko würde einige Veränderungen vornehmen. Und dann würde die Bar wiedergeboren werden. Wie ein Phönix aus der Asche. Sergej mochte tot sein, Karl nach Italien emigriert. Doch er, Meiko, der dem Blue seit Jahren zunächst als Gast und später als Barkeeper die Treue gehalten hatte, würde bleiben.

Plötzlich setzte sich der Zug mit einem heftigen Ruck, der die junge Frau mit ihrem Servierwagen beinahe zu Fall gebracht hätte, wieder in Bewegung.

„Verehrte Reisende, wir setzen nun unsere Fahrt fort. Die Signalstörung wurde behoben. Nächster planmäßiger Halt: Innsbruck. Und darf man dem dortigen Bahnhofspersonal Glauben schenken, scheint über der Stadt die Sonne und es ist keine Wolke am Himmel auszumachen.“

Das geheimnisvolle Fläschchen

Nachdem Meiko aus Italien zurückgekehrt war und alle mit dem Entschluss überraschte, die Blue-Bar zu übernehmen, setzte hektisches Treiben in Lukes Freundeskreis ein. Tom wurde damit beauftragt, einen geeigneten Finanzierungsplan auszuarbeiten, da Meiko sich bei seinem Vater würde Geld leihen müssen. Tina hingegen bereitete Mutter und Vater Sternheim schonend darauf vor, dass ihr Sohn vorhatte, in das Gastronomiegewerbe einzusteigen. Und Meiko begann unterdessen, Pläne für umfassende Renovierungsarbeiten zu schmieden.

Nur Luke hatte ganz eigene Probleme. Er hatte in Samuels Sachen ein kleines, geheimnisvolles Fläschchen ohne Aufschrift gefunden. Es war wirklich nicht so, dass er danach gesucht hätte. Er stolperte versehentlich über Samuels Sporttasche, sie kippte um und aus einer der Seitentaschen rollte dieses geheimnisvolle Fläschchen heraus. Ohne nachzudenken, schnappte er es und versteckte es in seiner Hosentasche. Sobald Samuel die Wohnung verlassen hatte, begann Luke, das Fläschchen eingehend zu untersuchen. Es hatte kein Etikett, war nur ein paar Zentimeter groß und mochte höchstens einige Milliliter Flüssigkeit enthalten. Beinahe ängstlich schraubte Luke es auf und fächelte sich vorsichtig, wie er es im Chemieunterricht gelernt hatte, den Duft der undefinierbaren Flüssigkeit zu. Es roch süßlich, streng und künstlich. Es musste, so kam Luke schnell zu dem Schluss, eine Droge sein.

Schockiert von seiner Entdeckung stellte er das Fläschchen auf den Küchentisch und beobachtete es, beinahe so, als erwartete er, dass etwas geschehen würde. Doch es geschah nichts. Weder er noch die seltsame Flüssigkeit zeigten eine Veränderung. Er fühlte sich weder berauscht noch high. Aber vielleicht musste man auch ein paar Tropfen einem Getränk bemischen, um die Wirkung zu entfalten, überlegte sich Luke. Nachdem er etwa eine Stunde ratlos und unruhig herumgesessen hatte, beschloss er, einen Experten zu Rate zu ziehen.

Zwei Stockwerke tiefer waren Sarah und Meiko damit beschäftigt, Tinas Kleiderschrank nach einem geeigneten CSD-Outfit zu durchforsten.

Meiko testete gerade, wie seine Beine in einem schwarzen Minirock zur Geltung kommen würden, als Luke, inzwischen leicht panisch, mit dem Fläschchen in der Hand hereinstürmte. Er warf Meiko einen kurzen, überraschten Blick zu und zuckte dann mit den Achseln. Noch vor wenigen Monaten hätte ihn ein Mann im Minirock vor einem Wandspiegel im Schlafzimmer seiner Vermieterin geschockt oder zumindest kurz aus der Fassung gebracht. Doch inzwischen nahm er diese skurrilen Zwischenfälle mit einer stoischen Gelassenheit hin. Außerdem beschäftigte ihn in diesem Augenblick nur ein Gedanke: War sein Freund drogenabhängig?

„Das habe ich eben in Samuels Sachen gefunden", begrüßte er die beiden ohne Umschweife und streckte Sarah das Fläschchen entgegen.

„Du hast in seinen Sachen herumgestöbert?", fragte sie vorwurfsvoll.

„Natürlich hat er das. Richtig so, Kleiner! Du darfst dich nur nicht erwischen lassen!", nahm ihn Meiko sofort in Schutz, während er kritisch seinen Arsch im Spiegel beobachtete. „Der Rock macht mich dick!", stellte er fest.

„Ich habe nicht in seinen Sachen gestöbert! Ich hab das Fläschchen zufällig gefunden. Ich glaube, Samuel ist drogenabhängig."

Sarah hob kurz und ungläubig die Augenbrauen und roch vorsichtig an der Flüssigkeit.

Meiko schien das Ganze nicht weiter zu interessieren. Er begann damit, sich aus dem Minirock zu schlängeln, und probierte gleichzeitig aus, wie ihm eine schwarze Federboa stehen würde.

„Und?", fragte Luke an Sarah gewandt, über Meikos offensichtliches Desinteresse verärgert.

„Ich weiß nicht, aber ich glaube nicht, dass es eine Droge ist. Zumindest kenne ich sie nicht."

„Ach, ihr Dummerchen! Natürlich ist das keine Droge! Zumindest nichts Illegales", mischte sich Meiko mit einem provozierend nebensächlichen Tonfall ein.

„Und was ist es dann?", fragte Luke gereizt.

Meiko riss Sarah das Fläschchen aus der Hand, schnüffelte daran.

„Wie ich es vermutet hatte. Das ist Poppers."

Sarah lächelte erleichtert.

„Poppers?", fragte Luke.

„Ja, Poppers. Eine recht harmlose Schnüffeldroge. Beim Sex echt geil, vor allem wenn du etwas schmerzempfindlich sein solltest und nach drei Stößen nicht mehr kannst, weil dir dein Arsch wehtut. Und zu deiner Beruhigung: Das Suchtrisiko ist gering und es ist in Deutschland glücklicherweise nicht verboten, das Zeug zu konsumieren. Ich hoffe, du hast es nicht getrunken, denn das kann im wörtlichen Sinne sehr ätzend sein. Echt süß, dass du das nicht kennst."

„Woher sollte ich?", fragte Luke, angesichts von Meikos Oberlehrergebaren noch mehr gereizt.

„Du musst dir auf jeden Fall keine Sorgen machen. Poppers ist nicht gefährlich und nicht illegal. Allerdings …"

„Was allerdings?"

„Du solltest dich fragen, warum es dein Freund besitzt und du nichts davon weißt. Oder andersrum: Mit wem benutzt er das Zeug, wenn nicht mit dir? Sagt mal, findet ihr, ich sollte am CSD überhaupt im Fummel gehen? Oder diesmal doch lieber so richtig kerlig?"

„Manchmal bist du echt zum Kotzen!", schrie Luke aufgebracht, riss ihm das Fläschchen aus der Hand und stürmte aus dem Zimmer.

„Da hat wohl jemand seine Tage!", murmelte Meiko und lächelte nachsichtig.

Nachdem sich Luke bei einer Zigarette langsam wieder beruhigt hatte und Sarah ihn dazu bewegen konnte, mit Meiko nicht zu hart ins Gericht zu gehen, beschloss er, das Fläschchen bei der nächsten sich bietenden Gelegenheit wieder in Samuels Sporttasche zu stecken. Er wollte abwarten, wann sein Freund mit der Sache herausrückte. Luke glaubte nicht daran, dass Samuel ihn mit einem anderen betrog. Das konnte er sich einfach nicht vorstellen und so versuchte er die nächsten Tage, so wenig wie möglich an seinen Fund zu denken.

Und dann, drei Tage später, sie waren gerade dabei, sich in Lukes Küche gegenseitig auszuziehen, holte Samuel das Fläschchen hervor. Luke schnüffelte daran, dankbar, nicht nachfragen zu müssen.

Drama in acht Akten

1. Akt: Mut

„Wie findest du das Shirt?", fragte Luke aufgedreht und sprang auf das Bett, in dem sich Samuel noch müde unter der Decke verkrochen hatte.

„Ist mir egal!"

„Mir egal!", äffte ihn Luke ohne Erbarmen nach und zog die Decke weg.

„Aufstehen! Sonst kommen wir zu spät auf die Parade!"

Samuel stöhnte genervt. Er war bereits leicht gereizt.

„Ich geh nicht mit! Das habe ich dir schon hundert Mal gesagt."

Ein kurzer Schatten huschte über Lukes Gesicht. Doch seine Laune war zu gut und er war zu überdreht, als dass er ein einfaches Nein akzeptiert hätte.

„Und ich habe dir mindestens hundert Mal gesagt, dass ich diese Antwort nicht hören will."

Luke streifte sich das weiße Tank-Top über und wollte gerade vom Bett zurück zum Kleiderschrank springen, als Samuel ihn am Bein zu fassen bekam und ihn an der Flucht hinderte.

„Lass mich los!", rief Luke lachend.

„Nein! Komm bitte her!"

In Samuels Stimme lag ein ernster, beinahe warnender Unterton.

„Ich weiß, dass dieser Tag, warum auch immer, sehr wichtig für dich ist. Und ich möchte deshalb einen Streit vermeiden …"

„Zieh dich einfach an und komm mit!", unterbrach ihn Luke beschwingt. Er hatte noch immer nicht bemerkt, wie dünn das Eis war, auf dem er sich bewegte. Samuel sah sich durch seine ständigen Aufforderungen mitzukommen in die Ecke gedrängt und fühlte einen für ihn unerträglichen Rechtfertigungsdruck, der ihn aggressiv machte.

„Luke, ich bin schwul und ich bin mit dir zusammen. Aber ich werde nicht auf dieses Schwuchtel-Fest mitkommen. Ich habe es nicht nötig, mit Federboa und Handtasche durch Frankfurt zu rennen."

„Federboa erwarte ich gar nicht. Aber eine Handtasche ist doch wirklich praktisch!“, entgegnete Luke flachsend.

„Ich werde nicht mitkommen!“, entfuhr es Samuel und seine Stimme war lauter und wütender als beabsichtigt. „Und du sollst aufhören, mich zu drängen!“

Luke schnaubte abfällig. „Ich dränge dich gar nicht! Ich versuche nur, meine Wut zu kompensieren! Ich bin wütend auf dich, weil du nicht den Mut hast mitzukommen. Und ich weiß, dass ich nicht wütend sein darf, und das lässt mich wütend auf mich selbst werden …“

Er unterbrach sich und spürte, wie ihm Tränen in die Augen schossen. Doch Weinen war das Letzte, was er jetzt wollte. Nicht heute. Nicht deswegen und vor allem nicht vor Samuel. Seit er in Frankfurt angekommen war, schien sein Gefühlshaushalt verrückt zu spielen. Es gelang ihm einfach nicht, seine Emotionen zu kontrollieren oder gar zu verstehen. Das andauernde Schwanken zwischen hysterischer Euphorie und Verliebtheit auf der einen und tiefer Melancholie und Furcht einflößenden Verlustängsten auf der anderen Seite war mehr, als er ertragen konnte.

„Es tut mir leid, aber versteh mich doch bitte! Ich habe Freunde, für die ist schwul ein Schimpfwort. Die lachen über Schwule.“

„Die einzigen Schwulen, über die man lachen darf, sind jene, die nicht zu sich selbst stehen. Du machst dich angreifbar, indem …“

„Nein, Luke! Keine Diskussionen mehr. Bitte! Gib mir einfach noch etwas Zeit. Ich kann dir nichts versprechen. Aber ich werde mein Bestmöglichstes tun.“

„Ich gebe dir alle Zeit, die du willst und brauchst“, antwortete Luke aus einer leichtsinnigen Laune heraus, ohne sich der Tragweite seines Versprechens in diesem Moment bewusst zu sein. Er beugte sich in naiver Verliebtheit zu Samuel hinüber und küsste ihn. Gemeinsam knutschten sie ihrer beider Zweifel und Ängste weg. Oder versuchten es zumindest.

2. Akt: Stolz

Der Römer, das politische Zentrum Frankfurts und traditioneller Startpunkt der Parade, war mit Regenbogenfahnen beflaggt.

Die Straßen, von der Polizei abgesperrt, wurden von Zuschauern und Neugierigen gesäumt. Luke fühlte sich berauscht, mitgerissen und unendlich frei. Wellen der Euphorie, der Geilheit und des Glücks jagten in dichter Abfolge durch seinen Körper, ließen ihn erzittern und beben.

„So viele! Wir sind so viele!", schrie er Meiko zu, sprang übermütig zu Sarah, nahm sie an die Hand und tanzte zum mitreißenden Rhythmus der House-Musik hinter dem Partybus des schwulen Stadtmagazins her.

„So viele? Der war noch nicht in Köln!", wunderte sich ein haariger Bär.

Drei schillernd bunte Drag Queens, deren Hochzeitskleider mit Millionen kleiner, in der Sonne glitzernden Steinchen besetzt waren, kreuzten Lukes Weg und eine kniff ihm aufreizend in den Hintern. Für einen kurzen Augenblick war er verunsichert, doch dann lächelte er schelmisch und zwickte der Drag Queen in die künstliche Titte.

„Böser Junge!", sagte sie lachend und verschwand im Getümmel.

„Ich bin so stolz auf den Kleinen!", flüsterte Meiko, der das Ganze beobachtet hatte, leise an Tina gewandt.

„Du entwickelst beinahe Vatergefühle, scheint mir."

„Ja. Vor wenigen Monaten war er noch ein kleiner, verschüchterter Junge. Und jetzt ist er auf dem besten Weg, zu einem echt geilen Mann zu werden."

Während Tom, mal wieder Strohwitwer, da Sven CSD-Paraden nicht mochte, Ausschau nach Marco hielt und Sarah nervös nach ihrer Ex-Freundin spähte, vergaß Luke, berauscht von der Parade, der Musik und natürlich auch dem Alkohol, alle Hemmungen, streifte sein T-Shirt ab und genoss die bewundernden Blicke, die ihm immer wieder zugeworfen wurden.

„Das ist so geil! Wenn du mir vor einem Jahr gesagt hättest, dass ich heute hier sein würde, hätte ich es nicht glauben wollen!", rief er zu Meiko und Tina hinüber, die gerade damit beschäftigt waren, Sören und Daniel im Zaum zu halten, die unbedingt mit einem auf allen vieren laufenden SM-Sklaven spielen wollten. Sie hatten an dem Mann mit Hundemaske und Ledergeschirr Gefallen gefunden. Hinter sich zog der Kerl einen kleinen Wagen, auf dem ein Schild angebracht war mit der Aufschrift: „SM ist keine Krankheit. Wir sind nicht pervers!“

„Wenn Vater davon erfährt, rastet er aus! Seine Enkel spielen mit einem Ledersklaven!“, stellte Tina mit einem Anflug von Zufriedenheit fest.

„Vor allem … hast du die Arme von dem Hund gesehen? Die Muskeln lassen auf einen ansprechenden Körper schließen. Hoffentlich ohne Fell“, bemerkte Meiko.

„Gott, ich danke dir, schwul zu sein!“, rief Luke in diesem Augenblick gen Himmel und steckte langsam auch Sarah und Tom mit seiner Ausgelassenheit an.

„Noch zwei, drei Gläschen Sekt und ich bin auch in Partylaune“, befand Sarah.

„Warum damit warten?“, fragte Tom, füllte ihre Plastikbecher auf und begann es Luke nachzumachen. Er ließ sich vom Rhythmus der Musik einfangen und vergaß Marco, Sven und all die unlösbar erscheinenden Probleme.

Auf Höhe der Hauptwache kam die Parade schließlich für beinahe eine Viertelstunde zum Stehen und Luke nutzte die Zeit, um sich die vor und hinter ihnen fahrenden Wagen anzuschauen. Auf einer weißen Kutsche, die von vier Schimmeln gezogen wurde, winkte eine blonde Prinzessin in High Heels der Menge zu. Dahinter folgten die Fußgruppe der Aids-Hilfe und die Autonomen Lesben. Schließlich setzte sich der Zug wieder in Bewegung, und als sie gerade die letzte Kurve passierten, bevor es auf die Zielgerade in Richtung Konstablerwache ging, löste sich plötzlich eine Gestalt aus den Massen am Straßenrand und stürmte auf Luke zu. Er erkannte den Jungen sofort wieder. Es war Jan, der Barkeeper vom U27-Treffen.

„He! Heiß siehst du aus!“, begrüßte er Luke.

„Danke!“, antwortete er und warf forsch seinen Arm um Jans Hüfte.

„Warum läufst du nicht mit?“

„Bin gerade erst aufgestanden. Hab verschlafen. War spät gestern.“

„Okay. Süß siehst du aus“, sagte Luke und konnte seine eigenen Worte kaum glauben. Hatte er das wirklich gesagt? Noch immer von sich selbst überrascht, war er nicht darauf vorbereitet, plötzlich einen Kuss von Jan zu bekommen. Zunächst presste Luke noch die Lippen aufeinander. Doch gerade als Jan aufgeben und sich zurückziehen wollte, schnellte seine Zunge heraus und sie knutschten. Nicht lange, aber doch recht heftig.

Als Jan schließlich wieder in der Menge am Straßenrand untergetaucht war, zurück zu seinen Freunden, die schon auf ihn warteten, ging Luke zurück zu Meiko und erklärte, selbst im Rausch der Parade noch immer vom eigenen Handeln geschockt: „Ich habe ihn geküsst."

„Wen?", fragte Meiko überrascht.

„Jan ... Aber ich habe doch einen Freund."

„Echt? Ich sehe ihn nicht!"

Damit war das Thema vom Tisch.

3. Akt: Authentizität

Nachdem sich die Parade an der Konstablerwache aufgelöst hatte, brach eine wahre Flut an Schwulen und Lesben über den bis zu diesem Zeitpunkt mäßig gefüllten Platz herein. Vor der Hauptbühne versammelten sich die politisch Interessierten, um das Grußwort der Oberbürgermeisterin und die anschließende politische Debatte zu verfolgen. An den Getränkeständen herrschte Hochbetrieb und Bier und Sekt flossen in Strömen.

Während Tina die Kinder nach Hause brachte und in die Obhut der Babysitterin übergab, trafen Meiko, Luke, Sarah und Tom an einem Bierstand im hinteren Bereich des Platzes auf Jörg und Marco, die die Parade von ihrer Wohnung, direkt am Cityring gelegen, verfolgt hatten. Toms Laune verbesserte sich sichtlich und er begann, vom Alkohol ermutigt, ungeniert mit Marco in aller Öffentlichkeit zu fummeln.

„Manchmal verstehe ich die Schwulen einfach nicht", fand Luke, der das Spiel zwischen den beiden verfolgte und noch immer über den überraschenden Zungenkuss rätselte.

„Was verstehst du nicht, Kleiner?", fragte Meiko.

„Sind alle Männer ... untreu?"

„Nicht alle. Manche sind in einer offenen Beziehung durchaus treu. Wenn auch nicht unbedingt körperlich", antwortete Meiko lächelnd und zog sich einen missbilligenden Blick von Jörg zu.

Plötzlich kam aus der Masse ein kleiner, glatzköpfiger Mann in kurzen, glänzenden Lederhosen auf sie zugerannt. Stürmisch warf er sich Meiko an den Hals.

„Süßer! Schön, dich wiederzusehen!“, rief er überschwänglich, und nachdem Meiko einen kurzen Augenblick überlegen musste, woher er den Mann kannte, lächelte auch er, beinahe schmutzig und anrüchig.

„Freut mich auch. Wie geht es dir? Ein Jahr ist es jetzt her!“

„Ich wohne immer noch in Zürich und bin inzwischen Partner in der Kanzlei geworden!“

Als der Anwalt nach einigen Minuten Smalltalk wieder verschwunden war, fragte Luke neugierig: „Wer war das?“

„Ich hab seinen Namen vergessen. Aber wir haben uns am vergangenen CSD kennengelernt und einige biologische Experimente durchgeführt.“

„Experimente?“

„Er wollte unbedingt wissen, wie tief mein Arm wohl in ihn hineinpassen würde.“

„Du bist ekelhaft!“, rief Sarah lachend und verschüttete beinahe ihren Sekt.

Luke wandte sich, in einer Mischung aus Schock und Faszination, von Meiko ab und sah dem Anwalt in Lederhosen nach, der langsam wieder von der Masse verschluckt wurde.

„Es gibt Dinge, die möchte ich niemals ausprobieren“, stellte er fest.

„Deine Zeit wird kommen, glaube mir!“, befand Meiko.

„Kleiner, wollen wir mal eine Runde drehen und auf Beutesuche gehen?“, fragte Sarah, die wirklich keine Lust hatte, das Thema eingehender zu behandeln. Als die beiden verschwunden waren und Tom und Marco noch immer außer Hörweite in einer Ecke knutschten, konnte Jörg nicht länger an sich halten.

„Warum musst du den Jungen so schockieren? Nicht jeder ist ein wandelndes Sexlexikon und vor allem will nicht jeder darin blättern! Gefällst du dir eigentlich in dieser Rolle?“, fragte er unvermittelt.

„In welcher Rolle?“

„In der, die du rund um die Uhr spielst.“

„Schätzchen, das ist die Rolle meines Lebens und ich werde sie bis zu meinem Tod spielen. Ich gehöre nämlich zu denjenigen, die mit den Füßen voran von der Bühne getragen werden“, antwortete Meiko und lächelte erhaben. Dann wandte er sich um und schritt von dannen. Er hatte es doch nicht nötig, sich von einer Hete am CSD belehren zu lassen.

4. Akt: Treue

Meiko, Luke und Sarah hatten sich vor der Hitze des Nachmittags an den Rand des Platzes in den Schatten eines riesigen Sonnensegels gerettet – mitten in die Lesben-Ecke.

„Das waren alles einmal hübsche Mädchen. Dann wurden sie lesbisch, schnitten sich die Haare ab und bekamen dicke Ärsche", sagte Meiko und erhob sich. „Ich muss wieder unter Männer. Kommst du mit, Kleiner?"

Luke schüttelte den Kopf. Er war zu erschöpft, als dass er sich erneut ins Getümmel hätte werfen können.

„Na gut, bleib hier. Aber lass dir von keiner dieser esoterischen Hexen die Handlinien deuten oder dein Horoskop vorlesen. Hast du gehört!"

„Ja, Sir!", bellte Luke.

„Pass auf ihn auf!", sagte Meiko an Sarah gewandt und ging.

Kaum war er im Getümmel untergetaucht, stand Basimah plötzlich mit vier Jägermeister-Schnäpsen neben ihnen.

„Hallo, ihr beiden! Ich dachte, ich hätte gerade eben auch Meiko gesehen", grüßte sie und setzte sich zu ihnen.

„Er ist zurück zu den Jungs", antwortete Sarah schüchtern.

„Dann muss einer von euch seinen Jägermeister trinken!" Sie verteilte die Gläser und sie stießen an.

„Du hast mich gar nicht im Blue besucht", bemerkte sie an Sarah gewandt.

„Ich hatte keine Zeit. Ich gehe ja nicht so oft weg."

„Ich arbeite auch in einer Bäckerei. Ich kann dir also statt Cocktails auch leckere Nussschnecken verkaufen!"

Sarah lachte und Luke stellte zu seiner Erleichterung fest, dass er nicht der Einzige war, der nicht richtig flirten konnte. Das Gespräch drohte, ins Stocken zu geraten, also sprang er Sarah zur Hilfe: „Und wo gehst du heute Abend hin?"

„Im Südbahnhof ist eine riesige Lesbenparty. Dort werde ich wohl zu finden sein", antwortete Basimah, schaute dabei allerdings nicht Luke an, sondern Sarah und lächelte auffordernd. „Kommst du auch?"

Sarah wollte gerade antworten, als plötzlich, wie ein Geist aus der Vergangenheit, Melanie neben ihnen auftauchte.

„Hallo“, begrüßte ihre Ex-Freundin sie kühl, mit einem giftigen Blick.

„Hallo“, antwortete Sarah und Luke stellte überrascht fest, dass sich nicht nur ihre Stimme leise und beinahe ängstlich anhörte, sondern sich ihre Unsicherheit auf ihre Körperhaltung übertrug. Plötzlich erschien ihm Sarah unglaublich verletzlich und eingeschüchtert.

„Ihr kennt euch?“, fragte Melanie an Basimah gewandt und in ihrer Stimme lag ein gereizter Unterton. Sie wartete erst gar keine Antwort ab, sondern wandte sich gleich an Sarah: „Dürfte ich dich kurz alleine sprechen, Sarah?“

Aus dem Mund ihrer Ex-Freundin hörte sich der Name beinahe wie eine Beleidigung an. Sie hatte die einzelnen Silben mehr gezischt als ausgesprochen.

Als die beiden außer Hörweite waren, schauten sich Basimah und Luke verwundert an.

„Gibt das etwa Ärger?“

„Kleiner, das sind Lesben. Natürlich gibt das Ärger!“

„Muss das sein?“, fragte Melanie gereizt und ihre Nasenflügel bebten. Sie wirkte wie eine tollwütige Stute, die in ihrem Revier eine Konkurrentin gewittert hatte.

„Was meinst du?“

„Dass du jetzt in meinem Bekanntenkreis wilderst.“

Sarah konnte es kaum fassen und sie spürte einen ungeheuren Hass in sich aufsteigen.

„Erstens wildere ich nicht und zweitens hat Basimah mich angesprochen. Ich wusste noch nicht einmal, dass ihr befreundet seid.“

„Wir kennen uns schon einige Zeit und ich finde, du solltest dich nicht mit ihr treffen oder mit ihr flirten.“

„Warum? Bin ich dir etwa noch zur Treue verpflichtet?“, fragte Sarah.

„Nein! Aber du hast nichts in meinem Bekanntenkreis zu suchen! Ich will das nicht!“

„Du hast einen Knall!“, entfuhr es Sarah gereizt und sie ließ Melanie alleine stehen. Sie wusste, dass sich der Blick ihrer Ex-

Freundin in ihren Rücken bohrte. Doch es war ihr egal. Dieses Kinderspiel wollte sie nicht mitspielen.

5. Akt: Jugend

„Meine Mutter würde ausrasten, wenn sie wüsste, wo ich mich heute herumtreibe“, sagte Jörg und strahlte Tina dabei unverblümt an.

„Engelchen, wenn du schon vorhast, eine Frau anzumachen, die zehn Jahre älter ist als du, dann solltest du wenigstens deine Mutter aus dem Spiel lassen“, antwortete Tina so kühl wie möglich, ohne zickig zu sein. Leider gelang es ihr nicht, ihre Körpersprache dem abweisenden Tonfall anzupassen. Sie bemerkte zu ihrem eigenen Ärger, wie sie immer wieder nervös mit einer Haarsträhne spielte, sich das Kleid zurechtzupfte oder Jörg einen Augenaufschlag schenkte.

„Und wenn du schon vorhast, so zu tun, als würdest du mich Scheiße finden, solltest du wenigstens nicht nonverbal mit mir flirten!“, schoss Jörg zurück, dem das widersprüchliche Spiel nicht entgangen war.

„Du hast mich durchschaut. Natürlich finde ich dich sexy, aber ich gehöre noch einer Generation an, die Platten kannte, in den Achtzigern für den Frieden demonstrierte, nur drei Fernsehprogramme kannte und sich wahrhaftig noch daran erinnern kann, wie Helmut Kohl zum Bundeskanzler gewählt wurde.“

„Du bestrafst mich also für meine Jugend?“

„Ich bestrafe dich nicht. Fakt ist, du bist einfach zu jung für mich.“

„Das ist nicht fair. Ich würde es niemals wagen, zu einer Frau zu sagen, sie sei zu alt.“

„Das spricht immerhin für eine gute Erziehung.“

„Es ist nur meine gute Erziehung, die mich daran hindert, hier und jetzt über dich herzufallen.“

„Als ich so alt war wie du, hätte mich eine derart gute Erziehung wohl eher abgeschreckt.“

„Dann bin ich froh, dich erst jetzt kennengelernt zu haben!“, entgegnete Jörg und lächelte triumphierend. Er hatte einen Punktsieg errungen, und bevor er Tina die Chance gab, ihm diesen Erfolg zu nehmen, drehte er sich um und verschwand in der Menge.

6. Akt: Pflicht

Marco legte sein charmantestes Lächeln auf und reichte dem gut aussehenden Blonden neben sich eine Bierflasche.

„Danke. Womit hab ich das verdient?"

„Dafür, dass du mir seit einer Stunde deine ungeteilte Aufmerksamkeit schenkst und mich so aufmerksam beobachtet hast", entgegnete Marco.

„Du hast es also bemerkt?"

„Klar. Du warst nicht gerade dezent." Marco grinste frech.

„Na dann, trinken wir doch auf deine Aufmerksamkeit und meine Dezentheit."

„Gerne. Prost! Ich heiße übrigens Marco."

„Peter", antwortete der Blonde zwischen zwei Schlucken Bier.

Das Eis war gebrochen und zu Marcos Überraschung war es einfacher gewesen als vermutet. Es war CSD. Er hatte getrunken. Und er war solo, zumindest offiziell. Marco hatte Lust zu flirten, doch zugleich hielt er während des sich langsam entwickelnden Gespräches mit Peter immer wieder Ausschau nach Tom, der vor über einer Stunde auf dem Weg zur Toilette verschwunden war.

Ein Teil von Marco hoffte, Tom würde ihn sehen. Er stellte sich vor, während er sich zeitgleich mit Peter ein amüsantes Wortgefecht über Homo-Klischees und CSD-Wahnsinn lieferte, wie Tom eifersüchtig werden und ihn endlich, ganz offiziell, als Freund und Partner würde haben wollen. Der andere, vorsichtigere Teil in ihm hoffte hingegen, dass sein Flirt unbemerkt blieb, schließlich könnte Tom die – falsche – Schlussfolgerung ziehen, dass er gar kein wirkliches Interesse an einer echten Beziehung hatte.

Plötzlich erschien Marco der Flirt unsagbar nutzlos. Warum sollte er überhaupt flirten? Gerade als er Peter unter einem falschen Vorwand alleine an dem Getränkestand stehen lassen wollte, entdeckte er Tom. Und Tom entdeckte ihn. Zunächst lächelte er glücklich und steuerte zielstrebig auf Marco zu. Doch sobald er den Blonden sah, verfinsterte sich sein Gesichtsausdruck und er hielt inne. Er blickte irritiert von Marco zu Peter und wieder zurück, schüttelte enttäuscht den Kopf und machte kehrt. Wenige Sekunden später war er im Getümmel verschwunden.

„Entschuldige mich kurz!", stammelte Marco schnell und ließ den erstaunten Peter alleine zurück. Was hatte er sich nur dabei gedacht? Was brachte es, wenn er Tom eifersüchtig machte? Er wollte mit ihm zusammen sein. Nur mit ihm. Hektisch, beinahe panisch suchte er den Platz ab, doch anstatt Tom fand er schließlich nur Jörg und Tina.

„He, Marco! Schau mal, was wir bei der Aids-Hilfe-Tombola gewonnen haben! Ein Baumarkt-Promotionsvideo für Heimwerker! Toll, oder?", begrüßte ihn Jörg überschwänglich. Seine Aussprache war schon leicht undeutlich und seine Augen glänzten. Tina schien es ähnlich zu gehen, denn sie verfehlte mehrmals den Strohhalm ihres Cocktails.

„Kann ich dich trotzdem mal sprechen?", fragte Marco.

Der ernste Tonfall ließ bei Jörg die Alarmsirenen aufheulen. Die beiden achteten darauf, dass sie für Tina außer Hörweite standen, dann brachte Marco seinen Mitbewohner auf den neusten Stand der Dinge.

„Ist es verwerflich, wenn ich mit anderen flirte? Bin ich Tom gegenüber zu irgendetwas verpflichtet?", schloss er seine Ausführung.

„Nein, verdammt! Das bist du in keiner Weise! Er lässt sich gleichzeitig von seinem langweiligen Freund und dir ficken und du sollst ihm gegenüber in der Pflicht sein?"

„Aber vielleicht braucht er einfach mehr Zeit, um zu sehen, dass ich es wirklich ernst meine? Er will seine Beziehung …"

„Und schon wieder verteidigst du ihn! Wie viel Zeit brauchst du noch, um zu erkennen, dass er ein unfaires Spiel spielt?"

Marco senkte mürrisch den Blick und kickte wütend einen Kieselstein die nahe Treppe hinunter. Das Steinchen verfehlte nur um Haaresbreite eine Lesbe, die sich auf der untersten Stufe niedergelassen hatte und einen Burger vertilgte.

„Ich sage nicht, dass er dir bewusst Böses will. Aber es ist einfach nicht richtig, wie er sich verhält. Es ist inkonsequent …"

„Bist du etwa immer konsequent? Und überhaupt, wenn ich konsequent wäre, würde ich ihm endlich sagen, dass ich HIV-positiv bin."

„So ein Schwachsinn!", rief Jörg lauter und aufgebrachter als beabsichtigt. Tina schaute neugierig zu ihnen herüber und lächelte unsicher. Sie schien erkannt zu haben, um wen sich das Gespräch drehte.

„Hat er dir etwa ausdrücklich gesagt, dass er negativ ist?"

„Das ist etwas anderes!"

„Das ist nichts anderes! Du bist nicht verpflichtet, es ihm zu sagen, solange ihr es safe macht. Du bist ihm gegenüber zu gar nichts verpflichtet! Also flirte, was das Zeug hält!“

Marco zuckte resigniert mit den Achseln. Seine gute Laune hatte sich verflüchtigt und war Selbstmitleid und Schwermut gewichen.

„Ich werde aus Tina aber auch nicht schlau“, sagte Jörg, nur um das Thema zu wechseln und Marco auf andere Gedanken zu bringen.

„Warum?“

„Ich war mir sicher, sie an Toms Geburtstag geknackt zu haben. Doch heute ist sie wieder zu einem Eisklotz geworden.“

„Du findest sie wirklich toll, nicht wahr?“

„Ja“, gestand Jörg leise.

„Dann bring sie zum Schmelzen! Wenn nicht du, wer dann?“, feuerte ihn Marco aufmunternd an und massierte die Schultern seines Freundes, wie es ein Boxtrainer mit seinem Schützling während eines Kampfes tut.

„Yeah!“, rief Jörg laut lachend, atmete tief durch und ging zu Tina hinüber, um sie auf einen Cocktail einzuladen. Genau in diesem Moment kam Tom zurück. Marco bereitete sich gerade innerlich auf eine Konfrontation vor, als ein glückliches Lächeln über das Gesicht seines Freundes huschte und er ihm ein Lebkuchenherz gab. In rosa Zuckerguss stand darauf geschrieben: „Ich find dich geil!“

7. Akt: Zuneigung

„Das ist die beste Party, die ich jemals erlebt habe!“, rief Luke übermütig. Er war vollkommen im Rausch des Augenblicks verloren und die Euphorie, die er empfand, war zu groß, zu gewaltig, als dass er sie hätte in Worte fassen können.

Meiko fuhr ihm mit dem Lächeln eines stolzen Vaters durch die Haare.

„Ja, wir sind eine große Familie. Komm mit, ich will dir ein paar Verwandte vorstellen“, sagte er zu Luke und zog ihn mitten in die Menschenmassen hinein.

„Siehst du die vier Tunten dort vor der Bühne?“, fragte Meiko und deutete auf eine Gruppe von Männern mit goldenen Plastikkrönchen auf dem Kopf.

„Das ist der Kronrat. Vier Tunten, die glauben, sie seien Königinnen. Die Große mit der Zigarette bezeichnet sich als Margrethe von Dänemark, die Kleine ist Silvia von Schweden, die Schwarzhaarige glaubt, sie sei Elisabeth, und die Dicke ist schließlich die bösartige Beatrix."

Luke lachte.

„Sind die verrückt?"

„Nein, die sind nur schwul!"

Meiko führte seinen Schüler weiter durch die feiernde Masse. Vor dem Info-Stand der Aids-Hilfe hielten sie wieder inne.

„Und dort vorne steht die Presswurst!"

Luke beobachtete mit einer Mischung aus Bewunderung und Abscheu einen älteren, dicken Schwulen, der sich in eine viel zu enge Lederhose und ein bauchfreies, schwarzes Oberteil gezwängt hatte und in seiner kleinen Handtasche im Military-Look kramte.

„Ach, und direkt daneben steht die Rote Zora, eine Lesbe mit roten Haaren, die auf beinahe jeder Party von hier bis Köln zu finden ist. Die beiden Frauen neben ihr nennen Sarah und ihre Lesben nur die Edelstuten. Sie sind ein Pärchen und zugleich wahrscheinlich die begehrtesten Lesben der Stadt. Und dort drüben haben wir Pinocchio. Ein Typ, dessen Nase mindestens genauso gewaltig ist wie sein Schwanz!"

„Wissen diese Leute, dass du Spitznamen für sie hast?"

„Nein, aber das sind alles Freunde von mir. Oder zumindest Bekannte."

Luke wurde klar, dass Meiko, auch wenn er über sie lästerte, all diese Menschen auf eine sonderbare und sehr spezielle Art und Weise bewunderte.

8. Akt: Begehren

Es war ein Sommersturm, wie ihn Frankfurt schon seit vielen Jahren nicht mehr erlebt hatte. Der Wind fegte durch die Straßen der Stadt und über die Konstablerwache hinweg. Zeltplanen wurden in die Luft geweht, Tische fielen um und Regen prasselte hart auf die CSD-Besucher nieder. Auf den Rat von Feuerwehr und Polizei hin entschloss sich schließlich der Veranstalter schweren Herzens, das Fest für diesen Abend zu beenden. Die Feiernden suchten Schutz in der U-Bahn-Station der Konstablerwache, drängten sich unter Dachvorsprüngen zusammen oder flüchteten in die Clubs und Bars. Helles Wetterleuchten durchzuckte den dunklen Himmel und der Wind wirbelte alles, was nicht fest verankert war, durch die Luft. Der Anblick erinnerte an einen schlechten Katastrophenfilm. Doch glücklicherweise blieb es bei einigen Leichtverletzten, die in den Notarztwagen des Rettungsdienstes versorgt werden konnten.

Zwei Besucher bekamen hingegen von dem Chaos auf der Konstablerwache sehr wenig mit. Zwischen ihrem dritten und vierten Cocktail war Tina Jörgs Charme erlegen und hatte sich, zu ihrer eigenen Überraschung, durchgerungen, auf den Flirt einzusteigen. Zwischen ihrem vierten und fünften Cocktail hatte sie schließlich ganz zaghaft nach seiner Hand gegriffen und ihn zu sich herangezogen. Sanft fuhr sie Jörg durch die langen Haare, lächelte verschmitzt, beugte sich langsam zu ihm hinüber. Ihre Lippen näherten sich einander an. Doch im letzten Moment zuckte Tina zusammen, wich ihm aus und knabberte stattdessen spielerisch an seinem Ohrläppchen. Er stöhnte leise.

„Lass uns von hier verschwinden", hauchte sie ihm ins Ohr und lachend flüchteten sie von der Konstablerwache, gerade als die ersten Tropfen vom Himmel fielen und leichte Windböen den nahenden Sturm ankündigten. Sie rannten die Friedbergerstraße hinauf, ließen den Lärm des Festes hinter sich zurück und erreichten schließlich den kleinen Japanischen Garten im Bethmannpark. Als das Unwetter hereinbrach und sich der Sommersturm über Frankfurt auszutoben begann, suchten sie unter dem Dach eines nachgebauten Holztempels Schutz, die Finger noch immer fest ineinander verknotet.

„Ich will dich", flüsterte Tina. Dann küssten sie sich. Es war kein zaghafter, erster Kuss. Es war ein wildes, hemmungsloses Knutschen und immer wieder murmelte sie, ohne dass sich ihre Lippen voneinander gelöst hätten: „Ich will dich. Jetzt."

Es war Tina, die das Spiel konsequent vorantrieb, erst seine und dann ihre Hose öffnete und immer wieder mit ihrem Schenkel seinen Schwanz bearbeitete, ihn in den Hals biss, an seinen Ohren knabberte. Erst wich er zurück, versuchte, sich selbst und Tina zu bremsen. Doch irgendwann gab er es auf, ließ sich fallen und spielte mit. Er hatte sich so lange nach diesem Augenblick gesehnt, dass er einfach nicht länger warten wollte und konnte.

Irgendwann hatte ihn Tina so weit, dass es ihm egal war, dass sie erwischt werden könnten, dass es so gar nicht romantisch war. Doch genau, als er jenen Moment erreicht hatte, genau, als sie beide bereit waren, es endlich miteinander zu tun, klingelte Tinas Handy. Es war die Babysitterin, die wissen wollte, wie sie Helga beruhigen konnte, da das kleine Mädchen Angst vor Blitz und Donner hatte. Tina erteilte ihr die entsprechenden Instruktionen und legte hastig auf.

Doch der Moment war vorbei. Sie war durch den Anruf jäh in ihre Rolle der verantwortungsvollen Mutter zurückgerissen worden und Jörg hatte sich in der knappen Minute, die das Telefonat gedauert hatte, besonnen und seine eigene Geilheit zurückgedrängt. Er wollte nicht mehr. Nicht so. Nicht dort. Sie spürten es beide und so saßen sie einfach nur Arm in Arm in dem Tempel und beobachteten das Unwetter, lauschten dem lauten Trommeln des Regens und bestaunten die Kraft des Windes, der Blätter, kleine Äste und Müll durch die Luft wirbelte. Doch obwohl um sie herum Chaos ausgebrochen war und nur wenige Straßen weiter die Party, zumindest für diesen Tag, ein jähes Ende fand, waren Tina und Jörg die Ruhe selbst. Sie genossen und schwiegen. Als sich schließlich der Wind legte, es aufhörte zu regnen und die dunklen Wolken aufrissen, erhoben sie sich und verließen schweigend den kleinen Park

„Ich ruf dich an", versprach Tina und lächelte.

Dann trennten sich ihre Wege – zumindest für diesen Abend.

Afterhour

„Eine Party nach der Party?", fragte Luke leicht verwirrt.

„Afterhour, das ist Reste-Ficken mit Soundtrack und Alkohol – wahlweise auch Drogen jeder Couleur", erklärte Meiko und schloss hinter sich die Tür des Blue ab.

„Kurzum, es ist furchtbar und wir sollten gehen!", ergänzte Sarah.

„Es ist vier Uhr morgens am CSD-Sonntag! Wir können noch nicht nach Hause gehen“, empörte sich Meiko und holte dann feierlich ein Schild aus seiner Tasche hervor, auf dem stand „Vorläufig wegen Renovierung geschlossen. Wiedereröffnung für Ende August geplant!“

Er war schon etwas schwach auf den Beinen und Luke fragte sich, woher Meiko sein Durchhaltevermögen bezog, war er doch seit der Parade am Vormittag ohne Pause unterwegs. Sie machten sich zu dritt auf den Weg in Richtung Backlight, dem ältesten Gay-Club der Stadt.

Im schwulen Bermudadreieck herrschte noch reges Treiben. Überall auf den Straßen waren noch Menschen unterwegs, pilgerten von Party zu Party. In seiner jugendlichen Naivität hatte Luke sich unter der Afterhour eine schicke Party vorgestellt, auf der sich am Ende der Nacht die Übriggebliebenen zu einer frenetischen Feier trafen. Er dachte eher an eine nächtliche After-Work-Party. Auf die Realität war er nicht vorbereitet. Der Club war ohne den Darkroom im Keller kaum größer als ein Wohnzimmer mit Tresen und verspiegelter Tanzfläche. Hier hatten sich tatsächlich die Übriggebliebenen der Nacht versammelt und unter ihnen jede Menge Stricher und zugedröhnte Party-Victims. Luke fühlte sich plötzlich hoffnungslos verloren.

„Was hast du erwartet, Kleiner? Die Guten haben längst einen abbekommen.“

Meiko schien sich im Backlight wohlzufühlen und verschwand erst einmal kurz auf die Toilette, um sich etwas Pep zu ziehen. Glücklicherweise fand Luke in Sarah eine Verbündete und die beiden beobachteten mit einer Mischung aus Faszination und Abscheu das skurrile Treiben. Besondere Aufmerksamkeit zog ein Trupp muskulöser Typen in knappen Höschen auf sich. Die Gruppe hatte bereits einige Stunden zuvor im Blue für Stimmung gesorgt und schien sich auch jetzt köstlich zu amüsieren.

„Hierher sollte man wirklich nur mit den richtigen Leuten und einem entsprechenden Alkoholspiegel gehen“, stellte Luke schließlich fest.

Sarah nickte geistesabwesend. Der letzte Wodka-Redbull hatte ihr den Rest gegeben und sie hatte Mühe, sich auf den Beinen zu halten.

Während Sarah sich nicht mehr aufputschen konnte, gelang es Meiko mit Hilfe von zwei weiteren Drinks, Luke langsam aus seinem Schneckenhaus zu locken. Seine innere Anspannung wich Stück für Stück und er tauchte ein in eine vollkommen fremde Welt. Luke ließ sich vom Alkohol, den schwitzenden Männerkörpern und den harten Basstönen einfangen. Und plötzlich wollte Luke mehr. Er hatte sich sein T-Shirt ausgezogen und tanzte euphorisch. Er wollte feiern. Er wollte leben. Genau in diesem Augenblick registrierte er, wie sich Meiko von einem Typen zwei kleine Plastikampullen geben ließ.

„Was ist das?"

„Liquid X. Ein teuflisches Zeug!", antwortete Meiko.

„Und was bewirkt es?"

„Man hat einen abgedrehten Rausch. Und ich werde geil davon!"

Meiko lachte. Er leerte die erste Ampulle und verzog leicht angewidert das Gesicht. Er mochte den salzigen, beinahe seifenartigen Geschmack von Liquid X nicht und spülte ihn mit einem großen Schluck Gin Tonic herunter.

Luke beobachtete das Ganze fasziniert. Und zum ersten Mal in seinem Leben fragte er sich, wie es wohl war, auf Drogen zu sein.

Doch in dem Augenblick, als er Meiko um die zweite Ampulle bitten wollte, spürte er den eindringlichen Blick eines attraktiven End-Zwanzigers auf sich ruhen. Er hatte kurzrasierte Haare und markante, beinahe harte Gesichtszüge. Bewegungslos saß er auf seinem Barhocker und starrte Luke an.

Vom Alkohol und dem Geist des vergangenen Tages beflügelt, lächelte Luke ihn freundlich an. Als die einladende Geste erwidert wurde, nahm er all seinen Mut zusammen und trat zu ihm hinüber. Die Drogen konnten warten. Er wollte flirten.

„Hi. Ich bin Luke."

„Enrico."

Und nun? Luke kam ins Straucheln. Er hatte nur bis zu diesem Punkt geplant, wusste allerdings nicht, wie er das Gespräch weiterführen sollte.

„Und hast du Spaß?", fragte er schließlich.

„Ja. Und du?"

„Geht so."

Es herrschte wieder Schweigen zwischen ihnen. Die Musik donnerte, füllte die Stille.

„Mir gefällt der Laden nicht besonders."

„Warum bist du dann hier?", fragte Enrico.

„Ein Freund hat mich mitgeschleppt. Und warum bist du hier?"

Enrico zögerte kurz „Ich arbeite heute Nacht", erklärte er schließlich vage.

„Du arbeitest hier?"

„Nicht direkt. Ich bin Callboy."

„Du gehst auf den Strich?", entfuhr es Luke schockiert.

„Nein. Ich bin Callboy, das ist ein Unterschied", widersprach Enrico vehement. Es klang so, als würde er täglich zu dieser Rechtfertigung genötigt werden.

Luke nickte. Obwohl er den Unterschied nicht sah, wagte er nicht nachzufragen. Er war kurz davor, sich umzudrehen und wieder im Getümmel unterzutauchen, als Enrico sanft seinen Arm streichelte.

„Sorry, ich wollte dich nicht dumm anmachen. Die zwei Typen, die mich heute gebucht haben, wollten noch feiern gehen, bevor es …"

„Okay", antwortete Luke kurz und war sich noch immer nicht sicher, ob er weiter bei Enrico bleiben sollte.

„Du bist süß. Neu hier?", fragte Enrico schließlich.

„Ja. – Ich find dich auch süß."

„Süß? Ich? Mit diesem Adjektiv hat mich bisher noch niemand beschrieben. Markant. Männlich. Aber sicher nicht süß."

„Doch, das bist du, vor allem, wenn du lächelst", widersprach Luke, stolz darauf, ein unerwartetes Kompliment gemacht zu haben.

„Danke, Süßer", antwortete Enrico, lächelte und fuhr Luke verspielt durch die Haare.

„Warum gehst du … Warum arbeitest du als Callboy?"

Enrico zögerte.

„Hattest du schon mal einen Wunsch, den du dir unbedingt erfüllen wolltest?"

„Ja."

„Und du bist sicher bereit gewesen, hart dafür zu arbeiten und auch einen absolut furchtbaren Job anzunehmen."

„Ja", antwortete Luke wieder und dachte dabei an den Ferienjob am Fließband, den er nur angenommen hatte, um sich einen Urlaub leisten zu können.

„Siehst du! Als ich so jung war, wie du es wahrscheinlich bist, hatte ich auch einen Wunsch, und um ihn mir zu erfüllen, bin ich damals sogar auf den Strich gegangen."

„Und welchen Wunsch willst du dir heute erfüllen?"

Enricos Blick trübte sich kurz.

„Heute kämpfe ich gegen den sozialen Abstieg."

Mit dieser Antwort hatte Luke nicht gerechnet und Enrico spürte, wie Luke sich wieder entfernte. Sie tranken noch ein Bier zusammen und konnten das Gespräch auf Belanglosigkeiten und Disco-Sorgen lenken: Wo kann man unter der Woche in Frankfurt tanzen gehen? Wird morgen auf dem CSD-Straßenfest viel los sein? Was zieht man an? Und überhaupt: Muss man sich die Achselhaare rasieren?

Aber irgendwie kamen sie langsam wieder von den seichten Gewässern des Smalltalks zu den wichtigen Dingen des Lebens und es entwickelte sich eine sehr untypische Afterhour-Unterhaltung. Luke erzählte von seinem Coming-out, von den Problemen mit Samuel, seinem neuen Zuhause in der Ackerpflaumenallee und all seinen Hoffnungen und Ängsten. Enrico hingegen berichtete von der Kommune, in der er lebte, von seinen unzähligen Jobs, die er immer wieder nach kurzer Zeit gekündigt hatte, und von seinem abgebrochenen Soziologie-Studium. Er schwärmte von seinen Reisen nach Indien, Neuseeland und Südafrika und versuchte, die Grundrisse eines gerechten Gesellschaftsmodells zu erklären, das sich jenseits des real existierenden Kommunismus bewegte. Und natürlich erzählte er Luke auch, wie er im Alter von siebzehn Jahren zum ersten Mal auf den Strich gegangen war. Seitdem hatte sich jedoch einiges verändert: Er war älter geworden. Als knabenhafter Junge war es kein Problem gewesen, an Freier zu kommen. Im Gegenteil: Schwule Männer hatten sich ihm förmlich aufgedrängt. Heute konnte Enrico jedoch weder mit den jugendlichen, zumeist osteuropäischen Strichern konkurrieren, die sich für ein paar Euro bückten, noch mit den durchtrainierten Profi-Callboys.

„Aber irgendwie muss es eben gehen. Ich komm durch und hab inzwischen sogar wieder ein paar Stammkunden“, schloss er.

Luke verspürte plötzlich Mitleid mit ihm. Es schien ihm so, als hätte Enrico einfach noch nicht seine Nische gefunden. Ob es diese Nische in Frankfurt überhaupt gab? Vielleicht in Berlin. Aber wer will schon nach Berlin? Luke fragte sich, ob Enrico glücklich war. Oder wenigstens zufrieden. Plötzlich hatte Luke ungeheure Lust, ihn zu küssen. Nur kurz tauchte durch den Nebel in seinem Kopf Samuels Bild auf. Dann beugte er sich nahe zu Enrico und schaute ihm tief in die Augen.

„Du gehst aber ganz schön ran, Kleiner!“

„Stimmt!“, antwortete Luke. Er lächelte sexy verschmitzt und so gar nicht unschuldig.

„Bist du immer so drauf?“

„Nein, eigentlich nie“, antwortete Luke wahrheitsgemäß, „das hab ich mir selbst nicht zugetraut.“

„Ich dir auch nicht“, gestand Enrico.

Und damit war der Moment gekommen. Luke konnte bereits Enricos Lippen auf seinen spüren, als plötzlich und unerwartet das Pärchen auftauchte, das Enrico für diesen Abend gebucht hatte.

Nachdem Enrico mit seinen beiden Freiern, zwei durchaus attraktive Männer Ende vierzig, verschwunden war, hatte Luke jede Lust auf Afterhour verloren. Er kümmerte sich nicht weiter um Meiko, der sich irgendwo zwischen Darkroom und Tanzfläche befand, schnappte sich Sarah, die betrunken und halb schlafend auf einem Barhocker saß, und brachte sie nach Hause. Nachdem er sich versichert hatte, dass sie gut versorgt im Bett lag, daneben ein Eimer für den Notfall, ging er hoch in seine Wohnung. Schweigend setzte er sich in sein Bett, in dem Samuel friedlich schlummerte, und lächelte glücklich. Er war froh, dass er Enrico nicht geküsst hatte.

Die Einfachheit des Lebens

„Wie soll es weitergehen?“, fragte Samuel.

„Was meinst du damit?“

„Ich werde mich niemals outen können. Meine Eltern …“

„Glaubst du nicht, dass es deine Eltern verstehen werden?“, fragte Luke und schmiegte sich, noch schlaftrunken, an Samuels warmen Körper. Er war noch erschöpft von den Anstrengungen des vergangenen Tages – und einer viel zu langen Nacht.

„Nein. Du kennst sie nicht. Und selbst wenn … Mein Vater ist der Bürgermeister eines Dorfes im Taunus.“

„Ja und? Selbst wenn er der König von Deutschland wäre, eine schwule Prinzessin in rosa Tüll macht sich doch immer gut!“

„Wie witzig. Ich glaub, du bist zu oft mit Meiko unterwegs.“

Luke grinste frech. Es war Sonntagmittag und er hatte eigentlich gar keine Lust, sich noch vor Kaffee und Croissants mit solch schweren Themen zu belasten. Er war noch müde vom CSD und hatte gerade einmal fünf Stunden geschlafen. Meiko hing wahrscheinlich noch auf irgendeiner Afterhour-Party herum oder hatte sich etwas zum Ficken besorgt. Abgesehen davon wusste Luke inzwischen sehr genau, welche Richtung diese Unterhaltung einschlagen würde. Am Ende musste er Samuel wieder aufbauen oder ihm in seiner Panik Beistand leisten.

„Die politischen Gegner meines Vaters würden diese vermeintliche Schwäche schonungslos ausnutzen. Ich wäre seine große Schwachstelle.“

„Zum einen glaube ich das nicht. Und zum anderen bist du doch jetzt schon eine Schwachstelle. Die Welt ist verdammt klein und irgendwann könnte es auffliegen. Bumm. Einfach so. Ein dummer Zufall. Glaubst du nicht, es wäre dann besser, wenn dein Vater Bescheid wüsste?“

„Meinst du wirklich, es kommt raus?“ Panik flackerte in Samuels Blick auf und Luke erkannte, dass er genau das Falsche gesagt hatte.

„Ich wollte dir nur verdeutlichen, dass es vielleicht klüger wäre, deinen Eltern Zeit zu geben, sich schonend diesem Thema anzunähren.“

„Verdammt! Warum bin ich nur schwul!"

Luke seufzte hörbar missmutig und schloss wieder die Augen. Nicht jetzt, flehte er im Stillen. Einige Minuten schwieg Samuel, scheinbar in Gedanken vertieft, und nur ein sachtes Atemgeräusch schwang durch die Luft. *Easy like Sunday morning*, dachte Luke bei sich und genoss den Moment.

„Willst du eigentlich Kinder?" Samuels Stimme durchbrach den Moment und beendete abrupt das Gefühl der Leichtigkeit.

„Ich glaube schon", antwortete Luke wahrheitsgemäß.

„Echt? Eine Familie mit Frau und Kids?"

„Wer hat etwas von einer Frau gesagt?"

„Aber wie willst du es sonst anstellen?"

„Ich frag Sarah, ob sie für mich ein Kind austrägt."

Samuel lachte kurz auf und schüttelte ungläubig den Kopf.

„Aber das ist doch keine Familie. Ich will eine richtige Familie."

„Dummerweise bist du schwul."

Luke spürte, dass seine Geduld rapide abnahm. Sein Gemütszustand lag irgendwo zwischen genervt und gereizt.

„Ja. Aber trotzdem will ich … Zwei Männer mit Kind? Das ist doch nicht normal."

„Was ist schon normal? Die wenigsten Familien sind heute noch normal."

Erneut folgte ein längerer Moment des Schweigens und nach einigen Minuten stellte Luke zu seiner Erleichterung fest, dass Samuel wieder eingeschlafen war. Er seufzte. Doch zugleich huschte auch ein kurzer, besorgter Schatten über sein Gesicht, während er seinen schlafenden Freund beobachtete. Sie waren so unterschiedlich. Nein, das war falsch ausgedrückt. Eigentlich waren sie sich in vielen Dingen sehr ähnlich, sie befanden sich nur an unterschiedlichen Punkten in ihrem Leben. Für einen kurzen Augenblick stellte sich Luke die gleiche Frage wie Samuel: Wie würde es mit ihnen beiden weitergehen?

Ein Montagmorgen

Langsam und widerstrebend kehrte Basimah in die Wirklichkeit zurück. Sie hatte gerade noch geträumt, sie würde von einer Horde grauer Mäuse durch die Stadt gejagt. Doch es war kein Albtraum gewesen, denn Basimah hatte keine Angst verspürt. Es war ihr eher wie ein harmloses Kinderspiel erschienen. Sie hatte oft seltsame Träume und manchmal war sie über ihr eigenes Unterbewusstsein schockiert.

Sie wollte nicht aufwachen. Sie wollte weiterträumen. Und vor allem weiterschlafen. Doch das aufdringliche Fiepen des Weckers zeigte kein Erbarmen. Acht Uhr. Sie musste aufstehen und sie hatte keine Wahl, doch ihr Körper verweigerte seine Dienste. Sie war einfach nicht in der Lage, ihren Arm zu heben und den Wecker auszuschalten. Doch selbst wenn, es hätte nicht viel genutzt, denn spätestens zehn Minuten später würde ihr Handy mit einem noch aufdringlicheren Weckruf ertönen.

Schließlich öffnete sie die Augen. Das Licht der Morgensonne bereitete ihr beinahe körperlichen Schmerz. Ihr Kopf dröhnte und schien jeden Augenblick in unzählige Einzelteile zu zerbersten. Sie war noch immer betrunken. Der Nebel, der sie umhüllte, wollte sich einfach nicht lichten. Als sie schließlich die Bettdecke zurückschlug und den Wecker wütend zu Boden warf, durchzuckten Schmerzintervalle wie Stromstöße ihre Glieder. Der Partymarathon der vergangenen Tage machte sich bemerkbar. Sie wagte es nicht, einen Blick in den Spiegel zu werfen, und hoffte inständig auf die heilende Wirkung einer heißen Dusche.

Während das Wasser auf ihren Körper prasselte, flauten ihre Gliederschmerzen langsam ab. Basimah versuchte, sich die vergangenen beiden Tage ins Gedächtnis zu rufen und fahndete nach Gründen für ihren desolaten Zustand. Als Hauptschuldigen machte sie den Alkohol aus, dicht gefolgt von zu wenig Schlaf. Auch die vergangene Nacht war wieder zu kurz gewesen. Höchstens vier Stunden Schlaf und das zum dritten Mal in Folge. Sie hatte versucht, ihre Schicht in der Bäckerei zu tauschen, doch leider hatte sie unter ihren Kollegen keine Vertretung organisieren können.

Immer wieder blitzten Erinnerungen und Eindrücke der vergangenen Tage auf. Sie hatte geknutscht, mit einer Frau, deren Namen sie vergessen hatte. Hatte sie dieser Fremden den riesigen Knutschfleck an ihrem Hals zu verdanken? Sie inspizierte den bläulichen Fleck, Zeuge des CSD-Wochenendes, eingehend im Spiegel und musste sich eingestehen, dass es sinnlos war, ihn mit Make-up zu übertünchen. Er war schlichtweg zu groß. Zu blau. Zu auffällig.

Basimah wünschte, sie könnte sich an mehr Details erinnern. Vielleicht würden im Laufe des Tages auch die Erinnerungen zurückkehren. Drei Aspirin-Tabletten und vier Tassen Kaffee später stand sie hinter der Bäckereitheke und verkaufte Nusshörnchen, Vollkornbrötchen und glutenfreie Baguettes. Im Nachhinein war es Basimah ein Rätsel, wie sie ihre Schicht hatte überstehen können. Doch irgendwann war sie nicht nur mit ihren Kräften am Ende und dem physischen Zusammenbruch nahe, sondern auch endlich wieder ausgenüchtert. Nach ihrer Arbeitsschicht schleppte sie sich nach Hause und fiel erleichtert in ihr Bett. Allerdings konnte sie vor Erschöpfung nicht einschlafen.

Eine Stunde lang wälzte sie sich von der einen auf die andere Seite. Schließlich gab sie auf und beschloss, sich in ihrem Lieblingscafé durch den Nachmittag treiben zu lassen. Und plötzlich, zwischen selbstgedrehter Zigarette und grünem Tee, im Schatten einer Eberesche, fiel sie plötzlich in ein tiefes, schwarzes Loch und es brach eine After-CSD-Depression über sie herein.

Immer wieder durchzuckten sie Verwunderung und Irritation, wenn sie die Heteropaare an den Nachbartischen beobachtete. Die Stadt erschien ihr plötzlich seltsam farblos. Beinahe langweilig. Drei Tage geballte Subkultur lagen hinter ihr und im Vergleich dazu schien die Realität hoffnungslos nüchtern und eintönig.

Der CSD war vorüber und die Gewissheit, dass nun alles wieder seinen gewohnten Gang gehen würde, sich nichts verändert hatte, nichts geblieben war, stürzte sie in eine tiefe Melancholie. Sie wollte wieder tanzen, feiern, trinken, flirten. Sie wollte die Zeit zurückdrehen und das Wochenende noch einmal durchleben. Sie sehnte sich nach Handtaschen schwingenden Tunten, Kampflesben in Karohemden und betrunkenen Ledertypen. Wo waren sie plötzlich, all die Paradiesvögel?

Gedankenverloren streichelte sie über ihren Hals. Der Knutschfleck war natürlich nicht zu ertasten und doch wusste sie, dass er da war. Mehr war nicht geblieben von den vergangenen Tagen. Schlimmer noch, ihre Freundinnen waren empört über ihr angeblich illoyales Verhalten und stilisierten Basimahs Flirt mit Sarah zu einer mittleren Katastrophe. Zu allem Überfluss hatte sich die CSD-Bekanntschaft, der sie den Knutschfleck verdankte, im alkoholgeschwängerten Nebel, der ihr Gedächtnis umhüllte, in ein namen- und konturloses Wesen verwandelt. Basimah verfluchte die Frauen. Warum meldete sich Sarah nicht? Sie hatte doch ihre Nummer. Hing sie noch immer so sehr an ihrer Ex-Freundin?

Gerade als Basimah ihren inzwischen kalten Tee austrinken und gehen wollte, betraten die zwei berühmt-berüchtigten Edelstuten, Hand in Hand, den kleinen Café-Garten. Selbst schwule Männer schauten den beiden Frauen auf Partys hinterher und ihr Spitzname war in der Frankfurter Szene weit verbreitet.

Bewundernd beobachtete Basimah, wie die Edelstuten selbstsicher und erhaben durch die Ansammlung von Tischen und Stühlen schritten. Zwei Jungs machten lässige, einladende Handbewegungen und wollten offenbar, dass sich die beiden zu ihnen setzen sollten. Doch sie würdigten sie keines Blickes. Stattdessen fuhr sich die Blonde bewusst lasziv durch die Haare und gab ihrer Freundin einen neckischen Klaps auf den Po. Spätestens damit war den beiden die ungeteilte Aufmerksamkeit aller Gäste sicher und Basimah glaubte, ein selbstgefälliges Grinsen auf ihren Gesichtern zu erkennen. Vollkommen in den Bann der beiden Edelstuten gezogen, bemerkte sie gar nicht, dass die zwei auf ihren Tisch zusteuerten. Erst als sie direkt vor ihr standen, wurde sich Basimah bewusst, dass sie nun ihrerseits die ungeteilte Aufmerksamkeit der beiden begehrtesten Lesben der Stadt genoss.

„Na, den CSD gut überstanden?“, fragte die Brünette und ein freundliches Lächeln umspielte ihre Lippen.

„Ja, so weit“, stammelte Basimah überrascht.

Die beiden schienen sich tatsächlich an sie zu erinnern, dabei waren sie nur eine Zeit lang auf der Parade nebeneinander her gelaufen. Sie konnte ihr Glück kaum fassen und verfluchte sich für ihre Jeans und das ausgewaschene T-Shirt. Sie war nicht darauf vorbereitet gewesen, ausgerechnet mit den beiden Edelstuten zusammenzutreffen.

„Ich bin noch etwas müde und erschöpft von den letzten Tagen", erklärte sie vorauseilend als Entschuldigung für ihre mangelhafte Optik.

„Dafür siehst du erstaunlich frisch aus", lobte die Blonde.

„Danke", antwortete Basimah und senkte kurz und beinahe verschämt den Blick, nur um sich wenig später für diese devote Geste zu verdammen.

Tatsächlich kam sie sich jedoch neben den beiden stets makellosen Frauen wie ein graues Mäuschen vor. Kein Wunder also, dass sie sich in Demut übte.

„Wir hatten heute zum Glück frei", erklärte die Blonde, während sie langsam noch einmal ihren Blick durch den Garten schweifen ließ.

„Können wir uns zu dir setzen?", fragte die Brünette.

„Zu mir?", entfuhr es Basimah überrascht.

„Ja. Oder stören wir?"

„Nein, ich wollte sowieso gerade gehen." Wieder ein innerliches Fluchen.

„Schade", befand die Blonde und grinste Basimah schamlos frech an.

„Auf der anderen Seite, noch ein Tee wäre vielleicht …"

„Fühl dich von uns auf einen Prosecco eingeladen!"

Sie wollte gerade ablehnen, besann sich jedoch eines Besseren und nahm die Einladung dankend an. Und während sich die beiden Edelstuten links und rechts von ihr erhaben auf die Stühle sinken ließen, tastete Basimah noch einmal nach ihrem Knutschfleck. Natürlich war er immer noch sichtbar, aber nicht fühlbar. Gleichzeitig hatte sie jedoch nun die beruhigende Gewissheit, dass er nicht das einzige Überbleibsel des vergangenen Wochenendes war.

„Ich heiße übrigens Basimah."

„Wir sind als die beiden Edelstuten bekannt", antwortete die Blonde und lachte keck.

Der Tag in den Dünen

Es erschien Marco, als hätte ein riesiges Flugzeug beim Überfliegen der Wald- und Wiesenlandschaft graue Bürokomplexe und verglaste Hochhäuser einfach abgeworfen. Der Industriepark in Eschborn, vor den Toren Frankfurts gelegen, wirkte, umrahmt von Autobahn und brachliegenden Feldern, wie eine künstliche Insel. In den riesigen Türmen residierten Versicherungen, Banken, Agenturen und Telefongesellschaften. Während Marco in Jörgs altem Ford durch die Straßen fuhr, kam er sich schrecklich deplatziert vor. Er fühlte sich wie ein Fremdkörper. Ein Käfer, der durch Zufall in einem Ameisenhaufen gelandet war und nun verzweifelt den Ausgang suchte.

Es war Mittagszeit und auf den Gehwegen hetzten Anzugträger in einem organisierten Chaos in Richtung der wenigen Imbissstände, Dönerbuden und Restaurants. Es war ein Kosmos für sich, einem täglichen Nine-to-Five-Rhythmus unterworfen, denn sobald die Büros ihre Türen schlossen und das Business in den Feierabend flüchtete, wich auch die Illusion des pulsierenden Lebens aus dem Stadtviertel und machte einer gespenstischen Stille Platz.

Über eine halbe Stunde irrte Marco mit seinem Wagen durch die Straßen. Architektonische Gleichförmigkeit regierte das Bild. Der einzige Unterschied schien in den Firmenlogos zu bestehen, die groß und prächtig an den Häuserfassaden prangten. Mehr durch Zufall fand er schließlich den Sitz der Telefongesellschaft, ein Wolkenkratzer mit einem pentagonförmigen Grundriss am Rande des Areals. Tom hatte hier ein wichtiges Meeting gehabt. Die Telefongesellschaft war ein kapitalstarker Kunde seiner Bank und dementsprechend aufgeregt war er die vergangenen Tage über gewesen.

Trotz der Irrfahrt durch den Industriepark stellte er, auf die Minute pünktlich, seinen Wagen am vereinbarten Treffpunkt ab, vor einer Dönerbude mit orangefarbenen Sonnensegeln. Von Tom keine Spur. Er schien – wieder einmal – spät dran zu sein. Eine Marotte, mit der sich Marco nur schwer arrangieren konnte, doch er unterdrückte die aufkeimende Wut. Dies sollte schließlich ihr gemeinsamer Tag werden. Es hatte Wochen gebraucht, bis sie endlich einen Termin für den Ausflug, sein verspätetes Geburtstagsgeschenk an Tom, gefunden hatten. Allerdings – in diesem Punkt musste er Jörg recht geben – brachte es nichts, wenn er aus falscher Rücksichtnahme und Angst jedem Streit aus dem Weg ging. Doch hatte er eine Wahl?

Ihre Affäre war aufgrund der Umstände schon konfliktbeladen genug und Marco wollte es vermeiden, noch mehr Öl ins Feuer zu gießen. Er wusste, ihr Verhältnis – wie auch immer man es definierte – stand auf tönernen Füßen. Auch wenn er bemüht war, es zu ignorieren, so hing der näher rückende Hochzeitstermin wie ein Damoklesschwert über ihnen. Marco fragte sich, ob sie beide bereit waren, die Affäre auch nach der Hochzeit weiterzuführen. War Tom dazu bereit? War er selbst dazu bereit? Wollte er ewig ein Dasein als Mann im Schatten führen? Als Geliebter, für immer im Hintergrund?

Auf der anderen Seite gab es ein weiteres Damoklesschwert, von dem Tom gar nichts wusste. Aus Angst, ihn zu verlieren, hatte Marco es noch immer nicht geschafft, mit ihm über seine HIV-Infektion zu sprechen. Er hatte sich vorgenommen, das Geheimnis erst dann preiszugeben, wenn Tom eine klare Richtung vorgab, in die ihre Beziehung gehen sollte. Solange er nur den Status eines Geliebten hatte, sah Marco keine Notwendigkeit, mit Tom darüber zu sprechen. Oder war er es ihm trotzdem schuldig? Würde dieses Wissen Tom in seiner Entscheidung beeinflussen? Marco wollte es sich nicht eingestehen, aber er befürchtete, Tom dann endgültig zu verlieren. Verlieren … Hatten sie beide eigentlich jemals zueinandergehört? Das Klopfen an der Fensterscheibe holte Marco aus seinen trüben Gedanken zurück in die Wirklichkeit.

„Sorry, es hat etwas länger gedauert“, entschuldigte sich Tom rasch und stieg ein.

„Macht nichts“, log Marco und ein Teil von ihm hasste sich für diese Lüge. Wieder keimte Ärger auf.

„Ich bin wirklich gespannt, wohin du mich entführen willst“, trällerte Tom gut gelaunt.

„Es geht in den Urlaub. In die Dünen.“

„Dünen? Ich dachte, es wird ein Tagesauflug.“

„Wird es auch!“

Tom lächelte neugierig und streichelte über Marcos Oberschenkel. Mit einem lauten Röhren setzte sich der alte Ford in Bewegung.

Marco entführte Tom natürlich nicht an die Küsten von Nord- oder Ostsee, sondern nach Schwanheim. Dort hatten sich in den vergangenen Jahrhunderten die Schwanheimer Dünen gebildet. Die beiden Männer zogen sich in einen etwas abgelegenen, schlecht einsehbaren Teil des kleinen Naturschutzgebietes zurück und machten es sich auf ihrer Picknickdecke im Schatten einer Kiefer gemütlich.

„Es ist wunderbar hier!“, sagte Tom und rutschte näher an Marco heran.

„Ja. Das ist es.“

„Eigentlich seltsam, wie wenige Frankfurter diese Ecke kennen. Hier könnte man auch traumhafte Fotos nach der …“

Schlagartig brach Tom ab. Ihm war in letzter Sekunde bewusst geworden, dass ein Stück seines anderen Lebens in diese Parallelwelt gedrungen war. Er hätte tatsächlich Marco beinahe erzählt, wie schön er es fände, nach der Trauungszeremonie hier gemeinsam mit Sven Bilder zu machen. Ein glückliches, frisch getrautes Paar inmitten der Dünen. Obwohl Tom den Gedanken nicht aussprach, war Marco seltsamerweise sofort klar, was in seinem Kopf vorgegangen war.

„Ja, eine schöne Kulisse für Hochzeitsfotos. Mal was anderes als der Römer oder ein doofes Schloss“, beendete Marco mit einem scharfen Unterton den Gedanken.

Eine unangenehme Stille machte sich zwischen ihnen breit und trotz der körperlichen Nähe schienen sie plötzlich unendlich weit voneinander entfernt zu sein.

„Es tut mir leid“, flüsterte Tom schließlich reumütig. Er unternahm noch nicht einmal den Versuch, Marcos Vermutung zu widersprechen.

„Was tut dir leid? Dass du diesen Gedanken hattest? Dass du Sven heiraten wirst? Dass du ihn mit mir betrügst? Was tut dir leid?“

Sein heftiger Gefühlsausbruch überrumpelte Tom.

„Alles! Mir tut alles leid!“

„Super. Das ist ein edler Charakterzug von dir.“

Schweigen.

„Mir tut es leid, Tom, dass du scheinbar nicht in der Lage bist, Entscheidungen zu treffen. Und bald wird es mir wohl leidtun, dich jemals kennengelernt zu haben“, fuhr Marco fort und ballte dabei die Hände zu Fäusten, um Wut und Trauer im Zaum zu halten. „Wie lange willst du dieses Spiel noch spielen?“

„Wie selbstgerecht du bist! Was erwartest du von mir? Soll ich die vergangenen Jahre mit Sven einfach vergessen? Ich war so lange mit ihm zusammen und wir, wir kennen uns gerade einmal ein paar Wochen! Die Sicherheit, mit der …“

„Na toll, dann habe ich niemals eine Chance, denn egal wie lange es auch noch mit uns beiden weitergeht, Sven wird immer einen Vorsprung haben, mir voraus sein!“

Tom sprang auf und blickte voller Wut auf Marco herab, der noch immer mit geballten Fäusten auf der Picknickdecke saß.

Sieht er nicht, in welcher ausweglosen Situation ich bin, dachte Tom, wandte sich von Marco ab und starrte ins Leere, das irgendwo hinter der nächsten Düne begann. Er versuchte, sich zu beruhigen.

„Lass uns nicht streiten. Nicht heute. Das sollte doch unser Tag sein“, sagte Marco schließlich sanft und reichte ihm die Hand zu einem vorläufigen Waffenstillstand. Tom nahm das Angebot an und setzte sich wieder. Schweigen.

Langsam neigte sich der Tag seinem Ende entgegen und die Dünenlandschaft wurde von der untergehenden Abendsonne in ein sanftes Rot getaucht. Die Kiefern wiegten sich sachte im Wind und am Himmel, irgendwo zwischen Tag und Nacht, war der Mond auszumachen. Es lag eine beruhigende Stille über der märchenhaft anmutenden Szenerie. Doch selbst wenn Tom und Marco schweigend nebeneinander saßen, war es, als würden ihre unausgesprochenen Gedanken von einer Stimme hinausgeschrien werden. Sie schwiegen und schienen sich doch zu streiten. Jene Worte, die sie tatsächlich aussprachen, waren nichts anderes als unbedeutende, inhaltslose Hülsen. Beide bemühten sich seit ihrer Auseinandersetzung in nichtssagender, freundlicher Konversationen. Tom wusste nicht, ob es von der sommerlichen Hitze oder ihrem stummen Streit herrührte, aber er fühlte sich vollkommen erschöpft und sehnte sich nach einer erfrischenden Dusche. Am liebsten wäre er in Marcos Arme gesunken und hätte sich der scheinbaren Perfektion ihrer Beziehung hingegeben. Tom hatte keine Kraft mehr zu streiten. Er wollte einfach den Augenblick genießen. Mit einem müden Seufzer lehnte er seinen Kopf gegen Marcos Schultern.

„Fahren wir noch mal zu dir?“, fragte Tom schließlich leise und es klang mehr nach einer Bitte als nach einem Vorschlag.

Damit du nach dem Fick wieder abhaust, zu Sven gehst und ich erneut alleine einschlafen muss, dachte Marco. Laut sagte er nur: „Geht leider nicht. Ich muss morgen sehr früh raus.“

Das war eine Lüge. Doch was machte eine Lüge mehr? Eine weitere Halbwahrheit?

Als Marco Tom einige Minuten später zu Hause absetzte – natürlich nicht direkt vor der Haustür, sondern eine Straße weiter –, umarmten sie einander noch einmal fest und innig. Dann küssten sie sich so leidenschaftlich, wie sie es den ganzen Tag über nicht getan hatten. Schließlich stieg Tom schweigend aus dem Wagen.

„Wir telefonieren. Schlaf gut“, sagte Marco und fuhr davon.

„Du auch!“, sagte Tom, als der Ford längst um die nächste Ecke gebogen war. Plötzlich wurde ihm klar, dass es vorbei war. Dies schien das Ende zu sein. Ein Ende, das nicht ausgesprochen wurde. Das Ende einer Beziehung, die niemals wirklich existiert hatte.

Plötzlich vibrierte sein Handy in der Hosentasche. Doch der Anrufer war nicht, wie er gehofft hatte, Marco. Vielmehr meldete sich sein anderes Leben zu Wort.

„Hallo, Schatz! Ich wollte nur fragen, wann du nach Hause kommst. Ich habe eingekauft und wir könnten mal wieder gemeinsam kochen.“

„Ich stehe sozusagen vor der Tür. Bin in einer Minute da.“

„Gut. Freu mich schon!“

Sven legte auf und ließ Tom wieder alleine auf der Straße zurück. Er stand noch eine Zeit lang herum, starrte in den Nachthimmel hinauf und horchte in sich hinein. Schockiert stellte er fest, dass er nichts hörte. Es herrschte absolute Stille in seinem Innern. Schließlich wandte er sich von der Straßenecke ab, an der Marcos Ford verschwunden war, und ging nach Hause. Sven erwartete ihn bereits.

Zwei Frauen, die nur Sex hatten

Sie spürte die Zunge, die Lippen, den Atem. Und plötzlich kam sie. Laute Schreie. Zucken. Krampfen. Stöhnen. Es war ein Orgasmus, wie ihn Sarah selten erlebt hatte. Schlicht überwältigend und das, obwohl sie die Frau, die nun langsam mit ihrer Zunge Sarahs Schenkel liebkoste, so gut wie gar nicht kannte.

Von One-Night-Stands hatte Sarah niemals etwas gehalten. Es fehlte ihr das nötige Vertrauen und sie konnte sich bei fremden Frauen einfach nicht fallen lassen. Doch diesmal war es anders. Sarah fand, dass Basimah etwas sehr Beruhigendes ausstrahlte. Sie wusste auch nicht genau, warum sie plötzlich Lust bekommen hatte, auf Vollkornbrötchen und Nussschnecken. Auf jeden Fall hatte Sarah beschlossen, Basimahs Einladung anzunehmen und sich die Backstube zeigen zu lassen. Doch bei der Führung durch die Bäckerei war es nicht geblieben und schließlich waren sie nach Geschäftsschluss in Basimahs Bett gelandet.

„Du schmeckst lecker!"

Basimah holte Sarah aus ihren Gedanken und sie öffnete langsam die Augen. Die beiden Frauen musterten sich kurz und schließlich war es Sarah, die den Blick senkte. Sie konnte Basimah nicht in die Augen schauen, denn sie kam sich wie eine Lügnerin vor. Ihre Gedanken wanderten selbst jetzt, als ihre nackten Körper aneinandergekuschelt im Bett lagen, immer wieder zu Melanie. Eigentlich brauchte sie kein schlechtes Gewissen zu haben, nicht gegenüber Melanie oder Basimah. Höchstens gegenüber sich selbst, denn jetzt, wo sie gekommen war, spürte sie keine innere Befriedigung, sondern nur eine tiefe, schmerzliche Leere. Sie hatte den Eindruck, Basimah als Platzhalter für ihre Ex-Freundin missbraucht zu haben. Für einen kurzen Augenblick war ihr diese Selbstverleugnung sogar geglückt.

Plötzlich spürte sie, wie Basimahs Hände sanft über ihren nackten Körper wanderten. Nur die Fingerspitzen schienen Sarahs Haut zu berühren. Sarah wagte es nicht, sich zu bewegen oder erneut die Augen zu öffnen. Sie befürchtete, Basimah könnte durch einen einzigen Blick alles durchschauen, ihr Inneres berühren, ihre Trauer über den Verlust spüren und die Lügen erkennen. Doch letzten Endes log Sarah niemanden an außer sich selbst. Und so lag sie bewegungslos und stumm in dem fremden Bett, in der fremden Wohnung, neben einer fremden Frau und sie sehnte sich nach der Geborgenheit von Melanies Umarmung, nach ihrem Geruch, ihrer Stimme. Und für einen kurzen Augenblick, als Sarahs Gedanken abschweiften und sie in einen wohligen Sekundenschlaf fiel, war ihr, als wären es Melanies Finger, die sie berührten und streichelten.

„Es ist schön hier mit dir. In deinen Armen."

Die fremde Stimme ließ Sarah aufschrecken. Sie öffnete die Augen und starrte Basimah verwundert an.

„Was ist? Habe ich etwas Falsches gesagt?", fragte Basimah.

„Nein ... nein ... Tut mit leid", stammelte Sarah und erhob sich.

„Was tut dir leid?"

„Dass ... dass ich jetzt gehen muss."

„Schade. Ich hätte uns noch was zum Abendessen gekocht."

In Basimahs Stimme lag Enttäuschung, aber auch Verwunderung über das abrupte Ende des Abends.

„Nein. Ich muss ... muss wirklich gehen."

„Okay."

Hastig sammelte Sarah ihre Kleidungsstücke auf, die in der Hitze des Vorspiels achtlos auf dem Fußboden gelandet waren, und zog sich an.

„Telefonieren wir?"

„Ja. Ich ruf dich an."

Sarah wagte es nicht, Basimah noch einmal anzuschauen, und so küsste sie sie hastig auf die Wange, ohne ihren Blick zu heben, und stürmte aus der Wohnung.

„War schön mit dir, danke", sagte Basimah noch leise, mehr zu sich selbst als zu Sarah. Dann ließ sie sich frustriert Badewasser ein und schob eine Fertigpizza in den Ofen. Sie verstand die Frauen nicht und manchmal glaubte sie, dass es besser war, es gar nicht zu versuchen.

Die Gescheiterte

Das Klingeln des Handys durchzuckte die nachmittägliche Stille wie Wetterleuchten einen Nachthimmel. Luke und Tina schauten erschrocken von ihrem Backgammonspiel auf und musterten Sarah missbilligend. Sogar die Schwalben, die in der Hitze des Tages auf der Jagd nach Mücken schreiend durch die Lüfte stoben, schienen zu verstummen und warteten darauf, dass sie endlich den Anruf entgegennahm.

„Sorry!", murmelte Sarah müde, ohne zu wissen, warum sie sich entschuldigen sollte. Schließlich konnte sie doch nichts dafür, dass ein Anrufer die Siesta in der Ackerpflaumenallee 33 störte. Träge erhob sie sich aus ihrem Liegestuhl und schnappte sich missmutig ihr Handy von dem kleinen Beistelltisch.

„Unbekannter Anrufer", murmelte sie zu sich selbst und erwog kurz, den Störenfried einfach wegzudrücken. Das Handy klingelte weiter.

„Willst du nicht rangehen?", fragte Tina genervt. Sie hasste es, wenn sie bei einem Backgammonspiel gestört wurde. Vor allem dann, wenn sie gegen einen Anfänger wie Luke zu verlieren drohte.

„Hallo?", fragte Sarah in das Handy hinein.

„Hier ist Frau Bäumler. Die Sekretärin."

Als sie den Namen hörte, zuckte Sarah innerlich zusammen und schlagartig wich die Trägheit aus ihren Gliedern. Sie spürte, wie das Blut in ihren Adern zirkulierte. Ihr Herz pochte heftig. Tina schien die Veränderung sofort zu bemerken, denn im Augenwinkel nahm Sarah wahr, wie die Missbilligung echter Besorgnis Platz machte.

Sarah hatte sich seit Wochen vor diesem Augenblick gefürchtet und alle Ängste über ihr Abschneiden in der Abschlussprüfung seit dem Zusammenbruch im Treppenhaus mehr oder weniger erfolgreich in ihr Unterbewusstsein verbannt.

„Entschuldigen Sie die Störung", begann die Sekretärin der Polizeischule zögerlich und ihre Stimme war kaum mehr als ein Flüstern.

„Eigentlich dürfte ich es Ihnen nicht sagen, aber Sie sind immer so nett und … Die Ergebnisse der Abschlussprüfungen liegen vor. Offiziell werden sie erst in der kommenden Woche bekannt gegeben. Aber ich wollte Sie nicht unvorbereitet ins offene Messer laufen lassen."

„Sie brauchen nichts weiter zu sagen", erklärte Sarah seltsam emotionslos.

„Es tut mir wirklich leid. Aber Sie können die Prüfungen wiederholen …"

„Danke, Frau Bäumler. Ich weiß es sehr zu schätzen, dass Sie mich angerufen haben."

„Keine Ursache, mein Kind", antwortete die alte Dame sanft und Sarah konnte sich gut vorstellen, wie die Frau in ihrem Büro saß und während des gesamten Telefonats nervös an einer Strähne ihres grauen Haares herumspielte. Sie war eine wirklich gute Seele und hatte einen Narren an Sarah gefressen. Es wurde gemunkelt, Sarah erinnerte sie an ihre eigene Tochter, die vor Jahren bei einem Autounfall ums Leben gekommen war.

„Ich muss jetzt leider Schluss machen. Der Chef kommt gleich zurück", sagte Frau Bäumler. „Kopf hoch, mein Kind!"

Dann war das Gespräch unterbrochen. Sarah legte wie in Trance das Handy beiseite.

„Was ist passiert?", fragte Tina besorgt.

„Ich habe versagt."

„Versagt?"

„Ich bin durch die Prüfung gefallen. Eigentlich keine Überraschung. Ich habe es schon die ganze Zeit befürchtet. Das war's wohl. Aus der Traum. Meine Karriere als Kommissarin ist vorbei, bevor sie überhaupt angefangen hat."

Tina wollte ihre Freundin tröstend in den Arm nehmen. Doch Sarah hob abwehrend die Hand.

„Nein! Nicht jetzt. Ich muss jetzt alleine sein." Sie wandte sich hastig um und flüchtete ins kühle Halbdunkel des Hauses.

„Gewonnen!", murmelt Luke ohne rechte Freude. Seit dem Anruf war die Stimmung auf der Terrasse gedrückt.

„Du musst mich nicht darauf hinweisen!", antwortete Tina leicht schnippisch.

„Sollten wir nach ihr schauen? Sie ist jetzt schon über eine Stunde drinnen“, sagte Luke. Er fühlte sich hoffungslos verloren in seiner Haut und wusste nicht, wie er mit der Situation umgehen sollte. Das alles überforderte ihn.

Bevor Tina antworten konnte, trat Sarah aus dem Haus heraus in das grelle Licht der Sonne. Sie hatte Make-up aufgelegt, wahrscheinlich, um zu vertuschen, dass sie geweint hatte. Insgesamt wirkte sie äußerst gefasst, noch immer in einem Schockzustand gefangen.

„Ich muss hier weg“, erklärte sie.

„Willst du eine Runde spazieren gehen?“, fragte Tina.

„Nein. Ich muss richtig weg. Raus aus Frankfurt. Die vergangenen Monate waren einfach zu viel. Diese ganze Scheiße …“

„Wo willst du hin?“ Tinas Stimme klang schrill und panisch.

„Ich fahre zu meiner Mutter. Aufs Land. Ich brauche Zeit, um nachzudenken. Über mein Leben. Was ich jetzt tun soll … Eine Auszeit.“

„Ich finde, in deinem Zustand solltest du nicht Auto fahren“, mischte sich Luke ein. Doch Sarah brachte ihn mit einem kurzen, strengen Blick zum Schweigen.

„Bis bald!“, sagte Tina nur.

Hastig umarmte Sarah die beiden und Tränen traten wieder in ihre Augen. Ihre coole Fassade bekam Risse.

„Halt die Ohren steif, Kleiner!“, verabschiedete sie sich von Luke und er zuckte innerlich zusammen. Die beiden umarmten sich noch einmal heftig und fest.

„Du kommst doch bald wieder, oder?“, fragte er leise in ihr Ohr.

Sie lächelte ihn beruhigend an und entblößte ihre perfekt weißen Zähne, die im starken Kontrast zu ihrer schwarzen Haut standen. Doch etwas an der Schönheit dieses Lächelns erschien Luke trügerisch, beinahe falsch, wie eine Maske, die sich Sarah über das Gesicht gezogen hatte, um ihn in Sicherheit zu wiegen.

„Natürlich komm ich bald zurück!“, behauptete sie, noch immer lächelnd, warf sich ihre Reisetasche über die Schulter und ging.

Der neue Anstrich

Meiko lebte manchmal in seiner eigenen Welt, jedoch immer nach seinem eigenen Rhythmus. Neun Uhr war für ihn mitten in der Nacht. Elf Uhr immerhin schon frühe Morgenstunde. Und dreizehn Uhr war die perfekte Zeit, um aufzustehen und den Tag mit einem ausgedehnten Frühstück zu beginnen. Legte man diesen Rhythmus als Bewertung zugrunde, so wurde Meiko von Tom, Samuel und Luke an einem Augustsamstag mitten in der Nacht aus dem Bett geklingelt.

Luke hatte bis zu diesem Zeitpunkt noch nie einen Fuß in Meikos Wohnung gesetzt und so war er einigermaßen überrascht, dass sich in dem Apartment anstatt schwulem Kitsch und schwülstigem Deko-Trash ein geschmackvolles, teures und vor allem gemütliches Interieur befand. Zwischen Eichenholzkommode und grünem Empfangssofa begrüßte Meiko, noch mit Schlaffalten im Gesicht, seine Gäste. Er bot den dreien sogar einen Kaffee an und verschwand dann schnell unter der Dusche, um eine halbe Stunde später perfekt gestylt wieder aufzutauchen. Nur die kleinen, verschlafenen Augen zeugten noch davon, dass Meiko es einfach nicht gewohnt war, zu dieser Uhrzeit wach zu sein. Vorsichtig, als könnte er wie ein Vampir im Sonnenlicht verbrennen, lugte Meiko aus dem großen Panoramafenster hinaus und betrachtete gedankenverloren, wie das Sonnenlicht sich im ruhigen Wasser des Hafenbeckens brach. Meikos Vater hatte ihm das Apartment in einem der modernen Wohnbunker im neu gestylten Westhafenviertel zum Geburtstag geschenkt. Natürlich mit Bootsanlegeplatz und Dachterrasse.

„Und wie sieht unser Plan aus?", fragte Meiko schließlich, noch immer etwas benommen.

„Farbe und Werkzeug sind gekauft. Wir warten jetzt auf deine Anweisungen. Wobei ich immer noch nicht verstehe, warum du unbedingt eigenhändig die Bar streichen möchtest?", erklärte Tom und schlürfte geräuschvoll an seiner Tasse Kaffee.

„Weil es jetzt meine Bar ist. Wenn du mir nicht helfen willst, dann …"

„Doch, das möchte ich wirklich. Aber hast du wirklich vor, in diesem Outfit zu arbeiten?“

Meiko schaute prüfend an sich hinunter. Er trug eine schwarze Designer-Jeans, die der klassischen Zimmermannshose nachempfunden war. Darauf ein blaues, eng anliegendes Polo-Shirt mit grünem Krokodil und eine Baskenmütze.

„Gefällt es dir nicht?“

„Es ist super! Aber findest du es dem Anlass angemessen? Wir wollen streichen!“

„Tom, von Mode verstehst du eben nichts. Ich habe mir dieses Outfit extra für heute gekauft“, sagte Meiko, erhob sich und klatschte auffordernd in die Hände.

„Auf geht's, Jungs! Die Nacht ist schon so gut wie vorbei und wir haben nicht ewig Zeit!“

Entgegen Toms Befürchtungen, der als Einziger schon einmal gestrichen hatte und immerhin als Jugendlicher seinem Vater hatte helfen müssen, ihr altes Ferienhaus zu renovieren, stellten sich Meiko, Luke und Samuel nicht ungeschickt an. Als Tina schließlich, die Kinder im Schlepptau, mit Brötchen und frischem Kaffee vorbeischaute, hatten sich die vier Männer bereits perfekt aufeinander abgestimmt und so nahm das neue Gesicht der Blue-Bar langsam Gestalt an.

Meiko hatte sich für ein frisches und helleres Blau entschieden. Außerdem sollte die Wand hinter der Theke in einem kräftigen Bordeauxrot gestrichen werden, was das Farbkonzept etwas auflockerte. Er führte Tina durch sein neues Reich, während Sören, Daniel und Helga Gefallen daran fanden, sich mit Farbe zu bespritzen. Ihre Mutter ließ sie gewähren. Es war Wochenende und sie hatte keine Lust, sich aufzuregen.

„Und wie gefällt es dir?“, fragte Meiko schließlich am Ende der Führung.

Tina kaute nervös an der Halterung ihrer Sonnenbrille. Ihre blauen Augen huschten immer wieder zwischen Meiko und dem großen Spiegel über dem Waschbecken hin und her. Sie sah sich selbst darin. Eine Mittdreißigerin, mit kurzen, schwarzen, verstrubbelten Haaren. Eine Frau, die noch immer bauchfreie Tops tragen konnte, auch wenn sie bereits kleine, kaum wahrnehmbare Hüftpolster hatte. Eine Frau, die durchaus zufrieden war mit ihren Beinen und dem Umfang ihrer Oberschenkel und die sich daher auch selbstbewusst in eng anliegende Jeans zwängte. Sie war zufrieden mit sich. Aber wie lange noch? Wie viele Jahre würden ihr bleiben, bis der Alterungsprozess sich optisch niederschlug? Die Lachfältchen störten noch nicht weiter. Doch sie zeichneten einen Weg vor. Und dieser Weg führte zu tiefen, markanten Falten, die sich in ihr Gesicht graben würden. Und wenn es so weit war, würde Jörg …

„Tina! Hörst du mir überhaupt zu?"

Meikos Stimme holte Tina in die Frauentoilette zurück.

„Nein. Entschuldige. Ich bin etwas … durcheinander."

Ihr Bruder lächelte nur, klappte den Toilettendeckel in einer der Kabinen nach unten und setzte sich mit übereinandergeschlagenen Beinen hin.

„Lass hören!"

„Jörg hat mich für heute Abend zum Essen eingeladen."

„Ein richtiges Date! Ich weiß gar nicht, wann ich zum letzten Mal ein Date hatte, bei dem ich mich nicht nach zehn Minuten ausgezogen habe!", grinste Meiko.

„Hör auf! Es ist wirklich kompliziert!"

„Okay, ich kann mich nicht erinnern, wann du das letzte Mal überhaupt ein Date gehabt hast."

„Du nimmst mich nicht ernst!"

„Doch, aber ich sehe dein Problem nicht."

„Zehn Jahre!"

„Kein Grund, die Einladung auszuschlagen, oder?"

„Was will er von einer vierunddreißigjährigen Frau?"

„Ich kann mir sehr gut vorstellen, was er von dir will. Die Frage ist vielmehr, was du von ihm willst?"

Tina zuckte mit den Schultern. Sie wusste es nicht und sie beschloss, nur um es herauszufinden, die Einladung anzunehmen.

„Wir sind soweit fertig", erklärte Tom und reichte Meiko den Pinsel mit blauer Farbe.

„Was soll ich damit?"

„Der letzte Pinselstrich! Die Ehre gebührt dir!", antwortete Tom und deutete auf einen kleinen Fleck, der noch nicht im neuen Blau leuchtete.

Meiko lächelte zufrieden und ließ den letzten Rest der alten Blue-Bar verschwinden.

„Es ist vollbracht!“, verkündete er theatralisch.

Luke, Samuel und Tom applaudierten, ihnen stand die Erschöpfung ins Gesicht geschrieben. An Meiko hingegen schienen die Anstrengungen der vergangenen Stunden spurlos vorübergegangen sein. Er klappte voller Elan sein Handy auf.

„Wen rufst du an?“, fragte Luke neugierig.

„Sarah. Ich mach mir langsam doch Sorgen um sie. Ich hab diese Heimatflucht zunächst nicht ernst genommen, aber ich finde, zur Wiedereröffnung der Bar sollte sie doch endlich zurückkehren. Sie hatte genug Zeit, um sich wieder zu fangen.“

Luke hob skeptisch die Augebrauen und wechselte einen besorgten Blick mit Tom. Beide Männer glaubten nicht, dass Meiko mit dieser Argumentation bei Sarah weiterkommen würde. Im Gegenteil.

„Hallo, Sarah, hier ist Meiko!“

Das Rauschen der Freisprechanlage erklang.

„Hi! Wie geht es dir?“

„Gut wie immer. Aber die entscheidende Frage ist doch, wie es dir geht.“

„Unverändert, würde ich sagen. Aber danke der Nachfrage.“

„Hör zu, ich werde in drei Wochen das Blue wiedereröffnen und würde mich freuen, wenn du kommen würdest.“

Schweigen.

„Bist du noch dran?“

„Ja. Aber ich kann dir leider nichts versprechen.“

Meiko atmete tief durch und jeder, der ihn kannte, wusste, dass nun eine zickige Tirade folgen würde.

„Schätzchen, wenn du denkst, du kannst jetzt auf Depri-Lesbe machen, hast du dich geirrt! Lebenskrise und Liebeskummer hin oder her, irgendwann ist es auch mal gut! Ich bin an den verdammten Gardasee gefahren, um Karl von seinen verrückten Aussteigerplänen abzubringen. Wenn du aber denkst, ich fahre wegen dir extra nach Bayern, hast du dich geschnitten!“

„Meiko! Ich habe nicht vor, hier zu versauern. Aber ich brauche einfach Zeit. Ich …“, versuchte Sarah ihn zu unterbrechen. Doch er ließ ihr keine Chance, schien noch nicht einmal Luft zu holen.

„… wenn du zur Wiedereröffnung nicht deinen kleinen Knackarsch nach Frankfurt bewegst, dann kannst du mich mal. Und zwar lebenslänglich!“

Meiko atmete erbost aus und legte, ohne eine Antwort abzuwarten, auf.

„Mein kompletter Freundeskreis scheint durchzudrehen!“, geiferte er und beruhigte seine Nerven erst einmal mit einem Glas Wodka. Luke war überrascht von dieser Reaktion. Er hatte nicht vermutet, dass Meiko derart emotional, beinahe hysterisch sein konnte.

„Sie wird schon kommen“, meinte Tom, der von Meikos Gefühlsausbruch nicht sonderlich beeindruckt war und stattdessen begann, gemeinsam mit Samuel die Eimer und Farbreste zum Wagen zu tragen.

Luke blieb neben Meiko sitzen und streichelte über seinen Arm. Euphorie und Ausgelassenheit waren verschwunden.

„Als ich dich gefragt habe, warum du Karl so überstürzt hinterhergereist bist, hast du geantwortet, weil er ein Teil von Frankfurt sei.“

Meiko lächelte kurz und nickte.

„Meiko, du bist auch ein Teil dieser Stadt. Für mich sogar ein sehr wichtiger.“

„Ach, Kleiner“, seufzte Meiko ungewohnt dramatisch und fuhr Luke sanft durch die Haare. „Schön, das zu hören. Aber Karl war nicht nur Teil dieser Stadt. Er war Teil meiner Familie. Ich habe niemanden außer dieser Familie, meinen Freunden. Und um ehrlich zu sein, habe ich einfach Angst, sie zu verlieren. Ich möchte nicht, dass jemand geht. Ich möchte nicht, dass sich etwas ändert.“

„Aber Veränderung muss doch nichts Schlechtes sein.“

„Natürlich nicht. Aber ich will nicht eines Tages als alte Schwuchtel aufwachen und niemand ist mehr da, der sich um mich kümmert, für den ich wichtig bin. Ich werde niemals Kinder haben und sicher auch keinen Mann, mit dem ich alt werde. Deshalb sind meine Freunde eben so wichtig. Sie sind meine Alterssicherung.“

„Meiko, bis du eine Alterssicherung in Anspruch nehmen musst, wird noch viel Zeit vergehen. Wer kann schon sagen, was bis dahin geschieht?“

Meiko lächelte gerührt. Dann schenkte er ihnen zwei weitere Gläser Wodka ein und sie stießen auf das Blue an.

„Der neue Anstrich steht meiner Bar ausgezeichnet, oder?"

Der junge Ritter und die alte Jungfer

Jörg war pünktlich. Die Türglocke läutete genau um acht Uhr. Tina war natürlich wie immer zu spät. Hektisch hastete sie durch die Wohnung, befestigte sich mit der einen Hand die Ohrringe und kramte mit der anderen in ihrer Handtasche nach ihrem Schlüssel, den sie doch so gerne zu Hause vergaß. Beinahe wäre sie in der Eile über einen Spielzeug-LKW gestolpert.

„Verdammt! Sören! Hab ich dir nicht gesagt, dass du deine Sachen nicht überall herumfliegen lassen sollst?", brüllte sie ins Wohnzimmer, wo sich ihre Söhne gerade die neuste Disney-DVD anschauten.

„Ja, Mama!", schrie Sören zurück. Doch sie war sich sicher, dass er kein einziges Wort mitbekommen hatte. Glücklicherweise war das Kindermädchen etwas früher gekommen und brachte Helga gerade ins Bett.

Etwas aus der Puste erreichte Tina die Tür und öffnete sie. Jörg hatte seine Haare feinsäuberlich zu einem strengen Zopf zusammengebunden, trug dunkle Jeans, ein weißes, eng anliegendes Hemd und eine breite, blau-braune Krawatte. Er hatte gar nichts mehr von dem dreiunzwanzigjährigen Jungen, der sie in Turnschuhen und Baggy-Jeans im Park verführen wollte. Oder hatte sie ihn verführt?

„Hallo", sagte er nur, hauchte ihr einen Kuss auf die Wange, reichte ihr eine langstielige, rote Rose und musterte anerkennend ihr eng anliegendes, schwarzes Kleid.

„Beeindruckend!", stellte er fest.

„Ebenso!", antwortete Tina und betrachtete die Rose in ihren Händen. Alles war so hoffnungslos klassisch, dass sie es unmöglich als jugendlichen Kitsch abtun konnte.

„Ich bin in einer Minute fertig."
„Kein Problem. Lass dir Zeit."
Sie drehte sich um und verschwand wieder im Haus, auf der Suche nach ihren Schuhen. Sie musste zugeben, dass sie von Jörgs Auftritt beeindruckt war, und sie fragte sich, ob sie ihm unrecht tat.

„Wohin gehen wir eigentlich?", fragte Tina, nachdem sie eine gute halbe Stunde scheinbar ziellos durch Frankfurt spazieren gegangen waren.
Jörg lächelte. „Neugierig?"
„Klar! Du hast extra erwähnt, dass ich mich schick machen soll."
„Ich muss zugeben, dass ich auch erst mit dem Gedanken gespielt habe, dich in einen exklusiven, sündhaft teuren Gourmet-Tempel zu schleppen. Aber dann habe ich mir gedacht, dass ich eigentlich viel lieber mit dir in ein Restaurant gehen würde, das etwas über mich aussagt."
Tina hob überrascht die Augenbrauen.
„Es ist meine Lieblings-Sushi-Bar."
„Sushi sagt etwas über dich aus?"
Jörg lächelte nur und schien sich in der Rolle des Geheimnisvollen wohlzufühlen.
Sie erreichten schließlich die Hanauer Landstraße, in deren alten Industriehallen – zwischen Autohäusern, Supermärkten und Möbelgeschäften – sich im Laufe der Jahre einige, für Tinas Geschmack zu versnobte, Clubs etabliert hatten. Die Hanauer war zu einer großen Party-Meile geworden, doch das Haus, zu dem Jörg sie führte, war ihr bisher niemals aufgefallen. Der Altbau mit einer renovierungsbedürftigen, jedoch wunderschönen klassizistischen Fassade befand sich unweit der Großmarkthalle – dort, wo in den kommenden Jahren die beiden neuen Türme der Europäischen Zentralbank hochgezogen werden sollten. Über der Eingangstür hing ein kleines Schild mit japanischen Schriftzeichen. Darunter stand in leuchtender Neonschrift „Sushi-Palace".
„Wir sind da!"
„Hier?"
Jörg nickte nur, öffnete galant die Tür und bedeutete Tina mit einem Nicken einzutreten.

Verdutzt schaute sich Tina um. Sie kam sich vor, als wäre sie von der Hanauer Landstraße in eine Eckkneipe in Tokio-City teleportiert worden. Das Restaurant war kaum größer als ihr Wohnzimmer und auf einem braunen Linoleum-Boden standen vor einer kleinen Bar vier schlichte Holztische inklusive passender Bestuhlung. Das Mobiliar sah alt und verschlissen aus. Die Wände zierten Postkarten, Kalender und asiatischer Kitsch. Abgesehen von einer Gruppe Japaner waren sie die einzigen Gäste.

„Wir sind hoffnungslos overdressed!“

Noch bevor Jörg antworten konnte, kam eine beleibte Japanerin hinter der Theke hervorgerannt und verbeugte sich freundlich lächelnd vor Jörg.

„Jörg! Was für eine Freude! Ich habe alles vorbereitet!“

„Danke, Yasu!“

Die Japanerin führte sie eine kleine Wendeltreppe empor, die sich im hinteren Bereich des Restaurants befand. Sie landeten auf einer kleinen Empore, von der zwei Türen zu den Toiletten weggingen und wo ein kleiner, runder Tisch mit einer Kerze stand.

„Bitteschön!“, frohlockte die Frau.

Sie setzten sich.

„Das Übliche?“, fragte die Japanerin.

„Ist es dir recht, wenn ich für uns bestelle?“

Tina nickte stumm. Die Situation machte sie sprachlos.

„Je zweimal frittierter Blaufisch, Katsudon, California Maki und Special Palace Sushi.“

„Jawohl. Und zu trinken?“

„Magst du Bier?“, fragte Jörg an Tina gewandt.

Sie nickte erneut.

„Dann zwei Kirin-Bier bitte.“

Die Japanerin lächelte und huschte, angesichts ihrer Körpermaße erstaunlich schnell, die Wendeltreppe wieder hinab.

„Gefällt es dir hier?“

„Es ist nicht das, was ich erwartet habe. Aber …“

„Als ich zum ersten Mal hier war, habe ich mich sofort wohl gefühlt. Ich frage mich immer wieder, wie so wenig Atmosphäre so viel sein kann.“

Tina nickte und ließ noch einmal ihren Blick umherschweifen. Von ihrem Platz aus konnten sie das gesamte Restaurant überblicken.

„Das Sushi wird dich umhauen", versprach Jörg und lächelte sie an.

„Ob der Fisch auch koscher ist?", fragte Tina.

Für einen kurzen Augenblick entglitten Jörg die Gesichtszüge. Dann begriff er, dass Tina einen Scherz gemacht hatte, und lachte.

„Mir ist egal, ob er koscher ist. Hauptsache, er ist nicht roh!", entgegnete er.

„Du hast schon bessere Witze gerissen."

„Ich weiß. Du machst mich einfach nervös", gestand er.

Eine unangenehme und zugleich anziehende Stille breitete sich zwischen ihnen aus, die glücklicherweise von Yasu unterbrochen wurde.

„Madam, ich muss Sie beglückwünschen! Sie sind in Begleitung des schönsten und charmantesten jungen Mannes, den ich kenne!", stellte die Japanerin fest, während sie ihnen die zwei Bier servierte.

Tina lächelte nur und nickte. Ihr wurde klar, dass es durchaus funktionieren konnte.

„Du hast noch nie etwas von der Band Cream gehört?", fragte Tina zwischen zwei Bissen Sushi überrascht.

„Und du hast noch nie etwas von Bushido gehört?", entgegnete Jörg.

„Nein. Sollte ich?"

„Frag mal deine Söhne, die kennen ihn bestimmt!"

„Wahrscheinlich. Findest du es nicht merkwürdig, mit einer Frau auszugehen, die zehn Jahre älter ist?"

„Nein. Warum auch? Ich meine, schau dir doch die Schwulen an. Marco erzählt mir immer wieder von Paaren, die trotz eines gewaltigen Altersunterschieds seit vielen Jahren zusammen sind. Bei denen ist das überhaupt kein Thema. Die sind in dieser Sache einfach weiter als wir Heteros."

„Wie meinst du das?"

„Ich glaube, Alter ist einfach nebensächlich. Es sind nur die Konventionen, die uns hindern, vor allem bei einer älteren Frau mit einem jüngeren Mann. Schwule brechen alleine wegen ihrer sexuellen Orientierung mit gesellschaftlichen Normen. Da kommt es auf eine mehr oder weniger auch nicht an."

„Mag sein. Trotzdem … Als ich zu *Dirty Dancing* im Kino geknutscht habe, hast du noch in die Windeln gemacht."

„*Dirty Dancing?* Hat das etwas mit *Dirty Harry* zu tun?"

Tina schaute ihn entsetzt an.

„Schau nicht so! Ich nehme noch etwas koscheren Fisch!", sagte Jörg, um zu verdeutlichen, dass es ein Scherz gewesen war.

„Witzig! Aber Spaß beiseite: Du bist wirklich verdammt jung."

„Ich werde immerhin Ende August schon vierundzwanzig."

„Wow! Und was wünschst du dir? Eine Playstation?", antwortete Tina ironisch.

Als sie Jörgs verdutzten Gesichtsausdruck sah, wurde ihr klar, dass sie unbeabsichtigt ins Schwarze getroffen hatte.

„Woher weißt du das? Ich liebe Playstation! Es gibt einige wirklich krasse Autorennen. Die würden deinen Jungs bestimmt auch gefallen."

„Da bin ich mir sicher!", antwortete Tina und ihr wurde klar, dass es durchaus auch nicht funktionieren konnte.

„Und du schreibst also Kinderbücher?", fragte Jörg.

Inzwischen waren sie bei ihrem dritten Kirin-Bier angekommen.

„Ja. Seit einigen Jahren. Es ist mein … Traumberuf. Aber ich gebe zu, dass es ohne die Kontakte meines Vaters sicher schwerer wäre."

„Warum relativierst du deine eigene Arbeit? Du bist doch sehr erfolgreich."

Tina dachte kurz nach. „Wahrscheinlich pure Gewohnheit. Eigentlich Blödsinn."

Jörg nickte nur.

„Und was ist mit dir? Altenpfleger aus Leidenschaft?"

„Ja. Das bin ich wirklich. Eigentlich war mein Lebensweg ganz anders geplant. Oder besser, verplant. Ich sollte Steuerberater werden. Wie mein Vater. Aber nach dem Zivildienst bin ich in der Pflege hängen geblieben. Zum Glück. Ich glaube, als Steuerberater wäre ich nicht glücklich geworden. Meine Mutter sagt immer, ich hätte als Abiturient die Pflicht, mehr aus meinem Leben zu machen." Er zuckte mit den Schultern. „Ich finde, ich habe schon recht viel aus meinem Leben gemacht."

Tina lächelte.

„Und wo siehst du dich in zehn Jahren?“, fragte sie neugierig.
„Keine Ahnung. Kinder, Familie, Haus und Vorgarten. Ich glaube, tief drinnen bin ich ein richtiger Spießer.“

Tina war überrascht. Kinder? In zehn Jahren? Zum ersten Mal in ihrem Leben spürte sie, dass ihre biologische Uhr tickte. Sie würde in zehn Jahren zu alt für Kinder sein. Zumindest würde sie sich dann keine neuen mehr zulegen wollen. Sie hatte ja schon drei. Und die genügten ihr vollkommen. Sie schüttelte, über ihre eigenen Gedanken verwirrt, den Kopf. Was tat sie hier überhaupt? Es konnte einfach nicht funktionieren.

„Danke für diesen wunderschönen Abend! Ich fliege jederzeit wieder mit dir nach Tokio“, sagte Tina und sie meinte es ehrlich. Trotz aller Zweifel und Vorbehalte. Eine unbeschwerte Leichtigkeit hatte in der Luft gelegen und es machte ihr einfach Spaß, mit Jörg zu diskutieren, zu flachsen und zu lachen. Doch jetzt standen sie wieder vor der Ackerpflaumenallee 33 und waren damit im Alltag angekommen.

Der Abend war zu Ende. Sie wollte nicht wahrhaben, dass es vorbei war. Sie wollte weiter Jörgs Anwesenheit genießen, seine Stimme hören, sein Lächeln bewundern. Sie erwog kurz, ihn auf einen Kaffee einzuladen, verwarf den Gedanken jedoch wieder. Es war einfach falsch. Es konnte nicht gut gehen.

„Ich weiß, dass es kein Problem für dich wäre, an meine Nummer zu kommen. Ich hab deine schließlich auch ohne Schwierigkeiten von Tom erhalten. Aber ich wollte es gerne ganz klassisch machen.“

Er reichte ihr eine Serviette, auf die er Telefonnummer und Namen geschrieben hatte.

„Danke“, antworte Tina und lächelte gerührt. Wann hatte ihr jemand zum letzten Mal eine Nummer zugesteckt? Machte man das heute nicht mehr? Oder machten es nur die Männer in ihrem Alter nicht mehr? Kein nervöses Tippen auf den Handytasten, stattdessen eine Serviette.

„Wirst du anrufen?“

„Natürlich werde ich anrufen“, versprach Tina, nicht wissend, ob sie ihn gerade anlog.

Beide lächelten unsicher, schauten sich in die Augen. Es war so, als hätte es den Beinahe-Sex im Park niemals gegeben. Sie wussten beide, dass sie sich küssen wollten, küssen würden. Und doch wagte es niemand, den ersten Schritt zu tun. Also einigten sie sich stumm darauf, es beide es tun. Langsam näherten sie sich einander an. Ihre Pupillen huschten nervös hin und her, suchten nach einem Anker und fanden ihn schließlich in den Augen des anderen. Als sich ihre Lippen schließlich trafen, ging ein Zittern durch Tinas Körper. Es war ein schüchterner, keuscher Kuss. Kurz kitzelten die Zungen aneinander, wichen schnell zurück, bevor es zu heftig werden konnte. Tina hielt einen Moment die Augen geschlossen. Es war der schönste, perfekteste Kuss, den sie je gehabt hatte. Gefühlvoll. Unschuldig. Romantisch. Beinahe kitschig.

„Würde mich freuen, wenn du dich meldest!"

Seine Stimme holte Tina in die Realität zurück. Mit zittrigen Knien stand sie da und beobachtete, wie sich Jörgs Silhouette langsam in der Dunkelheit auflöste. Sie wünschte sich, er würde sich umdrehen. Einen letzten Blick. Doch er hielt tapfer durch und gönnte ihr diesen letzten Blick nicht. Tina schüttelte verwirrt den Kopf und ihr wurde klar, dass es funktionieren konnte. Oder auch nicht.

Der bestellte Mann

Nach den anstrengenden und energieraubenden Renovierungsarbeiten entschloss sich Meiko, den Samstagabend, ganz gegen seine Gewohnheit, zu Hause zu verbringen. Er bestellte sich eine Pizza mit extra Thunfisch und doppelt Käse und zappte lustlos durchs Fernsehprogramm, langweilte sich und versuchte, sich nicht weiter über das Telefonat mit Sarah aufzuregen.

Gegen Mitternacht überlegte er, ob er nicht doch noch einmal losziehen und sich etwas zum Ficken suchen sollte. Allerdings konnte er sich nicht aufraffen, die Gemütlichkeit seiner Wohnung zu verlassen. Der Gedanke an einen überfüllten Club war derart stressig, dass er beinahe seine Lust auf Sex verlor. Nachdem er eine weitere halbe Stunde damit verbracht hatte, in den flimmernden Fernseher zu starren, fuhr er seinen PC hoch und ging online.

Meiko hatte, wie es sich für einen modernen Schwulen gehörte, mehrere Internetprofile und dementsprechend schnell ging die Suche vonstatten. Er war jedoch kein überzeugter Chatter. Im Gegenteil. Er verabscheute das ewige Hin-und-Her-Schreiben oder unendlich langes Austauschen von ganzen Fotoalben, inklusive der Bilder des letzten Strandurlaubes auf Gran Canaria, dem Porträt des Hundes, der Katze, der besten Freundin und des Schwanzes.

Manchmal sehnte sich Meiko in die Anfangszeiten des Internets zurück, als alles neu und aufregend war. In den neunziger Jahren hatten sich einige wenige Anbieter den schwulen Markt geteilt und natürlich war Meiko einer der Ersten gewesen, die sich im Gay-Chat ein Profil zugelegt hatten. Inzwischen jedoch waren Gayromeo und Co. zu einem schwulen Einwohnermeldeamt verkommen und der Reiz, sich einen Mann online bestellen zu können wie im Versandhauskatalog, war für Meiko selten verlockend.

Zu vorhersehbar verlief die virtuelle Unterhaltung und der Sex war meist mit einer seltsamen Distanz behaftet, als getrauten sich manche Männer nicht, im realen Leben zu dem zu stehen, was sie im Internet versprachen. Er liebte schnellen, unkomplizierten Sex, hatte jedoch feststellen müssen, dass eine Nummer auf dem Autobahnparkplatz wesentlich persönlicher und auf seltsame Weise inniger sein konnte als ein Chat-Date in den eigenen vier Wänden, dem ein stundenlanges, virtuelles Gespräch vorausgegangen war. Hinzu kam, dass sich Meiko mit seinem schlechten Namensgedächtnis schon schwer tat, die Vornamen seiner Affären und Bekanntschaften zu merken. Jetzt kamen zusätzlich die unsäglichen Nicknames hinzu, die sich meistens aus kryptischen Abkürzungen zusammensetzten. Deswegen hieß Meiko im Internet auch schlicht und ergreifend Meiko.

Erfreulicherweise fand er schon nach wenigen Minuten ein passendes Gegenüber. Airboy1977FFM schien genau sein Fall zu sein: durchtrainiert, kurze, blonde Haare, blaue Augen und – vor allem – passiv mit einem Hang zu SM-Spielchen. Zwei Dinge ließen Meikos Herz höher schlagen oder besser, ließen seinen Schwanz steif werden. Zum einen war er heute in der richtigen Stimmung, um jemanden an sein Bett zu fesseln und richtig hart durchzuficken, wobei er hoffte, dass der Airboy diese Praktiken noch unter Soft-SM einordnete. Außerdem fand er das „Keine Angaben“ bei dem Punkt „Dirty“ spannend. Seiner Erfahrung nach machten die meisten Männer nur bei solchen Praktiken keine Angaben, die ihnen peinlich waren. Vielleicht ließ sich der Airboy von ihm sogar in der Badewanne vollpissen? Meiko hoffte es sehr, denn er hatte sich vor dem PC in eine richtiggehend derbe und geile Stimmung geklickt.

Er bestellte Airboy1977FFM, der in Wirklichkeit Tim hieß, an eine Straßenkreuzung nahe seiner Wohnung. So ging er nicht das Risiko ein, sollte Tim doch nicht erscheinen oder die Fotos im virtuellen Album gar nicht von ihm sein, zu viel Aufwand betrieben zu haben. Bevor er sich auf den Weg machte, zog Meiko noch eine kurze Linie Speed, um den Rest von Müdigkeit endgültig zu vertreiben. Er wartete eine gute Viertelstunde am Treffpunkt und bereute es bereits, sich ohne Nummerntausch verabredet zu haben. Gerade als er sich eingestehen wollte, einem Faker auf den Leim gegangen und versetzt worden zu sein, sah er eine Gestalt in T-Shirt und Jeans hastig die Straße überqueren. Je näher der Mann kam, umso sicherer wurde Meiko, dass es sich tatsächlich um den Airboy handelte.

„Sorry, dass ich zu spät bin!“, rief Tim, als er noch einige Meter von ihm entfernt war.

„Kein Problem. Hauptsache, du bist überhaupt gekommen!“

Sie gaben sich die Hand.

„Und?“

Der Airboy nickte lächelnd.

Mehr musste nicht gesagt werden.

Meiko stöhnte innerlich und betete stumm, dass der Airboy endlich seinen Mund halten möge. Der Sex war durchaus geil und derb gewesen. Genau die Art, wie es Meiko bevorzugte, und sogar einer Golden Shower schien der Airboy nicht abgeneigt. Allerdings war es dazu nicht gekommen.

Rückblickend vermutete Meiko, dass er Tim nur aus Geilheit auf eine zweite Nummer gefragt hatte, ob er noch etwas trinken wolle. Zu Meikos Überraschung hatte der Airboy das Angebot angenommen und nun saß er mit einem Glas italienischen Rotwein in der Hand auf Meikos Ledercouch und langweilte ihn mit einem stumpfsinnigen Monolog. Wie konnte jemand, der so gut im Bett war, nur so doof sein? Und wie konnte jemand, der so doof war, von Deutschlands größter Fluggesellschaft als Saftschubse eingestellt werden? Ob er mit dem Personalchef geschlafen hatte?

„… und dann habe ich gesagt: Entschuldigung! Entschuldigung, habe ich gesagt, ich bin vielleicht nur ein Steward, aber ich habe auch Gefühle!"

„Aha!"

„Der Rotwein ist wirklich hervorragend. Tammy sagt immer …"

Meiko erwog kurz zu fragen, wer Tammy war, entschied sich jedoch aus Angst vor der Antwort dagegen. Schließlich erhob er sich, nachdem er eine weitere halbe Stunde vor sich hingestarrt und dem inhaltlosen Wortschwall gelauscht hatte. Er wollte dem Airboy signalisieren, dass er gehen sollte. Doch der Schuss ging nach hinten los.

„Wenn du dir noch Wein holst … Ich nehme auch noch ein kleines Schlückchen!"

Meiko war von der Dreistigkeit des Jungen kurzzeitig amüsiert. Dann fragte er sich jedoch, wie jemand so wenig Feingefühl besitzen konnte. Hatte er Tim durch seine Gestik und sein Schweigen noch nicht deutlich genug zu verstehen gegeben, dass es Zeit war zu gehen? Scheinbar nicht. Meiko entschloss sich, die Offensive zu ergreifen.

„Deswegen bin ich eigentlich nicht aufgestanden", antwortete er, öffnete die Hose und holte seinen Schwanz heraus. Der Airboy schaute ihn erwartungsvoll an, nahm ihn begierig in die Hände und wichste ihn hart.

„Guter Junge!", sagte Meiko nur, packte ihn dann am Kopf und stopfte ihm sprichwörtlich das Maul.

Genau in diesem Augenblick klingelte das Telefon. Er griff mit einer Hand nach dem Gerät, während er die andere auf Tims Kopf ruhen ließ. Auf dem Display stand Tinas Nummer. Ob es dringend war?

„Wag es ja nicht, ihn aus dem Mund flutschen zu lassen!", befahl Meiko und nahm ab.

„Hallo, Schwesterherz! Es ist gerade etwas ungünstig …“

„Ich bin dabei, mich in einen Mann zu verlieben, der zehn Jahre jünger ist als ich! Heute Abend war unglaublich!“

Meiko verdrehte die Augen und musste zugleich ein Stöhnen unterdrücken. Tim gab sich alle Mühe. Er hatte es tatsächlich geschafft, den Schwanz ganz in seinem Mund verschwinden zu lassen.

„Tina, ich …“

„Meiko, ich habe schon drei Kinder. Soll ich mir wirklich noch eines zulegen?“

„Jörg ist doch wirklich kein Kind mehr. Er ist ein junger Erwachsener.“

Tina stöhnte genervt. Meiko stöhnte lustvoll. Sie überhörte es und fuhr fort: „Das ist noch schlimmer!“

„Du solltest dir überlegen, was du von dieser Sache erwartest“, fand Meiko. Tim begann damit, Meikos Schwanz langsam wieder aus seinem Mund freizugeben, und blickte dabei devot zu Meiko empor. Dieser schüttelte nur den Kopf und stieß zu. Tim würgte kurz und ergab sich dann bereitwillig in sein Schicksal.

„Er wirkt so erwachsen und so vernünftig. Er ist wahrscheinlich sogar erwachsener als alle meine bisherigen Freunde. Aber trotzdem, er ist eben erst dreiundzwanzig!“

„Du solltest dich von Zahlen nicht zu sehr beeindrucken lassen.“

„Genau das hat er auch gesagt.“

„Ich gebe es nicht gerne zu, aber er hat recht. Ich finde, du solltest dich entspannen und die ganze Sache locker betrachten. Küsst er gut?“

„Ja, schon. Aber …“

„Dann behalte ihn. Ihr seid beide in eurer sexuellen Hochphase. Das solltet ihr auskosten. Und falls es dir zu eng oder zu ernst wird, schieß ihn ab.“

Meiko unterdrückte ein Stöhnen. Tim kniete noch immer vor ihm und lutschte, in schneller werdendem Rhythmus, seinen Ständer. Es war einer der besten Blowjobs, den Meiko je erlebt hatte.

„Ich bin leider in dieser Hinsicht nicht wie du.“

„Ja, du bist eine Frau.“

Beinahe hätte Meiko vor Geilheit aufgeschrien. Er umklammerte mit seiner freien Hand Tims Kopf und begann, ihn wild in den Mund zu stoßen.

„Ist bei dir eigentlich alles in Ordnung?", fragte Tina, die nun doch etwas mitbekommen hatte.

„Ich ruf dich später wieder an!", antwortete Meiko gehetzt, ließ das Telefon achtlos zu Boden fallen, gönnte sich noch drei Stöße in den warmen, feuchten Mund, zog dann seinen Schwanz heraus und spritzte ab.

Eine Viertelstunde später war der Airboy wieder aus seiner Wohnung und aus seinem Leben verschwunden.

„War wirklich geil. Ich melde mich", hatte Meiko zum Abschied halbherzig versprochen. Doch beide wussten, dass er es nicht tun würde. Mit einem zufriedenen Lächeln auf den Lippen schloss er die Wohnungstür, ging in die Küche und hob das Telefon vom Boden auf. Er schenkte sich ein Glas Rotwein ein und wählte Tinas Nummer.

„Hallo?"

„So, liebes Schwesterlein, jetzt hast du meine vollste Aufmerksamkeit!"

Das Ende einer Beziehung

Tom warf einen verzweifelten Blick auf den Wecker. Es war kurz nach Mitternacht. Die neue Woche war gerade einmal vier Minuten und fünfunddreißig Sekunden alt. Eigentlich hätte Tom von den Strapazen des Wochenendes vollkommen erschöpft sein müssen. Immerhin hatte er Meiko und Luke bei den Renovierungsarbeiten im Blue geholfen.

Von Marco hatte Tom seit ihrem misslungenen Ausflug zu den Schwanheimer Dünen nichts gehört. Das war wohl auch der Grund, warum er sich in dieser Nacht, ähnlich wie in denen davor, wieder unruhig von einer Seite auf die andere wälzte. Seine Gedanken wollten einfach nicht zur Ruhe kommen. Sein Unterbewusstsein schleuderte ihm in einem berauschenden Tempo Gesichter, Situationen, Wünsche und Hoffnungen, die alle mit Sven und Marco zu tun hatten, entgegen. Fragen, auf die er keine Antworten wusste. Antworten auf Fragen, die er sich nicht zu stellen wagte. Und immer wieder tauchte zwischen dem Gestern, Heute und Morgen Marcos Gesicht in dem Strudel aus Emotionen und Eindrücken auf. Er war Engel und Dämon zugleich.

Tom wusste, dass er in Marco verliebt war. Richtig verliebt. Es war nicht jenes leichte, unbeständige Gefühl des Verknallt-Seins. Er empfand wesentlich mehr. Tief in seinem Innern spürte er, dass er mit Marco glücklich sein könnte. Und mit Sven? Tom liebte auch Sven. Allerdings auf eine sehr unspektakuläre Weise. Es war mehr die Vertrautheit zwischen ihnen, die er genoss. Es war Svens Zuverlässigkeit, die er schätzte. Es war die Sicherheit ihrer Beziehung, die er brauchte. Mit Sven konnte er glücklich werden. Wahrscheinlich bis ans Ende seiner Tage. Doch wahres, aufreibendes Glück konnte er an seiner Seite wohl niemals empfinden.

Für einen Menschen wie Tom war das Glück eine sehr zweischneidige Sache. Denn so atemberaubend, euphorisch und leidenschaftlich das Glück mit einem anderen Menschen auch war, es konnte wesentlich schneller und schmerzvoller enden als die schlichte Zufriedenheit. Und es gab nichts, was Tom mehr fürchtete als seelischen Schmerz und emotionale Unsicherheiten. Früher, vor Sven, hatte es andere Männer gegeben und mit einer Handvoll war Tom glücklich gewesen. Doch sie alle hatten ihn verlassen, waren geflohen, hatten die Nähe und auch das gemeinsame Glück nicht aushalten und ertragen können. Und dann, gerade als Tom in tiefster Depression versunken einem dieser Männer hinterhertrauerte, trat Sven in sein Leben. Er gab Tom Nähe und Halt und schließlich wurden sie ein Paar.

„Ich verdanke dir unendlich viel, Schatz", flüsterte er leise und küsste den schlafenden Sven sanft auf die Wange. Dann erhob er sich leise aus dem gemeinsamen Bett und ging, nur mit seiner Boxershorts bekleidet, in die Küche. Er hatte Lust auf Sekt. Vielleicht, so seine Hoffnung, würde der Alkohol ihn müde machen.

Doch das Gegenteil war der Fall. Er belebte ihn und die Schlaffheit verschwand aus seinen Gliedern. Auf einmal sah er überall, wo er hinschaute, Marco. Er erinnerte sich daran, wie er mit ihm in ihrem Hotel in Limburg die Zimmerbar geplündert hatte, darin war auch eine Flasche Sekt der gleichen Marke gewesen. Kurz darauf fiel sein Blick auf den alten Flyer zum letzten Ball Amore, der am Gefrierfach pinnte. Auf dem Küchenschrank stand das Rezeptbuch, das er extra für sein Geburtstagsdinner gekauft hatte.

Doch bevor Tom in Selbstmitleid über seine eigene, verworrene Situation sinken konnte, fiel ihm plötzlich ein Stück Papier in die Hand, das ihm verdeutlichte, wie viel Schuld er an seinem eigenen Gefühlschaos trug. Es war der Entwurf einer Einladungskarte zur Hochzeit. Eine Hochzeit, die prächtig und wunderschön hatte werden sollen. An einem frühen, goldenen Oktobertag. Eine Hochzeit, die vielleicht niemals stattfinden würde.

Resigniert setzte sich Tom an den Küchentisch und begann, seine verwirrenden Gedanken niederzuschreiben. Er zwang sich zu einer offenbarenden Ehrlichkeit sich selbst gegenüber und führte auf dem Papier endlich seine beiden Leben zusammen. Während er schrieb, musste Tom erkennen, dass es eine Liebeserklärung an Marco und zugleich ein Abschiedsbrief an Sven werden würde.

„Und so endet hier unser gemeinsamer Weg. Es tut mir leid. Vielleicht wirst du mir irgendwann verzeihen können. Danke für alles“, murmelte Tom schließlich leise die letzten Worte seiner Niederschrift. Dann legte er den Brief auf den Küchentisch, zog sich hastig an und verließ die Wohnung. Er fühlte sich befreit von einer unerträglich gewordenen Last. Eine Last, die er viel zu lange mit sich herumgetragen hatte.

Voller Energie und Tatendrang trat er hinaus in die laue Sommernacht und begann zu rennen. Doch nachdem er nur drei Straßen weiter unvermittelt von einer roten Ampel ausgebremst wurde, verschwand plötzlich die Euphorie über seine Entscheidung und Tom fragte sich, wohin er jetzt überhaupt gehen sollte. Zu Marco konnte er nicht. Zumindest noch nicht. Und die gemeinsame Wohnung mit Sven war ab diesem Tag tabu. Er musste ausziehen. Instinktiv griff Tom zu seinem Handy und wählte die Nummer jenes Mannes, der ihm auf seine ganz eigene Art und Weise seit vielen Jahren die Treue hielt.

„Hallo, Schätzchen!“, begrüßte ihn Meikos überraschte Stimme am anderen Ende der Leitung. Im Hintergrund war lautes Stimmengewirr und donnernde House-Musik zu hören.

„Süßer, wo bist du gerade?“

„Im G-Club. Ich tummele mich gerade mit Luke auf Frankfurts schönster Terrasse und wir amüsieren uns königlich.“

„Das glaub ich gerne. Meiko, meinst du, ich kann für ein paar Wochen bei dir einziehen?“

Andere Menschen hätten nachgefragt, was geschehen sei, oder hätten sich, wären sie derart abgeneigt von jemandem gewesen wie Meiko von Sven, lauthals gefreut. Doch Meiko war eben nicht wie alle anderen.

„Klar kannst du, zumindest wenn du jetzt deinen Arsch hierher bewegst und mit uns feierst. Das tut dir sicher gut!“

Tom lachte. „Danke. Ich bin schon unterwegs.“

Tom wollte gerade auflegen, als ihm noch etwas einfiel.

„Meiko? Bist du noch dran?“

„Ja?“

„Du bedeutest mir wirklich viel!“

Sein alter Freund schwieg kurz und Tom sah vor seinem inneren Auge, wie Meiko gerade voller Rührung inmitten einer Horde oberflächlicher Tucken stand und sich ein kleines, glückliches Lächeln gönnte.

„Ich weiß, ich bedeute mir auch sehr viel“, antwortete er schließlich und schob noch hinterher: „Beeil dich! Kann es kaum abwarten, dich an meine schwesterliche Brust zu drücken!“

Irgendwann in jener Nacht wachte Sven auf und bemerkte, dass Tom nicht mehr neben ihm lag. Er lauschte in die Dunkelheit hinein und kam zum Schluss, dass sein Freund wohl mitten in der Nacht die Wohnung verlassen hatte. In Sorge um ihn erhob sich Sven und schlurfte verschlafen durch den Flur ins Badezimmer. Nirgends eine Spur von Tom. Noch immer leicht schlaftrunken, urinierte er mit einem gezielten Strahl in die Toilette. Tom darf nicht herausfinden, dass ich noch immer im Stehen pinkle, warnte sich Sven selbst und zog ab. Dann ging er in die Küche, schenkte sich ein Glas Wasser ein und fand, eher zufällig, den Brief auf dem Küchentisch.

Abwesend, mit starrem Blick und ausdrucksloser Miene, las er die Zeilen. Am Ende schüttelte Sven benommen den Kopf. Er konnte nicht glauben, was er gerade gelesen hatte. Betrogen, Tom hatte ihn betrogen. Abgesagt, Tom hatte die Hochzeit abgesagt. Schluss, Tom hatte mit ihm Schluss gemacht.

Sven versuchte verzweifelt, diese neuen Tatsachen zu analysieren, forschte in seinem Innern nach einer angemessenen Reaktion. Doch er fand keine. Der Schock saß zu tief. Die Wut war derart mächtig und groß, dass er nicht wagte, sie zu definieren, aus Angst vor den Konsequenzen. Fassungslos und ohne eine Miene zu verziehen, nahm Sven das halb leere Glas vom Tisch und schleuderte es in die hintere Ecke der Küche. Das Glas splitterte laut und flog in alle Richtungen davon. Unbeeindruckt wandte sich Sven ab und ging wieder zu Bett. Ich muss versuchen zu schlafen, ermahnte er sich und überprüfte noch einmal, in vollkommenem Automatismus gefangen, ob er den Wecker gestellt hatte. Er musste schließlich pünktlich im Büro sein.

Morgen würde ein neues Leben beginnen. Ein Leben ohne Tom. Alleine. Das erste Mal seit vielen Jahren verspürte Sven so etwas wie Angst. Angst vor der Zukunft. Angst vor dem Morgen.

Verliebte Jungs

Das Schaufenster war im Stil der zwanziger Jahre dekoriert. Und neben einem alten Grammofon saßen auf einer antiken Kommode drei Schaufensterpuppen in eng anliegenden, schwarzen Cocktailkleidern und Schleierhüten. Die einzigen Farbtupfer waren überdimensionale Rosen-Anstecker, wahlweise in weiß, lila oder türkis. Luke und Samuel betrachteten das Arrangement durch die Glasscheibe, während sie ihr Eis schleckten. Es war ein sonniger Nachmittag und auf der Berger Straße flanierten die Massen. Doch wie so oft in letzter Zeit hatten die beiden Jungs eigentlich nur Augen füreinander.

„Wenn ich eines Tages sterben sollte, müssen alle Männer in solchen Kleidern auf meiner Beerdigung erscheinen“, verkündete Luke mit einem sarkastischen Lächeln auf den Lippen.

„Ich hoffe, du nimmst es mir nicht übel, wenn ich den Trauerfeierlichkeiten fernbleibe!“

„Du würdest es nicht wagen!“, rief Luke übertrieben schockiert.

„Du weißt, schwarz steht mir nicht. Außerdem habe ich nicht die Beine für so ein Kleid!“

Für Samuels Verhältnisse war es bemerkenswert, dass er auf Lukes Sticheleien einging. Meistens ignorierte er solche Äußerungen mit den schlichten Worten „Tunten-Geschwätz“ und ließ seinen Freund einfach stehen.

„Für deine Beine kannst du nichts. Daher bin ich so großzügig und erlaube dir ein Samtkleid, das bis zum Boden reicht. Aber schwarz musst du trotzdem tragen.“

„Einverstanden.“

Luke hob überrascht die Augenbrauen. Er konnte nicht glauben, dass sich Samuel derart schnell geschlagen gab, und beschloss daher, das Spiel weiterzuspielen und eine neue Grenze auszuloten.

„Und du musst zu *I Will Survive* tanzen.“

„Das ist keine Trauerfeier, sondern Folter!“

„Meine Mutter würde sich aber freuen.“

„Deine Mutter würde dich höchstens noch nachträglich abtreiben lassen!“

„Du schätzt sie vollkommen falsch ein. Sie mag Männer in Frauenkleidern. Mary fand sie total super. Wir mussten deswegen immer Zentis-Marmelade essen.“

„Luke, du laberst Unsinn!“

„Aber genau deshalb magst du mich doch!“, entgegnete er und kniff seinen Freund neckisch in die Hüfte.

„Stimmt. Genau deshalb liebe ich dich.“

Luke hielt inne und beinahe wäre ihm vor Schrecken das Eis aus der Hand gefallen.

„O ja, ich liebe dich. Deswegen und wegen unendlich vieler anderer Dinge!“, bekräftigte Samuel plötzlich ganz ernst, ohne jedoch den Blick von dem Schaufenster zu nehmen. Stattdessen starrten sich beide durch ihre Spiegelbilder in der Scheibe an.

Luke atmete schwer durch. Plötzlich waren all seine Zweifel verflogen. Samuel hatte die magischen Worte gesagt, auf die Luke so lange gewartet hatte. Er hatte das gefährlichste aller Worte ausgesprochen, plötzlich und unerwartet. Und vor allem, ohne dass Luke ihn gedrängt hätte.

Mit dieser Geste hatte Samuel ihrer Beziehung eine neue Qualität, eine neue Verbindlichkeit gegeben. Er hatte eine Grenze überschritten und sich auf neues Terrain gewagt. Luke beschloss seinerseits ebenfalls, eine Grenze zu überschreiten. Mehr noch, er brach absichtlich ein ungeschriebenes Beziehungsgesetz. Vorsichtig tastete sich seine Hand zu der von Samuel vor und ergriff sie. Er spürte, dass sich sein Freund kurz versteifte und einen scheuen Blick über die Schulter riskierte. Schließlich, als Samuel feststellte, dass scheinbar keine Gefahr drohte und sie niemand beobachtete, drückte er Lukes Hand sanft, beugte sich hastig zu ihm hinüber und gab ihm einen scheuen Kuss auf die Wange. Dann ließ er Lukes Hand entgleiten und plötzlich waren sie wieder einfach nur zwei Jungs mit Eis in der Hand, die sich ein Schaufenster anschauten.

Doch für Luke war ein Damm gebrochen. Samuel hatte ihm Hoffnung geben. Hoffnung, die er dringend benötigte, um weiter stark sein zu können und um weiterhin zu warten. Schließlich waren sie doch trotz aller Komplikationen nur zwei Jungs, die ineinander verknallt waren und die Lust auf mehr hatten.

Marco war inzwischen leicht angesäuert. Tom ließ ihn warten und er hasste es, warten zu müssen. Außerdem war er nervös und aufgeregt. Tom hatte ihn am Nachmittag angerufen; total überdreht und euphorisch war seine Stimme gewesen. Er müsse ihn heute noch unbedingt sehen, hatte er ihm gesagt. Eigentlich hatte Marco vorgehabt, sich von dem Nachtdienst zu erholen. Er hatte früh ins Bett gehen und acht Stunden durchschlafen wollen. Doch letztlich war es Tom gelungen, ihn zu einem Treffen zu überreden. Und dafür hasste er sich selbst, verabscheute sich für seine mangelnde Standfestigkeit. Er hatte Tom klar und deutlich gesagt, dass es so nicht weitergehen konnte, und nun sprang er doch wieder, sobald er gerufen wurde.

Die Strandkörbe um ihn herum füllten sich langsam und überall waren Menschen, die den lauen Sommerabend genossen und sich am künstlichen Strand ein bisschen Urlaubsatmosphäre gönnten. Nur Marco saß noch alleine, nippte an seinem Cocktail und hing seinen wirren Gedanken nach, die sich hauptsächlich um Tom drehten. Tom, der ihn küsste. Tom, der unerreichbar war. Tom, der ihn warten ließ. Ob er überhaupt kommen würde?

Vielleicht hatte ihm sein zukünftiger Gatte einen Strich durch die Rechnung gemacht. Vielleicht fickten sich die beiden gerade gegenseitig durch ihre tolle, durchgestylte Wohnung und Tom hatte ihn vergessen. Ein Gedanke, der Marco die Kehle zuschnürte und seine Wut noch größer werden ließ. Oder aber Tom war etwas zugestoßen. Ein Unfall und nun lag er im Krankenhaus und war womöglich tot. Was für ein kranker Gedanke, nur weil jemand zwanzig Minuten zu spät kam. Wahrscheinlich steckte Tom schlichtweg im Berufsverkehr fest oder er war einfach mal wieder unpünktlich. Er würde noch fünf Minuten warten und dann versuchen, ihn anzurufen. Nach fünf Minuten zwang sich Marco noch zu weiteren sechzig Sekunden Ungewissheit und holte schließlich sein Handy heraus. Genau in diesem Augenblick tauchte Toms Gestalt in seinem Blickfeld auf. Er wirkte leicht abgehetzt und auf seiner Stirn konnte Marco Schweißperlen ausmachen.

„Hallo, Süßer!", begrüßte er Marco, glücklich lächelnd, beugte sich zu ihm herunter und gab ihm einen schnellen Kuss auf den Mund. Sofort war der Groll vergessen und Marco spürte wieder die Schmetterlinge in seinem Bauch heftig flattern. Trotzdem zwang er sich, wenigstens etwas Härte zu zeigen.

„Du bist zu spät!"

„Ja, ich weiß. Es tut mir leid. Aber der Verkehr … Ach, Blödsinn! Um ehrlich zu sein, komme ich oft zu spät. Erst recht bei einem Date. Aber ich gelobe Besserung."

„Wir haben also ein Date?"

„Ja, natürlich. Nur du und ich an einem lauen Sommerabend am Main."

„Wie verboten und verdorben. Ich mit einem so gut wie verheirateten Mann."

„Ich habe mich von Sven getrennt", entfuhr es Tom und er lächelte Marco mit seinem breitesten und zufriedensten Grinsen an. Er legte sein Schicksal nun vollkommen in Marcos Hände und trotzdem, obwohl er ab diesem Zeitpunkt eigentlich nur noch reagieren und nicht mehr agieren konnte, fühlte sich Tom beflügelt und euphorisch.

„Warum?"

Die Frage riss Tom schmerzhaft in die Realität zurück.

„Warum ich mich getrennt habe?"

„Ja."

Plötzlich war Tom der Wind aus den Segeln genommen und seine Euphorie verflogen. Was sollte er antworten? Und warum stellte Marco überhaupt diese Frage? Genügte es nicht, dass er nun frei war? Frei für ihn!

„Ich … Es hat einfach nicht mehr funktioniert."

„Es hat einfach nicht funktioniert? Aber ihr wolltet heiraten", bohrte Marco rücksichtslos nach, wobei er versuchte, seine Aufregung zu verbergen. Selbstverständlich freute es ihn; er war überglücklich angesichts dieser überraschenden Wendung. Doch er wollte Tom nicht einfach um den Hals fallen. Er wollte sichergehen, dass Toms Entschluss von Dauer war und er nicht morgen doch wieder zu Sven zurückkehren würde.

Tom seufzte schwer und blickte Marco direkt in die Augen. Er schien mit sich zu ringen und Marco hatte den Eindruck, dass sein Gegenüber kurz davor war zu weinen. Alles in ihm sehnte sich danach, Tom aus diesem Zustand zu befreien, ihn von der Unsicherheit zu erlösen. Doch zugleich wusste er, dass Tom sich selbst befreien und erlösen musste.

„Marco, wir … ich …"

„Kann ich dir etwas bringen?" Die Kellnerin zerfetzte den Augenblick mit der zerstörerischen Kraft einer Streubombe.

„Ähm … Ich muss noch mal kurz einen Blick in die Karte werfen", entgegnete Tom.

Unverrichteter Dinge zog die Kellnerin von dannen. Dankbar für den Zeitgewinn studierte Tom ausgiebig das Cocktailangebot und rang zugleich nach den richtigen Worten, ohne sie zu finden. Eine unangenehme Stille machte sich breit.

„Weißt du, was du willst?", fragte Marco schließlich.

Tom nickte langsam, ohne den Blick von der Karte zu heben.

„Ja. Ich will dich", antwortete er, hob seinen Kopf und schaute Marco fest in die Augen. „Ich will dich. Nur dich!"

Ein Schauer der Rührung lief Marco über den Rücken. Irgendwann, er konnte nicht sagen, ob nach Sekunden oder Minuten, schlug er die Augen nieder, lächelte süffisant und meinte: „Okay, dann nehme ich noch einen Caipi."

„Das ist alles, was du dazu sagst?"

„Denkst du etwa, ich bin so leicht zu bekommen?", erwiderte Marco ironisch und steckte sich, betont lässig, eine Zigarette an. Er genoss es sichtlich, dass sich ihre Rollen vertauscht hatten. Plötzlich war er der Umworbene, der Begehrte. Natürlich würde er Tom nicht abweisen, das wussten sie beide. Aber er hatte Lust zu spielen und sei es nur, um diesem Abend die dramatische Schwere zu nehmen.

„Und jetzt?"

„Jetzt betrinken wir uns und dann werde ich dich, wenn du Glück hast, nach allen Regeln der Kunst durchficken."

Ein erwartungsvolles Lächeln huschte über Toms Gesicht und Marco spürte, dass allein der Gedanke, in Tom einzudringen und ihn zu nehmen, seinen Schwanz steif werden ließ. Doch er hielt sich zurück. Stattdessen tranken sie ihre Cocktails, genossen den Abend, unterhielten sich, lachten und loteten in verbalen Schlachten neue Grenzen aus. Sie ließen sich treiben. Sie sprachen nicht über das Gestern oder das Morgen. Sie waren einfach nur zusammen. Zum ersten Mal, seit sie sich kennengelernt hatten, waren sie nur zwei Männer, die ineinander verknallt waren und die Lust auf mehr hatten.

Die verzauberte Sommernacht

Tina saß auf ihrem kleinen Balkon und betrachtete gedankenverloren die Straße. Ein zarter Windhauch umspielte ihre Haut und ließ die Blätter des Pflaumenbaumes vor dem Haus leise wispern. In der Ferne hörte sie die Sirenen eines Polizeiwagens. Das laute Lachen einer Frau erklang. Ein Fahrradfahrer fuhr unten auf der Straße entlang und das Schutzblech klapperte leise.

Es war ein einziges Summen und Vibrieren, Ächzen und Stöhnen. Es waren die Stimmen von Frankfurt. Die Stadt sprach zu ihren Bewohnern und Tina hörte ihr besonders in der Nacht gerne zu. Sie liebte diese Stimmen und sie wünschte sich, dass sie niemals verstummen würden. Doch in dieser Nacht erklang noch eine andere, klare Stimme in der Ackerpflaumenallee. Anfangs hatte Tina sie nicht weiter beachtet und sie einfach als Teil des nächtlichen Konzerts abgetan. Doch die Stimme wurde immer lauter und aus einem leisen, undeutlichen Wispern wurden schließlich klar verständliche Worte. Gesungene Worte.

„In my dreams I'm dying all the time …“

Es war ein Mann, der irgendwo draußen in der Nacht leise sang. Doch es war noch immer nur eine Stimme unter vielen und Tina, in ihren Rotwein versunken, schenkte ihr kaum mehr Beachtung als dem Rauschen des Verkehrs, von dem Wind immer wieder in die kleine Seitenstraße hineingetragen.

„I never meant to hurt you …“

War das nicht ein Text von Moby? Die Frage schoss Tina kurz durch den Kopf. Doch dann war die Antwort schon wieder unwichtig. Das Konzert spielte weiter, die Stimme wurde lauter und ganz plötzlich war es ein Solo.

„So this is goodbye … This is goodbye.“

Plötzlich hatte die Stimme Tinas volle Aufmerksamkeit und sie lugte vorsichtig über den Balkonsims, sie wollte den Sänger auf keinen Fall stören oder gar vertreiben. Als sie hinunter auf die Straße spähte, entdeckte sie im Schatten des Ahorn-Baums eine Männergestalt. Erst auf den zweiten Blick, wobei sie sich bewusst wurde, wie dringend sie eine Brille benötigte, erkannte sie Jörg.

„This is goodbye?“, wiederholte er leise und sah Tina dabei direkt in die Augen.

„Was machst du dort unten?“, entfuhr es ihr, lauter als beabsichtigt.

„Endlich reagierst du! Ich hatte schon Zweifel, ob du überhaupt dort oben sitzt.“

„Ich sitze hier oben! Und jetzt?“, antwortete sie und verfluchte sich innerlich für den zickigen Unterton in ihrer Stimme. Sie war es gewesen, die sich seit über zwei Wochen nicht gemeldet hatte. Er hätte jeden Grund, wütend zu sein. Doch er war es, der nun unter ihrem Balkon stand und sang.

„Ich wollte mich mit dem Lied schon mal dafür entschuldigen, wenn ich dich in Zukunft einmal schlecht behandeln sollte. Oder du wegen mir sogar weinen musst."

„Was?"

„I never meant to hurt you."

„Aber du hast mich nicht verletzt."

„Noch nicht", antwortete er und lächelte verschmitzt.

„Und wie kommst du auf die Idee, dass du es jemals tun wirst?"

„Ich hoffe, ich werde es niemals tun. Nur für den Fall jedoch habe ich schon im Voraus meine Entschuldigung vorgebracht."

„Und wie kommst du auf die Idee, dass du jemals die Möglichkeit haben wirst, mich zu verletzen?"

„Weil du mit mir morgen Abend zur Wiedereröffnung der Blue-Bar gehen wirst und wir danach eine perfekte, erste Nacht haben werden und du dich spätestens am Morgen danach unsterblich in mich verlieben wirst."

Tina musste angesichts seiner Dreistigkeit lächeln. Außerdem fand sie es zutiefst romantisch, dass ein Mann unter ihrem Balkon stand und sang. Wie eine mittelalterliche Jungfrau kam sie sich vor, angehimmelt von einem Minnesänger. Noch dazu einem verdammt attraktiven Minnesänger. Der rationale Teil in ihr hasste sie für diese Gedanken. Doch der emotionale Teil in ihr siegte.

„Also gut. Hol mich morgen um neun Uhr ab. Sei pünktlich. Ich bin es zwar nie, aber ich mag es nicht, wenn man mich warten lässt."

„Ich auch nicht! Zum Beispiel darauf, dass du anrufst, wie du es eigentlich versprochen hattest. Aber daran können wir arbeiten."

Er lächelte triumphierend, verneigte sich kurz und rannte dann übermütig die Straße hinunter. Tina wartete, bis seine Gestalt sich in der Dunkelheit aufgelöst hatte, und wandte sich wieder ihrem Glas Rotwein zu, um weiter dem nächtlichen Konzert zu lauschen. Doch die ganze Zeit über wartete ein Teil von ihr auf ein neues Solo und sie summte leise vor sich hin: *„I never meant to hurt you …"*

Besuch in der Heimat

Zwei Wochen waren seit ihrer überstürzten Flucht aus Frankfurt vergangen. Sarah hatte sich treiben lassen und die gemütliche Nestwärme in ihrem elterlichen Zuhause genossen. Ihre Mutter kümmerte sich rührend um sie und war nicht nur um das seelische, sondern auch um das leibliche Wohl ihrer Tochter besorgt.

Sarah fühlte sich nicht unbedingt besser, aber sie war froh, Frankfurt, ihrer Ex-Freundin, der Arbeit, einfach nur all ihren Problemen entflohen zu sein. Alles schien so unendlich weit entfernt. Natürlich dachte sie oft an die verpatzte Abschlussprüfung. Und an Melanie. Und manchmal tauchte das Gesicht von Basimah vor ihrem geistigen Auge auf. Wenn sie an den Sex mit ihr dachte, dann fühlte sie sich so, als hätte sie sich selbst hintergangen.

Doch auch nach zwei Wochen Ruhe weigerte sie sich standhaft, nach Lösungen zu suchen, sondern konzentrierte sich einfach auf sich selbst. Ein Tag glich dem anderen und genau diese konstante Gleichförmigkeit brauchte sie. Sie stand früh am Morgen auf, noch bevor die unerträgliche Hitze über den Tag hereinbrach, und ging in das nahe Schwimmbad. Nach ihren obligatorischen zwanzig Bahnen frühstückte sie ausgiebig mit ihrer Mutter und lag dann, während der heißen Mittagsstunden, lethargisch im Schatten, hing ihren Gedanken nach oder las ein Buch. Am Abend, wenn der Sonnenuntergang nahte, streifte sie durch den Wald, der hinter dem Haus ihrer Eltern begann, oder sie schlenderte durch die pittoresken Straßen und Gassen ihres kleinen Heimatdorfes. Sie sah alte Mütterchen, die bereits in ihrer Kindheit alt gewesen waren. Für diese Frauen war sie nicht Sarah Tetzer, sondern sie war wieder das kleine Mädchen von „dem Heinz und der Marga“. Das Mädchen mit der schwarzen Haut, ein Unikat, ein Exot. Und doch gehört sie zu der Dorfgemeinschaft. Irgendwie zumindest.

Als junges Mädchen hatte sie die ländliche Idylle des Spessarts verachtet und sich nach dem pulsierenden Leben der Großstadt gesehnt. Doch in diesen heißen Spätsommertagen genoss sie es, den Eselsweg, eine alte Salz-Handelsstraße, die quer durch den

Spessart verlief, entlangzuwandern und sich von der beruhigenden Stille der Natur einfangen zu lassen. Die Ruhe des schier endlos erscheinenden Waldes tat ihr gut. Und während sie durch die sich im Wind sanft wiegenden Weizenfelder spazierte, fragte sich Sarah, ob ihre Heimat schon immer so schön gewesen war. Hatte sie diese Idylle all die Jahre nicht wahrgenommen? War sie so blind gewesen?

Als ihre Mutter sie am Morgen des achten Tages, zwischen Marmeladenbrot und schwarzem Tee, fragte, wann sie denn nach Frankfurt zurückkehren würde, zuckte Sarah nur mit den Schultern. Sie wusste es nicht und wollte sich auch keine Gedanken darüber machen.

„Am liebsten würde ich hier bleiben. Für immer", erklärte Sarah unsicher lächelnd.

Ihre Mutter schüttelte nur mit dem Kopf. „Das geht nicht. Du musst zurück. Es wäre eine Schande, wenn du alles, wovon du geträumt hast, aufgeben würdest. Sarah, du wolltest immer Kommissarin werden. Du musst diese Prüfung wiederholen."

„Ich weiß nicht …"

Sie spürte, wie ihre Mutter sie sanft streichelte, und griff instinktiv nach deren Hand. Es waren, in Sarahs Augen, die schönsten und zartesten Hände, die sie je gesehen hatte.

„Lass dir von so einer blöden Schlampe wie Melanie nicht deine Träume kaputt machen!"

Solche harten Worte aus dem Mund ihrer Mutter ließen Sarah innerlich zusammenzucken. Natürlich hatte sie recht. Natürlich musste sie zurückkehren. Schließlich vermisste sie auch Tina und die Kinder, Meiko, Tom und Luke. Doch sie war noch nicht bereit, sich für ihre Rückkehr einen festen Zeitpunkt zu setzen. Mit der Feinfühligkeit, die nur eine Mutter hat, beließ es Margarethe dabei. Sie kannte ihre Tochter und sie war sich sicher, dass sie wieder zu sich kommen würde. Eher früher als später würde sie entschwinden und weiter ihren Weg gehen. Doch Margarethe wusste auch, dass sie sie nicht drängen durfte. Das hatte schon früher nicht funktioniert und nur zu erbitterten Trotzreaktionen geführt.

Am vierzehnten Tag ihres Heimaturlaubes, es war ein schwülheißer Freitag, beschloss Sarah, eine weitere Stätte ihrer Jugend aufzusuchen. Nur etwa zehn Autominuten von ihrem Heimatdorf entfernt lag, idyllisch zwischen den bewaldeten Ausläufern von Spessart und Odenwald, die Kreisstadt Miltenberg. Die Römer hatten hier den Limes bewacht und ihrem Gott Merkur gehuldigt. Später, im Mittelalter, befand sich die Stadt verkehrsgünstig an der Handelsroute zwischen den Metropolen Nürnberg und Frankfurt und war zudem Endpunkt des Salztransportweges durch den Spessart. Von dieser Blütezeit zeugten auch noch die zahlreichen schmucken Fachwerkhäuser, die Mildenburg, die hoch über der Stadt thronte.

Sarah verband mit Miltenberg unendlich viele Erinnerungen. Mit dem Roller war sie früher hierher gefahren, hatte in der kleinen Dorf-Disko gefeiert und war dann oft nachts mit ihrer Clique zum Mitternachtsimbiss in eine kleine Dönerbude gegangen. Den türkischen Imbiss gab es längst nicht mehr, dafür hatte im nahen Industriegebiet ein McDonald's eröffnet. Auch die Disko war inzwischen, nach einer blutigen Messerstecherei, verschwunden. Und ihre Jugendfreunde waren in alle Winde zerstreut. Und so flanierte Sarah in der erdrückenden, feuchten Hitze des Tages alleine durch die von historischen Fachwerkhäusern gesäumte Fußgängerzone.

In einer kleinen Gasse entdeckte sie sogar die Glascontainer, hinter denen sie im Alter von sechzehn Jahren zum ersten Mal mit einem Mädchen geknutscht hatte. Sie standen noch immer an derselben Stelle. Nur das Mädchen namens Judith war verschwunden. Und Sarah war inzwischen neun Jahre älter. Doch die Erinnerung war erstaunlich frisch und ein Teil von ihr sehnte sich nach jener aufregenden und zugleich noch so unschuldigen und heilen Welt zurück.

Plötzlich musste sie an Luke denken. Auch er ging gerade die ersten Schritte, machte seine ersten Erfahrungen. Es war für ihn in Frankfurt sicher einfacher, als es für sie auf dem Land gewesen war. Sarah schwelgte noch einige Minuten vor den Glascontainern in angenehmer Nostalgie. Was Judith wohl inzwischen machte? Wahrscheinlich wohnte sie noch immer hier und hatte längst Mann und Kinder. Sarah hatte sie als ein sehr bodenständiges Mädchen in Erinnerung. Aber vielleicht tat sie ihr auch unrecht. Sie beschloss, es lieber nicht herauszufinden, und verwarf den Gedanken schnell, sich bei Judiths Eltern, die ganz in der Nähe wohnten, nach ihr zu erkundigen. Manche Erinnerungen sollten Erinnerungen bleiben und nicht in die Gegenwart gezogen werden.

Schließlich erreichte sie den Marktplatz, noch immer ein Zentrum des alltäglichen Lebens mit zahlreichen Cafés und Restaurants. Von hier aus war die mediterran anmutende Mainpromenade nur wenige Schritte entfernt. Es führte eine Treppe hinauf zur Burg und man gelangte in die kleine Fußgängerzone und das von Bierbrauereien und Restaurants geprägte Schwarzviertel mit seinen engen Gassen, in denen es immer etwas kälter war als in den anderen Teilen der Stadt. Das Zentrum des Platzes bildete ein achteckiger Renaissancebrunnen. Um eine Säule, auf der Justitia majestätisch über die Szenerie blickte, tanzten mehrere Putten. Der Brunnen verlieh dem Marktplatz schließlich auch seinen Namen: Schnatterloch. Als kleines Mädchen hatte sie hier immer mit ihrem Vater ein Eis geschleckt und war auf der Mauer des Brunnenbeckens balanciert.

Sanft tauchte sie ihre Hand in das kühle Wasser ein und beschloss, ihrer Lust auf einen Kaffee nachzugeben. Es befand sich ein neues Café am Marktplatz. Stil, Interieur und Musikbeschallung ließen auf eine vornehmlich jüngere Zielgruppe schließen. Sie flüchtete vor der erdrückenden Hitze in den klimatisierten Innenraum und stellte zu ihrer Überraschung fest, dass die Decke mit aufwendigen Fresken bemalt war. Die opulenten Gemälde mit Szenen aus antiken Sagen standen in angenehmem Kontrast zu dem schlichten Holzinterieur. Ein Café, das es in dieser Form auch in Frankfurt hätte geben können, fand Sarah. Sie war stolz auf den urbanen Flair, der sich in Miltenberg versuchte zu behaupten. Die freundliche Kellnerin brachte ihr einen Latte Macchiato und überließ sie ansonsten ganz sich selbst und ihren Gedanken. Vollkommen in sich gekehrt, das Treiben um sie herum ignorierend, blätterte Sarah durch die aktuelle Ausgabe der regionalen Tageszeitung.

„Ist hier noch frei?"

Die Stimme holte sie vom Müllentsorgungsskandal des Landkreises auf Seite drei zurück in das Café. Vor ihr stand eine Mittvierzigerin, Typ aufgeschlossene Landprominenz, mit blondierten Strähnchen und kleinen, sympathischen Fältchen um die Augen.

„Ja, natürlich", antwortete Sarah freundlich lächelnd, Die Frau nickte dankend und setzte sich betont elegant an das andere Ende des Tisches. Sofort vertiefte sie sich in die Speisekarte und Sarah musterte sie. Welchen Beruf sie wohl hatte? Vielleicht Chefsekretärin des Landrats. Oder Bankangestellte. Oder Ehefrau eines wohlhabenden Mittelständlers. Plötzlich hob die Beobachtete den Blick und schaute Sarah direkt in die Augen. Ertappt, schien sie ihr mit einem frechen Lächeln mitteilen zu wollen, und Sarah senkte verlegen den Kopf. Die Frau erinnerte sie von ihrer Art zu lächeln an Senta Berger. Und Sarah stand unheimlich auf Senta Berger.

Die Kellnerin erschien an ihrem Tisch, beinahe so, als hätte sie die für Sarah peinliche Situation wahrgenommen, und eilte ihr zur Hilfe.

„Einen Kaffee bitte. Schwarz. Und ein Stück Donauwelle."

Sarah gab vor, sich wieder auf die Zeitung zu konzentrieren, während die Frau ein Buch aus ihrer charmant abgegriffenen, schwarzen Lederhandtasche kramte und zu lesen begann.

„... der Fraktionsvorsitzende der Grünen im Landtag, Dietmar Orbel, beschuldigte Landrat ..."

Sarah spähte zu der Frau hinüber. Sie spähte zurück.

„... von Seiten des BUND hieß es, es könne davon ausgegangen werden ..."

Ihre Blicke trafen sich erneut und die Frau lächelte kurz.

„... der Skandal kam ans Tageslicht, als ..."

Wieder ein Lächeln. Wieder trafen sich ihre Blicke für den Bruchteil einer Sekunde und tauchten dann wieder ab in die Buchstaben und Worte von Zeitung und Buch.

Flirteten sie etwa miteinander? Sarah kam zu dem überraschenden Schluss, dass sie es taten. Hier, in einem Café in Miltenberg. Mitten am Tag. Sie musste unwillkürlich lächeln. Das Leben steckte voller Möglichkeiten, dachte Sarah und war über diese Erkenntnis unglaublich erleichtert. Doch zu ihrer Überraschung verspürte sie nicht die geringste Lust, diesen Flirt verbindlicher zu gestalten. Sie wollte die Frau nicht näher kennenlernen. Sie wollte nicht ihre Geheimnisse erfahren, nicht ihre Stimme hören, nicht ihren Körper spüren.

In diesem Augenblick, unter Fresken, zwischen Kaffee und Müllentsorgungsskandal, an einem schwül-heißen Nachmittag in

Miltenberg, wurde Sarah klar, dass sie alleine sein musste. Sie war nicht glücklich und sie war nicht über Melanie hinweg. Doch sie hatte ein Recht darauf, zu trauern und die Beziehung zu verarbeiten. Sie musste dieses Recht nur gegenüber sich selbst einfordern. Sie musste sich wieder mit ihrem Leben arrangieren, um glücklich werden zu können. Und sie musste die Prüfung wiederholen, um endlich ans Ziel ihrer beruflichen Träume zu gelangen.

Und so begann genau in diesem Augenblick endlich der Selbstheilungsprozess. Sarah flirtete noch ein bisschen mit der Frau, bezahlte und verließ zufrieden mit sich selbst das Café. Sie bummelte gerade durch die Fußgängerzone in Richtung ihres Wagens, als es anfing zu regnen. Ein Sommergewitter, das sich in der schwülen Hitze des Tages aufgebaut hatte, entlud sich. Es war, als hätten sich, gleich der biblischen Sintflut, die Tore des Himmels geöffnet. Die Wassermassen ergossen sich laut prasselnd über die Erde und fegten den Staub und die heiße Trockenheit mit einem Schlag hinweg. Es war erfrischend, reinigend und nicht nur die Natur hatte nach Wochen des Durstens den Regen herbeigesehnt. Viele Passanten schienen Freude an dem Wolkenbruch zu haben und gingen in ihrer sommerlichen Bekleidung seelenruhig durch die Straßen. Nur einige wenige suchten unter Dachvorsprüngen oder den Sonnenschirmen der Straßencafés Schutz.

Auch Sarah zeigte sich von dem erfrischenden Nass unbeeindruckt und schlenderte gemütlich die kleine Einkaufsstraße entlang. Ein Gitarrenspieler im Schottenrock, mit einem riesigen Rucksack im Rücken, hatte sich unter einen Baum gestellt und spielte unbeirrt weiter. Sein Lied handelte von der Straße, die endlos schien. Und natürlich von der Liebe zu einer Frau, die ihn verlassen hatte, um einen anderen zu heiraten. Einen Mann, der einfacher gestrickt sei als er und weniger wild.

Sarah lächelte und erkannte ein Stück ihrer eigenen Geschichte. Vielleicht war sie tatsächlich zu kompliziert für Melanie gewesen. Zu vielschichtig, zu wenig formbar und zu unangepasst. Plötzlich fühlte sie sich frei. Unbekümmert. Leicht. Mit einem zufriedenen Lächeln zündete sie sich eine Zigarette an. Marke Marlboro. Nicht selbstgedreht, wie Melanie es immer versucht hatte, ihr beizubringen. Mehrmals musste sie wegen des Regens ihr Feuerzeug betätigen, ehe die Zigarette endlich glühte. Doch sie gab nicht auf. Sarah wollte genau in diesem Augenblick rauchen. Sie war zwar alleine. Doch sie war noch immer sie selbst. Sie würde unbeirrbar ihren Weg weitergehen und eines Tages würde sie vielleicht eine Partnerin finden, die sich an ihrer Seite wohlfühlte. Doch für den Moment war es in Ordnung, alleine zu sein. Nur sie und niemand sonst zählte in diesem Augenblick. Es würden wieder andere Zeiten kommen, eines wohl nicht allzu fernen Tages.

Glücklich lächelnd spazierte sie im Regen die Straße entlang und beschloss, noch am selben Tag nach Frankfurt zurückzufahren. Sie würde pünktlich zur Wiedereröffnung der Blue-Bar an diesem Abend wieder in der Stadt weilen. Damit würde sie nicht nur einen Streit mit Meiko vermeiden, sondern zugleich konnte sie sich bei Basimah für ihre überstürzte Flucht entschuldigen. Sie konnte nur hoffen, dass sie ihr verzeihen würde. Sarah mochte wohl noch nicht bereit für etwas Neues sein, aber sie hatte Lust auf leckere Vollkornbrötchen und herrlich süße Nussschnecken und einen gut gemixten Cocktail.

Die Auferstehung

An einem Samstag im August war es schließlich so weit: Das Blue öffnete endlich wieder seine Pforten und feierte mit einer ausschweifenden Party eine glamouröse Auferstehung. Wie ein Phönix aus der Asche. Die Außenfassade der Bar erstrahlte im hellen, bläulichen Licht der Scheinwerfer, die extra für den Abend vor dem Eingang angebracht worden waren. Meiko hatte sogar seine alte Freundin Marge aus Köln nach Frankfurt locken können und die Drag Queen begrüßte an der Tür die Gäste. Hinter der Bar sorgten Ingrid, Urs und Basimah für einen reibungslosen Ablauf, sodass Meiko genügend Zeit blieb, sich als allumsorgender Gastgeber in Szene zu setzen.

Alle waren sie gekommen. Die Reichen und Schönen der Stadt gaben sich ein Stelldichein. Die Edelstuten tänzelten durch die

Bar, im Schlepptau eine ungeoutete Profifußballerin. Ein bekannter Radiomoderator präsentierte sich mit seinem frisch angetrauten Ehemann und natürlich schauten auch die Szenewirte auf einen Sprung vorbei, um die neue Konkurrenz zu begutachten. Und Meikos Freunde erschienen an diesem Abend alle im Doppelpack. Tina und Jörg. Marco und Tom. Sogar Luke war an diesem besonderen Abend in Begleitung. Samuel hatte sich bereit erklärt mitzukommen. Nur das Fehlen von Sarah trübte die Stimmung etwas.

Der Alkohol floss in Strömen und inmitten des Trubels saß Luke, neben ihm sein Freund, und konnte gar nicht glauben, wie sehr sich sein Leben verändert hatte. Er war glücklich. So unendlich glücklich. Doch zugleich dachte er tatsächlich, die Zeit der Veränderungen und Dramen wäre endlich vorüber, lag doch der aufdringliche Geruch von Harmonie und Glückseligkeit in der Luft. Doch Luke hatte noch nicht genügend schlechte Homo-Romane gelesen, um zu wissen, dass es stets beim Finale zu einem wahren Sturm der Gefühle kommt. Auch dieser Abend sollte alle Anwesenden noch einmal kräftig durchschütteln. Und den Anfang machte ausgerechnet das einzige Heteropaar.

„Na, ihr beiden Hübschen! Gefällt es euch?“, fragte Meiko mit einem gewinnenden Lächeln auf den Lippen, das nur eine Antwort duldete.

„Ja. Es ist, wie alles, was du anpackst, wirklich gelungen, glamourös und irgendwie sogar geil“, antwortete Tina.

Meiko umarmte seine Schwester erfreut.

„Und dir?“

Er mochte Jörg nicht besonders und er vermutete, dass diese Antipathie auf Gegenseitigkeit beruhte. Doch Meiko war zu professionell, um sich wegen des aktuellen Lovers seiner Schwester zu ärgern oder gar einen Geschwisterzwist vom Zaun zu brechen. Er rechnete sowieso nicht damit, dass diese Verbindung von Dauer sein würde.

„Es ist wirklich eine heiße Party“, gab Jörg zu und versuchte sich erfolglos von Meikos Hand, die stoisch auf seiner Schulter ruhte, zu befreien.

„Freut mich zu hören. Oh, entschuldigt mich, ich muss jemanden begrüßen!“

„Du magst meinen Bruder nicht besonders, oder?“, fragte Tina, sobald Meiko außer Hörweite war.

„So würde ich das nicht ausdrücken. Ich finde ihn … egoistisch, egozentrisch, selbstverliebt und notgeil.“

„In Meikos Augen sind diese Eigenschaften keine Charakterschwächen.“

Jörg lächelte nur, beugte sich zu Tina, küsste sie und sagte: „Ich weiß und ich werde mir in Zukunft mehr Mühe geben, den Bruder meiner Freundin zu mögen.“

Schlagartig versteifte sich Tina. Sie versuchte, es zu verbergen, doch Jörg spürte es. Er konnte die Veränderung nicht sofort deuten und streichelte über ihren Oberschenkel. Irgendwann gab er auf und schaute Tina fragend in die Augen.

„Was ist los?“

„Nichts“, log sie.

„Klar!“, antwortete Jörg sarkastisch und erhob sich derart hastig, dass beinahe der Barhocker umgekippt wäre.

„Jörg!“

Ihre Hand klammerte sich um sein Handgelenk und hielt ihn fest. Sie war von seiner Wut überrascht.

„Du ruderst vor und zurück. Vor und zurück. Vor und …“, rief er aufgebracht.

„Ich hab es verstanden“, unterbrach sie ihn.

„Nichts hast du verstanden! Du spielst mit mir!“

Tina senkte den Blick und bemühte sich, keinen zu sehr genervten Gesichtsausdruck zur Schau zu stellen. Am liebsten hätte sie Jörg an den Kopf geworfen, wie unreif er sich verhalte. Doch das hätte ihn nur noch wütender gemacht – zu Recht. Statt auf sein Alter anzuspielen, fragte sie: „Und warum machst du dann immer den ersten Spielzug? Du tauchst als moderner Minnesänger unter meinem Balkon auf. Du warst es, der mich auf dem CSD beinahe im Park gefickt hätte. Das hast du alles getan, obwohl es eindeutig ist, dass es niemals etwas zwischen uns werden könnte.“

„Klar, weil du uns keine Chance gibst.“

„Eine Chance?“ Tinas Stimme wurde schrill und übertönte kurz sogar die Geräuschkulisse. Meiko schaute zu ihnen herüber, um sich zu vergewissern, dass alles in Ordnung war. Auch

Marco und Tom warfen fragende Blicke in ihre Richtung. Doch Jörg und Tina ignorierten ihre Freunde.

„Ich bin Mutter von drei Kindern. Ich kann nicht jedem Typen, mit dem ich mal ins Bett steigen würde, eine Chance geben. Was sollen sie denken, wenn ich ihnen dauernd einen neuen Papa zum Frühstück servieren würde?"

Jörg presste seine Lippen fest aufeinander und ballte die Hand zu einer Faust.

„Irgendein Typ! Das bin ich also. Tina, vergiss es doch einfach!" Jörg riss sich von ihr los und verschwand auf der Herrentoilette.

Nach dem dritten Cocktail, den Samuel und Luke gemeinsam mit den Edelstuten getrunken hatten, beschloss Luke, auf Bier umzusteigen, da er befürchtete, das Ende des Abends ansonsten über einer Kloschüssel erleben zu müssen. Er genoss es unendlich, gemeinsam mit Samuel als Paar aufzutreten und sich endlich außerhalb ihrer Wohnung so zu verhalten, wie er es immer gewollt hatte. Sie küssten sich, hielten Händchen oder streichelten einfach nur über den Oberschenkel des anderen, während sie sich unterhielten. Es waren Kleinigkeiten, doch sie waren Luke wichtig. Gerade als er in Richtung Theke gehen wollte, leicht schwankend, wie er feststellen musste, hörte er eine Frauenstimme rufen: „Sam, was machst du denn hier?"

Luke drehte sich langsam um, bereits Böses ahnend. Eine braun gebrannte Blondine warf sich gerade um Samuels Hals und knutschte ihn auf die Wangen. Im Schlepptau hatte sie einen hageren Typen, dessen Augenbrauen nur aus einer hauchdünnen, schwarzen Linie zu bestehen schienen. Durch die tief sitzenden Augen und die dünnen, bleich gefärbten Haare sah er aus wie ein Zombie, der einem schlechten Siebziger-Jahre-Film entsprungen war.

„Linda!"

„Ja, ich bin's! Und das ist Eduardo, mein bester, schwuler Freund!"

„Ja, so etwas hat man heutzutage, wenn man im Nachtleben ankommen will: eine Gucci-Handtasche, ein Paar Gucci-Schuhe und eine Gucci-Schwuchtel", meinte Basimah, die gerade mit einem Tablett voller Gläser an ihnen vorbeihuschte.

„He, Bedienung! Wir hätten gerne zwei Cosmos!“, kreischte Linda und lachte hysterisch, worüber, konnte niemand sagen.

„Kommt sofort!“, zischte Basimah zwischen zusammengebissenen Zähnen.

„Also, Sam, was tust du hier? Scheint mir eigentlich nicht so dein Revier zu sein“, sagte Linda, diesmal einen Ton zu heuchlerisch. Man sah ihr förmlich an, wie sie auf Klatsch aus war.

„Ich … Ich wollte eigentlich nur … einem Bekannten einen Gefallen tun. Darf ich dir Luke vorstellen. Er ist schwul und wollte unbedingt hierher. Ich werd aber später noch weiterziehen“, log Samuel und seine Stimme war eine Spur tiefer als gewöhnlich. Selbst seine Körperhaltung hatte etwas Machohaftes.

„Luke, das ist Linda, eine Kommilitonin.“

Wie in Trance ergriff Luke Lindas Hand und schüttelte sie.

„Hallo“, flüsterte er und versuchte zugleich, den Schock zu verarbeiten. Was tat Samuel gerade? War er verrückt geworden? War diese Maskerade sein Ernst? Die Edelstuten zogen sich schnellstmöglich zurück. In ihren Gesichtern war Unverständnis zu lesen.

„Du hast einen schwulen Freund? Wie cool!“, rief Linda und deutete erneut auf Eduardo. „Luke, das ist Eduardo! Beschnuppert euch ruhig einmal. Vielleicht …“ Wieder verfiel Linda in ein hysterisches Lachen und diesmal stimmte der Zombie mit ein und zwinkerte dabei süffisant. Luke hätte sich am liebsten übergeben. Er schaute sich nach Meiko, Tom oder Tina um, konnte jedoch keinen der drei in der inzwischen vollkommen überfüllten Bar ausmachen. Und so blieb er stehen, musterte Samuel traurig und konnte nicht fassen, wie schnell er wieder aus einem Zustand des Glücks gerissen worden war.

„Jörg, komm bitte wieder raus!“, flehte Tina und klopfte erneut an die Tür zur Toilettenkabine. Die ganze Sache wurde ihr zunehmend peinlich. Immer wieder musste sie fragende Blick von Männern über sich ergehen lassen, die mehr oder weniger unbeeindruckt an den Pissoirs ihr Geschäft erledigten.

Als sie endlich wieder alleine im Raum waren, fragte sie: „Was willst du damit erreichen? Dass ich mich zum Affen mache? Das ist dir gelungen! Aber du spielst dich auf wie ein kleiner, schmollender Junge.“

Als Antwort erhielt sie nur das Rauschen einer Toilette.

„Also gut, ich gebe zu, dass mich der Junge in dir eigentlich tierisch geil macht. Ich hatte schon immer eine Schwäche für kindische Männer. Aber das geht zu weit!"

Plötzlich wurde das Türschloss geöffnet und ein sichtlich irritierter und zugleich stark alkoholisierter Mann stand Tina gegenüber. Er hatte seinen doch recht beleibten Oberkörper in ein schlichtes, graues Unterhemd gezwängt und trug so voller Stolz seine übermäßig starke Körperbehaarung zur Schau. Ein Vollbart zierte sein Gesicht und auf einem Button, den er sich an einen Träger seines Unterhemdes gepinnt hatte, stand in pinkfarbenen Lettern geschrieben *„I Love Bears!"*.

„Noch nich' ma' in Ruhe pissen kann man hier!", lallte er, schob sich mürrisch an Tina vorbei und verließ den Raum.

Zeitgleich erklang aus der zweiten Kabine, deren Tür nur angelehnt war, schallendes Gelächter und Jörg trat heraus.

„Eigentlich wollte ich mich nur mal fünf Minuten abkühlen und runterkommen. Aber deine Show war trotzdem super!", rief er lachend.

In seiner Stimme schwang ein Hauch von Triumph mit.

„Arschloch!", entfuhr es Tina und sie wollte, ein Lächeln unterdrückend, aus der Toilette fliehen. Doch Jörg hielt sie fest, zerrte sie in die Kabine und drückte sie gegen die Wand. Dann begann er, ihren Hals abzulecken und sie wild zu küssen.

„Was tust du?"

„Marco hat mir schon oft davon erzählt, was auf den Klos in schwulen Lokalitäten alles abgeht. Ich bin einfach neugierig, wie das so ist."

„Du willst doch nicht etwa …"

Er brachte Tina mit einem Kuss zum Schweigen.

„Mein Herz macht immer einen Sprung, wenn es euch beide sieht!", verkündete Marge stolz lächelnd und hauchte Marco und Tom einen Kuss auf die Wange. Sie hatte sich extra für ihren ersten großen Frankfurter Auftritt seit ihrer Flucht nach Köln ein neues, spektakuläres Geisha-Kostüm zugelegt. Ihr Körper war in gelbes, mit roten Rosen besticktes japanisches Leinen gehüllt, das Gesicht weiß geschminkt, wodurch der rote Lippenstift eine Spur zu nuttig wirkte. Sie trug eine schwarze Perücke, kunstvoll hochgesteckt und durch einen lilafarbenen Blumenkranz geschmückt. Am auffälligsten waren jedoch die roten Plateauschuhe, die Marge mindestens zwanzig Zentimeter größer machten und ihr einen leicht wackeligen Stand bescherten. Sie ging voll in ihrer Rolle als Türsteherin auf, tänzelte im Licht der Scheinwerfer immer wieder die Straße auf und ab und drehte dabei spielerisch ihren blauen, mit asiatischen Schriftzeichen versehenen Sonnenschirm. Marco und Tom, die der lauten Enge des Blue nach draußen entflohen waren, schauten ihr glücklich lächelnd zu.

„Tom, Schätzchen, ich werde noch zwei Tage in der Stadt sein. Du musst mir morgen unbedingt erzählen, wie es schließlich doch noch zu einem Happy End für euch gekommen ist“, trällerte Marge weiter.

„Noch ganze zwei Tage? Denkst du, du wirst es so lange in diesem, ich zitiere, stinkenden Bankenmoloch aushalten?“

„So etwas würde ich über Frankfurt niemals sagen!“, log Marge. Tatsächlich hatte sie sich überlegt, zurückzukehren, jetzt, da sie durch ihre Funktion beim Re-Opening schlagartig wieder einen gewissen Bekanntheitsgrad genoss. Außerdem gefiel sie sich in ihrer Rolle als heimgekehrte Diva. Es gab immer noch Männer, die sich an sie erinnerten. Abgesehen davon: In Köln war sie eine unter vielen. In Frankfurt war sie der unangefochtene Star am spärlich besetzten Drag-Queen-Himmel.

„Aber wir können gerne einen Kaffee trinken gehen“, stellte Tom fest.

„Gut, es würde mich wirklich freuen. Ich muss oft an unseren letzten gemeinsamen Sonntag in Köln denken. Damals war der Sommer noch so jung und jetzt neigt er sich bereits langsam seinem unausweichlichen Ende entgegen.“

Eine Schar neuer Gäste unterbrach ihre Unterhaltung. Marge lächelte entschuldigend und widmete sich wieder ihrer Aufgabe, verteilte Küsschen und kleine Begrüßungsdrinks.

„Wollen wir wieder reingehen?“, fragte Tom.

„Eigentlich würde ich gerne noch eine Weile hier draußen bleiben. Was hältst du von einem kurzen Spaziergang. Marge hat recht, vielleicht ist es eine der letzten richtig milden Sommernächte“, sagte Marco und ergriff Toms Hand. Schon den ganzen Tag über suchte er nach einer Gelegenheit, um endlich mit seinem Freund alleine zu sein. Er wusste, es war nicht der perfekte Moment, um es ihm zu sagen. Doch Marco spürte, dass er innerlich bald an der Wahrheit zerbrechen würde. Es musste raus, musste endlich ausgesprochen werden.

„Einverstanden“, antwortete Tom und so schlenderten die beiden Händchen haltend davon, in die warme Sommernacht hinein. Am Rande registrierte Tom, dass sein Freund schweißnasse Hände hatte. Er dachte sich nichts dabei.

„Also ich will heute noch in einen anderen Laden und ein paar Weiber abchecken“, posaunte Samuel angeberisch und selbst Linda verzog angesichts dieses Spruches das Gesicht.

„Sam! Du bist und bleibst ein kleiner Macho!“, schrie sie hysterisch.

„Kommst du mit, Luke?“, fragte Samuel und sprach seinen Freund zum ersten Mal seit dem Auftauchen seiner Kommilitonin direkt an.

Luke schaute ihm, zweifelnd, ob er richtig gehört hatte, in die Augen. Sie glitzerten ihn an, flehten um Vergebung und zugleich hielt Samuel ihn auf Distanz, wollte ihn nicht an sich heranlassen. Plötzlich brannten in Luke alle Sicherungen durch. Er konnte förmlich spüren, wie sich sein Verstand verabschiedete. Er schien neben sich zu stehen und so hörte er sich, wie durch einen Tunnel hindurch, sagen: „Ach, du willst heute ein paar Weiber abchecken und dich dann morgen von mir wieder ficken lassen?“

Samuel hätte sich beinahe an seinem Bier verschluckt und Linda fing wieder an, hysterisch zu lachen.

„Der ist echt witzig!“, brüllte sie.

„Das ist kein Witz! Samuel der Supermacho ist eine Superschwuchtel!“

Linda lachte weiter, doch etwas leiser und unsicherer und diesmal ruhte ihr fragender Blick auf Samuel, der vollkommen überrumpelt worden war.

„Komm, Sam! Sag es ihr! Sag, dass du auch auf Schwänze stehst und Ärsche fickst! Sag es!“, schrie Luke. „Sag es! Sag es! Sag … dass du mich liebst.“

Lukes Stimme war am Ende des Satzes nichts mehr als ein kaum hörbares Flüstern.

„Was soll dieses Theater?", fragte Linda und ihr Zombie stierte neugierig aus dem Hintergrund die beiden an.

„Kann ich dich draußen kurz mal sprechen!", presste Samuel zwischen zusammengebissenen Zähnen hervor.

Luke nickte nur und schob durch das Gedränge in Richtung Ausgangstür.

„Was fällt dir eigentlich ein?", schrie Samuel, sobald sie die Bar verlassen hatten.

„Das fragst ausgerechnet du?"

„Aber Jungs, wer wird denn gleich laut werden!", mischte sich Marge ein.

„Halt die Klappe, du alte Tunte!", stieß Samuel zischend hervor.

„Das muss ich mir nicht bieten lassen!", kreischte Marge und rannte hinein, wobei sie beinahe mit ihren Plateauschuhen über die Türschwelle gestolpert wäre.

„Was erlaubst du dir eigentlich? Du verleugnest mich …"

„Ich bin nicht so weit!"

„Ich verlange doch nicht viel. Nur heute hättest du …"

„Nein, Luke! Das kann ich nicht. Auch nicht für dich."

„Bitte geh! Bitte verschwinde aus meinem Leben!", sagte Luke resigniert. Er nahm im Augenwinkel wahr, dass Marge wieder nach draußen gekommen war, diesmal mit Meiko an ihrer Seite. Die beiden beobachteten das Szenario und schienen bereit zu sein, sich jederzeit auf Samuel zu stürzen.

„Aber …!"

„Ich kann nicht mehr und ich will nicht mehr."

Samuel starrte Luke ungläubig an. „Es ist", er zögerte kurz, „Schluss?"

Luke nickte stumm, unfähig zu sprechen.

„Das kannst du nicht machen! Du stellst mich erst bloß und dann verlässt du mich?"

„Erst verlässt du mich, dann kommst du zurück und jetzt verleugnest du mich! Ich habe keine Lust mehr und auch keine Kraft."

Jetzt war es Samuel, der Tränen in den Augen hatte. Willenlos ließ er sich von Luke in den Arm nehmen und küssen. Dann drehte sich Luke um und ging zurück in die Blue-Bar. Meiko tätschelte ihm aufmunternd die Schulter und folgte schweigend. Innerlich bereitete sich Luke darauf vor, dass ihm Samuel folgen würde, dass er mit ihm wieder hineinkommen und ihn vor Lindas Augen küssen würde. Er hoffte es. Doch Samuel ließ seine letzte Chance verstreichen. Mit einem leisen Klicken fiel die Tür der Bar hinter Luke ins Schloss.

Marge nahm ihre Rolle als Türsteherin ernst, auch wenn dies einem unbeteiligten Beobachter in Anbetracht ihres Geisha-Outfits möglicherweise nicht in den Sinn gekommen wäre. Einlass zur Re-Opening-Party gewährte sie nur gegen Vorzeigen der persönlichen Einladung oder – diesen Ermessungsspielraum gewährte Meiko ihr – wenn sie den Eindruck hatte, die Gäste würden die Party durch ihre bloße Anwesenheit bereichern. Bei der jungen Lesbe, die sich ganz frech an Marge vorbei in Richtung Tür drängte, hatte sie diesen Eindruck nicht. Und eine Einladung konnte die Frau auch nicht vorzeigen.

„Hör mal, Mädchen, ich kann heute Abend leider nicht einfach jeden reinlassen. Der Laden platzt schon jetzt aus allen Nähten …"

„Hören Sie, Lady, ich werde erwartet. Also schieben Sie Ihren Arsch beiseite und lassen Sie mich endlich durch!", antwortete die Lesbe.

„Ich darf doch sehr bitten!", geiferte Marge aufgebracht. Die Lesbe ignorierte sie, schubste sie zur Seite und stürmte in die Bar.

„Meiko! Wo bist du? Deine japanische Wachhündin will mich nicht reinlassen!", rief die Lesbe laut und die Gäste in unmittelbarer Umgebung verstummten irritiert. Gerade als Marge ihr Pfefferspray herausholen wollte, kam Meiko hysterisch kreischend hinter der Theke hervorgestürmt.

„Sarah! Du bist doch noch gekommen! Das ist das schönste Einweihungsgeschenk, das du mir machen konntest!", rief er überglücklich und die beiden fielen sich laut lachend um den Hals.

Luke starrte apathisch in seinen Drink und versuchte, das Geschehen um sich herum zu ignorieren. Die Eröffnungsparty war in vollem Gange, doch er verspürte keine Lust zu feiern. Er war aufgewühlt. Verwirrt. In seinem Innern herrschte Chaos. Er konnte und wollte nicht glauben, was er gerade getan hatte. War es eine Kurzschlusshandlung gewesen? Eine Überreaktion? Hätte er verständnisvoller sein müssen? Warum war er plötzlich bereit, all das, wofür er die vergangenen Monate gekämpft hatte, aufzugeben?

Vergeblich horchte er in sich hinein und suchte nach Antworten. Er dachte an Samuel und an all die Hoffnungen, die er mit ihm und ihrer Beziehung verbunden hatte. Zweifellos liebte er ihn noch immer. Doch zugleich fühlte er sich befreit. Frei von einer Last, die er getragen hatte, ohne es wirklich zu merken. Ohne es wirklich zu wollen. Noch vor wenigen Wochen wäre es ihm niemals in den Sinn gekommen, diese Beziehung aufzugeben. Im Gegenteil. Die Angst, Samuel könnte ihn verlassen, hatte ihm schier den Atem geraubt. Doch plötzlich hatten sich die Vorzeichen verändert. Er war es nun gewesen, der Samuel verlassen hatte. Er hatte die Beziehung beendet. Er hatte … Schluss gemacht. Doch war dieses Ende wirklich so plötzlich und unerwartet gekommen, wie es den Anschein hatte?

Zu seiner eigenen Überraschung musste sich Luke eingestehen, dass dem nicht so war. Trotz aller Glücksgefühle und zahlreicher, unglaublich schöner Momente waren die vergangenen Wochen an Samuels Seite auch mit ständigen, wenn auch nur kleinen Zweifeln verbunden gewesen. Zweifel, die an ihm genagt hatten und die er zwar oftmals ignorieren, aber niemals aus der Welt hatte räumen können. Der Zwischenfall am heutigen Abend war nur der letzte Tropfen, der das Fass zum Überlaufen gebracht hatte.

„He, Kleiner!"

Eine vertraute Stimme holte ihn aus seinen Gedanken.

„Sarah! Was machst du denn hier?"

„Das ist aber eine nette Begrüßung!", stichelte sie und drückte Luke überschwänglich an ihre Brust.

„Entschuldige! Wirklich schön, dass du doch noch gekommen bist."

„Find ich auch!"

„Hast du etwa gekifft?", fragte Luke.

„Riecht man das wirklich so sehr?"

„Kaum", antwortete er spitz und lächelte.

„Wie geht es dir?"

Luke überlegte kurz. Er horchte wieder in sich hinein und versuchte, ein Gefühl zu finden, das seinen Gemütszustand am besten beschrieb. Er verspürte kurz den Drang, Sarah alles zu erzählen, entschied sich jedoch dagegen. Es war nicht der geeignete Moment und so antwortete er kurz und knapp und wahrheitsgemäß: „Mir geht es gut. Und selbst?"

„Hast du auch den Eindruck, dass uns alle so seltsam anschauen?", fragte Jörg, nachdem beide so unauffällig wie möglich die Toilette verlassen und sich an die Bar gesetzt hatten.

„Woher sollen sie wissen, was wir auf dem Klo getrieben haben?"

„Wir haben es auf dem Klo getrieben! Und ich kann mich erinnern, dass du nicht unbedingt leise gewesen bist."

„Ich?", fragte Tina gespielt echauffiert.

„Darf ich euch noch etwas bringen?", fragte Basimah und unterbrach ihr Gespräch.

„Zwei Gin Tonic", orderte Tina und fragte an Jörg gewandt: „Du trinkst doch Gin Tonic, oder?"

„Sicher, Schatz!"

„Verarschen kann ich mich selbst."

„Sag mal, Schatz, wie lange müssen wir eigentlich hier bleiben?", fragte Jörg und streichelte Tinas Schenkel entlang.

„Solange es die Etikette erfordert."

„Und das heißt?" Jörgs Hand rutschte wieder ein Stück nach oben.

„Das heißt, wir stürzen unseren Gin Tonic hinunter und verschwinden."

„Das hört sich gut an. Ich muss dich allerdings vorwarnen, ich habe nicht aufgeräumt."

Tina blickte Jörg lächelnd an. Wie süß er doch sein konnte, stellte sie in Gedanken wieder fest und traf plötzlich eine Entscheidung: „Also in deine unaufgeräumte Wohnung komme ich nicht mit. Dann müssen wir wohl zu mir gehen."

Eine Zunge liebkost einen Hals. Ein Stöhnen erklingt in der Dunkelheit. Ein Körper zuckt. Wieder ein Stöhnen. Zwei Münder, die sich endlich zu finden scheinen. Zwei Zungen, die miteinander ringen. Hände, die ineinander gleiten. Fingerspitzen, die sich kaum berühren und doch miteinander verschweißt sind. Wieder ein Stöhnen. Ein Zucken. Eine Umarmung, fest, beinahe erdrückend. Ein erleichtertes Seufzen, von einem Menschen, der sich komplett fallen lässt. Und der weiß, dass man ihn auffängt. Der hofft, dass man ihn auffängt.

Marco öffnete die Augen. Sie umarmten sich noch immer. Noch vor wenigen Minuten hatten sie, im schützenden Gebüsch, voller Geilheit aneinander herumgefummelt und jetzt umarmten sie sich, genossen die Geborgenheit, die Nähe. Er spürte, wie sich Toms Körper entspannte und er sich in seinen Armen fallen ließ. Er spürte Toms Herzschlag, er hörte seinen Atem. Auch Marco wollte sich endlich fallen lassen. Er wollte endlich die Anspannung lösen.

Seine Hand kraulte durch Toms Haar und mit der anderen zog er seinen Freund noch näher an sich heran. Marco atmete tief durch, hauchte ihm einen Kuss auf die Schläfe und flüsterte dann: „Ich muss dir etwas sagen …"

Schweigen. Tom atmete noch ruhig und entspannt, wiegte seinen und damit zwangsläufig Marcos Körper sanft hin und her.

„Ich bin positiv."

Tom hatte das Gefühl, als würde er innerlich zerbersten. Er konnte noch nicht einmal nachfragen. Er hatte Marcos Worte klar und deutlich verstanden. Er wusste, was sie bedeuteten. Wut. Verzweiflung. Hass. Angst. Schmerz. Und Liebe. Alle erdenklichen Gefühle leuchteten kurz in ihm auf wie ein Feuerwerk am Nachthimmel. Eine Explosion. Dunkelheit. Wieder eine Explosion, wieder ein neues Gefühl. Er wollte sich bewegen, sich aus der Umarmung befreien, die ihn zu ersticken drohte. Doch er konnte nicht. Sein Köper versagte seinen Dienst. Wie aus weiter Ferne hörte er Marcos Stimme.

„Sag doch was. Rede mit mir … Tom, bitte!"

Er nahm wahr, dass Marco anfing zu weinen. Plötzlich fühlte sich Tom einsam. Schrecklich einsam. Einsamkeit ist ein seltsames Gefühl, dachte er noch. Dann war auch diese Rakete am Nachthimmel erleuchtet und im selben Augenblick erloschen. Mit einem lauten, ohrenbetäubenden Knall kehrte Tom in die Realität zurück. Er rang röchelnd nach Luft und stieß Marco erbost von sich. Sein Freund fiel zu Boden. Doch Tom kümmerte sich nicht darum. Er starrte auf den weinenden Mann zu seinen Füßen, das Gesicht zu einer hasserfüllten Fratze verzogen.

„Ich habe mein Leben wegen dir aufgegeben und du hast mich belogen!"

„Nein! Das stimmt nicht! Ich hatte Angst! Ich wollte nicht alles kaputt machen!"

„Du hast mich dazu gedrängt, Sven zu verlassen. Die Hochzeit abzusagen. Hast mir das Gefühl von Sicherheit gegeben. Doch in Wirklichkeit erwartet mich bei dir nur Tod. Und Schmerz. Und Leid. Du dreckiger Lügner!"

„Du Arschloch!", schrie Marco und rappelte sich auf, schwankte kurz, bevor er wieder in einen festen Stand kam und sich die Tränen aus den Augen wischen konnte.

„Danke, dass du mich schon vorab für tot erklärst! Was bist du doch armselig!"

„Ich habe mein Leben für dich …"

„Ja, ja! Du hast es für mich aufgegeben. Ich bereue es wirklich, dass ich es dir nicht vorher gesagt habe. Dann hätte ich nämlich gewusst, in was für einen Wichser ich mich verliebt habe."

„Ach, jetzt ist es auch noch meine Schuld?"

„Wer redet von Schuld? Ich habe dir gegenüber doch nicht die Pflicht …"

„Da hast du verdammt noch mal recht. Wir sind uns zu nichts verpflichtet!"

Marco ballte seine Hand zu einer Faust und ging laut schreiend auf Tom los. Im letzten Moment, nur wenige Zentimeter von seinem Gesicht entfernt, erstarrte er und blickte seinem Freund in die Augen. In jene Augen, die ihn schon damals auf dem Ball Amore nicht mehr losgelassen hatten. Er ließ die Faust sinken und versuchte, Tom stattdessen zu küssen. Doch dieser wich aufgebracht zurück.

„Wage es nicht! Das ist endgültig vorbei!", zischte Tom, wandte sich abrupt um und floh in die Dunkelheit.

Marco starrte ihm hinterher und ließ sich fallen, rücklings auf den feuchten Rasen. Durch die Baumkronen hindurch konnte er den Nachthimmel sehen.

„Du Arschloch! Ich hätte dich verprügeln sollen", sagte er zu sich selbst. Dann zündete er sich eine Zigarette an und war dankbar dafür, wieder mit dem Rauchen angefangen zu haben.

Gegen sechs Uhr morgens, draußen war es inzwischen hell geworden, neigte sich auch in der Blue-Bar die Nacht ihrem Ende entgegen. Nachdem der letzte Gast, eine betrunkene Lesbe, von Sarah und Luke in gemeinschaftlicher Schwerstarbeit in ein Taxi gehievt worden war, schloss Meiko feierlich die Tür ab.

„Es ist vollbracht!“, stöhnte er.

„Schätzchen, niemand hat behauptet, eine wirklich geile Party zu schmeißen, sei einfach!“, frohlockte Marge, die sich ihres Geisha-Kostüms entledigt hatte und in Jeans und T-Shirt, zugleich jedoch noch mit Make-up und Perücke, einen wirklich skurrilen Anblick darbot.

Basimah hatte damit begonnen, die Kaffeemaschine zu säubern, und wurde dabei aufmerksam von Sarah beobachtet.

„Jetzt geh schon hin!“, flüsterte Luke und gab ihr einen kleinen Schubs.

Sarah atmete tief durch und tippte Basimah schüchtern auf die Schulter.

„Hallo, Basimah.“

„Hallo. Schön, dass du noch mit mir redest.“

„Ich mit dir? Nach meinem überstürzten Abgang neulich hättest du eigentlich allen Grund, nicht mit mir zu reden.“

Basimah zuckte mit den Schultern.

„Vielleicht. Aber eigentlich habe ich den Eindruck gehabt, dass du mir heute die ganze Zeit aus dem Weg gegangen bist.“

„Stimmt. Bin ich auch“, gab Sarah zu.

Basimah hielt in ihrer Bewegung inne und schaute zum ersten Mal von der Kaffeemaschine auf, direkt in Sarahs Augen.

„Bist wenigstens ehrlich.“

„Hör zu, ich war damals einfach überfordert. Dafür wollte ich mich entschuldigen. Ich bin im Moment noch etwas …“

„Lass mich raten, du trauerst noch immer Melanie hinterher.“

„Du hast mich durchschaut. Ich befürchte, das wird auch noch eine Weile so sein. Ich brauche einfach Zeit. Aber was ich im Moment auch wirklich verdammt gut gebrauchen könnte, wäre eine gute Freundin. Eine gute, lesbische Freundin. Also … Freunde?“

„Freunde!“, antwortete Basimah. „Was Melanie wohl davon halten wird?“

„Wer war noch mal Melanie?“, fragte Sarah und lächelte spitz.

„*Last Order!* Kinder, ich spendiere euch allen einen Wodka! Sogar den beiden rührseligen Lesben“, rief Meiko in diesem Moment euphorisch.

„Und auf was trinken wir?“, fragte Sarah.

„Auf das Blue! Auf die Wiedergeburt! Auf uns!“

Draußen ging die Sonne auf.

Fast-Food-Liebe

Die ganze Nacht streifte Tom umher. Ziellos. Verzweifelt. Er wusste nicht, wohin er sollte. Er wusste nicht, was er tun sollte. Er wusste gar nichts. Marcos Geständnis hatte ihn bis ins Mark erschüttert und er hatte plötzlich vor einem Abgrund gestanden.

Schon als kleiner Junge war Tom stets vorsichtig, beinahe ängstlich gewesen. Er hasste unabschätzbare Risiken und plötzliche Wendungen, die er nicht voraussehen konnte. Tom brauchte Pläne und Sicherheiten. Er wusste, dass er so war, hatte gelernt, damit umzugehen. Auch Marco hatte es gewusst. Tom fühlte sich verraten. Hintergangen. Betrogen. Und einsam.

Er war nicht länger wütend auf Marco, sondern er fühlte eine erschreckende Leere in seinem Herzen. Der Gedanke, er könnte seinen Freund verlieren, schnürte Tom die Kehle zu. In seinem Kopf blitzten Bilder auf. Bilder von seiner Zukunft. Marco und er im Urlaub. Marco und er am Frühstückstisch. Marco und er beim Sonntagsspaziergang. Marco und er bei seinen Eltern. Marco und er in der ersten gemeinsamen Wohnung. Marco und er vor dem Traualtar. Es waren Träume, Wünsche, Hoffnungen, die man sich als Frischverliebter machte, ohne wirklich daran zu glauben. Doch plötzlich tauchten ganz andere Bilder in seinem Kopf auf. Er sah einen abgemagerten, bleichen, kranken Marco. Er sah sich selbst an einem Krankenhausbett sitzen oder im schwarzen Anzug auf einer Beerdigung. Er spürte den Schatten der Verzweiflung, die er empfinden würde, wenn Marco ihn eines Tages verlassen würde.

Und plötzlich fühlte sich Tom schuldig und schlecht, war er es doch gewesen, der Marco in dieser Nacht verlassen hatte. Schlimmer noch: Er hatte ihn beschimpft, verflucht, verdammt. Und so begann schließlich, irgendwo auf seinem Weg von Alt-Sachsenhausen nach Niederrad, das schlechte Gewissen an Tom zu nagen. Er versuchte, es mit einer Flasche billigen, aber hochprozentigem Schnaps zu ertränken. Er hatte sich das Gebräu, wohl auch um ein Klischee zu bedienen, an der Tankstelle gekauft. Doch der Alkohol war nicht stark genug.

Irgendwann, der Morgen nahte und die Dämmerung hatte eingesetzt, erreichte Tom, auf Höhe des Universitätsklinikums, erneut das Mainufer. Er betrachtete den schnell fließenden Fluss, die Strömungen und kleinen Wirbel, die sich vor ihm auftaten. Eine unergründliche Wut stieg in ihm empor. Er war wütend auf die Ungerechtigkeit der Welt. Wütend auf den Virus, der ihm seinen Freund wegnehmen wollte. Und, das war am unerträglichsten, er war wütend auf sich selbst.

Tom konnte im Nachhinein nicht mehr sagen, wie lange er halb schlafend am Mainufer gesessen hatte. Als er wieder zu sich kam, war es bereits mitten am Vormittag und erste Spaziergänger schlenderten, bevor die Hitze des Tages die Luft zum Flimmern bringen würde, die Mainpromenade entlang. Die gläsernen Fassaden der Hochhäuser auf der anderen Seite glitzerten im Schein der Sonne. Tom fuhr mit der Hand durch das raue, verdorrte Gras. Er war nun schon seit über vierundzwanzig Stunden wach und er fühlte sich dementsprechend müde, verschwitzt und unwohl in seiner Haut, aber er war noch nicht bereit, nach Hause zu gehen. Doch was hieß in seinem Fall schon zu Hause? Seitdem er bei Sven ausgezogen war, schlief er bei Meiko auf dem Sofa. Oder bei Marco. Neben ihm. In seinen Armen.

Plötzlich wusste Tom, wohin er gehen würde. Wohin er gehen musste. Er sprang auf und begann zu laufen. Er rannte das Mainufer hinauf, über den Eisernen Steg, vorbei am Römer und der Paulskirche. Er rannte die Zeil entlang, durch die Friedberger Anlage. Er rannte und rannte. Als er schließlich das Haus erreichte, in dem sich Jörgs und Marcos Wohnung befand, war er vollkommen außer Atem. Seine Knie zitterten und der Schweiß floss in Strömen über sein hochrotes Gesicht. Einige Passanten musterten ihn mit einer Mischung aus Besorgnis und Ekel. Erst jetzt wurde ihm klar, welchen furchtbaren Anblick er bieten musste. Seine Hose war schmutzig und mit Grasflecken übersät. Sein T-Shirt durchgeschwitzt. Konnte er sich in diesem Zustand Marco stellen? Tom fand, dass ihm keine Wahl blieb.

Er drückte entschlossen den Klingelknopf. Nach einigen Sekunden versuchte er es erneut. Niemand öffnete. Tom verfluchte sich dafür, kein Handy dabei zu haben. Und was jetzt? Sollte er warten? Er erwog kurz, sich auf eine Bank vor dem Haus zu setzen. Doch er hatte Angst einzuschlafen. Außerdem brannte seine Kehle. Er brauchte dringend etwas zu trinken. Am Ende würde er noch einen Hitzschlag bekommen und ohnmächtig werden. Er entschloss sich, da es ihm zu peinlich war, sich in dieser Aufmachung in ein Café zu setzen, in den nahen McDonald's zu gehen. Er würde dort eine Cola bestellen und es danach erneut versuchen. Und wenn er den ganzen Tag darauf warten musste, dass Marco endlich aufmachte. Er würde nicht gehen. Nicht ohne ihn. Am Rande seines Verstandes registrierte Tom, dass sein Verhalten dem eines Besessenen ziemlich nahe kam.

Tom hatte sich einen Platz im hintersten Eck des Fast-Food-Restaurants gesucht und beobachtete schweigend die Szenerie. Er fühlte sich müde, erschöpft, leer. Und die auf seltsame Art entspannende Atmosphäre machte es ihm nicht einfacher, die Augen offen zu halten. Außer ihm saßen nur einige wenige versprengte Gestalten an den Tischen. Hinter der Theke alberten die Angestellten miteinander herum und nutzten die Ruhe vor dem mittäglichen Run. Vereinzelt lagen Becher und Plastikverpackungen auf dem Boden herum und der Geruch von altem Fett vermischte sich mit einem asiatischen Duft. Es waren gerade „China-Wochen". In der hellen, künstlichen Beleuchtung ragten vereinzelte Plastikblumen aus aufgehängten Kübeln herab in die künstliche, sterile Fast-Food-Welt. Aus den kleinen Lautsprechern ertönte die neue Ballade von Robbie Williams. Zwei kleine Jungs rannten kichernd durch das Restaurant und duellierten sich mit Strohhalmen. Ihre Mutter nippte genervt an einem Becher schlechten und viel zu heißen Kaffee und versuchte, ihren Nachwuchs zu ignorieren.

Ein Anzugträger, der drei Tische neben Tom Platz genommen hatte und so wirkte, als müsste er selbst am Sonntag im Büro arbeiten, schlang seinen Burger hinunter. Ein Tropfen Mayonnaise hing ihm am Kinn. Es sah aus wie ein Rest Sperma. Ob der Mann wohl glücklich war? Oder auch nur ein weiterer, gestresster Workaholic? Er erinnerte Tom in seiner Art und seinem Auftreten an Sven. Was sein Ex-Freund wohl gerade machte? Ob er den Trennungs-Schock inzwischen halbwegs verkraftet hatte? Ob er jemals wieder ein Wort mit ihm wechseln würde? Sie hatten sich seit der Trennung nur einmal kurz gesehen. Sie hatten nur über Formalien gesprochen: Wer sagte den Hochzeitstermin beim Standesamt ab? Wann holte Tom seine Sachen aus der Wohnung? Sven hatte keine weitere Erklärung eingefordert und Tom hatte geschwiegen, versucht, seinen Ex nicht mit seinem Glück zu kränken, ihm seine Verliebtheit nicht zu zeigen.

Plötzlich wurde Tom von einer romantisch-melancholischen und zugleich zutiefst tragischen Leichtigkeit erfasst. Er saß an einem Sonntag, mitten im Sommer, nach einer durchgemachten Nacht, alleine in einem Fast-Food-Restaurant. Er hatte innerhalb von wenigen Wochen seinen langjährigen Freund betrogen, eine Hochzeit abgesagt, sich in eine neue Beziehung gestürzt und lief nun Gefahr, die neue Liebe schon zu verlieren. Doch er fühlte sich nicht so schlecht, wie er gedacht hatte. Im Gegenteil, eine Welle des Optimismus und der Euphorie erfasste ihn. Er war sich sicher, dass er das Ruder noch herumreißen konnte. Genau in diesem Augenblick wurde die Tür geöffnet.

„Marco!“, entfuhr es Tom, lauter als gewollt. Der Anzugträger mampfte ungerührt weiter. Nur die gestresste Mutter mit ihrem Kaffee blickte kurz auf und musterte die beiden Männer mit freundlicher Neugier.

Tom erhob sich und zaghaft näherten sie sich einander. Sie versuchten beide zu erahnen, was das Gegenüber gerade dachte, durchgemacht hatte und plante zu tun.

Schließlich trennten sie nur noch einige Zentimeter. Wie auf ein geheimes Signal hin verharrten sie.

„Das ist aber ein Zufall!“, sagte Tom

„Ja … Nein. Eigentlich habe ich dich vom Fenster aus beobachtet. Ich wollte dir nicht aufmachen. Aber sobald du es aufgegeben hattest zu klingeln, bereute ich es. Also bin ich dir gefolgt“, gestand Marco.

Tom lächelte unsicher. Was sollte er jetzt sagen? Eine Entschuldigung? Eine Rechtfertigung? Er war nicht gut in solchen Sachen. Er war unsicher und gehemmt und wusste nur, dass er auf jeden Fall eine Auseinandersetzung vermeiden musste. Noch immer sang Robbie Williams ein Loblied auf die Liebe und plötzlich fand Tom die Situation, den Ort, den Augenblick unglaublich romantisch.

„Ich sehe furchtbar aus, oder?“, fragte er schließlich, als er Marcos Blick nicht länger standhalten konnte.

„Ja. Richtig asozial“, antwortete Marco.

Dann küssten sie sich. Die gestresste Mutter im Hintergrund hätte vor Entzücken beinahe ihren Kaffeebecher fallen lassen und das ganze Restaurant schien innezuhalten und voller Neugier und Freude auf die beiden Küssenden zu starren. Sogar die zwei Jungs beendeten für wenige Augenblicke ihr Strohhalm-Duell und verharrten in absoluter, ehrfürchtiger Stille. Der Workaholic war derart perplex, dass er sich an einem Stück Burger verschluckte. Sein Husten durchschlug die Stille und übertönte sogar die Stimme von Robbie Williams. Tom und Marco ließen sich davon nicht beirren. Sie knutschten weiter. Etwa fünf Minuten lang. Dann verließen sie Hand in Hand das Restaurant und traten hinaus auf die Straße. Hinaus in die Sonne, ins Leben.

In der Dunkelheit

Im Gegensatz zu Tom und Marco sollte es in diesem Sommer kein Happy End mehr für Luke geben. Zumindest nicht im klassischen Sinne. Samuel und er kamen nicht mehr zusammen. Sie trafen sich zwar zwei Tage nach der Wiedereröffnung der

Blue-Bar zu einem Gespräch auf neutralem Boden am Mainufer, doch das blieb ohne Ergebnis.

Luke war überrascht gewesen von den offensichtlich vertauschten Rollen. Plötzlich war es Samuel, der diese Beziehung wollte, und Luke derjenige, der sich dazu nicht mehr in der Lage sah. Es war nicht so, dass er plötzlich, von einem auf den anderen Tag, nichts mehr für Samuel empfand. Doch ihm schien der Preis für diese Beziehung schlicht zu hoch und er konnte und wollte diesen Preis nicht länger zahlen. Es ging ihm mit dieser Entscheidung nicht gut, aber er sah zugleich keine Alternative.

Doch jeder Herzschmerz wird erträglicher, wenn man es schafft, sich abzulenken. Und niemand verstand es so gut wie Meiko, dunkle Gewitterwolken zu vertreiben. Gemeinsam gingen sie so oft auf Tour wie möglich oder Luke half ihm im Blue als Barkeeper aus. An einem Donnerstagabend schleppten Meiko und Tom ihn zu einem unsäglichen, schwulen Karaoke-Abend.

„Es gibt doch tatsächlich Leute, die sagen, Liebeskummer mache stark und bringe einen weiter", sinnierte Luke nach seinem zweiten Caipirinha. „Ich finde, das ist Bullshit. Es bringt einen nicht weiter, es tut nur weh und es bereitet einen höchstens auf den nächsten Liebeskummer vor. Aber was soll daran vorteilhaft sein? Ich will keinen Liebeskummer haben. Liebeskummer ist einfach Scheiße."

„Nur Loser! Schaut euch hier doch mal genau um! Das sind alles Loser", stellte Meiko fest und bezog mit einer ausladenden Handbewegung sämtliche Gäste der Bar in seine Beschimpfungen ein.

„Hast du nicht gehört, was ich gesagt habe?", hakte Luke nach.

„Doch hat er, aber er hat keinen Bock, tiefsinnige Gespräche zu führen", mische sich Tom ein. „Kleiner, heute Abend gibt es keinen Liebeskummer, sondern nur Spaß!"

Es wurde gerade ein rührseliger Lovesong aus einem drittklassigen Musical zum Besten gegeben und der übergewichtige Karaoke-Sänger hielt sich wohl für einen verkannten Star. Mit übertriebener Gestik und weit aufgerissenem Mund versuchte er, die Tragik des Liedes noch zu unterstreichen, wobei das einzig Tragische an seiner Performance die Performance an sich war.

„Der singt wie ein Ferkel, das gerade abgestochen wird“, stellte Meiko missmutig fest.

Plötzlich wurde die Tür zur Bar aufgerissen und ein blonder Koloss stürmte herein.

„Die hat uns gerade noch gefehlt“, stöhnte Meiko.

„Wer ist das?“, fragte Luke.

„Sieglinde. Sein richtiger Name ist Siegmund. Siegmund Kepner, der Besitzer vom Osiris, einem schwulen Club hier um die Ecke.“

„Warum waren wir noch nicht dort?“

„Jägermeister für alle!“, grölte Sieglinde in diesem Augenblick.

„Deshalb, Kleiner! Der ist so ziemlich die größte Zicke, die du dir vorstellen kannst! Eine wirklich unangenehme Person.“

„Meiko, du alte Schlampe!“ Sieglinde hatte ihn entdeckt. „Du bist schon lange nicht mehr bei mir gewesen!“

„Wenn du mal vernünftige Musik spielen würdest ...“, nuschelte Meiko. Laut sagte er hingegen nur: „Ich schau mal auf einen Jägermeister vorbei.“

„Jägermeister für alle!“, brüllte Sieglinde auf das Stichwort hin wieder. Er war offensichtlich stockbesoffen und schwankte gefährlich.

„Wo ist eigentlich Phillip? Hast du Phillip schon kennengelernt? Mein neuer Freund!“

Verschwörerisch warf er seinen Arm um Meiko, schenkte Luke dabei ein anzügliches Grinsen und flüsterte: „Er ist ein Monster im Bett! Ich schwöre, so hat mir noch nie jemand einen geblasen. Und das Beste ist sein Hund! Er hat einen deutschen Schäferhund, der darauf trainiert ist, seinem Herrchen das Sperma vom Bauch zu lecken!“

Meiko befreite sich mit einem angewiderten Gesichtsausdruck aus der Umarmung.

„Wo bleibt mein Jägermeister!“, brüllte Sieglinde.

Die drei nutzten die kurze Ablenkung und flüchteten in die Nacht hinaus.

„Und was jetzt?“, fragte Luke.

„Wir ziehen weiter in den Cellar“, sagte Tom.

„Was ist der Cellar?“

„Das wird dir gefallen!“, versprach Meiko.

„Da bin ich mir zwar nicht so sicher …“ Tom hatte keine Möglichkeit, seine Zweifel anzubringen. Mit einer abrupten Handbewegung brachte Meiko ihn zum Schweigen.

„Was ist der Cellar?“, wiederholte Luke seine Frage.

Der Cellar war eine kleine Kellerbar mit Darkroom und die letzte verbliebene Leder-Institution Frankfurts, auch wenn sich selbst im Cellar die Zeiten gewandelt hatten und der Dresscode immer mehr aufgeweicht worden war. Leder, Lack und Uniformen waren zwar hier immer noch gerne gesehen, hatten jedoch die Vorherrschaft längst an Jeans und Sportswear abgeben müssen. Und angeblich war sogar die eine oder andere Frau schon einmal hier gesehen worden.

Der vordere Bereich des Cellars glich einer ganz gewöhnlichen Bar, mit langer Theke und vereinzelten Stehtischen. Auf einem Fernsehbildschirm, nahe der Garderobe, lief eine Quizshow, auf einem anderen ein Porno. Fasziniert beobachtete Luke, wie sich die beiden Darsteller in einer Garten-Eden-Kulisse gegenseitig die Kleidung vom Leib rissen. Unvermittelt griff einer der Protagonisten zu einem grün-roten Apfel. Der andere, ein blonder Jüngling, reckte ihm seinen Arsch entgegen und kurze Zeit später war der Apfel im Hintern des Jünglings verschwunden, nur um wenige Sekunden später wieder hervorgesprungen zu kommen. Luke wandte, in einer Mischung aus Faszination und Abscheu, den Blick ab und spähte in die Dunkelheit hinein, die sich hinter einem dunkelgrünen Tarnnetz auftat.

„Als ich das erste Mal hier war, hatte ich zitternde Knie und war mit meinem Gucci-Outfit hoffnungslos overdressed. Ich möchte nicht wissen, was die ganzen Ledertunten damals gedacht haben“, erzählte Meiko.

„So ging es wohl jedem bei seinem ersten Besuch hier. Da hinten beginnt übrigens der Darkroom. Man munkelt, dass manche, die hineingegangen sind, nie wieder herauskamen“, spöttelte Tom.

„Mach dem Kleinen keine Angst!“, empörte sich Meiko.

Luke hatte schon oft von den sagenumwobenen Darkrooms gehört, jedoch noch nie einen betreten. Er spürte förmlich, wie sich aus Furcht und Neugier zugleich das Adrenalin in seinem Körper entlud.

„Soll ich dich durch die Dunkelheit führen?", fragte ihn plötzlich ein schmalzlockiger Mann, der scheinbar das Gespräch belauscht hatte.

„He, Prinzesschen! Lass ihn in Ruhe!", sprang Meiko augenblicklich zur Hilfe.

Der Mann grummelte etwas in seinen nicht vorhandenen Bart, leerte mit einem großen Schluck sein Bier und verschwand hinter dem Tarnnetz.

„Wer war das?", fragte Luke eingeschüchtert.

„Ernst von und zu Wichs-mich-tot!", entgegnete Meiko nur.

„Er ist einer unserer erklärten Lieblingsfeinde. Ein kleines, arrogantes Arschloch. Er denkt, er sei etwas Besseres, da er tatsächlich einem deutschen Adelshaus entsprungen ist", erklärte Tom.

„Er hat weder etwas im Kopf noch in der Hose und sein mickriges Apartment sieht aus wie ein Ein-Zimmer-Museum, vollgestopft mit irgendwelchem vergoldeten Schnickschnack. Er denkt wohl, wir lebten noch zu Kaisers Zeiten."

„Du warst bei ihm zu Hause?"

Meiko tat so, als hätte er Lukes Frage überhört, und orderte drei Bier.

„Vor zehn Jahren hat Ernst ihm das Herz gebrochen", flüsterte Tom leise.

Luke nickte nur, überrascht davon, dass es ein Mann fertigbringen konnte, seinem Lehrmeister Meiko das Herz zu brechen.

Während sie ihr Bier tranken, ließ Luke die Atmosphäre auf sich wirken. Es roch förmlich nach Sex. Doch zugleich herrschte eine angenehme Entspanntheit. Luke hatte den Eindruck, als würden alle Männer vollkommen locker und unverkrampft miteinander umgehen. Die Herzlichkeit, mit der Meiko und Tom begrüßt wurden, empfand er als sehr aufrichtig. Keiner der Gäste an der Bar schien einen Gedanken daran zu verschwenden, dass hinter dem Tarnnetz, in der unbekannten Dunkelheit, Männer Sex miteinander hatten. Nur jene, die wie ruhelose Raubtiere durch die Bar schlurften, mit fixierenden, auffordernden Blicken, bereiteten Luke etwas Unbehagen. Doch er versuchte, sich davon nicht allzu sehr stören zu lassen.

Nach dem dritten Bier, Meiko war in der Zwischenzeit immer mal wieder hinter dem Tarnnetz verschwunden, um, wie er es ausdrückte, „die Lage zu checken", konnte Luke den Drang zu pinkeln nicht länger unterdrücken.

„Wo sind hier die Toiletten?", fragte er an Tom gewandt.

„Einfach dem Gang zwischen den Tarnnetzen und der Wand folgen."

Luke erhob sich und spürte, wie ihm der Alkohol in den Kopf schoss. Sobald er den schützenden Halbkeis, den Tom und Meiko vor ihm gebildet hatten, verließ, fühlte er sich plötzlich unwohl in seiner Haut. Er wich einigen Raubtieren aus und vermied es, direkten Blickkontakt mit ihnen zu haben. Ein dicker, alter Ledertyp kam ihm aus der Toilette entgegen und zwängte sich an ihm vorbei. Er roch nach Schweiß und Sperma. Luke schickte ein stummes Stoßgebet gen Himmel und machte die Tür auf.

Ein strenger Uringeruch empfing ihn. Sein Blick fiel zuerst auf das glänzende Edelstahlwaschbecken, das auf dem alten, dunklen Klo deplatziert wirkte, und dann auf die beiden Gestalten vor dem Pissoir. Einer der beiden kniete mit heruntergelassener Hose auf dem Boden und ließ sich von einem Skin in Bomberjacke und Springerstiefeln ins Maul ficken. Luke schluckte schwer und wollte sich gerade in die einzige Kabine flüchten, als der Skin seinen Kopf umdrehte, ihn mit seinem Blick einfing und brummte: „Da drin ist besetzt!"

„Ich ... Danke!", stammelte Luke nur, stolperte rückwärts aus der Toilette hinaus und stieß mit dem dicken Ledermann, der vor dem Klo gewartet zu haben schien, zusammen. Luke strauchelte und umklammerte, im letzten Moment, bevor er gefallen wäre, eine Metallstange, die vom Boden bis zur Decke reichte und an der das Tarnnetz befestigt war. Leider hielt dieses den Belastungen nicht stand, und gerade als Luke sein Gleichgewicht fand, rutschte das Netz nach unten und gab den Blick auf den adligen Ernst frei, der, auf allen vieren kniend, gefistet wurde.

Das war eindeutig zu viel. Luke stürmte mit hochrotem Kopf in Richtung Theke und schnappte sich seine Jacke, die er über einen Barhocker geworfen hatte.

„Was ist los?", fragte Meiko überrascht.

„Ich gehe."

„Das sehe ich. Und warum?"

„Das ist ein furchtbarer Laden. Ekelhaft! Ich setzte hier nie wieder einen Fuß herein und ich werde es dir nie verzeihen, dass du mich hergebracht hast!“, presste Luke zwischen zusammengebissenen Zähnen hervor. Am liebsten hätte er Meiko angeschrien, doch das Letzte, was er wollte, war noch mehr Aufmerksamkeit erregen.

„Ich dachte, ich tue dir einen Gefallen, wenn ich dich mit wirklich allen Aspekten der schwulen Subkultur vertraut mache“, entgegnete Meiko in einem erhabenen, belehrenden Tonfall, der Luke nur noch aggressiver machte. Ohne ein weiteres Wort zu verlieren, stürmte er an ihm vorbei und flüchtete die Treppe nach oben in Richtung Ausgang.

„Was ist denn in den gefahren?“, fragte Tom perplex.

„Nichts. Der Kleine wird eben langsam erwachsen!“, antwortete Meiko nur und lächelte.

Nachdem Luke aus dem Cellar geflüchtet war, suchte er sich erst einmal eine ruhige, dunkle Ecke, um zu pinkeln. Als er sich erleichtert hatte, überlegte er, was er nun tun sollte. Zurück in den Cellar wollte er nicht. Genauso wenig hatte er Lust, nach Hause zu gehen. In diesem Augenblick bog Jan um die nächste Straßenecke.

„Ach, der Frischling!“, rief er überrascht und umarmte Luke. Die beiden hatten sich seit dem CSD nicht mehr gesehen und damals hatte ihr Zungenkuss auf der Parade Luke ganz gewaltig aus dem Tritt gebracht. Doch diesmal war alles anders, schließlich war er nicht länger mit Samuel zusammen und Jan, das verrieten seine Augen, war noch immer nicht abgeneigt. Als wäre es eine Ewigkeit her, beinahe wie eine Episode aus einem früheren Leben, fiel ihm wieder ihre erste Begegnung beim Jugendtreff ein. Schon damals war ihm Jans faszinierende Ausstrahlung aufgefallen.

„Wohin bist du unterwegs?“, fragte Luke.

„Ich wollte im Cellar vorbeischauen. Ansonsten kann man zu so später Stunde an einem Wochentag in Frankfurt nirgends hingehen.“

„Ich komme gerade aus dem Cellar. Ich fand es furchtbar dort.“

„Dann lass uns was anderes machen!“

Die beiden beschlossen, erst einmal einen Döner zu essen, und danach streiften sie, ohne rechtes Ziel, durch Frankfurt. Es war schließlich noch immer Sommer, auch wenn die Nächte inzwischen deutlich frischer wurden. Sie kauften sich an einer Tankstelle ein Sixpack und vernichteten das Bier, während sie ihre Beine im Springbrunnen vor der Alten Oper im Wasser baumeln ließen.

Luke erzählte von Samuel, von seinen Eltern und seinem Studium, von seinen Träumen, eines Tages als Journalist die Welt zu bereisen, und von seinem Coming-out. Jan erzählte von seinem Ex-Freund, der ihn vor einem Jahr verlassen hatte und dem er manchmal immer noch nachtrauerte, von seinem Studium, das er abgebrochen hatte, und von seinen Plänen, nach Freiburg zu gehen, um dort Forstwirtschaft zu studieren.

„Forstwirtschaft?“, wiederholte Luke ungläubig.

„Ja, ich bin gerne draußen in der Natur, im Wald. Ich gebe zu, das ist ein sehr unschwules Studium, aber ich glaube, es passt zu mir.“

„Aber wirst du, als echter Lokalpatriot, Frankfurt nicht vermissen?“

„Natürlich werde ich das. Ich habe auch etwas Angst davor. Ich kenne niemanden in Freiburg. Alle meine Freunde sind hier. Aber ich habe jetzt lange genug so getan, als würde ich studieren. Eigentlich habe ich im letzten Jahr nur“, er zögerte kurz, „gelebt und gefeiert. Damit musste zwangsläufig irgendwann Schluss sein.“

Plötzlich, ganz unvermittelt, kam es zu einem jener Momente, in denen die Spannung zwischen zwei Menschen sich in einem einzigen Blick entlud.

„Was denkst du gerade?“, fragte Jan.

„Das ist eine doofe Frage. Ich denk, ich würde dich jetzt gerne küssen. Aber ich habe mich gerade getrennt und eigentlich … Ich bin nicht bereit und es wäre nicht fair … Ich denke …“

„Ach, Luke, hör auf zu denken!“

„Das sagt Meiko auch immer.“

„Du solltest auf ihn hören.“

Langsam beugte sich Jan nach vorne. Luke wollte in einem ersten Reflex ausweichen, hielt jedoch still. Sanft berührten sich ihre Lippen. Es war kein wilder, heißer Kuss, sondern einer jener

Sorte, die man als unschuldig und keusch bezeichnen könnte. Aber genau die können die intensivsten sein.

Sie saßen noch eine Weile vor der Alten Oper und machten sich schließlich, Hand in Hand, auf den Weg in Richtung Ackerpflaumenallee 33. Es gab keine Fragen mehr und Luke dachte nicht mehr nach. Schweigend, ohne ein weiteres Wort zu verlieren, hatten sie sich darauf verständigt, die Nacht miteinander zu verbringen.

Als sie schließlich nebeneinander im Bett lagen, das Sperma rann noch über Lukes Bauch, wurde ihm bewusst, dass er auf diesem Bettlaken auch Sex mit Samuel gehabt hatte. Zu seiner Beruhigung fühlte es sich jedoch gar nicht falsch an, nun mit Jan hier zu liegen, in seinen Armen, mit dessen Sperma auf der Haut.

„An was denkst du?"

„Dass alles gut ist, so wie es ist", antwortete Luke. „Und du?"

„Dass ich dich wirklich sehr sexy finde und dich mag, obwohl ich dich eigentlich gar nicht kenne. Ich mochte dich von dem Augenblick an, als du vor ein paar Monaten beim U27-Abend vorbeigeschaut hast."

Sie schwiegen wieder, küssten sich, rieben ihre Körper aneinander und spürten sich.

„Ich denke, dass ich dich vermissen werde, wenn ich nach Freiburg gehe."

Luke lächelte unschlüssig. Er würde ihn wohl auch vermissen.

Jan schaute ihn mit ernster Miene an und fragte dann: „Hast du nicht Lust, mitzukommen?"

Epilog

„... und jetzt das Wetter. Der kalendarische Herbstanfang steht kurz bevor, doch die Temperaturen sind weiterhin hochsommerlich. Am Morgen werden, nach sternenklarer Nacht,

12 Grad erreicht. Bis heute Nachmittag erwärmt sich das Quecksilber auf 27 Grad in den Höhenlagen des Odenwalds und 30 Grad im Rhein-Main-Gebiet. Das hochsommerliche, trockene Badewetter bleibt uns auch in den kommenden Tagen erhalten. Erst gegen Ende der Woche zeichnet sich ein langsamer Wechsel zu herbstlicher Witterung ab."

Um es kurz zu machen: Ich bin nicht mit Jan nach Freiburg gegangen. Es war nicht so, dass ich keinen Gedanken daran verschwendet hätte. Im Gegenteil: Die Versuchung, erneut alles zurückzulassen, alle Probleme und Erinnerungen, war durchaus vorhanden. Doch letzten Endes überwog ein anderes Gefühl, eine andere Sehnsucht. Ich wollte endlich irgendwo ankommen, mich zu Hause und geborgen fühlen und in der Ackerpflaumenallee 33 habe ich wirklich die realistische Chance, ein neues Zuhause zu finden. Zumindest für eine gewisse Zeit. Und es gab noch einen anderen Grund. Ich hatte mich zu Beginn dieser Reise in einen Jungen aus Frankfurt verliebt. Jetzt habe ich mich in Frankfurt verliebt und ich bin nicht bereit, diese Beziehung wegen eines anderen aufs Spiel zu setzen.

Inzwischen ist es September geworden und die Tage sind bereits merklich kürzer. Der Herbst steht vor der Tür und damit ist das Ende des Sommers gekommen. Es war ein Sommer, der mich weitergebracht hat. Es war ein Sommer, in dem sich in meinem Leben mehr verändert hat, als ich es jemals für möglich gehalten hätte. Ich habe vieles gelernt, wobei „lernen" vielleicht der falsche Ausdruck ist. „Verstanden" trifft es besser. Oder „erkannt".

Ich habe erkannt, dass schwul zu sein mehr bedeutet, als nur auf Männer zu stehen. Und damit meine ich nicht, dass man Handtaschen trägt, Madonna vergöttert oder Poppers schnüffelt. Ich werde eben immer anders sein und nicht dazugehören, zur Mehrheit. Nicht normal sein. Oder besser: Nicht der Norm entsprechen. Ich für meinen Teil bin froh, anders zu sein. Und ich trage dieses Anderssein wie ein Wappen vor mir. Es schützt mich, macht mich stolz und zugleich verletzbar. Ich werde mich wohl immer in meinem Leben von Mehrheiten fernhalten und die Nischen bevorzugen, natürlich nicht, ohne die Welt, die scheinbar normale Welt, zu der ich ebenfalls gehöre, aus den

Augen zu verlieren. Schwul zu sein bedeutet, überall und nirgendwo zu Hause zu sein. Ich glaube, ich habe es dadurch einfacher gehabt, in Frankfurt ein neues Zuhause zu finden. Meine Heimat wird immer Reinherzhausen in der Lüneburger Heide sein, mein Zuhause ist jedoch in Frankfurt.

Als ich zu Meiko einmal gesagt habe, wie froh ich sei, nun endlich zu mir selbst gefunden zu haben und erkannt zu haben, wer ich bin und was es letzten Endes heißt, schwul zu sein, hat er nur gelacht und geantwortet: „Ach, Kleiner, glaubst du etwa wirklich, damit hast du es geschafft? Schwul zu sein bedeutet Arbeit. Du darfst nicht mehr länger in Feinripp-Unterwäsche herumlaufen, du musst wissen, wer Almodovar und Coco Chanel sind. Du musst den Text von *I Will Survive* auswendig können, am 1. Dezember eine rote Schleife tragen und du hast jedes Recht auf eine Privatsphäre verwirkt. Um nur ein paar Dinge zu nennen. Glaub mir, schwul zu sein ist Arbeit, harte Arbeit."

Ich habe ihn wohl ziemlich entsetzt angeschaut oder zumindest ungläubig gemustert, denn er hat schließlich milde gelächelt und hinzugefügt: „Es ist harte Arbeit. Aber es ist der geilste Job der Welt!"

Als Job habe ich meine sexuelle Orientierung bisher nicht gesehen. Genauso wenig habe ich – das unterscheidet mich wohl maßgeblich von Samuel – jemals gedacht, Schwule seien krank, abartig oder zumindest abnormal. Bereits als kleiner Junge war mir dieser Gedanke vollkommen fremd. Meine Oma beschimpfte einmal einen schwulen Fernsehmoderator als Arschficker und erklärte mir, was ein Schwuler in ihren Augen war: „Ein Mann, der mit einem anderen in einem Bett schläft, so wie es deine Eltern tun. Das ist wider die Natur"

Ich habe damals zu diesem Thema nichts weiter gesagt, weiß aber noch ganz genau, dass ich diesen Gedanken gar nicht absonderlich fand. Warum sollten zwei Männer nicht so miteinander umgehen wie meine Eltern? Was konnte daran falsch sein? Ich war zu diesem Zeitpunkt vier oder fünf Jahre alt und im Nachhinein frage ich mich, warum sich diese Unterhaltung derart tief in mein Gedächtnis eingebrannt hat. Wahrscheinlich, so lautet meine Vermutung, fühlte ich damals schon, dass ich schwul war. Natürlich konnte ich diesen Gedanken noch nicht klar fassen oder gar in Worten ausdrücken. Aber zweifellos war mein Weg schon damals vorgezeichnet und wurde nur durch die Wirren der Pubertät und eine heterosexuelle Erziehung in einen dichten Nebel gehüllt.

Ich bin froh, dass ich meinen Weg gefunden habe. Ganz im Gegensatz zu Samuel, der seinen Weg wohl noch immer sucht. Ich habe nichts mehr von ihm gehört und ihn auch nicht mehr gesehen. Es ist besser so. Vielleicht würde ich nur wieder schwach werden. Das ist das Letzte, was ich möchte. Ich glaube, ich bin endlich über ihn hinweg, und das ist ein verdammt gutes Gefühl. Überhaupt scheint es so, als würde dieser Sommer für alle Menschen in meinem Umfeld mit einem guten Gefühl zu Ende gehen.

An einem der letzten wirklich heißen Augusttage haben wir auf der Terrasse Jörgs vierundzwanzigsten Geburtstag gefeiert. Tina und er sind nun offiziell ein Paar und sie scheinen richtig glücklich zu sein, eben so, wie es alle Frisch-Verliebten sind. Auch Tom und Marco waren gekommen und Meiko brachte zu der Party eine Flasche Champagner und sein aktuelles Sex-Projekt mit, einen dunkelhäutigen Franzosen. Marge, die Drag Queen aus Köln, schaute auf einen Sprung vorbei und verkündete, sie wolle nun dauerhaft nach Frankfurt zurückkehren. Es sei eben mal wieder an der Zeit, sagte sie.

Während sich alle auf der Terrasse in der Hitze des Nachmittags räkelten und die Kinder durch den Garten tobten, zogen Sarah und ich uns in einer ruhigen Minute in den Schatten des großen Ahornbaumes zurück. Es lag eine melancholische und von Hoffnung durchdrängte Leichtigkeit in der Luft. Wir saßen da und rauchten einen Joint.

„Ich konnte dich am Anfang gar nicht leiden", gestand Sarah zwischen zwei Zügen.

„Ich weiß."

„Inzwischen kommt es mir so vor, als wären wir schon ewige Zeiten befreundet."

„Mir auch", antwortete ich. „Es ist viel passiert in diesem Sommer."

„Verdammt viel!", pflichtete sie mir bei und zog noch einmal an dem Joint.

Wir schauten uns einen Moment lang in die Augen und mussten dann beide lachen. Als wir uns wieder beruhigt hatten, streichelte sie über meine Hand und fragte: „Uns geht es doch gut, oder?"

„Keine Sorgen, uns geht es sehr gut und uns wird es auch weiterhin gut gehen. Das Leben kann uns auf Dauer einfach nichts vorenthalten", antwortete ich und lächelte. Dann gingen wir zurück zu den anderen auf die Terrasse und tranken weiter Champagner.

An diesem Punkt endet dieser ereignisreiche, ungewöhnlich heiße und trockene Sommer. Und mit ihm endet meine Geschichte. Mein Abenteuer. Zumindest vorläufig. Und zu unser aller Beruhigung kann ich feststellen: Wir waren glücklich und zufrieden, nicht bis an unser Lebensende, aber doch zumindest für eine kurze Ewigkeit.

Querverlag